Cristina Campos

Cristina Campos est née à Barcelone. Après des études de lettres, elle se lance dans l'audiovisuel. Depuis dix ans, elle mène une carrière en tant que directrice de casting pour le cinéma et la télévision. Aujourd'hui, elle partage son temps entre son métier et sa passion pour l'écriture. *Le Parfum des citronniers* est son premier roman, publié aux éditions Charleston en 2020.

LE PARFUM DES CITRONNIERS

CRISTINA CAMPOS

LE PARFUM DES CITRONNIERS

Traduit de l'espagnol
par Anaïs Goacolou

CHARLESTON

Titre original :
PAN DE LIMÓN CON SEMILLAS DE AMAPOLA

MIXTE
Papier issu de sources responsables
FSC® C003309

L'éditeur de cet ouvrage s'engage dans une démarche de certification FSC® qui contribue à la préservation des forêts pour les générations futures.

Pour en savoir plus :
www.editis.com/engagement-rse/

ISBN : 978-2-266-31382-7
Dépôt légal : février 2021

PROLOGUE

Anna avait planifié ses funérailles avec soin. C'est son amant qui, en jouant avec ses seins, avait détecté le petit bout de mort qui l'emporterait à jamais douze mois plus tard. Pendant cette ultime année de son existence, Anna avait enfin pris sa vie en main.

Elle avait exprimé ses dernières volontés dans une lettre adressée à sa sœur Marina quelques jours avant de mourir. À ses obsèques ne devraient assister que sa fille Anita, son mari et une poignée d'amies. Tous se réuniraient sur une falaise du massif de la Tramontana, sur l'île de Majorque. Ils liraient les mots qu'elle leur avait laissés par écrit et, ensemble, ils jetteraient ses cendres à la mer.

Personne, lors de cette cérémonie intime, ne comprenait pourquoi Anna avait choisi ce lieu si isolé. Pourtant, conformément à son désir, tous s'étaient réunis sur la falaise de Sa Foradada. Le vent lui-même paraissait l'avoir écoutée : il soufflait une brise légère, comme elle l'aurait souhaité. Calme, la mer s'étalait devant eux tel un lac immense.

Anita prit l'urne remise par son père et parcourut seule quelques mètres, cherchant à retenir sa mère, un instant encore. Elle s'assit au bord de l'à-pic et serra la boîte dans ses mains. Les paupières closes, elle laissa couler doucement ses larmes.

Marina avança vers sa nièce, les yeux baissés, relisant pour elle-même les mots que lui avait offerts Anna avant de mourir :

Ma chère sœur, ma chère amie,

Je voudrais que, chaque fois que tu penses à moi, à nous, tu effaces les trente dernières années de notre vie pour faire un saut dans le temps et revenir au jour où on nous a séparées. Car c'est ainsi que je l'ai vécu. Tu étais ma petite sœur, ma copine, ma confidente, et le jour où tu es partie, quasiment pour toujours, j'ai eu l'impression qu'on m'arrachait l'âme. Tu venais d'avoir quatorze ans. Je n'ai jamais compris pourquoi tu t'en allais.

Demeurée seule ici, je revoyais avec nostalgie nos promenades dans le bateau de papa. Tu te rappelles comme il aimait ce vieux llaüt *en bois ? Quasiment plus que nous…*

Marina sonda des yeux cette mer qui les avait accueillies et vues grandir, laissant sa mémoire flotter sur la vieille felouque vers les souvenirs de son enfance, entre les criques du nord de l'île, cherchant toujours les plages abritées du vent. Elle revit Anna assise à l'avant, jeune et fragile, le teint pâle, bien mise dans sa robe de lin blanc aux fines bretelles qui dévoilait sa silhouette délicate, ses cheveux blonds décoiffés par les souffles doux de la belle saison à Majorque. Elle aimait tendre les bras et jouer avec les vaguelettes qui venaient lécher la coque du *llaüt*. Elle recueillait de l'eau dans sa paume, puis rouvrait la main pour la laisser couler entre ses doigts. Encore et encore.

Là, sur l'antique voilier en bois, elles se racontaient leur vie, riaient, se chamaillaient, se réconciliaient ou regardaient seulement défiler les heures en silence, bercées par la brise marine jusqu'à ce que leur père revienne avec un trésor… du moins à ce qu'il prétendait.

Marina glissa la lettre dans l'enveloppe et se remémora leur dernière promenade en bateau. En soi, elle n'avait rien eu de spécial. Simplement elles avaient verbalisé un sentiment qui se formule rarement entre sœurs. Tous trois avaient quitté tôt le port de Valldemossa. Ils avaient navigué à la recherche d'une anse déserte, une crique où les estivants n'avaient pas encore débarqué. Leur exploration les avait menés à la *cala* Deià, une splendide avancée de mer entre des falaises escarpées. Néstor avait jeté l'ancre et sauté dans l'eau tandis que les deux sœurs déployaient la voile blanche pour se protéger du soleil.

— Tu me fais une tresse ?

Marina s'était assise sur l'avant-pont et avait retiré l'élastique qui retenait sa chevelure noire et rebelle, qu'Anna avait peignée de ses doigts puis séparée en trois parties et humidifiée d'eau de mer avant de natter tranquillement les mèches, s'attardant sur chaque geste pour les entrecroiser. Sans le vouloir, Anna avait pensé qu'elle ne coifferait plus sa sœur, qu'elles n'iraient plus naviguer toutes les deux, et avait craint de ne plus jamais la revoir. Ses larmes s'étaient mêlées à l'eau de mer dans les cheveux de Marina. Elles s'étaient contemplées avec tristesse, de leurs prunelles noisette héritées de leur père. Ce regard resterait gravé en elles pour toujours. C'est alors qu'Anna, posant la tête sur son épaule, lui avait adressé ces paroles rares entre sœurs :

— Je t'aime.

Marina rangea l'enveloppe dans la poche de sa veste avant de relever les yeux vers l'être apeuré qui étreignait toujours les cendres de sa mère en pleurant toutes les larmes de son corps.

Prends soin de ma fille, je t'en supplie, poursuivait la lettre. *Elle erre à la recherche d'elle-même. S'il te plaît, accompagne-la dans son étrange adolescence.*

Marina rejoignit sa nièce et s'assit près d'elle au bord de la falaise.

— On la laisse partir ? lui suggéra-t-elle d'une voix douce.

Anita acquiesça, caressant l'urne une dernière fois.

Le rugissement d'une moto rompit le silence et Marina se retourna tandis que le motard descendait de sa cylindrée et ôtait son casque. Personne ne semblait le connaître et ses gestes mal assurés trahissaient son hésitation.

Marina comprit aussitôt qui était cet homme que nul n'attendait là, le seul à savoir pourquoi Anna avait choisi cet endroit pour dire adieu aux gens qu'elle aimait. Au monde. À lui.

1

LA MATERNITÉ OU L'*INJERA*

Injera (pain éthiopien)

INGRÉDIENTS :

300 g de farine de *teff*

250 ml d'eau

Une pincée de sel

PRÉPARATION SUR *MOGOGO* DE CÉRAMIQUE :

Pétrir la farine de *teff* avec l'eau et le sel et laisser reposer dans une terrine recouverte d'un linge. Attendre un à trois jours que le mélange fermente. Huiler légèrement le *mogogo* et le placer sur feu moyen. Déposer la pâte sur le *mogogo* et laisser griller. L'*injera* ne doit cuire que d'un côté.

Deux ans plus tôt

La nuit tombait. Un vent implacable soufflait sur un des endroits les plus chauds et les plus reculés de la planète : le désert de Danakil, dans le nord-est de l'Éthiopie. Rien que du sel, du sable et du soufre dans cet espace infini du continent africain où les températures atteignent les soixante degrés et où rien ne porte à croire que la vie soit possible. C'est là, au cœur du silence et du vide, dans une petite bâtisse de béton blanche, que Marina recevait les caresses de Mathias après l'amour.

— *Bäckerei*, murmura-t-il.

— Je n'arrête pas de rejouer cette histoire dans ma tête, déclara Marina en entrelaçant ses doigts à ceux de son compagnon. Pourquoi nous ? Anna et moi. Personne ne lègue sa maison et son commerce à des inconnues.

— Elle n'a pas laissé de lettre avec son testament ?

— Apparemment non. Ma sœur a beau remonter dans la généalogie, pour l'instant rien ne nous lie à cette dame.

— Et le moulin fonctionne encore ?

— Non, il est en ruine. Mais la boulangerie est toujours active. C'était la dernière à Valldemossa. María Dolores Molí… Vraiment, son nom ne me dit rien.

— « Dolores », en allemand, c'est « Schmerzen », non ? demanda Mathias.

Marina hocha la tête.

— C'est bizarre d'appeler sa fille Douleurs, pourquoi pas Angoisse ou Mélancolie, tant qu'on y est ?

— C'est un prénom très commun en Espagne.

— J'aimerais bien t'accompagner… Je dois être le seul Allemand à ne pas connaître Malorca.

— Mallorca, le reprit Marina avec un sourire attendri.

Malgré tous les cours d'espagnol qu'elle lui donnait, Mathias ne prononçait toujours pas correctement le double *l*. De la même façon, elle achoppait encore sur les sons germaniques « ä » et « ö ». Ils communiquaient en anglais, mais s'enseignaient de temps à autre leur langue respective. Deux ans auparavant, dans une librairie de l'aéroport de Barajas, ils avaient acheté un carnet Moleskine noir pour en faire leur dictionnaire à eux. Dedans, ils notaient dans les deux langues les mots qui leur semblaient importants. Dans la colonne de gauche, l'allemand ; dans celle de droite, l'espagnol.

Marina saisit le carnet sur la table de nuit et sortit un stylo-bille noir.

— Tu mets un tréma ?

— Oui, sur le *a*.

Marina écrivit *Bäckerei* et *panadería*. Boulangerie. Elle reposa leur dictionnaire.

— Je ne suis pas retournée à Majorque depuis plus de dix ans, soupira-t-elle.

Mathias éteignit l'ampoule nue qui pendait du plafond.

— Bonne nuit, l'héritière, dit Mathias, et pas la peine de ressasser ce mystère. D'ici, tu ne pourras rien résoudre.

Marina l'enlaça et il s'endormit. De son côté, elle tardait toujours à trouver le sommeil, cheminant dans ses pensées, faisant le bilan de la journée et anticipant sur le lendemain. On ne refaisait pas le monde dans la nuit, elle le savait et s'en voulait de rester éveillée si tard. Cette fois, contrairement à d'habitude, elle songea à sa vie mais pas à son travail. Elle songea à ce voyage que, sans le souhaiter, elle devait entreprendre vers Majorque, et se remémora la dernière phrase de l'e-mail envoyé par Anna : *Finalement, ce mystérieux héritage va nous permettre de nous revoir, et tu vas enfin rentrer à la maison.*

À la maison. Le terme avait dérangé Marina. *Majorque, ce n'est pas chez moi*, s'était-elle dit. *C'est mon lieu de naissance, celui où j'ai passé mon enfance. Où mes parents ont vécu et où il ne reste plus qu'Anna. Non, ce n'est plus ma maison. Rien ne m'attache plus à cette île*.

Elle ne possédait aucun bien immobilier, n'avait nul port d'attache où rentrer pour les fêtes. Pas d'endroit où séjourner aux dates traditionnelles qui réunissaient les familles ordinaires. Elle aurait pu s'acheter une maison mais n'avait jamais éprouvé le désir d'avoir quatre murs à elle. Paraphrasant un écrivain dont elle avait oublié le nom, sa psychologue lui avait un jour dit : « Une maison, c'est le lieu où l'on est attendu. » Cette nuit-là, cette phrase s'insinua dans ses pensées. Ses parents étaient décédés. Elle avait des cousins éloignés mais avait tout juste maintenu le contact. Et, bien entendu, il y avait sa sœur aînée. Anna, et les aléas qui l'avaient éloignée trop longtemps.

Marina avait été déracinée toute jeune et, à quarante-cinq ans, elle était encore sur la route. Si son travail l'obligeait à voyager, pourquoi avoir choisi cette vie nomade ? Toujours entre deux étapes. Ne jamais jeter l'ancre. *Où est ton foyer, Marina ? Qui t'attend ?* Angoissée de buter sur une question si simple, elle avait passé des années à chercher une réponse sincère et en était arrivée à la conclusion que son véritable foyer était le monde entier, auprès de Mathias. Cette réponse l'avait soulagée, car elle était juste.

Pourtant, malgré ce réconfort, elle trouvait pesant de ne pas avoir d'Ithaque, de lieu à elle sur lequel elle aurait pu compter. Ses amis, ses collègues, tous en avaient un. Même Mathias en avait un avec l'appartement de ses parents, au 11 Bergmannstrasse, dans le quartier berlinois de Kreuzberg.

Évidemment, Marina aurait pu choisir une vie plus conventionnelle. Plus sûre. Plus stable. Elle aurait pu rester sur ce lopin de terre cerné par la mer, cent kilomètres du nord au sud ; soixante-quinze d'est en ouest. Si elle était retournée à Majorque, peut-être aurait-elle épousé, comme sa sœur, un garçon du Real Club Náutico de Palma, ainsi que l'avait suggéré sa mère. Peut-être, comme l'aurait souhaité son père, exercerait-elle sa profession au service de gynécologie-obstétrique à l'hôpital universitaire communal de Son Dureta, dans le quartier du Poniente.

Pourtant, non. Elle était à sept mille huit cent quarante-trois kilomètres de son lieu de naissance, en plein milieu du désert de Danakil, dans les bras de l'homme qu'elle aimait.

Elle se tourna vers Mathias et le regarda dormir paisiblement. Ils étaient tellement différents, lui avec son type caucasien, si grand, si baraqué, si allemand, et elle avec sa peau mate, sa chevelure noire aux épaules, si petite, si vigoureuse, si espagnole. Elle caressa sa joue couverte d'une barbe châtain, négligée comme à l'ordinaire, puis écarta les cheveux qui tombaient sur son visage et, du bout des doigts, effleura la peau ferme et jeune autour des yeux. Tout en répétant ce geste, elle pensa aux timides pattes-d'oie qui commençaient à se dessiner aux coins des siens. Il avait trente-cinq ans. Elle en fêterait quarante-six en août. Cette idée la tourmenta un instant mais elle enlaça Mathias et sentit le calme l'envahir. Être contre cet homme profondément bon, de dix ans son cadet, qui l'aimait et l'admirait, lui apparaissait comme une chance. Elle ferma les paupières et s'endormit enfin. Et lui la ramena inconsciemment contre son corps. Son foyer. Sa maison.

*
* *

Un coup sec. Marina dormait depuis une heure à peine. Elle se redressa d'un bond. Nouveau coup. En silence, elle sortit du lit et s'avança vers une petite fenêtre pour regarder au-dehors. Il faisait trop noir, elle ne vit personne. On toqua de nouveau à la porte, moins fort cette fois.

Elle ouvrit. Au sol gisait une femme enceinte.

— Mathias ! cria Marina en s'agenouillant.

La jeune fille ne devait pas avoir plus de quinze ans.

— Ça va aller, lui murmura-t-elle en anglais.

Elle prit son pouls. Le rythme cardiaque était trop élevé.

Mathias surgit de la chambre au pas de course et prit la jeune Éthiopienne dans ses bras. Au sol, un cercle de sang tachait la terre aride. Ils se précipitèrent dans la maison voisine, où Mathias allongea la patiente sur un brancard. Marina prit un stéthoscope sur une table métallique parmi du matériel chirurgical et des instruments d'auscultation. Mathias coupa le pagne bleu marine de l'adolescente. Ils agissaient vite, sans se parler. Chacun savait ce qu'il avait à faire. La jeune

Africaine, silencieuse elle aussi, fermait les yeux et se laissait faire.

Marina vérifia avec son stéthoscope que le rythme cardiaque fœtal était audible. Le bébé était en vie. L'obstétricienne enfila des gants de latex, ouvrit les jambes de l'Éthiopienne et s'assit sur un petit tabouret de bois pour examiner son vagin. Comme chez toutes les femmes de la tribu afar, ses parties génitales étaient mutilées et le petit orifice qu'on lui avait laissé après l'infibulation empêchait l'expulsion.

Marina palpa le vagin. Effacé, le col de l'utérus avait atteint une dilatation de sept centimètres. Le fœtus n'était pas engagé. Le travail avait dû commencer plus de douze heures auparavant et l'enfant avait cessé de descendre.

Marina pouvait procéder à une désinfibulation : sectionner le tissu cicatriciel pour permettre au vagin de se dilater et de remplir la fonction qu'il aurait eue si la jeune fille n'avait pas été mutilée. Mais le fœtus était placé trop haut et la mère avait perdu trop de sang.

— Césarienne, vite. On n'a pas le temps, dit-elle à Mathias, qui posa immédiatement une intraveineuse à l'adolescente.

— *Sëmëwot man nô ?* lui demanda-t-il en *kuchita*.

Elle ne répondit pas.

— *Sëme Mathias nô.*

— *Sëme Marina nô.*

La patiente ne répondait pas. Elle paraissait exténuée.

— Fais ce que tu peux pour la garder éveillée, dit Marina.

Mathias assit la patiente tandis que Marina se plaçait derrière elle avec la perfusion de Novocaïne.

Elle lui courba le dos, repéra la vertèbre et lui injecta l'anesthésiant avant de la rallonger avec précaution sur le brancard. Il faudrait vingt longues minutes pour que la péridurale fasse effet. Sans cesser de lui parler, à moitié en anglais et à moitié en *kuchita*, ils étendirent le champ opératoire et lui couvrirent le ventre d'iode, puis préparèrent bistouri, pinces de dissection, pinces hémostatiques, aiguilles et fil de suture.

La jeune fille avait le visage baigné de sueur. Il devait faire 35 °C. Marina mouilla un linge qu'elle lui passa sur le front et l'hydrata en lui relevant la tête. Elle lui redemanda son prénom, tenta de savoir où elle vivait et si elle avait un mari… Pas de réponse.

— Comment s'appellera le bébé ? ajouta-t-elle en accompagnant sa question de gestes pour se faire comprendre.

La patiente ne répondit pas davantage. Tout juste si elle parvenait à garder ouverts ses yeux effrayés d'adolescente.

— Elle perd trop de sang, fit observer Mathias avec inquiétude.

Encore dix minutes avant les effets de l'anesthésie. Marina posa les mains sur les cheveux de la jeune Africaine. Doucement, elle caressa les quarante petites tresses d'un noir de jais qui lui couvraient la tête, se plaça face à elle et, à grand renfort de mimes, lui expliqua qu'après la naissance du bébé elle devrait lui tresser les cheveux de la même façon. Comprenant les gestes affectueux de cette femme blanche, la mère esquissa comme elle le put un faible sourire.

Bistouri. Marina pratiqua une incision jusqu'à la limite du pubis. Ciseaux. Avec un soin extrême, elle coupa le fascia et sépara les tissus pour parvenir aux muscles. Pinces. Avec précision, elle sectionna le péritoine et perfora la paroi utérine pour atteindre le sac amniotique. Le liquide se mêla au sang, qui jaillissait en excès. D'un geste sûr, elle passa la main à l'intérieur de l'utérus : le placenta était à proximité du col. Elle plaça le fœtus dans la bonne position puis le tira par les pieds pour l'extraire de la cavité. Le bébé était immobile. Mathias lui coupa le cordon ombilical mais l'enfant ne réagit pas.

Marina l'allongea sur le ventre et lui donna plusieurs tapes sur les fesses. Silence. Elle réessaya. Elle l'assit et l'inclina de nouveau. Immobilité, silence. Marina ôta ses gants. Elle coucha le bébé sur la table et lui mit la tête en arrière. De l'autre main, elle lui releva le menton. S'approcha de son cœur. Posa le majeur et l'annulaire sur le sternum et, doucement, régulièrement, effectua cinq compressions rapides. Le fœtus avait dû aspirer le méconium à l'intérieur de l'utérus, et ses voies respiratoires étaient obstruées.

Elle jeta à Mathias un regard anxieux. Celui-ci avait retiré le placenta et recousait le ventre de la jeune Éthiopienne, qui gardait les yeux ouverts dans un silence absolu tout en regardant son enfant. La première fille à qui elle donnait la vie.

Le bébé immobile dans les bras, Marina se rapprocha du brancard, s'assit à côté, l'allongea sur ses genoux et, prenant la main de la mère, tenta le massage cardiaque avec elle.

Il y avait plus d'une minute que l'enfant était sortie et privée d'oxygène. Elle ne tiendrait guère plus longtemps, Marina le savait. Les deux médecins se regardèrent. Mathias baissa les yeux. Deux décès supplémentaires parmi tous ceux qu'ils s'étaient efforcés d'éviter ensemble ces cinq dernières années en tant qu'intervenants de l'ONG. S'ils en avaient vu beaucoup, jamais on ne devenait insensible à la mort d'un humain. La paume sur celle de la mère, Marina appuya de nouveau et avec davantage de puissance sur le corps du bébé.

De manière inattendue, avec ses dernières forces, la jeune Éthiopienne s'empara de sa fille et la posa contre elle. Sur la poitrine de sa mère, le bébé entendit, comme au cours des neuf derniers mois, les battements de son cœur. L'adolescente respira profondément et prononça des paroles dans sa langue en serrant son enfant dans ses bras. Comme si elle avait compris les suppliques de sa mère, enfin, la petite se mit à pleurer.

La mère écouta les cris de sa fille et sourit paisiblement, regardant avec une reconnaissance infinie la femme blanche qui avait mis au monde son enfant, puis elle ferma les yeux et mourut.

*

* *

« Coopération internationale » : tels étaient les termes qu'avait utilisés le Dr Sherman lors du dernier cours d'obstétrique dispensé aux élèves de la faculté de médecine Perelman. Il leur avait montré des diapositives où des praticiens, en blouse blanche frappée du logo rouge MSF, s'occupaient de patients en situation d'urgence sur le continent africain. Jusqu'alors, Marina avait les mêmes connaissances que la majorité des étudiants de Penn State : le monde est injuste et la médecine est le privilège de quelques-uns.

Dix-neuf ans avaient passé depuis ce cours magistral dans l'une des plus prestigieuses universités au monde. Ce jour-là, la petite fille africaine dans les bras, Marina comprit mieux que jamais les paroles du professeur lorsqu'il avait affirmé que la générosité de certains, capables de renoncer au confort du monde occidental, était nécessaire pour sauver des vies dans les lieux les plus reculés et inhospitaliers de la planète.

Mathias évacua du dispensaire le corps de la jeune fille, qui gisait, inerte, sur le brancard sous un drap vert. Marina resta seule avec le bébé, cessant de voir le fœtus pour découvrir l'être humain et la petite personne qu'elle avait sous les yeux. Le bébé noir qui s'accrochait à elle, l'enfant trop petite qui était désormais une orpheline.

En dix ans de coopération, Marina avait assisté à d'innombrables accouchements, mais c'était la première fois qu'elle voyait une mère mourir en couches. Chamboulée par cette situation, elle sentit l'immense solitude du bébé dans le désert africain. À l'aide d'un linge mouillé, elle le nettoya et l'emmaillota dans un drap du même vert que celui qui entourait sa mère morte, et l'allongea dans ses bras. L'enfant ouvrit sa petite bouche pour chercher le sein, trouver le mamelon. Marina ouvrit le réfrigérateur. Dans une boîte en carton au logo de Médecins Sans Frontières, elle trouva un biberon à base de lait en poudre et le posa à la fenêtre pour qu'il se réchauffe aux premiers rayons du soleil.

La petite fille mit un instant à s'habituer à la tétine mais téta ensuite avec la voracité des nouveau-nés. Elle en demandait encore lorsque Marina jugea qu'elle avait suffisamment pris. Elle la berça doucement et la plaça contre sa poitrine afin qu'elle entende les battements de son cœur. L'enfant était agitée et Marina la promena dans ses bras, puis sortit du dispensaire avec elle. La température au lever du jour était de 41 °C. Le ciel se teintait d'orange et de rose, dessinant le magnifique paysage quotidien. La fillette se mit à pleurer. Marina caressa son petit corps et lui chanta d'une voix douce :

A la nanita nana nanita ella, nanita ella,
mi niña tiene sueño, bendita sea.
Fuentecita que corre clara y sonora,
ruiseñor que en la selva cantando llora,
calla mientras la cuna se balancea.
A la nanita nana, nanita ella[1].

La chanson que lui fredonnait sa grand-mère Nerea lors des douces nuits majorquines.

Et l'enfant s'endormit. Elles restèrent seules, face au désert de Danakil, au milieu du sable, du sel et du soufre.

*
* *

Voilà bien longtemps qu'elle avait cessé d'adresser des reproches au monde. Comme une jeune mariée se

1. « Chantons une petite berceuse, petite berceuse/Ma petite a sommeil, bénie soit-elle./Petite source qui coule, claire et sonore,/ Rossignol qui dans les bois pleure en chantant,/Il se tait quand le berceau se balance./Chantons une petite berceuse, petite berceuse. »

plaint que son conjoint ne tient pas ses promesses, lors de ses premières années d'humanitaire, Marina avait accusé le monde de ne pas tenir les siennes.

Peu après ses vingt ans, avec la merveilleuse ingénuité propre à son âge, elle avait pensé que l'humanité changerait. À trente, elle était une activiste passionnée par les droits humains, combinant son travail de médecin et la lutte active contre l'injustice qui régnait sur Terre. En particulier la lutte pour les droits des femmes. Des femmes comme celle qui venait de mourir entre ses mains, et celle qui continuait de vivre dans ses bras.

Mais l'ingénuité de ses vingt ans et la force de ses trente ans avaient diminué avec les années, laissant la place à la sérénité, à la tempérance, et Marina était aujourd'hui une femme mûre, professionnelle engagée, qui s'investissait avec cœur pour chaque personne dont elle s'occupait. Sans autre prétention que d'améliorer la vie de ces gens. Avec la conscience qu'habiller cette enfant éthiopienne qui venait de naître était plus important que n'importe quelle lutte, revendication, pétition ou supplique destinées aux organisations supranationales qui gouvernaient le monde.

7 h 20. La température commençait à être étouffante et Marina rentra dans le dispensaire, la petite endormie dans les bras, jolie comme tout, noire, maigrelette et chauve. Marina s'assit sans la quitter des yeux et ressentit la paix qui émane des nouveau-nés plongés dans le sommeil. Elle appuya la tête contre le mur et, accablée de fatigue, laissa ce calme l'accompagner.

Par la porte, elle vit des silhouettes féminines indistinctes émerger d'une nuée de terre rouge. *Sûrement la famille de la petite*, pensa Marina, soulagée.

Elle lui caressa la joue, s'imagina la remettant à une autre femme, qui lui ôterait le drap vert et l'envelopperait de ces si beaux pagnes aux couleurs vives que portent les Africaines. Elle ne manquerait pas d'amour. Le peuple afar était affable et généreux, les enfants étaient adorés. Bien qu'orpheline de mère, la petite fille recevrait l'affection du reste de la tribu, de son père, de ses tantes, de ses innombrables cousines, des grands-mères, des amies de sa mère. Car en Afrique toutes les femmes formant le clan s'entraidaient pour s'occuper des enfants.

Marina n'était pas mère, mais pensait souvent à la maternité des femmes européennes, isolées dans leurs appartements de ville aseptisés, transformant l'éducation de leur enfant en solitude. Comme sa sœur Anna et sa fille, dans leur demeure de cinq cents mètres carrés couverts de marbre blanc, devant leur piscine avec vue sur la mer. Marina avait appris à ne pas juger, mais Européennes et Africaines auraient beaucoup à apprendre les unes des autres.

Tout en caressant la joue de la petite fille, Marina se dit qu'une vie difficile l'attendrait également. La vie nomade. Cette terre aride serait l'unique paysage que connaîtraient ses yeux. Jamais un autre. En permanence au-dessus des 40 °C. Comme le vent, elle se déplacerait toute sa vie à la recherche d'eau, portant sur son dos les nattes qui formeraient sa maison sur n'importe quel lopin de terre. Elle n'apprendrait sûrement jamais ni à lire ni à écrire, elle garderait des chèvres, irait chercher du bois, moudrait le grain, pétrirait la pâte à pain. Avant même d'accomplir toutes ces tâches domestiques, quand elle aurait deux ans, suivant la tradition millénaire, au petit matin elle serait emmenée par quatre femmes et allongée au bas d'un arbre. Deux d'entre elles lui tiendraient les bras, les deux autres ouvriraient ses petites jambes et les bloqueraient fort pour que la sage-femme de la tribu lui coupe le clitoris au couteau. Marina ferma les yeux. Elle serra contre elle le petit corps de l'enfant, avec l'envie de le protéger.

— Ça y est, elle dort ? demanda Mathias depuis le seuil.

Marina acquiesça.

— Samala est arrivée. Je reste là.

Précautionneusement, elle lui tendit le bébé et s'éloigna vers la porte, entendant Mathias prononcer quelques mots en allemand à voix basse afin de ne pas le réveiller.

— *Wilkommen zum leben, meine lieblich Mädchen.*

Marina se tourna vers eux. Et cette image si belle l'émut : Mathias si bien bâti, si européen, tenant dans ses bras et regardant de ses grands yeux verts cette toute petite fille africaine.

— Je crois que certains de ces mots sont notés dans le carnet, dit Marina.

Il attendit la traduction de sa compagne :

— Bienvenue dans la vie, ma jolie fille.

*

* *

— Elles doivent avoir un GPS dans l'hypothalamus, fit remarquer Marina en regardant les femmes africaines approcher dans le désert.

Tous les matins, elle se posait la même question : comment pouvaient-elles s'orienter sur des kilomètres et des kilomètres dans cet immense océan de sable, à ses yeux uniforme où que se porte le regard ? Les cliniques de l'ONG étaient itinérantes et s'installaient à proximité des peuples afars. Mais des femmes de tribus lointaines arrivaient après avoir marché des heures en suivant, disaient-elles, les étoiles du matin et les ondulations du sable.

Elle les observa, avançant lentement vers elle, leurs bébés attachés dans le dos, un groupe d'enfants de deux à huit ans sautillant à leurs côtés. Les femmes afars étaient sveltes, possédaient une élégance innée et savaient couvrir leur corps mince de grands pagnes imprimés de couleurs vives et de liserés qui contrastaient avec le noir de leur peau. Marina s'approcha d'elles.

— *Ëndemën aderu*, leur dit-elle.

Les femmes rirent de l'entendre les saluer en *kuchita*. C'étaient des personnes innocentes et toujours reconnaissantes. Certains des bébés geignaient toutefois, tournant leur petite tête entre les pagnes. C'était sans doute la première fois qu'ils voyaient une Blanche. Aucune d'elles ne demanda de nouvelles de la jeune fille enceinte et, grâce à des gestes et à des mots très simples en anglais, Marina leur expliqua ce qui s'était passé dans la nuit.

— Vous savez qui c'est ? Vous la connaissez ?

Elles ne savaient rien. Aucune femme de leur village n'avait disparu. Marina leur demanda malgré tout de venir voir derrière la maison de béton, où Mathias avait laissé le brancard et la jeune morte recouverte du drap vert. Peut-être l'avaient-elles déjà vue. Avant de s'occuper de ces femmes et des nombreux patients qui allaient se succéder tout au long de la journée, Marina avait besoin de manger, de se doucher et, surtout, de boire beaucoup d'eau.

Quand elle rentra dans la maison, Samala était en train de préparer l'*injera*, le pain éthiopien dont ils déjeunaient tous les matins. Samala faisait partie du personnel local employé par Médecins Sans Frontières ; elle se chargeait de nettoyer les chambres, de laver le linge et de cuisiner pour les intervenants. Mère de cinq enfants déjà adultes, elle était veuve depuis cinq ans. Elle vivotait dans l'un des *kebel* les plus humbles d'Addis-Abeba, où toutes les nouvelles circulaient par bouche-à-oreille, et elle avait su que des médecins européens embauchaient du personnel local pour les assister. Ils recherchaient principalement pour la logistique des hommes ayant le permis et des notions de construction, d'électricité et de plomberie afin de monter les cliniques mobiles dans tout le pays. Mais elle s'était présentée, elle savait cuisiner et nettoyer, ce qu'elle avait fait toute sa vie. Chaque jour pendant deux mois, elle était restée à la porte du bureau à attendre que les médecins blancs aient besoin d'elle. Et puis, un lundi, l'une des femmes employées par l'organisation avait cessé de venir, sans raison, et Samala était entrée dans la grande famille de MSF. Cela faisait à présent un an. Et, avec Kaleb, le chargé de logistique, ils formaient l'équipe qui accompagnait Marina et Mathias dans le projet de nutrition maternelle et infantile de la dépression de l'Afar.

Mathias avait sans doute déjà expliqué à Samala ce qui s'était passé, puisqu'elle ne demanda rien. Après l'avoir saluée avec affection et remerciée pour le petit déjeuner, Marina se désaltéra généreusement et se retira dans sa chambre.

La douche consistait en un très mince filet d'eau. Pas plus de deux minutes. Mais ces deux minutes étaient un plaisir tel que, parfois, Marina décomptait mentalement les cent vingt secondes afin de ne penser à rien d'autre qu'à ce trésor rare dans le désert, qui s'écoulait le long de son corps. Néanmoins, l'esprit est étrange et, bien malgré elle, Marina se prit à penser au vol LH2039 de la Lufthansa qui la ramènerait dans trois jours d'Addis-Abeba à « chez elle ».

*

* *

Assises par terre, adossées au mur du dispensaire, les Éthiopiennes et leurs enfants attendaient d'être auscultés par les médecins. Certaines expliquaient aux nouvelles venues ce qui était arrivé et les accompagnaient jusqu'au brancard où gisait la jeune morte. Plus de soixante-dix femmes passèrent pour identifier le cadavre, mais personne ne connaissait l'adolescente.

À la tombée de la nuit, l'odeur de mort était devenue insupportable.

Marina donnait le biberon au bébé lorsqu'elle vit depuis la fenêtre de la cuisine Kaleb charger le corps inerte sur la banquette arrière de la Jeep de l'ONG.

L'homme à tout faire referma la porte, alluma le moteur et s'éloigna dans le désert. Il creuserait un trou à quelques kilomètres de là et orienterait le corps vers La Mecque. Il le recouvrirait, formerait un petit monticule de pierres et, conformément au rituel afar, ferait une prière à Allah.

La poussière soulevée par la Jeep s'était totalement évanouie, et ce détail insignifiant alarma Marina. Elle sentit son rythme cardiaque s'accélérer et il lui sembla qu'en quelques secondes la température avait augmenté de plusieurs degrés. Douze heures durant, lorsque le cadavre était encore là, le petit être humain qu'elle avait dans les bras n'avait été que le bébé de la femme morte, et c'est ainsi qu'on en avait parlé à chacune des personnes venues au dispensaire. Désormais, en l'absence du corps, cette petite fille n'était plus à personne, n'importait plus à personne. Si elle pleurait, si elle avait soif, faim, si elle était sale, si elle avait envie de bouger, aucun autre humain que Marina ne viendrait à son aide. Elle éprouva une tristesse profonde pour l'insondable solitude de ce bébé sans nom du fin fond de la corne de l'Afrique, avant de ressentir de la culpabilité. Elle avait agi comme l'aurait fait n'importe quel autre médecin, et ce n'était pas cette certitude qui la tourmentait, mais une question qui lui était déjà venue lors d'autres interventions au cours de sa carrière à MSF : la vie était-elle la meilleure option pour cet être humain ?

Elle se vit comme une praticienne occidentale orgueilleuse sauvant des vies dans le plus pauvre des tiers-mondes. Peut-être tout cela était-il une erreur et la loi de la nature aurait-elle dû décider de qui devait vivre ou mourir. Et peut-être le bébé qu'elle tenait dans les bras aurait-il dû être dans ceux de sa mère, sous terre, enterré en paix.

Marina se passa la main sur le front et s'efforça d'effacer cette pensée de son esprit.

— Bizarre que personne ne soit venu la chercher. C'est sûrement une enfant non désirée, le résultat d'un viol, affirma Kaleb.

Marina et Mathias ne s'attendaient pas à cette remarque, qui les mit mal à l'aise.

— Je peux l'amener à l'orphelinat d'Addis-Abeba, poursuivit-il.

— Attendons encore quelques jours, il est possible que quelqu'un vienne, objecta Marina. Si personne ne la réclame, avant d'aller à l'aéroport, nous la laisserons nous-mêmes à l'orphelinat.

*
* *

Le vent fouettait de nouveau la maison de béton où dormaient Marina, Mathias et la petite. Celle-ci se remit à pleurer comme le font les nouveau-nés qui ont faim, de manière désespérée.

— Ce n'est pas possible, ce n'est pas normal. Tu es sûre qu'elle n'a rien ? protesta Mathias en ouvrant les yeux, déconcerté.

C'était la troisième fois de la nuit que la petite se réveillait.

Marina la prit encore une fois dans ses bras.

Mathias se redressa pour aller préparer le biberon.

— Je comprends pourquoi mon frère aîné s'est séparé dans l'année qui a suivi la naissance de son fils.

— Ma nièce pleurait sans arrêt, nuit et jour, se souvint Marina. Une fois, à 4 heures du matin, on était tellement désespérées qu'on a fait un tour en voiture pour qu'elle s'endorme.

— Et ça a marché ? demanda Mathias.

— Oh oui, elle a dormi. Jusqu'au moment où on s'est garées et où on a retiré la clé du contact.

Ainsi se déroulèrent deux jours et deux nuits supplémentaires. Quasiment sans sommeil. À alterner les soins aux centaines de femmes et d'enfants qui venaient au dispensaire et les soins à cette enfant sans nom que personne ne réclamait.

*
* *

Son vieux sac à dos noir était plein. Cinq tee-shirts blancs, trois pantalons aux tons ocre avec poches sur les côtés, sous-vêtements, parka, nécessaire de couture et un pagne à motifs verts, jaunes et parme acheté avec Mathias au Congo, qui lui servait de couvre-lit n'importe où. Marina ouvrit le carnet Moleskine, y glissa son billet d'avion et son passeport et le plaça dans la poche latérale du sac. Elle sortit de l'armoire le stéthoscope de son père. Elle avait voyagé avec dans plus de trente pays où elle avait exercé sa profession. Toujours le même. Elle n'en avait jamais voulu d'autre. Il n'était guère logique de l'emporter à Majorque, puisqu'elle serait de retour dans moins d'une semaine, mais Marina ne se déplaçait jamais sans. Avec précaution, elle enroula et rangea son amulette dans son sac à dos, qu'elle ferma.

La petite était allongée sur le lit et, du haut de ses deux jours de vie, elle suivait des yeux les mouvements de Marina. La maison sentait l'*injera*. Marina s'éloigna pour aller chercher son petit déjeuner. La fillette émit un son. Marina se tourna vers elle et resta à la regarder quelques secondes. L'enfant vagit encore une fois. Marina sourit, se rendant compte qu'elle les reconnaissait déjà, depuis presque trois jours qu'elle passait avec elle et Mathias. Elle entendait leurs voix. Leurs rires. Leurs discussions quotidiennes. Marina s'assit à côté d'elle et lui saisit la main. La petite serra son poing autour de son index et s'exprima comme si elle avait voulu lui dire quelque chose… « Reste avec moi. »

— Je vais chercher du café et un morceau d'*injera* avec du beurre, je reviens tout de suite, lui dit-elle en espagnol.

La petite vagit.

— Je t'assure, je ne pars pas longtemps. Et je te rapporte aussi ton biberon.

Le bébé réagit de nouveau.

Marina lui caressa la joue et la petite, la main toujours autour de son doigt, le serra plus fort. Ce geste si subtil, si petit, accompli par tous les bébés du monde, émut Marina.

*

* *

La Jeep filait dans le désert à cent cinquante kilomètres-heure. Kaleb connaissait la route comme sa poche et conduisait en racontant, très fier, ses origines dans la région de Kaffa, d'où venait le café, comme l'induisait l'étymologie : *Kaffa*, café, expliquait-il en tournant un peu trop la tête vers Mathias qui, assis sur le siège passager et inquiet de la vitesse, acquiesçait tout en se tenant d'une main au tableau de bord et de l'autre à la poignée située sous la vitre.

Sur la banquette arrière, Marina, la fillette endormie dans les bras, étrangère à leur conversation, regardait au-dehors les kilomètres de sable. Au loin, une file de chameaux chargés de blocs de sel avançait parallèlement à l'horizon.

Ils passèrent par un campement où des femmes nomades construisaient leurs huttes. Les unes disposaient des pierres sur le sol, formant un soubassement, d'autres tenaient l'entrelacs de branches qui constituerait la structure et pendant ce temps, leurs bébés restaient sur les nattes qui deviendraient le toit.

Au passage de la Jeep, les enfants accoururent pour suivre la voiture. Kaleb ralentit.

— *Hello, hello !* crièrent-ils, radieux. *Doctor, doctor !*

Marina leur sourit. Cela lui plaisait qu'ils la reconnaissent.

Du sable sur des kilomètres. La Jeep pénétra dans une zone profonde et chaude. Marina distingua un monticule de pierres formant un cercle, signe qu'il y avait là un corps enterré, et Kaleb le lui confirma : sous ces pierres gisait le cadavre de la mère de l'enfant assoupie.

Marina regarda le bébé, qui s'était réveillé cinq fois dans la nuit et qui, à présent, sans doute à cause du ronronnement de la voiture, dormait placidement. Ils avaient encore presque sept heures de route. Ils passèrent par les montagnes de sel, les lacs de soufre, le versant du volcan Erta Ale, jusqu'à arriver à une zone proche de la frontière avec la Somalie.

Un groupe d'hommes en uniforme militaire portait des kalachnikovs. L'un d'eux leva la main. Kaleb arrêta la Jeep et baissa la vitre. Le militaire s'approcha en étudiant d'un air méfiant les portières de la voiture sur lesquelles un énorme logo annonçait Médecins Sans Frontières. Ils échangèrent quelques mots en amharique et Kaleb lui tendit un billet de dix birrs. Le militaire leur sourit aimablement et les laissa repartir. L'arrêt de quelques instants et l'absence de mouvement avaient suffi à réveiller la petite. Marina la regarda et lui caressa le menton du bout du doigt. Le bébé eut un sourire. Marina recommença, et l'enfant sourit de nouveau. Elle remua les mains, s'étirant de cette manière étrange qu'ont les bébés. Marina demeura pensive. Préoccupée, elle se pencha vers le siège avant.

— Elle n'a pas de nom.

— Comment ? demanda Mathias.

— La petite. Elle n'a pas de nom, répéta-t-elle.

— Ils lui en donneront un à l'orphelinat, intervint Kaleb.

Marina se renfonça dans le siège. L'enfant pleura et, automatiquement, Mathias ouvrit son sac à dos et passa le biberon à Marina.

À l'orphelinat ? Qui lui donnera un nom ? C'est important le nom qu'on reçoit, se dit-elle.

Elle se demanda pour quelle raison ses parents lui avaient donné son prénom plutôt que n'importe quel autre. Elle ne leur avait jamais posé la question. Au lycée, lors d'un cours de latin, elle avait appris que Marina signifie « femme née dans la mer » et en avait déduit que son père, qui se vantait en plaisantant d'être à la fois médecin et marin, avait dû être à l'origine de son prénom. « Je suis un authentique loup de mer », disait-il avec passion, debout sur le *llaüt* pour faire rire ses filles.

Marina en avait conclu que son prénom était dû à l'amour que ressentait Néstor pour les eaux de la Méditerranée. Marina était la fille de l'homme de la mer, la fille du loup de mer. Sa sœur avait reçu le prénom transmis à toutes les premières-nées du matriarcat familial, Ana. Mais en y ajoutant un *n*, pour que le nom soit plus catalan. Et Anna avait suivi la tradition et baptisé sa fille du même nom que sa trisaïeule, son arrière-grand-mère, sa grand-mère, sa mère et elle-même. Cette fois, pourtant, sans *n* supplémentaire.

Caressant la petite, Marina sourit en se remémorant la conversation qu'elle avait eue à ce sujet avec sa sœur alors qu'elles étaient allongées sur une plage majorquine. Anna avait un ventre énorme. Elle était à sa trente-huitième semaine de grossesse et expliquait avec conviction :

— Ma fille s'appellera Ana. Sans le deuxième *n*. Je suis décidée. J'ai passé toute ma vie à corriger mon nom à l'école et sur les documents officiels, et je préfère lui épargner ça. Ana, tout simplement. Anita, avait-elle insisté, très déterminée. Son diminutif sera Anita.

La petite fille éthiopienne fermait les yeux et esquissait des moues étonnantes, gênée par le soleil qui donnait sur la vitre.

— Tu auras besoin d'un nom, bébé, d'un joli nom pour toute ta vie, lui dit Marina.

Elle laissa les lettres de son prénom glisser lentement dans ses pensées. *M*, *a*, *r*, *i*, *n*, *a*. Elle fit de même avec celles du prénom de sa sœur : *A*, *n*, *n*, *a*. Et avec celles de *M*, *a*, *t*, *h*, *i*, *a*, *s*. Elle constata que son prénom avait en commun quatre lettres avec celles de Mathias et une syllabe entière avec celui de sa sœur. Jouant ainsi avec l'alphabet, elle trouva le nom qui accompagnerait pour le restant de sa vie le bébé qu'elle berçait : Naomi.

*
* *

On devinait de loin le profil d'Addis-Abeba. Les gratte-ciel luxueux au pied du mont Entoto. Marina poussa un soupir de soulagement. Elle était épuisée. Elle avait mal partout et les bras ankylosés d'avoir tenu la fillette dans ses bras pendant sept heures. Ils débouchèrent sur une route parfaitement goudronnée, passant devant le squelette d'un édifice en construction où des dizaines d'ouvriers travaillaient au futur et éblouissant siège de l'Union africaine. Ils roulèrent à côté du Hilton, du Sheraton, du palais impérial, du stade d'athlétisme jusqu'à arriver dans l'avenue Churchill, où un agent de ville en surpoids agitait les bras, tentant de réguler la circulation. Des coups de klaxon. Des taxis. Des voitures. Des motos. Des Africains habillés en Armani. De belles Éthiopiennes en tailleur et talons aiguilles. Des boutiques d'artisanat. Des vitrines exposant des mannequins revêtus de Nike. Des touristes. Des mendiants. Une avenue européenne, un mirage de la corne de l'Afrique qui, malgré ses nombreuses visites, ne laissait jamais Marina indifférente… Accolée au luxe s'étendait la misère de l'Afrique, des centaines de huttes en adobe et amiante sans eau courante, sans électricité, sans avenir.

Ils serpentèrent dans une ruelle entre des troupeaux de chèvres et de petits marchés fourmillants à l'air libre, jusqu'à parvenir à un chemin de terre. Ils l'empruntèrent pendant un kilomètre et demi, s'éloignant du centre urbain et retrouvant la véritable Éthiopie. La piste menait à des champs de céréales où des femmes agenouillées procédaient à la récolte. Encore mille cinq cents mètres et ils arrivèrent à une grande maison aux murs branlants rose pâle. L'orphelinat d'État Minim Aydelem Children Orphanage.

Kaleb gara la Jeep. Marina observa à travers la vitre poussiéreuse le bâtiment modeste qui abritait l'hospice. Mathias lui ouvrit la portière et elle attendit quelques secondes, examinant le lieu, qui lui parut d'une tristesse infinie. Elle regarda Naomi, qui dormait toujours tranquillement contre elle.

— Quel silence, s'étonna-t-elle.

Elle descendit de voiture en essayant de ne pas réveiller la petite. Ils s'avancèrent jusqu'à la porte de l'orphelinat. Mathias frappa. Une Éthiopienne aux yeux pleins de bonté leur ouvrit.

— Vous parlez anglais ? lui demanda Marina.

Elle acquiesça. Marina lui expliqua qui ils étaient et dans quelles circonstances Naomi était venue au monde. Pendant ce temps, inconsciemment, elle regardait les lits métalliques qui s'entassaient dans le couloir où se tenaient des enfants silencieux. Certains, réveillés, regardaient dans le vide. L'air sentait l'urine, le lait rance et les excréments de bébé. Le silence gênait Marina. Il était trop pesant pour une demeure recevant des enfants esseulés. C'était le lieu le plus lugubre qu'elle ait vu au cours de toutes ses années d'humanitaire. Ses mains avaient soigné des enfants mutilés du Congo, des bébés infectés par le virus Ebola, des petites filles réfugiées du Soudan. Mais toujours sous le regard attentif des mères, d'une grand-mère, d'un frère, de quelqu'un de la famille. Aucun lieu comme celui-ci, où les enfants ne pleuraient pas, ne demandaient rien, ne croisaient le regard de personne…

La femme leur montra un berceau où laisser Naomi. Un petit lit de métal cassé au matelas plastifié, encore sans draps, à côté d'un autre bébé de quelques jours également, que Marina regarda avant de tourner de nouveau le regard vers Mathias. Sereine, Naomi commença à s'étirer, les yeux encore fermés. Mathias lui caressa le visage. Marina la regarda quelques secondes, l'embrassa sur la joue et la laissa allongée sur le matelas en plastique du lit cassé. Et, sans qu'elle le veuille, son âme se rompit en mille morceaux.

La tête basse, elle se dirigea vers la sortie. Sans regarder en arrière. Naomi faisait de petits bruits en s'étirant, attendant les bras de cette femme qui l'avait bercée les trois premiers jours de sa vie. Elle émit un son plus aigu. Encore un. Puis elle se mit à crier, encore et encore, à pleurer, réclamant ces bras connus. Marina ferma les yeux, l'âme en deux mille morceaux. Elle sentit la peine au plus profond de son cœur. Une peine mêlée de rage, de honte, de tristesse. Elle entendit les pleurs déchaînés du bébé en mettant un pied hors de l'hospice. Elle sentit une oppression au niveau de la poitrine et un soupir se mêla à son sanglot. Elle respira profondément en s'avançant à pas rapides vers la Jeep. Elle comprit alors le silence qui régnait dans ce lieu : il n'y avait pas suffisamment de mains pour s'occuper des pleurs des cinquante bébés couchés dans les lits. Ils pleuraient sans fin les premiers jours, jusqu'à s'accoutumer au vide et, peu à peu, ils se taisaient.

Kaleb mit le contact. Mathias, qui se trouvait déjà sur le siège du copilote, la regarda avec tristesse. Marina monta, ferma la portière et ouvrit la vitre. Les pleurs de Naomi étaient si forts qu'on les entendait depuis la voiture. Le logisticien démarra et Marina regarda en arrière, vers le bâtiment rose aux murs branlants.

— Arrête la voiture.

— Comment ? fit le conducteur sans comprendre.

— Arrête-toi, Kaleb, s'il te plaît.

— L'avion arrive dans moins de deux heures, Marina, lui rappela Mathias.

— Arrête-toi, s'il te plaît, répéta-t-elle.

Kaleb freina. Marina rouvrit la portière et courut dans l'hospice. Elle se dirigea vers le lit métallique où Naomi pleurait sans retenue. Elle la prit dans ses bras et la posa contre elle.

— Allez, calme-toi, lui murmura-t-elle d'une voix douce. Tu as faim, pas vrai ? Pas vrai, Naomi ?

Son dernier biberon remontait à plus de quatre heures. Une fillette trop grande pour rester allongée dans son lit les observait silencieusement de ses yeux tristes.

Naomi dans les bras, Marina se dirigea vers une porte de derrière et déboucha sur une courette munie d'un abri en béton d'où s'élevait la fumée d'une cheminée improvisée. Dedans, une femme mettait à bouillir une énorme marmite remplie de biberons sales. Elle entendit les pleurs de Naomi et se tourna vers elles.

— S'il vous plaît, lui demanda Marina. Vous pouvez me donner du lait pour la petite ?

Sans prêter attention à l'enfant, la femme s'approcha d'une étagère en bois où était posée la grande boîte de lait en poudre.

— Je vous l'apporte quand ça aura bouilli, répondit-elle en désignant la marmite.

— *Amesegënalló*.

La femme sourit en recevant ce signe de respect de la Blanche qui la remerciait dans sa langue.

Naomi continuait de crier. Marina la changea de position, l'allongeant contre sa poitrine pour qu'elle puisse voir ce que ses yeux lui permettaient de distinguer. Elle la berça, fit les cent pas dans la cour jusqu'à une petite fenêtre d'où elle aperçut dix enfants dans des berceaux, silencieux.

Naomi, affamée, pleurait toujours plus et Marina souffrait davantage chaque seconde. Le cri poignant du bébé pénétra au plus profond de l'esprit de l'humanitaire européenne. Jamais auparavant elle ne s'était sentie aussi indispensable à un autre être humain, et une larme vint la surprendre en coulant sur sa joue. Tout doucement, à son oreille, elle lui chanta *A la nanita nana*, la berceuse que sa grand-mère Nerea lui chantait dans les douces nuits majorquines.

*

* *

Au contrôle des passeports de l'aéroport international d'Addis-Abeba, c'était la cohue. Des hôtesses de l'air souriantes marchaient à côté de pilotes fiers, des entrepreneurs chinois serraient la main à leurs homologues africains, des touristes chargés de valises déjouaient les manœuvres des vendeurs ambulants tandis que les employées de ménage passaient et repassaient sans temps mort dans l'édifice futuriste qui abritait les terminaux. Marina, main dans la main avec Mathias, attendait dans la file.

Mathias retira le sac de son dos et Marina ramena sa tresse devant elle pour qu'il puisse le placer sur ses épaules.

— Tu vas me manquer, lui dit-il.

— Pas plus de dix jours.

Sur la pointe des pieds, elle l'embrassa.

Puis elle lui tourna le dos et s'éloigna pour aller présenter son passeport. Mathias esquissa quelques pas derrière elle et la rappela. Elle se retourna et il la prit par la main.

— Tu m'aimes ? lui murmura-t-il.

Elle le regarda, surprise. Comme si ces paroles si simples étaient les dernières qu'elle s'attendait à entendre à ce moment-là. Elle l'étreignit.

— Bien sûr…

— Alors dis-le-moi, s'il te plaît. Même si c'est juste de temps en temps.

Marina lui caressa la joue. Elle était consciente de ses propres faiblesses ; elle n'était pas une personne affectueuse et montrait peu ses sentiments. Elle était plutôt réservée et toujours discrète dans ses relations. C'est un reproche qu'on lui avait déjà fait. Elle aimait comme n'importe quelle autre femme, peut-être avec moins de passion, mais avec toute la sincérité dont elle était capable. Elle était fidèle et sans faux-semblants. Cela, Mathias le savait, de même que les quelques hommes qui étaient passés dans sa vie. Marina le serra avec force et lui chuchota :

— Ce sont seulement des mots. Mais si tu veux les entendre, je peux te les dire tous les jours, toutes les nuits, autant que tu voudras.

— De temps en temps, ça suffira.

Les lèvres de Marina laissèrent échapper les paroles ultimes.

— *Ich liebe dich.*

*
* *

Cuisine éthiopienne, annonçait la couverture du livre que Marina avait dans les mains au duty free du terminal. Elle l'acheta. Une fois sortie du magasin, en cherchant sa porte d'embarquement, elle lut l'immense écriteau conçu par le gouvernement pour attirer le tourisme dans le pays : *Bienvenue en Éthiopie, berceau de l'humanité*. Ainsi l'avaient baptisée les paléontologues. C'est dans ce pays qu'on avait trouvé, enterré, le premier squelette de femme, la première femme du monde, enfouie plus de trois millions d'années plus tôt. Marina ne put s'empêcher de se souvenir de la jeune mère de Naomi, qui gisait désormais sous terre.

Elle parvint à la porte d'embarquement, encore fermée, et s'assit sur un banc moderne transparent, de plusieurs mètres de largeur, près d'autres passagers européens.

Dans combien d'aéroports avait-elle attendu ? Combien d'avions avait-elle pris dans sa vie ? Combien en prendrait-elle encore ? Des vols long-courriers vers les cinq continents, des vols intérieurs, de petits avions à hélices vers des lieux reculés. Ainsi passait-elle de pays en pays, dix ans, vouée à l'humanité.

Arriver en Éthiopie avait signifié, paradoxalement, trouver un peu de stabilité dans sa vie. Médecins Sans Frontières travaillait là depuis vingt ans. C'était le seul pays où l'ONG avait une mission en continu car, étant donné la dénutrition constante de la majorité de la population, on le considérait en état d'urgence permanent. À quarante-trois ans, on lui avait proposé de devenir chef de mission pour douze mois. Elle en était déjà à la troisième année…

Elle sortit le livre de cuisine de son sac à main et en caressa la couverture, puis l'ouvrit. Sur la première page apparaissaient une femme africaine qui pétrissait du pain, puis la photo et la recette de cet aliment de base du peuple éthiopien.

Le bruit d'un avion qui décollait lui fit relever les yeux. Aucun nuage à l'extérieur. Le ciel bleu.

Anna apprécierait ce livre. Depuis toutes petites, elles avaient aidé ensemble leur grand-mère Nerea à pétrir le pain. Elle les attendait tous les après-midi après l'école, les ingrédients prêts sur une très longue table de bois, pour confectionner ce pain noir qui, selon elle, était si nourrissant, le *pa moreno amb farina de xeixa*[1]. Elles mélangeaient l'eau et la farine et patouillaient de leurs petits doigts. Cela paraissait incroyable, mais après toutes ces années Marina se rappelait encore les quantités exactes des ingrédients. La sensation de ses doigts dans la pâte. Et l'odeur. Cette odeur de pain récemment cuit qui se diffusait dans toute la maison et s'introduisait dans son cœur. L'odeur de son foyer.

— *Your attention please. This is a boarding announcement for flight number 2039, destination Frankfurt. Please, passengers proceed to gate number 11*[2].

---

1. Pain noir à la farine d'une variété de froment des îles Baléares.

2. « Votre attention, s'il vous plaît. Les passagers du vol 2039 à destination de Francfort sont invités à se présenter à la porte d'embarquement n° 11. »

2

L'AMITIÉ OU LE CHAPATI

Chapati (pain indien)

INGRÉDIENTS :

200 g de farine

1 cuillerée de sel fin

1 cuillerée d'huile d'olive

1 tasse de lait ou d'eau

PRÉPARATION :

Mélanger la farine et le sel fin. Incorporer l'huile d'olive. Verser l'eau petit à petit jusqu'à ce que la pâte soit homogène et ne colle plus aux mains. Laisser reposer une demi-heure. Former de petites boules et les aplatir au rouleau pour obtenir une galette bien fine. Faire chauffer une poêle sans huile et, lorsqu'elle est chaude, faire cuire un chapati. Quand de petites bulles apparaissent, retourner. La pâte gonflera peu à peu. Une fois que le chapati commence à dorer, le retirer de la poêle.

Marina attacha sa ceinture. Elle était fatiguée après ces derniers jours intenses. Elle se cala dans son siège et regarda par le hublot. Mathias devait déjà être de retour en ville. Cette nuit, il dormirait dans l'appartement que l'ONG louait pour les expatriés travaillant à Addis-Abeba. Elle l'imagina assis, partageant une Moritz avec son ami Siegfried, supporter du Bayer Leverkusen et fan de Michael Schumacher comme lui ; il était devenu un grand ami pour tous les deux. Ils lui avaient même promis, une nuit où ils avaient bu une ou deux bières de trop, qu'il serait leur témoin si jamais ils se mariaient un jour.

À l'appartement, il y aurait aussi Aritz Goikietxea, ingénieur basque et surfeur nostalgique de ses vagues de Mundaka, ainsi qu'Ona, la comptable catalane qui apaisait la nostalgie d'Aritz grâce aux chansons de Joan Manuel Serrat.

Et, bien entendu, Manolo, sympathique Sévillan (du quartier de Triana, comme il le précisait toujours), logisticien et ex-légionnaire tatoué de la tête aux pieds. Il préparerait sûrement une tortilla aux pommes de terre avec beaucoup d'oignon qu'il partagerait avec tous les autres, notamment pour faire une bonne impression à la nouvelle intervenante qui avait atterri dans le projet, une Française un peu maniérée.

Marina aurait aimé les voir. C'était toujours un plaisir de les retrouver, de même que les nombreux autres expatriés qui tournaient dans les urgences médicales du monde. Ils formaient une grande famille, une grande famille de gens seuls, sa famille à elle.

On entendit le vrombissement des moteurs. Marina ferma les yeux et l'avion décolla.

Les couleurs. C'est la première chose qui attirait l'attention de Marina lorsqu'elle rentrait en Europe. Elle n'avait pas quitté l'Afrique depuis un an et, en dépit de la pauvreté extrême, tout y paraissait peint de couleurs gaies, orange, vert, jaune… Au moment où elle posa le pied dans l'aéroport de Francfort, le monde sembla s'éteindre. Il paraissait triste. Le ciel presque toujours nuageux recouvrait la ville-relais pour les centaines d'Européens en costume qui se croisaient sans se regarder, une mallette noire à la main.

Marina traversa en hâte le hall et cette marée anonyme d'êtres humains gris pour se diriger vers la porte d'embarquement 45A et avoir sa correspondance pour Barcelone.

Elle vit son haleine se condenser en quittant le terminal 2 de l'aéroport El Prat. C'était la nuit. Elle se frotta les mains, souffla dessus et ajusta la fermeture Éclair de sa doudoune. Les changements de température brusques l'affectaient toujours. Elle avait appris la leçon lorsqu'elle avait accompagné Mathias à Berlin pour les fêtes dans sa famille. Elle était passée en quelques heures des 40 °C éthiopiens aux – 10 °C berlinois, ce qui lui avait occasionné la grippe la plus carabinée de sa vie.

Elle reconnut tout de suite la Mercedes blanche en piètre état et sa bonne amie Laura qui parlementait avec un agent de ville. Malgré les années et la durée des absences de Marina, son amie Laura était toujours là, à l'attendre, dans ce vieux tas de ferraille blanc.

Marina accéléra le pas et courut vers elle, qui déjà lui ouvrait le coffre avec sa sollicitude habituelle, tout en disant à l'agent :

— Je vous avais bien dit que ma copine arrivait.

Les deux amies s'embrassèrent tandis que le contractuel, secouant la tête et pinçant les lèvres, s'éloignait.

Elles montèrent vite dans le véhicule et, bien sûr, au moment où Laura mit le contact, une vieille cassette de Leonard Cohen se fit entendre. Marina sourit au son de la voix du chanteur canadien, et son amie prit de la vitesse sur l'A7.

Laura avait déjà fêté ses cinquante ans et faisait partie de l'unité psychosociale de MSF. Elle travaillait au siège central espagnol, dans un vieux bâtiment du quartier du Raval, à Barcelone.

Lorsque l'ONG avait été fondée, en 1971 à Paris, l'idée s'était vite imposée que les expatriés qui reviendraient du terrain auraient besoin de soutien psychologique. Il n'était pas facile de reprendre sa vie après avoir été témoin de l'horreur, de la famine, des mutilations et de toutes les atrocités du monde qu'ils tentaient de soigner. On décida donc bien vite de créer un département de psychologie pour permettre aux collaborateurs de continuer à exercer sans sentir trop le poids des peurs et des traumatismes.

Ils n'avaient pas l'obligation de venir sur le divan de Laura, mais la majorité d'entre eux passaient un jour ou l'autre entre ses mains. Pour se défouler, pleurer, essayer de comprendre. Pour rechercher des réponses.

Cinquante-cinq pour cent des humanitaires qui entreprenaient leur première mission décidaient au retour de ne pas poursuivre leur collaboration avec l'ONG. Ils s'asseyaient dans le petit bureau accueillant de Laura, totalement défaits et honteux, et reconnaissaient ne pas être prêts psychologiquement à continuer d'intervenir dans des territoires en conflit. La réalité était trop dure pour eux. Et c'était vrai. Il n'est pas facile de voir mourir de faim ou de soif des enfants, d'entendre les pleurs d'affliction de leurs mères, de s'occuper de jeunes militaires en sang…

Dix ans plus tôt, de retour de sa première mission, Marina s'était assise sur le divan de Laura. Elle revenait après six mois de programme de santé maternelle et infantile dans l'État indien de Chhattisgarh. À l'instant où elle s'était installée face à elle, Laura avait su que Marina faisait partie des quarante-cinq pour cent restants. À présent, Laura était toujours sa psychologue mais, avec les années, il était parfois difficile de savoir laquelle d'entre elles était la psy. Elles avaient tissé, presque sans s'en rendre compte, un lien de profonde amitié.

La Mercedes blanche descendit la Rambla de les Flors. Il était quasiment 22 heures. Samedi. Malgré le froid, la rue était pleine de touristes. Les boutiques d'alimentation étaient encore ouvertes ; les étrangers entraient et sortaient des hôtels ; les restaurants vitrés étaient pleins à craquer et des jeunes filles pomponnées souriaient en regardant leur portable. Des groupes d'Africains marchaient avec leurs énormes sacs blancs remplis de vêtements de contrefaçon ; des Indiennes enveloppées de leurs saris avançaient en tenant la main de leurs enfants ; des Maghrébins à l'air sérieux… C'était Barcelone.

Elles empruntèrent la rue Hospital jusqu'à la Rambla del Raval et se garèrent.

— Comment va Mathias ?

— Bien. On forme toujours une bonne équipe, répondit Marina en souriant.

Enfin, elles montèrent dans l'immeuble ancien où vivait Laura et entrèrent dans l'appartement où il restait bien peu du feng shui dont elle s'était inspirée quelques années plus tôt. La jolie fillette aux boucles blondes qui accourut pour embrasser sa mère était la responsable du chaos accueillant qui régnait dans la pièce.

— Ma puce, qu'est-ce que tu fais réveillée à cette heure ?

— Elle a voulu vous attendre, madame. J'ai essayé de la coucher, mais il n'y a pas eu moyen, je suis désolée, intervint une jeune et douce Tibétaine dans un espagnol approximatif.

Dans le loft de quatre-vingts mètres carrés s'entassaient des livres de psychologie, des papiers griffonnés, des Barbie, des jouets et des crayons gras. Des peintures d'enfant étaient accrochées aux murs. Le chauffage était toujours fort.

— Elle est trop mignonne, dit Marina en observant sa filleule, qu'elle n'avait pas vue depuis un an et demi.

— Ce doit être la loi de la compensation, répondit Laura avec l'humour acide dont elle faisait preuve de temps à autre.

Sa fille était blonde, avait la peau blanche et les yeux très clairs. Une beauté scandinave, presque insolite, rien à voir avec sa mère biologique. Laura était une femme peu gâtée par la nature. Le front large, de petits yeux, un nez proéminent et des cheveux fins et grisonnants. « Ça, elle est intelligente, mais la pauvre elle est laide comme le péché », avait lâché son père lorsqu'elle était petite, au cours d'une de ces nuits de réveillon où l'on boit plus que de raison. Une phrase lapidaire qui était restée fichée dans son cœur. Et que, bien entendu, toute la psychologie qu'elle avait étudiée dans sa vie n'avait pas réussi à effacer.

Laura paya trente euros la Tibétaine, qui reprit son sac et sortit avec une discrétion tout asiatique.

— Allez, au dodo. Tu sais quelle heure il est ?

La petite fille courut jusqu'au tatami qu'elle partageait avec sa mère. Marina et Laura la suivirent et s'allongèrent à côté d'elle. Quoiqu'âgée de six ans, elle suçait encore son pouce, plaisir que sa mère ne lui avait jamais interdit. Elle se le mit dans la bouche, se tourna vers Marina, les yeux grands ouverts, et lui demanda de lui raconter une histoire.

— Alors, alors… commença Marina, qui n'avait jamais raconté une histoire de sa vie. Il était une fois…

Rien ne lui venait.

— Euh, ma chérie, je ne suis pas trop habituée. Demande plutôt à maman.

Laura rit.

— Non, attends, reprit Marina. Il était une fois une princesse qui vivait dans un pays lointain appelé Éthiopie. Elle s'appelait Naomi et avait la peau noire. Elle vivait au milieu de champs de céréales… dans une maison… une maison rose.

— Rose ? s'étonna la fillette en sortant son pouce de sa bouche.

— Ferme les yeux, lui ordonna Laura.

Marina poursuivit sur un ton posé, baissant insensiblement la voix, inventant le premier conte pour enfant de sa vie, et l'enfant s'endormit.

Elles la laissèrent sur le tatami et déplièrent un paravent.

— Je ne sais pas combien de temps ça va encore durer, cette histoire de cododo. Elle me file de ces coups de pied…

Laura vivait pleinement sa maternité. Mais pleinement comme pleinement. Avant de tomber enceinte, elle avait travaillé quinze ans et ne s'accordait guère de plaisirs, aussi avait-elle économisé suffisamment pour demander, en plus des quatre mois de congé maternité accordés par la loi, deux ans supplémentaires pour se consacrer exclusivement à l'éducation de sa fille. Elle l'avait allaitée pendant tout ce temps et la portait sans cesse en *mbotou*, un porte-bébé traditionnel africain que lui avait acheté Marina dans une petite boutique d'un village congolais sur le bord de l'Ebola. Elle n'avait utilisé que de rares fois la poussette MacLaren offerte par ses collègues de MSF. Quant au cododo, c'était l'évidence depuis le jour de la naissance.

En outre, Laura parlait à sa fille comme à une adulte depuis le jour où elle était sortie de son ventre. Hors de question de s'adresser à elle à la troisième personne, de babiller et de gazouiller. Elle croyait fermement à la relation entre la parole maternelle et le développement de l'intelligence. Et il était vrai que la fillette s'exprimait avec un vocabulaire très riche pour ses six ans.

— Qu'est-ce que tu as envie de manger ?

— Quelque chose de léger, j'ai l'estomac un peu retourné après l'avion.

— On fait des chapatis ? Avec un peu de salade.

Laura sortit la farine du placard. Marina prit un rouleau dans le deuxième tiroir. Ce pain indien tout simple, elles l'avaient préparé à bien des reprises toutes les deux. Laura trouvait complètement illogique d'aller à la boulangerie tous les jours alors qu'avec un peu de farine, d'eau, de sel et trente minutes de temps on pouvait faire son pain.

— C'était qui, cette princesse éthiopienne ? s'enquit la psychologue en versant un petit verre d'eau dans la farine.

Marina la regarda avec complicité. Peu de détails échappaient à son amie.

— J'ai aidé à l'accouchement, la mère est morte, répondit-elle rapidement en glissant ses mains dans la pâte.

Laura garda le silence pour la laisser parler.

— Des fois, je me dis… (Marina continua de pétrir, pensive.) Peut-être que cette petite ne devrait pas avoir survécu.

— Marina, ne dis pas ça.

— Je l'ai laissée dans un hospice de merde.

Laura observa Marina pendant que, sérieuse, elle saisissait le rouleau pour étaler la pâte.

— Tu te sens bien ?

Marina détourna le regard.

— Des enfants qui n'auraient pas dû naître naissent, et des enfants qui auraient peut-être dû naître ne naissent pas… parce que leurs mères les en empêchent, conclut Marina en mettant le chapati dans la poêle.

Toutes deux savaient ce qu'il fallait lire entre les lignes. Laura savait que cet épisode de la vie de Marina lui reviendrait. Il y avait trop longtemps qu'elle psychanalysait les infirmières, photographes, médecins, logisticiennes, des femmes fortes et intelligentes qui étaient arrivées au sommet de leur carrière en sacrifiant leur maternité ; à un moment de leur vie, en fouillant dans leur âme, elles regrettaient ce renoncement à un désir si ancré dans la nature féminine. Mais, chez Marina, il fallait aller un peu plus loin pour comprendre que ce n'était pas seulement l'envie de faire carrière qui l'avait poussée à expulser le fœtus qu'elle avait dans le ventre.

— Tu es capable d'aimer un enfant, Marina. N'en doute jamais. Tu n'es pas ta mère, lui avait dit Laura neuf ans plus tôt, en posant la main sur le ventre de sa patiente.

Quelques heures plus tard, elle l'accompagnait dans une clinique de Barcelone qui pratiquait l'avortement, même si Marina savait que le père – Jeremy, de trente ans plus âgé qu'elle, professeur à l'université de médecine de Perelman et connu par ses étudiants comme le Dr Sherman – l'aurait toujours aidée.

— Je l'ai appelée Naomi.

Elle regarda de nouveau son amie et lui sourit avec tristesse.

— C'est un très joli prénom.

— Kaleb a insinué qu'elle était sûrement issue d'un viol.

— Ah, ça, nous ne le saurons jamais. Quelle importance, maintenant, de savoir qui était le père ? Tu as fait ton devoir. Cette enfant trouvera une famille adoptive et sera heureuse.

— Il faut espérer.

— Je t'assure.

Laura attrapa dans le réfrigérateur de la salade, du maïs, des oignons et des tomates, tandis que Marina mettait à cuire un autre chapati.

— En parlant de parents… je dois te raconter quelque chose, dit Laura en ouvrant le robinet pour laver la salade.

Marina la regarda avec attention.

— Il est suédois.

— Qui ça ?

— Le donneur, Marina. De qui tu crois que je parle ?

— Mais… comment tu l'as su ?

— Par la gynéco qui m'a inséminée. Lors d'un de mes derniers contrôles, je l'ai trouvée cernée, amaigrie, et même si on n'était pas devenues intimes je lui ai demandé si tout allait bien. Elle s'est mise à pleurer, direct.

— Vraiment ?

— Elle sait que je suis psy, alors je suppose qu'elle s'est lâchée. Le classique du mari qui laisse son portable à la maison, son épouse se rend compte que ça fait je ne sais combien de temps qu'il la trompe avec une autre, et histoire de l'achever c'était censé être sa meilleure amie.

Elles emportèrent les chapatis et la salade dans le salon et s'assirent sur le canapé.

— Et cette année, pour me remercier des séances de thérapie gratuites, j'imagine, et en voyant la beauté blonde que j'avais mise au monde, elle m'a laissé entendre qu'à la clinique, quand ils n'avaient plus assez de sperme, ils en achetaient à une banque suédoise…

Marina se tut. Cette information était illégale. Elles avaient beaucoup évoqué le sujet : l'identité des donneurs. En Espagne, la loi interdisait de fournir des informations sur eux. Du coup, ensemble, et grâce à l'aide de Jeremy, elles avaient contacté l'entreprise américaine Criobank Association. Une société privée de pointe dans le domaine de la procréation médicalement assistée, qui n'acceptait que le sperme d'étudiants des universités Yale, Harvard et Stanford. Raison pour laquelle elle pratiquait des tarifs cinq fois plus élevés que le reste des entreprises du secteur. Criobank permettait en outre aux réceptrices de spermatozoïdes universitaires de choisir la couleur de peau, de cheveux, d'yeux du donneur, mais aussi sa taille et d'entendre sa voix.

Laura avait été tentée par ce voyage aux Amériques à la recherche du meilleur spermatozoïde pour son futur enfant, mais elle était quelqu'un de sceptique, à plus forte raison en ce qui concernait les États-Unis.

Une nuit qu'elles étaient sorties dans un bar du quartier gothique, entre vin rouge et tapas aux anchois, Laura avait imaginé son futur donneur, un étudiant chétif en sciences dures assis dans une minuscule pièce insonorisée, propriété de la banque de sperme située dans le centre-ville de Philadelphie, baissant la braguette de son Levi's 501, introduisant la main dans son caleçon et se paluchant devant un écran où un mec musclé aux traits caucasiens et au phallus trois fois plus grand que le sien empalait une blonde aux seins énormes qui hurlait de plaisir. Les tapas aux anchois avaient défilé, d'autres verres de vin étaient arrivés, et leur imagination s'était échauffée toute la soirée. Elles en avaient conclu que le processus de collecte devait être similaire à celui des cliniques d'insémination espagnoles. À la petite nuance près, avait précisé Laura, qu'en Espagne le type qui se paluche pouvait être un pauvre mec qu'on avait viré du collège.

Après avoir envisagé le sujet sous toutes les coutures et douté que les spermatozoïdes universitaires américains soient réellement universitaires, Laura avait décidé de se faire inséminer dans sa mère patrie. Non seulement au regard de l'incertitude quant à l'origine du sperme, mais aussi parce qu'elle aurait dû s'installer pour une période de trois à neuf mois aux États-Unis puisque, selon les statistiques, la probabilité de tomber enceinte au premier essai était de vingt pour cent environ, de sorte que le processus pouvait se prolonger des semaines durant. Or elle ne se voyait pas attendre seule là-bas, même si le donneur s'avérait docteur honoris causa de l'université Stanford.

Ainsi, un lundi du mois de janvier 2004, elle avait laissé le hasard décider du spermatozoïde qui lui serait injecté par une canule aseptisée dans le service d'assistance médicale à la procréation de la clinique Dexeus de Barcelone. Et, neuf mois plus tard, dans le loft où elles se trouvaient, au son de la musique de Leonard Cohen, Marina avait extrait du ventre de son amie Laura la magnifique petite fille qu'elle avait conçue.

— Depuis que je le sais, ce donneur anonyme, le père biologique de ma fille, débarque dans mes rêves… Et ça me travaille, pour tout te dire. Parfois, le père… Je ne sais pas pourquoi je l'appelle le père, fit-elle avec une moue. Le donneur apparaît comme un mec tranquille et sympa, d'un certain âge, blond, très beau, comme ma fille… et je les observe de loin. Je suis dans le rêve aussi, c'est comme dans un film… Il marche dans un désert et ma fille court vers lui, tout heureuse.

— C'est un joli rêve.

— Oui, bien sûr… D'autres fois, je rêve que c'est un SDF alcoolique qui pousse un chariot de supermarché rempli d'objets cassés dans les rues gelées des bas quartiers de Stockholm, ajouta Laura avec une certaine angoisse.

— Tu retournes au cinéma depuis que tu as la nounou tibétaine, non ? fit remarquer Marina avec le sourire afin de dédramatiser.

Elles rirent. Pourtant, au départ, Laura n'avait éprouvé aucune curiosité pour l'identité du père biologique de sa fille. Mais, après la conversation avec la gynécologue, un monde onirique infini s'était ouvert, et l'autre moitié de sa fille lui apparaissait désormais en rêve.

— Le pire, reprit-elle, c'est que la Suède a voté la loi du non-anonymat, et qu'à partir de dix-huit ans les enfants nés par PMA ont le droit de connaître l'identité du donneur. Cela dit, ajouta Laura, je ne suis pas obligée de lui en parler.

— Je vais t'emprunter une expression : « le mensonge n'est jamais bon », répondit Marina avec un léger sourire.

— Changeons de sujet, j'y pense assez la nuit. Pour en revenir à toi, chère amie, comment tu peux envisager de donner pouvoir à ton beau-frère après tout ce qui s'est p…

— Et que veux-tu quc jc fassc ? Anna est incapable de gérer la paperasserie de l'héritage. Apparemment c'est très compliqué. (Marina haussa les sourcils.) Et elle ne fait rien sans consulter son mari de toute façon. Mais je lui ai donné un pouvoir limité. C'est ma sœur et moi qui avons le dernier mot.

— Ça m'inquiète…

Elles arrivèrent ainsi à 4 heures du matin, échangeant quelques informations croustillantes sur MSF, remontant les mois passés sans se voir et nourrissant la belle amitié qu'elles cultivaient depuis des années par des conversations sincères et respectueuses. Elles ne se reverraient sûrement pas avant longtemps, il s'écoulerait peut-être un an, voire plus. Mais cela n'avait pas d'importance, elles étaient de ces femmes chanceuses à qui la vie offre en trésor une solide amitié. Une amitié dont elles profiteraient jusqu'à la fin à grand renfort de conseils le jour, et le soir de potins et de chapatis, de verres de vin rouge et de tapas aux anchois.

*

* *

L'hiver, la compagnie Trasmediterránea affrétait un seul ferry par jour entre Barcelone et l'île de Majorque. Le bateau avait une capacité de cinq cent quatre-vingt-neuf passagers mais sur ce trajet il ne devait pas y en avoir plus de cinquante. Peu de monde se rendait là-bas en basse saison et les gens préféraient en outre les vingt minutes de vol vers l'aéroport de Palma aux huit heures de bateau permettant d'accoster au port de Peraires. Les nuages étaient denses et un unique rayon de soleil, timide, parvenait à s'insinuer entre eux. Les passagers avancèrent sans perdre de temps vers l'intérieur du ferry et s'assirent dans les sièges sans ôter leur manteau. En arrivant dans le *Sorrento*, qui portait le nom du petit-fils préféré du propriétaire de la compagnie, Marina, elle, emprunta la galerie de bâbord pour déboucher sur la proue. Un capitaine âgé allumait les moteurs depuis le poste de commande. Cent quatre-vingts mètres de long, vingt-cinq de large pour quelques membres d'équipage et quelques passagers. Le *Sorrento* avait des allures de navire fantôme. Des mouettes volaient en cercles tout en émettant des piaillements aigus, dans l'attente qu'un pêcheur généreux pense à elles. Observant les oiseaux, Marina s'accouda à la rambarde rouillée.

Enfin elle se trouvait là où elle voulait être.

Il aurait été plus pratique de prendre l'avion depuis Barcelone, et encore plus rapide de réserver un vol Francfort-Palma, mais Marina avait préféré revivre ce voyage lent, ces huit heures sur les eaux de la Méditerranée. Ce même trajet qu'elle avait accompli le 21 décembre 1982, à dix-sept ans. Elle avait besoin de ressusciter ce souvenir intime qui allait la remplir de nostalgie. Elle se rappelait mot pour mot son dernier échange sur le pont d'un ferry similaire avec l'homme qu'elle avait le plus aimé, Néstor Vega, son père.

Elle regarda l'horizon. C'était aussi un hiver froid. Elle était en terminale à St. Margaret School, prestigieux pensionnat pour filles dans la ville de Philadelphie, et revenait comme chaque année passer Noël avec sa famille.

— Ma fille, tu t'es transformée en femme, lui avait dit son père ce jour-là. Je te vois, je t'écoute, et je ne pourrais pas être plus fier de la personne que tu es en train de devenir.

Telles avaient été les premières paroles de son père, en montant sur le ferry, il y avait déjà plus de vingt-cinq ans.

— Papa… qu'est-ce que tu racontes ?

— Tous les ans dans mon cabinet je vois des centaines de patients, et en tout genre : il y a des gens merveilleux, des gens moins merveilleux, des gens tout court, des gens méchants et des gens répugnants.

Marina avait souri. Son père était un homme critique envers tout, parfois trop.

— Je crois que le jeu en vaut la chandelle. Je suis conscient qu'il n'a pas été facile de te séparer de nous, de moi, d'Anna, de grand-mère Nerea… (Après une pause, il avait hésité mais dit quand même :) De ta mère.

Marina avait détourné le regard. Pourquoi parlait-il d'elle ? Il savait que sa mère ne lui avait pas manqué.

Néstor avait pris la main de sa fille. Il ferait en sorte que ces fêtes de fin d'année soient calmes, sans cris ni reproches. Il savait que l'une et l'autre ne pouvaient se supporter plus de deux jours sans que tout explose, que l'une finisse en pleurs et l'autre à somatiser on ne savait pas trop quoi. Marina méritait des fêtes tranquilles. Ils sortiraient en *llaüt*, bien emmitouflés, quand l'hiver le leur permettrait.

— Qu'est-ce que tu comptes faire de ton avenir ?

— C'est-à-dire, papa ?

— Ta vie. La vie que tu as devant toi, quand tu sortiras de St. Margaret.

— Je ne sais pas.

— Chez nous, il n'y a pas de fac de sciences, tu peux étudier à Madrid, comme je l'ai fait, ou ici, à Barcelone… Ou…

Marina l'interrompit. Elle savait quelle troisième option il allait lui proposer, mais refusait de l'entendre.

— Je ne sais pas, papa. Pour l'instant je ne peux pas te répondre. Tu comprends ? C'est quand même compliqué qu'à dix-sept ans on te demande de décider de ce que tu vas faire. De ce que tu vas être pour le reste de ta vie.

— Oui, c'est vrai. Mais c'est comme ça que ça se passe.

— Je ne m'imagine pas dans une nouvelle ville. À tout recommencer. Toujours seule… Parfois, je me dis que je ne devrais pas faire d'études.

— Qu'est-ce que tu racontes ? s'était-il étonné, déçu. Ce serait vraiment dommage. Tu étudies depuis quatre ans dans l'un des meilleurs pensionnats des États-Unis, tu es préparée pour intégrer n'importe quelle université du monde. Tes notes sont excellentes, plus qu'excellentes… Tu ne m'as pas laissé finir tout à l'heure. Bien sûr tu pourrais t'inscrire à l'université de Madrid ou de Barcelone, mais j'ai reçu une lettre du proviseur de St. Margaret.

— Je sais, papa, l'avait de nouveau coupé Marina. Je pourrais peut-être obtenir une bourse pour l'université de médecine de Philadelphie, avait-elle poursuivi sans le moindre enthousiasme. Il m'en a déjà parlé.

— Et ça ne te fait pas plaisir ? Tu sais ce que ça signifierait pour ton avenir ?

— Le proviseur pense que je pourrais être acceptée, mais l'année est loin d'être terminée. Et je devrais passer un concours qui n'est pas facile.

— Tu seras acceptée. Tu vas réussir l'examen, et avec de très bonnes notes. J'en suis convaincu. Si tu le veux, évidemment. Écoute, si tu es sélectionnée, ils t'offriront une bourse complète et tu recevras la meilleure formation médicale du monde. Tu le mérites.

Marina n'avait envie de parler ni de sa réussite scolaire, ni de son avenir, ni de quoi que ce soit qui ait à voir avec ça, en dépit de toute l'importance que l'on y accordait. Rester silencieuse dans les bras de son père sur ce vieux ferry lui suffisait. Rattraper le temps perdu. Le voir deux mois par an n'était pas assez. Elle vivait neuf mois à des milliers de kilomètres, et à présent qu'il était là, à quelques millimètres, elle avait seulement besoin de silence, d'amour, et non de conversations autour de ses résultats scolaires. Mais, incapable de percevoir cela, Néstor avait continué à la questionner sur le brillant avenir qu'il envisageait.

— Je vais te raconter une histoire. Tu te rappelles quand je suis venu l'an dernier ? J'arrivais de Washington, d'un congrès de médecine.

Marina avait hoché la tête sans le regarder. Il allait lâcher l'affaire, oui ?

— Lors du colloque, j'ai rencontré un gynéco américain. Notre labo nous avait logés dans le même hôtel et, la première nuit, on s'est retrouvés au comptoir du piano-bar. Il y avait un vieux pianiste tout rabougri, tout triste, qui reprenait *Fly Me to The Moon*, de Frank Sinatra.

— Papa, où veux-tu en venir ?

— Attends, ne sois pas impatiente. Le pianiste était nul et le gynéco m'a dit : « Je lui paierais bien son cachet de la soirée pour qu'il arrête de nous torturer. » On a rigolé, et ensuite il m'a serré la main et s'est présenté avec humilité. Je dis avec humilité parce qu'au colloque on savait tous qui c'était : une éminence mondiale de la gynécologie. Jeremy Sherman, il s'appelle. Un type sympa, un peu plus vieux que moi et, curieusement, amoureux de Majorque. Il y était venu avec sa femme avant de se marier, et il avait même goûté le riz sauvage de la pension de Valldemossa. Incroyable, non ?

Il avait jeté un regard à sa fille qui, tête baissée, l'écoutait à contrecœur.

— Du coup, on a passé le reste de la semaine ensemble, d'un séminaire à l'autre. On a sympathisé… On s'écrit et il m'envoie des revues de gynécologie impossibles à trouver dans l'île. Marina, c'est le doyen de l'université de médecine de Perelman. Et je suis sûr que si tu veux y étudier il nous aidera.

Marina écoutait en regardant la mer, qui malgré l'hiver était calme.

— Le dernier jour du congrès, on a fini assis sur le tabouret à côté du pianiste à chanter *Fly Me to The Moon*. C'était ridicule… Jeremy est quelqu'un de bien. Il donnera un coup de pouce.

Néstor attendait la réaction de sa fille.

— Je veux revenir à Majorque, papa. Je ne veux plus être seule à sept mille kilomètres de vous. Tu ne comprends pas ?

Le regard de Néstor s'était fait plus aigu et Marina avait tenté de garder son assurance.

— Eh oui, papa, je travaillerai. Comme beaucoup de jeunes qui décident de ne pas faire d'études.

— Pas d'études ? Mais arrête un peu. Et qu'est-ce que tu ferais ?

Il n'avait pas élevé la voix, mais employé ce ton dur que sa fille connaissait bien.

Elle lui avait pris la main, consciente de le décevoir, et c'était douloureux. Mais il avait déjà décidé de trop de choses à sa place et, malgré ses dix-sept ans, elle sentait qu'elle voulait être maîtresse de sa destinée.

Néstor s'était appuyé à la rambarde du bateau. Il ne comprenait pas sa fille.

— Papa, je ne sais pas ce que va devenir ma vie, mais je sais une chose : je veux revenir. Je veux revenir, papa ! Vous m'avez tellement manqué… tant de nuits seule à Philadelphie. Je veux être près de toi, de grand-mère Nerea, même si elle est sénile et ne me reconnaît pas, et avec Anna. C'est la seule chose dont je sois complètement sûre. Je veux revenir.

Les mouettes poursuivaient leur vol et il lui sembla qu'elles étaient passées du cercle au triangle. Le cuisinier du *Sorrento* s'approcha de la rambarde, une baguette de pain dur à la main.

— C'est moi qu'elles attendent. Elles savent que je ne manquerai pas à l'appel, dit-il de sa voix grave à Marina.

Elle regarda les deux marins larguer les amarres du port de Botafort et le *Sorrento* entreprit lentement son voyage vers Majorque.

*
* *

Anna se dit que le ferry devait avoir quitté le port de Barcelone. Elle se demanda à nouveau pourquoi sa sœur avait préféré naviguer huit heures dans le froid plutôt que de prendre le vol Ryanair à soixante euros qu'elle lui avait trouvé. Lorsqu'elle vit l'aiguille extrafine remplie de toxine botulique qui s'apprêtait à pénétrer dans sa lèvre supérieure, elle oublia Marina. Elle ouvrit grands les yeux, observant le pouce de la chirurgienne qui enfonçait lentement le piston pour lui injecter le mélange de sérum et de poudre de Botox que contenait la seringue translucide. C'était la première des vingt piqûres.

Cuca, la chirurgienne esthétique, retira la seringue et Anna n'éprouva aucune douleur, mais elle pâlit. Prise de nausée, elle détourna le regard de l'aiguille vers le cabinet aseptisé. Des boîtes métalliques, des liquides, des seringues, du coton, de grands récipients, de l'alcool. De nouveau, elle sentit l'aiguille pénétrer dans sa peau. Une sueur froide ruissela vers ses paumes. Elle les écarta l'une de l'autre et s'accrocha au lit métallique où elle était installée. Le contact du métal froid sur ses mains moites lui rappela sa phobie des aiguilles étant petite. Une nuit, à sept ans à peine, elle s'était cachée avec Marina sous le lit de grand-mère Nerea : elles venaient de voir leur père ouvrir sa mallette noire pleine d'aiguilles bien rangées dans des pochettes et avaient fui toutes les deux vers la chambre de leur aïeule. Néstor les avait retrouvées une demi-heure plus tard et, après une belle semonce, les avait vaccinées contre la variole. Anna avait hurlé comme si le monde allait cesser de tourner, ne se fiant pas au silence de sa sœur cadette qui venait de se faire piquer sans verser une larme et alignait les seringues de son père, qu'elle avait sorties de la mallette.

Anna sentit l'aiguille s'extraire de sa peau. Elle serra les mâchoires. Un coton se posa sur la petite goutte de sang qui perlait à sa lèvre. Elle fixa son attention sur les gants de latex blancs qui retenaient le coton et respira, doucement, tâchant de ne pas bouger le moindre muscle. La sueur froide avait désormais envahi ses aisselles. Ses jambes étaient molles. La chirurgienne ôta le coton légèrement taché de son sang et Anna ferma les yeux afin de ne pas le voir.

La nuit précédente, elle avait eu la brillante idée de s'installer devant l'ordinateur de sa fille et de taper Botox. Trente-huit millions d'entrées. Elle avait cliqué sur la première et, tandis qu'elle recevait la deuxième piqûre, l'écran s'était de nouveau matérialisé derrière ses paupières closes, lui rappelant les monstruosités qui se racontaient dans le monde virtuel au sujet du *Clostridium botulinum*, ce microbe qu'on lui injectait à l'instant même. La première phrase qu'elle avait lue annonçait : *Un seul gramme de toxine botulique suffit à tuer un million de cobayes.* Le texte était accompagné de plusieurs photos montrant des animaux maltraités dans le laboratoire d'une ville indéterminée des États-Unis.

Elle ouvrit un œil. Juste un. Le gauche. Et regarda fixement Cuca qui s'apprêtait à enfoncer à nouveau le piston.

Que cette idiote se plante de dose et j'y reste.

Se sentant observée par l'œil gauche de sa patiente, la chirurgienne se recula.

— Tout va bien ?

— Il fait un peu chaud ici, non ?

— Chaud, tu trouves ? De toute ma vie je n'ai pas le souvenir d'un hiver aussi froid. Le chauffage est à vingt-six, je peux baisser un peu si tu veux.

— C'est peut-être la ménopause, dit Anna, que sa propre improvisation surprit d'autant plus que ses cycles étaient toujours réguliers. Tu n'aurais pas un peu d'eau ?

Cuca était plus ou moins une amie. Jusqu'à preuve du contraire. Toutes deux avaient étudié à San Cayetano. Cuca avait deux ans de moins qu'elle, elle était dans la classe de Marina. Et son mari, Curro, un notaire majorquin renommé et membre fondateur de J&C Baker, cabinet d'avocats redouté dans l'île, ainsi qu'Armando, le mari d'Anna, se connaissaient également depuis l'enfance, lorsqu'ils étaient membres du Club Nautique de Palma. L'été, les deux couples partaient naviguer ensemble, un jour sur le bateau des uns, un jour sur celui des autres. Les deux femmes se retrouvaient aussi lors des repas féminins qu'organisait le club et qui leur permettaient d'échanger autour de leurs enfants, de leurs maris et de leurs rides.

Cuca lui apporta un verre d'eau.

— Tu sais, hier, j'ai lu des trucs sur ce que tu m'injectes, expliqua Anna en désignant inutilement la seringue. On dit de ces choses : j'ai lu que c'est trente millions de fois plus mortel que le venin de cobra, et qu'Al-Qaida en fabrique en vue de l'utiliser comme arme de destruction massive.

— Pardon ? fit Cuca en s'appuyant à la table.

— Il ne faut pas regarder sur Internet, poursuivit Anna après avoir englouti son eau, ils racontent de ces bêtises… Mais forcément ça fait peur. T'imagines si pour me débarrasser de quelques rides je me retrouvais six pieds sous terre ?

Cela confirma ce que pensait déjà Cuca : en plus d'être naïve, Anna était sotte.

Il y avait deux ans que Cuca, allongée topless sur le yacht de son mari, avait lu dans une revue scientifique que le Botox, utilisé comme arme de destruction massive, était interdit par le protocole de Genève. Cet article de science-fiction estival l'avait bien fait rire et elle se fichait éperdument des effets secondaires de la toxine botulique : hors de question pour elle de se contenter d'un salaire de médecin affilié à la Sécurité sociale. Trop de gardes assurées à l'hôpital universitaire de Son Dureta, trop de patients et trop d'années sans atteindre les deux mille euros par mois. Grâce au *Clostridium botulinum* elle avait monté sa propre clinique privée, et, plus important encore, elle avait remplacé le vieux canot de six mètres de long par un yacht de trente-cinq… Voilà le genre d'amies que fréquentait Anna.

— Tu veux qu'on continue demain ?

— Non, non. C'est juste que je suis très anxieuse. Tu n'aurais pas de l'ibuprofène ?

Excédée, Cuca se retourna pour ouvrir une armoire remplie de fioles et de boîtes dans laquelle elle prit un cachet de six cents milligrammes.

— Je n'ai plus d'eau, lui signala Anna en souriant timidement.

Cuca remplit le verre, regrettant presque le prix d'amie qu'elle lui avait promis.

— Je vais te mettre de la musique. Ça va te détendre.

Évidemment, c'est à elle-même que pensait Cuca, et non à sa patiente. Elle avait besoin de sa musique de relaxation, celle qu'elle écoutait tous les soirs au centre Kundalini Yoga Mallorca avec tant d'autres femmes d'un certain âge qui suivaient elles aussi les instructions de Carlos Shankar Awhit, de son vrai nom Carlos Fernández Fernández, un mec culotté qui partait une fois par an pour des ashrams en Inde et avec qui Cuca, bien sûr, couchait de temps en temps.

Les cordes d'une cithare laissèrent la place à une musique relaxante et les six cents milligrammes d'ibuprofène commencèrent à faire effet.

*

* *

Tandis qu'elle tapait son code sur le terminal de carte bancaire du cabinet de Cuca, Anna pensa qu'elle avait encore beaucoup de choses à faire avant l'arrivée de Marina. Passer au supermarché pour acheter du poisson frais, chez le fleuriste pour prendre un petit bouquet de lavande séchée, aller au pressing récupérer les costumes d'Armando, aller chercher Anita et, ce qui la tourmentait le plus, préparer la chambre de Marina. Elle avait donné à la Philippine des consignes précises mais souhaitait tout superviser.

Une septuagénaire entra dans la salle d'attente. L'excès de Botox lui faisait des yeux excessivement ouverts, des lèvres excessivement gonflées et un front excessivement lisse. Pourtant, à en juger par sa manière d'être, elle se sentait belle. Anna souhaita ne pas perdre la tête au point de finir en vieille femme grotesque aux yeux de carpe.

L'appareil émit un son intermittent.

— Carte refusée, annonça la secrétaire médicale en mastiquant son chewing-gum.

— Comment ça, refusée ? Il doit y avoir un problème avec la machine…

On était le 1er février. La banque avait dû virer la somme habituelle du compte de son mari vers le sien. Ce devait être une erreur.

— On a eu plusieurs paiements ce matin, sans aucun problème, affirma la secrétaire. Vous n'avez pas d'espèces ?

— Eh bien, non, mademoiselle. Je ne sors pas avec autant de liquide sur moi, se justifia Anna, honteuse, tout en jetant des coups d'œil à la septuagénaire qui la fixait.

— Attendez un instant.

La secrétaire contourna le bureau, fit une bulle de chewing-gum et entra dans la salle où Cuca rajeunissait une autre femme.

Anna sortit son portable de son sac Vuitton pour appeler son mari. Était-ce une erreur de la banque ? Elle savait qu'Armando ne répondrait pas, mais garda le téléphone rivé à l'oreille… au cas où. Elle regarda en direction du cabinet, puis de nouveau vers la carpe, et raccrocha. Elle n'essaya pas de rappeler. Inutile.

En remettant l'appareil dans son sac, elle pensa au merveilleux héritage qui lui était tombé du ciel. Ce genre d'humiliation ne lui arriverait plus. Quelle honte !

Cuca s'approcha.

— Je suis désolée… Ma carte doit être défectueuse.

— Tu me paieras au prochain repas du club. (Cuca hésita.) Ou quand tu pourras. Il n'y a pas d'urgence.

La seconde de doute que marqua Cuca indiqua à Anna que la chirurgienne avait eu vent de la situation financière de son mari. C'était d'autant plus évident que Curro gérait les affaires légales d'Armando, mais toutes deux n'en parlaient jamais et elle se sentit d'autant plus mortifiée.

— Je te l'apporte cet après-midi sans faute.

— Ne t'en fais pas, vraiment, j'ai confiance, je sais que tu me paieras, on est amies.

3

LA FAMILLE OU LE CAKE AU CITRON ET AUX GRAINES DE COQUELICOT

Cake au citron et aux graines de coquelicot

INGRÉDIENTS :

2 zestes de citron du citronnier de grand-mère Nerea

30 g de graines de coquelicot
(également appelées graines de pavot)

350 g de farine complète

200 g de sucre brun

250 ml de lait entier

200 g de beurre

3 œufs

1 sachet de levure

1 pincée de sel

PRÉPARATION :

Mélanger la farine, la levure et le sel. Dans un autre récipient, battre vigoureusement les œufs avec le sucre brun et les zestes de citron. Lorsque ce mélange est bien homogène, ajouter le lait. Faire fondre le beurre à feu doux, puis l'incorporer peu à peu à la farine en remuant régulièrement. Une fois cette pâte uniforme, ajouter le mélange liquide. Ensuite, verser peu à peu les graines de coquelicot dans la pâte... Mettre le gâteau au four préchauffé à 180 °C pendant une heure.

Consciente de l'importance que la patronne accordait à la visite de sa sœur, Imelda vérifia tout très soigneusement. Tout juste si elle avait entendu parler de Marina avant. Elle connaissait son prénom, savait qu'à l'heure actuelle elle vivait en Afrique et qu'elle était médecin. À Noël, une fois, elle avait entendu la patronne dire qu'elle aurait aimé que Marina soit là, mais aucun autre membre de la famille n'avait relevé.

Elle fit glisser ses mains sur l'épaisse couverture de laine blanche qui recouvrait le lit de la chambre d'amis. Elle tira bien sur les draps de lin et, comme le lui avait ordonné Mme Anna, elle replia le drap pardessus la couverture, de manière qu'on voie les lettres brodées en bleu ciel : N & A.

Une semaine plus tôt, la patronne lui avait demandé de descendre du grenier une caisse en plastique contenant ces draps très anciens. Ils avaient jauni, mais la patronne n'avait pas voulu les faire passer à la machine à laver. Elle avait préféré les mettre à bouillir et les étendre deux jours au soleil.

— Surtout pas de lessive ni de Javel, avait-elle décrété. Ça ferait déteindre la broderie bleue.

La Philippine regarda les draps avec satisfaction. Ils étaient redevenus tout blancs. Et les initiales n'avaient pas fané, grande crainte de la patronne. Elle passa les mains sur le *N*, initiale de Néstor, et sur le *A* de sa femme, Ana de Vilallonga, les parents d'Anna et Marina. Initiales brodées par la grand-mère Nerea pour son fils et sa belle-fille. Et ces vieux draps, comme la maison, avaient fait partie du cadeau qu'elle avait offert à son fils Néstor le jour de son mariage, et que celui-ci avait laissé en héritage à ses deux filles.

Imelda considérait cette petite chambre comme la plus jolie de la maison, bien qu'en quatorze ans de travail là celle-ci n'ait pas été utilisée une seule fois. C'était une petite oasis dans cette maison surchargée et étouffante où elle était employée. Le reste du domaine était rempli d'objets qu'elle devait astiquer méticuleusement. En revanche, cette petite pièce aux murs blancs, sans décoration et quasiment vide, demeurait paisible et accueillante. À côté du lit, une table de nuit en bois ornée d'une lampe faite d'appliques de bateau. Au pied du lit, c'était un énorme et imposant coffre, en bois également, qui paraissait très vieux à Imelda et lui rappelait ceux des marins philippins.

Le premier jour où elle était arrivée pour travailler dans cette maison, la patronne lui avait ordonné de remonter ce vieux coffre de la cave et de l'installer dans cette chambre. Imelda avait essayé de le faire seule, mais il pesait trop lourd. Alors, à elles deux, avec un diable rouillé, elles l'avaient monté dans la chambre. Mme Anna lui avait montré comment le nettoyer avec un chiffon sec et un produit anti-vrillettes qu'elles étaient allées acheter dans une quincaillerie de Palma.

La patronne lui demandait de faire le ménage tous les jours dans sa chambre, celle de sa fille, la cuisine et les salles de bains. Comme la chambre d'amis n'était pas utilisée, elle ne devait y passer qu'une fois par mois. Ce vieux coffre, en revanche, devait être nettoyé quotidiennement, ce qui paraissait étrange à Imelda. Elle s'était exécutée quatorze ans durant. Et, pour autant qu'elle sache, depuis tout ce temps, le coffre n'avait jamais été ouvert. Elle éprouvait de la curiosité quant à ce qui se trouvait à l'intérieur, mais cette discrétion si caractéristique de sa culture l'empêchait d'aller plus loin.

Elle projeta du produit sur les vitres. Tout en frottant, elle regarda vers la mer, la mer infinie, dont les eaux avaient peut-être baigné les berges du Pasig, le fleuve qu'elle avait connu dans la première partie de sa vie. Il se jetait dans la baie de Manille, ville où elle avait laissé sa fille aux bons soins de sa mère quatorze ans plus tôt. Imelda avait émigré en Espagne dans le seul objectif d'offrir à sa fille de quatre ans une vie meilleure. Elle avait eu de la chance, beaucoup de chance, lui avaient dit des compatriotes qui travaillaient sur l'île, car à peine arrivée elle avait trouvé du travail chez les García Vega. Mme Anna venait d'accoucher et avait besoin d'aide pour le ménage, mais surtout pour sa fille qui venait de naître. Depuis qu'Imelda était entrée dans cette maison, elle s'était donc occupée de cette enfant étrangère comme de sa propre fille. Comme si elle était sortie de son ventre. Et elle continuait ainsi depuis quatorze ans, dans cette maison où elle faisait les lits, dépoussiérait, nettoyait les lavabos, cuisinait et dormait avec une famille qui n'était pas la siennc. Du lundi au samedi, avec le dimanche et le jeudi après-midi de libres. Une famille qui ignorait le nom de la fille qui continuait à l'attendre patiemment, quatorze ans plus tard, assise sur la berge du Pasig.

Le klaxon de la voiture de la patronne retentit deux fois.

*
* *

Anna ouvrit le capot de sa BMW décapotable bleu métallisé dans laquelle elle se déplaçait sur toute l'île. Sa demeure était située à quelques kilomètres du centre de Palma, isolée dans le quartier de Son Vida, et étant donné la rareté des transports en commun qu'offrait le gouvernement majorquin, elle effectuait ce trajet au quotidien pour ses occupations de mère et d'épouse.

— Vous ne rapportez pas beaucoup de courses aujourd'hui, madame Anna, lui dit Imelda en s'emparant de l'unique sac, qui dégageait une odeur de poisson.

— J'avais beaucoup de choses à faire et je n'ai pas eu le temps, mentit sa patronne.

Suite à l'épisode de la carte de crédit, en quittant la clinique de chirurgie esthétique, elle avait sorti son porte-monnaie estampillé Louis Vuitton et avait vérifié qu'il lui restait deux billets de vingt euros ainsi qu'un peu de monnaie ; ils ne paieraient pas la séance de Botox, mais suffiraient pour acheter du poisson à la plage.

Elle avait passé le temps en se promenant dans les boutiques de mode de la place Weyler et de l'avenue Jaime-III, attendant que le marché soit sur le point de se terminer, au moment où les poissonnières de la place préféraient baisser les prix plutôt que de laisser perdre le poisson frais. C'était ainsi qu'Anna procédait quand il ne lui restait presque plus d'argent sur son compte. Mais cette situation allait enfin s'achever. Son mari, en bon spéculateur, allait trouver un acheteur au prix fort pour ce legs béni qui leur tombait du ciel…

— Ma sœur arrivera aux alentours de 20 heures. Elle n'a pas appelé ? demanda Anna à Imelda en refermant la malle de la voiture et en montant l'escalier de sortie du garage.

— Non, madame, il n'y a pas eu d'appels.

— Il restait bien des pommes de terre ?

— Oui, madame.

Elles entrèrent directement au salon. Un salon de style français avec des touches rococo. C'est Anna et sa mère qui l'avaient décoré, avant le mariage, en s'inspirant des photos des demeures que la revue *¡Hola!* publiait de la jet-set espagnole. Elles avaient choisi un ton gris pour les murs et des couleurs nacrées pour les meubles du salon, où trônait un canapé en cuir. En face du canapé, un ancien buffet majorquin en bois du XIXe siècle, offert par sa belle-mère. Suivait une bibliothèque en acajou décorée de livres anciens qu'ils n'avaient pas lus, à côté de bibelots en porcelaine Lladró, de souvenirs rapportés de voyages organisés par Halcón Viajes : un vase chinois, un bouddha tibétain, un tambour japonais et un masque aztèque. Et, enfin, l'élément qui avait le plus d'impact dans ce salon très décoré : faisant face à un énorme écran plasma, une chaise longue tapissée de peau de léopard sur laquelle Anna se permettait de courtes siestes avant d'aller chercher Anita à San Cayetano.

Anna retira son manteau et le laissa sur le canapé. Elle attrapa la télécommande et s'affala sur la chaise longue. Les actualités avaient déjà commencé. Rien de neuf. Guerres, mort, famine.

Imelda s'approcha de sa patronne et lui posa sur les genoux un plateau où se trouvait une assiette de haricots verts et de pommes de terre. Elle repartit à la cuisine, où elle se servit la même chose et s'assit à la table, de manière à pouvoir elle aussi voir la télé du salon.

— Imelda, les pommes de terre sont dures. Je vous ai déjà dit de les cuire séparément, dit Anna en élevant à peine la voix et sans se tourner vers elle, sur un ton familier et sans reproche, comme une conversation parmi tant d'autres qu'elle avait avec sa gouvernante depuis quatorze ans.

— C'est ce que j'ai fait, madame, comme vous m'avez dit, répondit Imelda comme une litanie, une phrase toute faite.

— Alors laissez-les plus longtemps, s'il vous plaît, et apportez-moi du sel.

Imelda se leva, revint au salon et lui donna la salière. Elle retourna à la cuisine, s'assit à sa table et reprit son repas, regardant les informations sur le grand écran du salon.

Le journal télévisé en était aux actualités nationales. Inflation, chômage, grogne sociale et ce qui arrêta Anna dans son écrasement de patates : une affaire de corruption à Majorque, baptisée par la police « Opération Maquillage ». Si la journaliste n'explicitait pas l'origine du curieux nom donné à ladite opération, Anna savait parfaitement que la présumée accusée de délits fiscaux, malversation de fonds publics, détournement et fraude à l'administration, en plus d'être une assidue du cabinet de Cuca, était une femme que l'esthétique perdrait, qui n'avait dans sa trousse Loewe que des crèmes Shiseido, du mascara Yves Saint-Laurent, du rouge à lèvres Dior et du sérum de caviar. C'était une bonne amie de son mari, et parfois elles s'étaient remaquillées ensemble aux toilettes du

Real Club Náutico de Palma. Majorque était une toute petite île.

Elle continua de manger tranquillement, écoutant le détail des cas désormais bien connus de corruption politique en Espagne, jusqu'au moment où vint la chronique internationale. Anna guettait tous les jours attentivement les nouvelles d'Afrique. Peu importait quelle guerre ou quelle sécheresse était en cours dans cet immense continent voisin. Elle écoutait avec la fierté de savoir que, là-bas, sa petite sœur se consacrait aux autres.

Sous l'effet des six cents milligrammes d'ibuprofène qu'elle avait pris quelques heures plus tôt, elle s'endormit avant que la météo n'annonce la tempête qui s'approchait de l'île.

Imelda termina son repas. Elle entra dans le salon et éteignit le téléviseur. Après avoir recouvert la patronne d'un petit plaid, elle repartit à la cuisine avec le plateau et fit la vaisselle. Elle essuya les assiettes et les remit dans le buffet.

La patronne avait demandé de tenir prête la table de la salle à manger pour le repas avec sa sœur. C'était inhabituel car on ne l'utilisait que le dimanche. Le reste de la semaine, on mangeait sur des plateaux devant la télé.

Imelda sortit la nappe en fil de lin blanc, le service en porcelaine et l'argenterie. En silence, afin de ne pas réveiller la patronne, elle étendit la nappe, disposa les assiettes et les couverts. Après avoir terminé, elle se retira dans sa chambre. Elle devait se préparer pour aller au centre-ville, car elle avait un rendez-vous important.

Une heure et demie plus tard, elles s'asseyaient toutes les deux dans la BMW. Imelda avait lâché ses cheveux, s'était légèrement maquillée et étrennait un manteau en laine noir. Sans son uniforme d'employée de maison à rayures rose pâle, elle ressemblait à une autre femme.

— Vous vous êtes faite belle, Imelda ! s'exclama Anna avec sincérité. Ce manteau vous va bien.

— Merci, madame. Aujourd'hui, c'est l'anniversaire de ma fille. Elle a dix-sept ans.

— Ah oui ? fit Anna. Et vous avez mis un nouveau parfum, aussi.

La Philippine acquiesça avec un sourire.

Un quart d'heure plus tard, Anna laissa Imelda au centre de Palma, dans le louche Sai Baba Telecom dirigé par un étrange Pakistanais dont la vitrine exhibait les affiches d'innombrables compagnies de téléphone permettant de passer des appels partout dans le monde à prix cassés. À l'intérieur, une longue rangée de PC et, devant les ordinateurs, dix minuscules cabines munies chacune d'un téléphone et d'un tabouret, d'où Imelda, habillée pour l'occasion et dégageant une senteur sucrée, appela sa fille pour lui souhaiter un bon anniversaire.

*

* *

Anna gara la BMW en épi à quelques mètres de l'entrée principale de l'établissement San Cayetano et laissa le chauffage. Cuca avait raison, c'était l'un des hivers les plus froids des dix dernières années.

Elle aperçut un groupe de mères qui bavardaient gaiement devant la porte. Bien que les marques des piqûres soient quasi imperceptibles, elle préféra ne pas descendre de voiture et, dans l'idée de ne croiser le regard d'aucun parent, elle sortit son portable de son sac.

Évidemment, elle n'aurait aucun message, mais elle se dit que Marina aurait dû l'appeler pour l'informer qu'elle était arrivée à Barcelone, qu'elle prenait le ferry… Dans son e-mail envoyé une semaine auparavant, elle disait : *J'arriverai le 1er février par le ferry de 20 heures. Je t'appelle quand je débarque.*

Un curé ouvrit les portes de San Cayetano. Les plus petits sortirent en premier. Les filles en blazer bleu ciel et jupe bleu marine assortie aux collants, les garçons portant tous un haut et un pantalon en flanelle, également bleu marine, de coupe droite. Exactement le même uniforme qu'elle et sa sœur portaient trente ans plus tôt. Elle regarda sortir la classe d'Anita et ses filles de quinze ans, qui pour la plupart avaient raccourci leur jupe et étaient transies de froid sans manteau, le sac à dos mal mis sur l'épaule, cachées derrière leurs cheveux longs. Les plus audacieuses allumaient une cigarette sans craindre d'être vues. D'autres faisaient les folles avec des élèves plus âgés.

C'était l'école des enfants de la haute classe majorquine, et ça se voyait. Tous semblaient mener une existence heureuse, une existence gaie. Vivre dans l'opulence. Anna avait l'habitude de bavarder avec les mères des examens, des activités extrascolaires, du trilinguisme dans les classes, des luttes de l'association des parents d'élèves. Tels étaient les sujets de conversation tous les après-midi depuis qu'Anita était entrée dans cet établissement à l'âge de trois ans. Jamais autre chose. Elle aurait aimé devenir plus intime avec certaines d'entre elles, mais elle n'avait pas réussi à s'en faire de véritables amies. Elle n'avait pas confiance. Parce que, sans faire partie des mères actives, elle se tenait au courant de tous les potins possibles. « Il faut préserver les apparences. Écouter, regarder et se taire. » Encore une des phrases lapidaires de sa mère, Ana de Vilallonga, qu'elle avait gardées bien au chaud dans sa mémoire.

Sa fille sortit enfin, comme tous les jours, sans la compagnie du groupe si nécessaire à l'adolescence, marchant la tête basse, dissimulée sous un épais blouson dans lequel elle croyait pouvoir disparaître. Car Anita n'avait en rien hérité du physique de sa mère. La génétique s'était arrangée pour que la majorité des traits d'Armando ressortent chez elle. Elle était forte comme lui. Large d'épaules et de hanches, de constitution robuste, elle semblait deux fois plus grosse qu'elle ne l'était à cause de la quantité de vêtements qu'elle superposait. Et comme depuis ses huit ans, elle avait voulu faire de la natation, elle n'avait cessé de prendre en carrure.

— Ce n'est pas Anita qu'on devrait la surnommer, mais Anito, avait plaisanté Armando un soir, lors d'un repas de charité au Club Nautique.

Et, pour amuser ses collègues, Armando avait raconté qu'à cinq ans, sous le sapin de Noël, Anita avait trouvé un tutu, des guêtres et un cache-cœur, le tout de couleur rose. La petite avait pris ces affaires de danse, les avait posées sur les genoux de sa mère et lui avait dit, avec un zozotement qu'Armando avait imité pour être encore plus drôle :

— Z'aime pas ça, c'est pourri !

Et les collègues s'étaient tenu les côtes, comme ils le faisaient toujours avec le toujours sympathique et éloquent Armando. Seule son épouse n'avait pas ri, bien entendu, esquissant une moue. Cet aspect cru et masculin de sa fille ne l'amusait pas du tout.

Ce qu'ignorait Armando, et qu'il ne pouvait donc pas expliquer à ses amis du club, c'est qu'Anna n'avait pas tenu compte du dégoût de sa fille et que, la soudoyant à l'aide de deux bonbons Sugus, elle l'avait habillée de pied en cap pour son premier cours de danse classique. Comme la petite ne savait pas où elle allait, elle était entrée tranquillement dans la salle, où vingt autres fillettes en tutu rose exécutaient un relevé en imitant une trentenaire maigre.

Le jour du deuxième cours, après s'être enfilé cinq Sugus, à quelques mètres de la porte de l'école de danse, elle s'était accrochée à un réverbère et avait annoncé qu'elle ne remettrait pas les pieds dans cet endroit horrible. Sa mère l'avait suppliée de ne pas faire la bête et de lâcher le lampadaire. Anita avait serré encore plus fort le tube métallique et imploré sa mère de la ramener à la maison ; elle avait déjà passé beaucoup de temps à l'école, elle était fatiguée, et la danse et compagnie ça ne lui plaisait pas. Mais Anna était déterminée à ce que sa fille apprenne la danse classique. C'était un bon moyen de la rendre plus féminine, de lui donner une démarche plus gracieuse. En outre, elle avait déjà payé l'inscription et tout le trimestre.

Elle lui avait proposé la poche entière de Sugus, offert de lui acheter des Koyac à la fraise avec du chewing-gum à l'intérieur, des rubans au coca couverts de sucre blanc. Mais la petite avait refusé.

— Non, ze veux pas, non, non et non !

Anna avait tenté de lui dénouer les mains de force, mais Anita avait réussi à s'arrimer de nouveau. Très fâchée, sa mère lui avait encore retiré une main du poteau. Anita, toujours accrochée par l'autre main, s'était mise à pleurer, à supplier et à transpirer. Son nez gouttait, on aurait dit une petite sauvage accrochée à un arbre d'Amazonie et non une fillette un peu corpulente de la haute bourgeoisie se rendant à une prestigieuse école de danse. Les autres mères, qui laissaient leurs filles impassibles, des épingles retenant impeccablement leur chignon, leur jetaient des coups d'œil en passant, comme si de rien n'était mais absolument horrifiées.

C'est à l'issue de cette lutte sous des regards culpabilisants qu'avait pris fin la relation d'Anita avec le monde de la danse. Trois ans plus tard, c'est elle qui avait demandé à sa mère de l'inscrire à la natation. Et, depuis lors, elle s'entraînait tous les jours.

Il y avait un trait qu'Anita avait hérité de la famille Vega : elle était née avec de beaux yeux noisette, ceux de son grand-père Néstor et de sa mère, que Marina avait aussi. Mais, loin de les mettre en valeur, Anita les cachait sous une frange qu'elle coupait elle-même, et mal.

Elle s'approcha de la voiture sans enthousiasme, ouvrit la portière et salua brièvement sa mère sans sourire, sans la regarder dans les yeux.

— Comment s'est passée ta journée, ma chérie ?

Portière claquée à grand bruit.

— Comme d'habitude.

Anita allongea le bras et, sans demander la permission, éteignit le chauffage. À contrecœur, elle retira son manteau.

Anna accéléra en adressant un geste aux deux mères qui bavardaient gaiement avec leurs filles.

— Et ton évaluation de maths, ma bichette ? demanda-t-elle d'une voix calme.

— Je sais pas. C'était aujourd'hui, donc forcément j'ai pas ma note.

— OK, OK, mais ça a été ?

Anita haussa les épaules et leva les sourcils.

— Je t'ai mis ton sandwich dans ton sac de natation.

— J'ai pas faim.

Elles roulèrent sans un mot jusqu'à la piscine.

— Si tu m'achetais la Mobylette que je te demande depuis un an, t'aurais pas besoin de faire le chauffeur tous les jours.

Anna ne voulait pas entamer cette discussion ; elles l'avaient déjà trop eue. Elle se gara et Anita attrapa son sac sur la banquette arrière.

— Sors bien à l'heure, s'il te plaît, parce que tante Marina arrive ce soir.

— Mais oui, maman, tu me l'as dit ce matin, répondit Anita en ouvrant la portière.

— C'est que je ne v…

Portière claquée à grand bruit.

Anna suivit sa fille du regard. Elle marchait courbée sur elle-même, le regard au sol. Elle était tellement peu féminine… Anna avait bien essayé de l'emmener faire du shopping, comme ses amies avec leurs filles ados. Celle de Cuca était toute folle rien qu'à cette idée. Deux fois par an, au début de l'hiver et de l'été, elles prenaient un billet Vueling pour Madrid et s'enfonçaient dans les magasins des grandes marques du quartier de Salamanque et dans les boutiques vintage de Malasaña. Anita, elle, aimait les pantalons de survêtement sombres rayés de blanc et les sweats à capuche, qu'elle s'achetait elle-même au premier étage d'Auchan.

Anna avait tenté de la faire venir chez sa coiffeuse, mais Anita s'obstinait à se faire cette coupe garçonne qui lui allait si mal.

Elle avait voulu l'emmener chez l'esthéticienne, pour lui ôter ces points noirs enkystés si caractéristiques de l'adolescence. Anita avait refusé qu'on touche à son visage.

Elle avait cherché à lui montrer comment marcher avec élégance afin de la délester de sa démarche de pachyderme. Anita lui avait tourné le dos alors qu'elle lui expliquait comment étirer la pointe avant de poser la plante du pied au sol.

Elle s'était efforcée de lui apprendre à poser pour les photos, en relevant les yeux et en baissant le menton, comme Lisa Presley et ses filles. Las, en observant la photo dans le *¡Hola!* que sa mère lui avait posé sur les genoux, Anita lui avait demandé, texto, si elle fumait du shit.

Elle s'était échinée à lui apprendre à sourire, à ne pas gesticuler en parlant, à ne pas dire « ouais », à être reconnaissante. En résumé, à être classe.

— C'est important d'avoir de la classe. La classe, on naît avec, mais on peut aussi l'inventer.

Encore l'une des phrases lapidaires de la mère d'Anna.

Mais Anita refusait de suivre tout conseil venant de sa propre mère. Elle ne désirait absolument pas lui ressembler, ni à aucune de ses camarades du Club Nautique.

Le pachyderme s'avançait vers l'édifice de la piscine municipale. Anna vit sa fille plonger la main dans son sac de natation, sachant très bien ce qu'elle y cherchait : le sandwich. Anita sortit l'en-cas qu'Imelda avait enveloppé dans de l'aluminium, le déballa, fit une boule avec le papier, qu'elle lança dans une corbeille à plus de trois mètres. Panier. Regardant le sandwich à la soubressade qu'elle aimait tant, elle ouvrit la mâchoire et, en une bouchée, en engloutit la moitié.

— Anito, soupira sa mère en mettant le contact.

*

* *

Le maillot, la serviette, le chemisier et la jupe de l'uniforme, avec les collants, tournaient dans le tambour du lave-linge.

Anita attrapa le jambon suspendu à une barre métallique dans la cuisine. Imelda entra sur ces entrefaites.

— Salut, Imelda, lui dit la jeune fille avec affection.

— Je t'aide à quelque chose ? Tu veux que je te coupe du pain ? demanda la Philippine.

— Non, merci, je dois dîner avec ma tante. Mais il faut que je mange un bout, je meurs de faim. J'ai fait presque cent longueurs aujourd'hui, dit-elle pour elle-même. Qu'est-ce qu'on mange ?

— Du loup avec des pommes de terre boulangères.

Anita fit une moue qui provoqua le rire d'Imelda, laquelle savait bien que, depuis toute petite, elle détestait le poisson. Quand elle était bébé, la gouvernante avait essayé de lui donner des centaines de fois du poisson, mais c'était un vrai supplice de lui faire avaler une seule fourchetée. Les bouchées atterrissaient par terre, à la poubelle, voire sur son uniforme à rayures rose pâle. Anita avait découvert à trois ans le *camaiot*, la soubressade, le boudin et le bon fromage, et elle s'alimentait de ces ingrédients.

— Bon… Dans ce cas, oui, je vais me prendre un morceau de pain.

Imelda ouvrit la huche, où il restait une baguette du matin.

— Ne t'embête pas, Imelda, je m'en occupe.

Anita donnait peu de travail à Imelda. Elle faisait son lit, lavait ses vêtements. Elle ne laissait pas la salle de bains en bazar et ses serviettes étaient étendues. Imelda passait l'aspirateur dans sa chambre tous les jours sur ordre de la patronne, mais ce n'était pas vraiment nécessaire.

Anita coupa la baguette en deux.

Pour l'aider, Imelda attendrit une tomate en grappe qui pendait à côté des charcuteries et sortit du placard l'huile d'olive et le sel de mer.

— Je t'en fais un ? lui proposa Anita.

Imelda hésita. Elle avait déjà dîné, mais après tant d'années à Majorque, elle avait pris goût au *pa amb oli et tomàtiga de ramellet*.

Elles s'assirent toutes les deux pour manger, pendant qu'Anna vérifiait la chambre d'amis où allait dormir Marina. Elle passa la main sur la couverture blanche en coton et cachemire, même s'il n'y avait aucun pli. Elle tira sur les draps et remonta les coussins pour que les initiales N & A soient plus visibles. Elle sourit toute seule : c'était le lit en dessous duquel elle s'était cachée avec Marina pour ne pas être vaccinée contre la variole. Elle attrapa le bouquet de lavande séchée qu'elle avait acheté le matin même et le disposa avec précaution sur le vieux coffre de marin.

Sa montre indiquait 19 h 55. Marina était sur le point de débarquer.

Elle sortit son portable de la poche arrière de son jean pour vérifier qu'il fonctionnait correctement. Elle l'avait depuis quatre ans et il ne lui avait jamais posé de problème…

Elle regarda la chambre une dernière fois avant de refermer la porte et de se diriger vers sa chambre. Elle la traversa pour se rendre à la salle de bains, où elle s'examina dans le miroir afin de voir si le Botox avait fait effet. Rien. « Trois jours », lui avait dit Cuca. Elle ne pouvait se maquiller pour l'instant, mais se mettre un peu de mascara, c'était possible. Elle enfonça la brosse jusqu'au fond du tube pour récolter le peu de noir qu'il restait. Avec soin, elle fit passer la brosse sur ses cils et pensa à la première chose qu'elle ferait en recevant l'argent de l'héritage : s'acheter du mascara Yves Saint-Laurent, celui que lui avait prêté la femme politique corrompue dans les toilettes du Club Nautique. Elle se passa du beurre de cacao effet gloss sur les lèvres. D'un petit écrin, elle sortit des boucles d'oreilles classiques, des perles rondes qu'elle mit, puis se brossa les cheveux et se retourna vers le miroir ; elle était prête. Elle se sentait heureuse de revoir sa sœur. Vraiment. Mais les premières retrouvailles entre Armando et Marina la préoccupaient. Son mari, cabotin et séducteur en dehors de la maison, faisait montre de son caractère dominateur dès qu'il franchissait le seuil de sa demeure, et Marina le savait très bien. Anna ne supportait pas l'idée que l'horrible dispute qui avait eu lieu entre sa sœur et son mari puisse se répéter. Fort heureusement, le temps guérit tout, et elle avait pour seul vœu qu'ils ne fassent pas de vagues les quelques jours où Marina logerait chez eux.

Elle ressortit son portable de sa poche : 20 h 10. Le Trasmediterránea n'arrivait généralement pas à l'heure. Mais Armando ? Où était-il ?

Elle lui avait expressément demandé d'être à la maison à 20 heures. Elle rangea son téléphone et sortit de la salle de bains, ouvrit le placard, attrapa un élégant manteau de cuir fauve qui la mettait en valeur. Elle descendit au salon, décrocha le fixe posé sur le secrétaire et appela le bureau de son mari. La secrétaire avait déjà dû partir. Personne ne répondait. Armando n'aimait pas recevoir d'appels sur son portable. C'était la deuxième fois de la journée qu'elle essayait de le joindre… et il n'avait pas répondu. Elle composa de nouveau le numéro.

Le répondeur se mit en marche et elle raccrocha.

À la cuisine, Imelda et Anita mangeaient du *camaiot*.

— Imelda, le poisson est prêt ?

— Oui, madame, il est sur un plateau dans le réfrigérateur.

Anna ouvrit celui-ci et vérifia que les pommes de terre étaient coupées en fines rondelles, l'oignon en julienne, l'ail bien tranché et le poisson bien disposé par-dessus. Parfait.

— Dès que ma sœur appellera, vous mettrez le four à préchauffer. Vous mouillerez encore le loup avec un peu de vin blanc et après vingt minutes vous enfournerez.

Imelda acquiesça. Anita s'essuya les mains avec un torchon et sortit de la pièce.

— Tu dîneras avec nous, quand même ? la héla sa mère en voyant qu'elle montait les marches deux à deux vers l'étage.

— Oui, répondit sèchement Anita.

Sa relation avec Anna avait beau être pratiquement inexistante, elle savait à quel point l'arrivée de Marina était importante pour elle. De plus, elle éprouvait beaucoup de curiosité au sujet de cette mystérieuse tante qui voyageait de par le monde. Anna lui avait montré des photos d'elles quand elles étaient petites. Elle avait été frappée par leurs différences : sa mère blonde, sa tante brune, sa mère au visage anguleux et languide, sa tante au visage rond et aux bonnes joues marquées de fossettes sympathiques. Elle savait que Marina avait assisté sa mère pour son accouchement, mais ne s'était jamais demandé pourquoi, après avoir été partie prenante de ce moment si important dans leurs deux vies, cette tante n'avait jamais appelé, n'était jamais revenue les voir. Elle avait tout simplement disparu.

Le portable d'Anna sonna. C'était Armando. Des associés panaméens venaient d'arriver à Majorque et l'invitaient à dîner. Il ne pouvait décliner l'invitation. Ces dîners faisaient partie de son travail. C'était important qu'il soit là. Il s'excusait. Il lui dit au revoir en vitesse, non sans lui avoir rappelé que la vente du moulin de Valldemossa aurait lieu lundi à 17 heures précises, et qu'elle devrait le rappeler à sa sœur.

Être laissée en plan par son mari ne lui fit ni chaud ni froid. En fait, c'était même mieux qu'il ne soit pas présent lors de ces premières retrouvailles. C'était lui qui avait insisté pour organiser ce repas. Cela faisait des années qu'Anna avait dépassé le sentiment de déception. Elle était sortie de cette phase depuis longtemps. En vingt-cinq ans de mariage, Armando lui avait fait défaut tant de fois que ce dîner représentait simplement une contrariété de plus dans sa vie, de la même manière que les jours passaient. Parfois, elle regardait en arrière et ne savait dire à quel moment ils avaient cessé d'être heureux. *Est-ce que je me suis mariée amoureuse ?* s'était-elle demandé à leur dixième anniversaire de mariage, après avoir été une fois encore déçue par son mari. Elle posa les yeux sur la photo ornant le manteau de marbre de la cheminée, une photo prise presque vingt-cinq ans plus tôt, et elle ne se reconnut pas. Blonde, fragile, le regard doux, la jeune femme souriait timidement à l'objectif, parée d'un long voile blanc et d'une somptueuse robe de mariée inspirée par celle de Lady Di, en velours blanc avec de grands volants et des manches bouffantes. Cette douce jeune femme lui semblait être une autre. Sur la photo, Armando était là aussi, en costume noir, en train de l'embrasser sur la joue. Cette photo lui confirmait qu'elle avait été heureuse, il y a des années. Elle en était sûre.

C'était peut-être la croisade qu'elle avait vécue pour devenir mère qui avait commencé à les éloigner. Ses désirs étaient les mêmes que ceux de ses amies du club, mais Armando ne l'avait jamais compris, et ces cent vingt mois, ces trois mille six cent cinquante jours lors desquels mari et femme s'étaient progressivement éloignés avaient sans doute pesé.

Car ils avaient passé dix ans à essayer d'engendrer un enfant qui jamais n'arrivait. Dix ans à faire l'amour presque sans désir. Dix ans, pour Anna, assise sur les toilettes, à regarder tous les mois sa culotte tachée de sang. Dix ans confrontée à l'incompréhension. Armando n'éprouvait pas le besoin d'être père et ne saisissait ni la nécessité qui animait sa femme, ni la dépression dans laquelle elle sombrait peu à peu. Chaque année un peu plus. Elle se sentait vide. Creuse. Stérile. Elle voyait s'arrondir le ventre de ses amies d'enfance et se tordait intérieurement. Elle était envahie par la tristesse de ne pouvoir concevoir ainsi que par la honte d'être une femme stérile. Une femme inapte à procréer. Dix ans.

Enfin, un jour, alors qu'elle ne l'espérait plus, elle s'était retrouvée enceinte et remise à sourire. Anita était arrivée, et sa mère avait cru que le bonheur reviendrait dans la maison, mais rien ne s'était déroulé comme elle l'espérait. Elle avait passé un an sans dormir, car Anita pleurait sans arrêt. Jour et nuit. Elle demandait le sein de sa mère à toute heure. Le manque de sommeil, qui rendait Armando très irritable, et les larmes d'Anna, débordée par sa maternité, avaient instillé un mélange explosif dans le couple. Ils avaient embauché Imelda, qui les avait aidés dans certains domaines. Mais les pleurs d'Anita continuaient, pour le plus grand énervement de son père, qui ne pensait qu'à ses gestions immobilières et au retard de sommeil accumulé. Au deuxième mois, lorsque Anna avait cessé de l'allaiter,

Anita était partie dormir dans la chambre de la gouvernante philippine. Enfin seuls, Armando et Anna… Mais Armando avait fini par se lasser de sa femme et s'était mis à voyager avec assiduité au Panama sous prétexte d'amasser ce qui, selon lui, deviendrait une grande fortune. Et, pendant que sa fille abandonnait progressivement les pleurs, il avait abandonné progressivement sa famille. En gardant tout, bien sûr : même maison, même voiture, même Philippine, même épouse et mêmes meubles. Anna s'était mise à assumer sa solitude comme un élément de plus dans son mariage, une partie de plus de sa vie, se métamorphosant peu à peu en l'un des meubles que nettoyait son employée de maison. Et le meuble ne se plaignait pas, il vivait simplement l'existence qu'il pensait être son lot.

21 h 40.

Anna quitta la cuisine, ouvrit le secrétaire et sortit l'annuaire. Elle composa le 902, numéro de Trasmediterránea. Une voix enregistrée lui donna deux options. Taper *1* pour les réservations et *2* pour les agences. Elle tapa *1*. Un autre enregistrement lui demanda le port d'embarquement.

— Palma.

Elle se rendit compte de son erreur et rectifia aussitôt :

— Barcelone !

— Si vous avez répondu Palma, dites oui, lui ordonna l'enregistrement.

— Non, répondit-elle.

— Nous n'avons pas bien compris. Veuillez répéter clairement le nom du port d'embarquement.

Anna souffla avec humeur et répéta l'opération tout en consultant sa montre et son portable. Au bout de quelques minutes, elle réussit enfin à parler avec une opératrice en chair et en os, qui lui confirma que le bateau était arrivé quarante minutes plus tôt au port. Anna lui demanda si elle pouvait vérifier que sa sœur Marina Vega de Vilallonga figurait sur la liste des passagers. La dame lui répondit aimablement que, pour des raisons de confidentialité, elle n'était pas habilitée à lui donner ce renseignement. Anna raccrocha, dépitée, et composa le numéro du port.

Pas de réponse.

— Madame, je retourne dans ma chambre. Avertissez-moi quand votre sœur arrivera.

— Oui, bien sûr, Imelda. Mettez le four à chauffer, s'il vous plaît.

Anna contempla la table que sa gouvernante avait préparée, retira le couvert de son mari et le rangea dans le placard de la cuisine puis disposa de nouveau les assiettes de sorte que Marina puisse présider.

Elle ne voulait pas attendre les bras croisés. Elle posa son manteau fauve sur ses épaules et quitta le salon pour entrer avec énergie dans le garage et monter dans sa BMW. Mais si Marina avait décidé de prendre un taxi ? Elles risquaient alors de se croiser. Cela dit, pendant la basse saison, on ne voyait pas de taxis dans le quartier de Son Vida, car le peu de touristes qui venaient sur l'île logeaient dans des hôtels du centre de Palma. Si elle croisait un taxi, ce serait forcément celui de Marina. Elle klaxonnerait et sa sœur la reconnaîtrait.

Elle démarra et accéléra dans la rue qui descendait vers le centre, attentive à chaque véhicule qu'elle croisait : une Jaguar, une Audi, une autre Audi. Elle passa devant la propriété de Cuca. Le portail était ouvert et le 4 × 4 de son amie n'était pas en vue. *Elle doit être à son cours de yoga. Elle est devenue complètement accro, c'est fou. Je devrais peut-être essayer.*

Au bout de dix minutes, elle arriva au port et se gara dans le parking désert face à la mer, descendit de voiture et, sans fermer, scruta les environs. Trois voitures étaient garées. Pas une âme. Elle boutonna son manteau. L'air était froid et humide. On voyait à peine un peu de lumière. Un ferry de la Trasmediterránea était à quai, mais cette compagnie affrétait également des embarcations vers Valence, Minorque et Ibiza. Il fallait qu'elle sache s'il s'agissait bien du ferry de Barcelone. Anna était peureuse et, malgré une envie toute modérée de quitter sa voiture, elle se dirigea d'un pas pressé vers le quai de Peraires, où un bâtiment vaguement éclairé abritait le bureau de la compagnie. Une horloge digitale accrochée près de la porte d'entrée marquait en chiffres rouges *21 : 01*. Anna entra dans l'édifice vide. Seul un jeune à moitié endormi montait la garde à côté d'un comptoir.

— Oui, c'est le ferry de Barcelone, lui confirma-t-il en catalan majorquin. Il est là depuis une heure.

— S'il vous plaît, enchaîna Anna d'un ton implorant, dans un majorquin approximatif et tout en se doutant de la réponse, vous pourriez regarder si une passagère appelée Marina Vega de Vilallonga avait embarqué sur ce bateau ?

De retour dans sa BMW, elle pensa qu'il s'était peut-être passé quelque chose et angoissa. Marina pouvait être encore en Éthiopie. Un accident. Un enlèvement. Une maladie. Elle accéléra dans le centre de Palma, se dirigeant de nouveau vers son quartier. Qui l'aurait avertie ? MSF n'avait pas son numéro. Marina avait une amie à Barcelone, Laura. S'il était arrivé quelque chose, elle aurait reçu un coup de fil… Mais Laura n'avait pas non plus son numéro. Elle devait contacter le siège de Médecins Sans Frontières. Ils sauraient où se trouvait sa sœur. Sauf qu'il était trop tard, le siège devait être fermé.

Elle arriva enfin chez elle. Elle entra et, sans allumer la lumière, laissa le manteau fauve sur le canapé. Dans la cuisine, éclairée seulement par la lumière du four qui chauffait, elle ouvrit la porte de celui-ci, laissant échapper la chaleur accumulée pendant l'heure inutile lors de laquelle il était resté allumé. Affamée, elle ouvrit le frigo. Le poisson apprêté l'observa de ses gros yeux pareils à ceux de la septuagénaire du cabinet de Cuca.

Et cette image du poisson mort lui donna, cette fois, un véritable sentiment de solitude.

*

* *

Les amarres du *Sorrento* furent lancées dans le port de Peraires. Des vagues noires s'écrasaient sur la digue, où deux marins de Palma, emmitouflés dans de grosses vestes et des bonnets en laine sombre, les attrapèrent et les attachèrent aux bittes d'amarrage.

Au poste de commande, le vieux capitaine éteignit les moteurs. Grâce au *garbí* qui avait soufflé pendant toute la traversée, il était arrivé à destination avec un quart d'heure d'avance, ce qui le faisait toujours se sentir un bon marin.

Marina les observait depuis le pont, pensant à eux, ces marins dont la vie était si différente de la sienne. C'est quelque chose qu'elle faisait souvent, étudier la vie des autres, la vie extérieure. En Éthiopie, elle observait les gens pendant ses promenades solitaires dans les allées du marché. Sur la Rambla de Barcelone, les milliers de touristes qui allaient et venaient. Dans les centaines d'aéroports où elle était passée. Comment pouvait être leur vie ? Qui aimaient-ils ? Qu'est-ce qui les faisait souffrir ? Qu'est-ce qui les empêchait de dormir ? Comment s'était passée leur enfance ? Chacun avait une vie différente, unique et inimitable.

Saisie de froid, elle remonta la fermeture Éclair de son anorak.

Sur le quai, cinq taxis attendaient. Plusieurs passagers, conscients de leur nombre réduit à cette heure et en basse saison, se jetèrent dessus.

Une horloge digitale accolée à la porte d'entrée de la compagnie de ferries marquait *19 : 45* en chiffres rouges.

Marina entra dans le bâtiment, se dirigea vers le comptoir, où un jeune employé somnolent faisait passer le temps en regardant son portable.

— Bonsoir.

Le jeune fit un vague geste de salut sans ouvrir la bouche et reposa son téléphone.

— Vous pourriez me dire comment aller jusqu'à Valldemossa ?

L'employé se redressa lentement.

— *Uy, està lluny això…* C'est très loin, prenez un taxi. Ne vous inquiétez pas, il va en venir d'autres.

— J'aurais préféré prendre le bus.

Elle n'était pas pressée. Et pas très pour prendre des taxis. Non qu'elle soit une femme près de ses sous ou extrêmement économe, mais les soixante euros que lui coûterait une course étaient la quantité d'argent nécessaire à une famille africaine pour manger pendant un mois.

— Sortez du port et là, vous trouverez l'Abribus. Prenez le 1 jusqu'à Plaza España et attendez là-bas. Mais à votre place, je prendrais un taxi, insista-t-il.

Le jeune ouvrit un tiroir sous le comptoir et en sortit une photocopie des horaires de bus qu'il tendit à Marina. Il y en avait un par heure et jamais elle n'arriverait à avoir le dernier.

— Il y a une cabine téléphonique par ici ?

— En face du parking, mais elle a été vandalisée la semaine dernière. Je ne sais pas si elle est déjà réparée… Comme tout le monde a un portable, Telefónica ne se presse pas trop. Allez voir.

Marina le remercia et ressortit. Le jeune reprit son portable et retourna à ses activités.

Effectivement, le plastique de la cabine avait été brûlé et le combiné endommagé.

Un taxi arriva sur le quai. Marina s'approcha.

— *Qué val un viatge a Valldemossa ?* demanda-t-elle, plutôt opportunément, avec le peu de majorquin qu'elle connaissait.

Il était préférable d'établir un prix à l'avance plutôt que de laisser le compteur filer. Les pauvres touristes avaient droit au tour de l'île et les chauffeurs leur faisaient payer ce qu'ils voulaient.

— *Diset kilòmetres…*

Le chauffeur fit mine de calculer.

— *Seixanta.*

Elle aurait pu marchander mais n'en avait guère envie, et d'autant moins qu'elle n'était pas douée. Manolo, son ami sévillan, marchandait sans merci sur les marchés d'Addis-Abeba et payait généralement trois fois moins que Marina pour tous les produits qu'il achetait.

Soixante euros, c'était la moitié de ce que le taxi demandait aux Russes ; vingt euros de moins qu'aux Allemands, Norvégiens, Suisses et Anglais selon qu'ils allaient à Magaluf ou dans un hôtel cinq étoiles, et quinze euros de moins qu'aux Italiens. Finalement, après s'être accordés sur cinquante-cinq euros, ils s'éloignèrent par la Ma-1110.

En surfant sur l'ordinateur de Laura pendant que son amie s'écharpait avec sa fille, qui s'obstinait à porter une jupe d'été sans collants (n'oublions pas qu'elle était à moitié suédoise), Marina était tombée sur le site d'un petit hôtel de huit chambres à Valldemossa. Elle n'avait pas pris la peine d'appeler. On était en morte-saison et elle avait supposé qu'elle trouverait de quoi y dormir.

Après vingt minutes de trajet, elle aperçut entre les montagnes les petites maisons de pierre du village de Valldemossa et sentit son cœur battre un tout petit peu plus vite. Pas à cause de la localité, mais de cette route qu'ils prenaient le dimanche avec son père et sa sœur pour aller au port et partir en *llaüt*.

Ils entrèrent dans le village. La nuit, l'avenue principale pavée et déserte était éclairée par des lampadaires anciens en fer forgé, dont la lumière orangée était absorbée par les façades de pierres en enfilade… On aurait dit un village sorti d'un conte médiéval. Le taxi laissa Marina sur une place.

— *Agafi sa tarja que som pocs taxis fent feina a l'hivern*[1].

1. « Prenez ma carte, on est peu de taxis à travailler pendant l'hiver. »

Elle paya et prit la carte. Le véhicule s'éloigna. Il n'y avait personne, elle regarda les montagnes qui encerclaient ce village solitaire et, sans savoir pourquoi, elle se sentit apaisée.

Parmi les petites rues qui débouchaient sur la place, elle trouva très vite la rue Uetam, où se dressait Es Petit Hotel de Valldemossa. Elle s'y avança et repéra le bâtiment de pierre à quelques mètres. La porte était fermée, mais il y avait de la lumière à l'intérieur. Elle sonna. Ses mains étaient gelées et elle les frotta, les approcha de sa bouche et souffla de l'air chaud dessus. Personne n'ouvrait. Elle attendit une minute et sonna de nouveau. Il commençait à pleuvioter. Elle chercha une autre entrée à l'établissement ; le site annonçait qu'il était ouvert trois cent soixante-cinq jours par an. Que lui aurait-il coûté d'appeler depuis chez Laura ? Elle toucha dans sa poche la carte du chauffeur de taxi, appuya de nouveau sur la sonnette, sortit la carte… Plus qu'à trouver une cabine téléphonique. Elle poussa un soupir.

— J'arrive, j'arrive ! cria une voix masculine.

Un homme d'une soixantaine d'années ouvrit la porte avec un sourire chaleureux.

— Excusez-moi. On vit dans l'appartement du dessus, et comme on n'attendait personne…

— J'aurais dû prévenir, s'empressa de répondre Marina tout en entrant.

— Ce sont les grands voyageurs. Ils aiment improviser, fit observer gaiement le propriétaire, arrachant cette fois un sourire à Marina. Je m'appelle Gabriel. Soyez la bienvenue.

Il lui tendit la main, que Marina serra. Elle aimait les gens hospitaliers avec qui on se sentait bien dès la première poignée de mains. Et le petit hôtel où elle venait de pénétrer dégageait la même chaleur que Gabriel, homme élégant à la barbe blanche mal rasée. L'épais pull de laine marine qu'il avait fermé jusqu'au cou ressemblait beaucoup à celui que portait le père de Marina les dimanches d'hiver.

— Vous restez combien de temps ?

— Je ne sais pas encore. Deux ou trois jours… Peut-être plus.

— Moi, je suis arrivé il y a vingt ans pour deux ou trois jours, et je suis toujours là, dit-il sans la regarder en sortant une clé de la poche de son pantalon en cuir pour la poser sur le comptoir. Vous pouvez rester autant que vous voulez, vous êtes notre seule cliente.

Marina lui remit son passeport et il remplit le formulaire d'entrée.

— Vous avez un téléphone ?

Il sortit de sous le comptoir un antique appareil vert pâle à cadran circulaire.

Anna était en communication. À 21 h 40, elle était en train de parler avec l'opératrice de la Trasmediterránea.

— Vous voulez manger quelque chose ?

— Non merci.

Gabriel lui rendit ses papiers d'identité et Marina raccrocha.

— Je vous laisse vous reposer, dans ce cas. Votre chambre est au second. Nous sommes au troisième. N'hésitez surtout pas à me solliciter.

— Bonne nuit. Je vous laisse tranquille.

Marina tenta à nouveau de composer le numéro d'Anna, mais elle était toujours en ligne. Elle s'accouda au comptoir. Elle pouvait attendre ou monter dans sa chambre, se doucher, se réchauffer et réessayer plus tard.

La pièce aux murs de pierre était exiguë et accueillante, avec un gros édredon sur le lit. Marina posa la main sur le radiateur, qui commençait à chauffer. Elle retira son sac à dos et s'assit sur le lit. Cela faisait près de quarante-huit heures qu'elle avait quitté le désert d'Afar. Elle avait à peine réussi à sommeiller une heure ou deux au cours du vol vers Francfort, puis cinq petites heures dans l'appartement de Laura. Elle était épuisée.

Elle attrapa sa trousse de toilette et se rendit à la salle de bains, où elle défit sa tresse et se déshabilla. L'eau chaude de la douche lui inonda le corps, et elle ressentit le même plaisir qu'avec ce mince filet d'eau non chauffée qui la soulageait de la chaleur du désert. Comme le monde était divers… Elle se lava les cheveux avec le savon naturel au miel qu'elle achetait au marché d'Addis-Abeba et les démêla avec soin. En sortant, elle s'enroula dans une grande serviette toute douce, puis enfila un vieux tee-shirt de Mathias frappé de l'emblème de la Freie Universität Berlin. Enfin, sous l'édredon, elle se dit qu'elle rappellerait sa sœur le lendemain.

Elle sortit le carnet Moleskine noir de son sac à dos, le caressa et l'ouvrit à la dernière page.

Tu me manques	→	Ich vermisse dich
Boulangerie	→	Bäkerei

Elle ferma les yeux en pensant à Mathias, mais elle était incapable de s'endormir tranquillement, sans retourner dans sa tête ce qui se passait dans sa vie.

Sans le vouloir, son esprit retourna au dernier mois qu'elle avait passé aux côtés d'Anna et lui remémora, jour après jour, la tournure inattendue et fatidique qui avait coupé net sa relation avec elle, quatorze ans plus tôt… Marina était alors âgée de trente-deux ans et Anna de trente-quatre.

*

* *

— Tu as un appel urgent de l'Espagne ! avait dit à Marina une infirmière afro-américaine en entrant dans une salle d'accouchement de l'hôpital de Pennsylvanie.

Marina, qui venait d'aider une jeune femme à mettre au monde des jumeaux malgré de nombreuses complications, avait pris peur et regardé le Dr Sherman, qui d'un signe lui avait donné son assentiment pour qu'elle se retire. Vite, elle avait ôté ses gants de latex ensanglantés. Urgent ? L'Espagne ? Anna ? Il était 4 heures du matin. Jetant ses gants dans une poubelle à recyclage, elle avait donné un coup sec sur les portes d'accès et couru dans le couloir en évitant personnel et patients sur des civières. À la réception, elle avait saisi le combiné.

— Oui ?

— Marina, c'est Anna. Tu ne devineras jamais ! Je suis enceinte !

Elle l'aurait tuée. Oui, dans cet instant, elle aurait tué sa sœur. Anna était comme ça : naïve, simple, égocentrique. Dissimulant son irritation, Marina l'avait félicitée pour cette nouvelle que sa sœur attendait depuis dix ans et qui, elle le savait, lui procurait un bonheur immense. Anna avait une seule vocation dans la vie, être épouse, et un seul rêve à accomplir, être mère. Marina lui avait pardonné la frayeur que celle-ci lui avait faite lorsqu'elle avait compris cette immense envie de partager sa joie avec elle.

— Je dois accoucher début juin. J'aimerais que tu passes le dernier mois de grossesse ici, avec moi. S'il te plaît. Dis-moi que tu veux bien.

Marina n'avait pas répondu. Depuis plus d'un an et demi elle préparait une thèse de doctorat sur le cancer du col de l'utérus chez les Américaines. Une année et demie difficile pendant laquelle elle avait sacrifié des heures de sommeil, combinant sa profession de gynécologue de l'hôpital de Pennsylvanie et le travail d'enquête détaillé que supposaient ses recherches. Le 15 juin, elle devait soutenir sa thèse devant le jury de l'université de Perelman. Une date fixée depuis un an et incompressible.

— Marina ? Qu'est-ce qui t'arrive ? Si maman ou papa étaient encore en vie, je ne te le demanderais pas.

Cette phrase lui avait brisé le cœur. Malgré l'océan qui les séparait, Marina visualisait sa sœur, craintive comme elle l'était, toujours surprotégée par leurs parents…

— Anna, tu te souviens que je prépare un doctorat pour être professeur à l'université ? J'ai ma soutenance le 15 juin et si je la manque je devrai attendre une année entière pour la repasser… Le 15 au soir, je prendrai un avion pour l'Espagne et je serai avec toi.

— Mais j'aurai déjà accouché, Marina. Je veux que tu m'assistes pour l'accouchement. Que tu sois avec moi.

— Tu auras Armando.

— Mais je veux que toi tu sois là.

Marina avait promis de la rappeler le lendemain pour lui donner une réponse. Ce soir-là, dans son appartement du centre de Philadelphie, lovée contre son directeur de thèse, son ami, son amant, le Dr Sherman, Jeremy, Marina lui avait demandé conseil. Préparer son doctorat avait représenté un tel effort, cinq cent cinquante-trois jours à faire des recherches dans des bibliothèques silencieuses et à rédiger les deux cent cinquante-sept mille mots que comprenait cette thèse difficile, cinq cent cinquante-trois jours à se préparer pour un exposé oral devant le jury de l'université de Perelman ! Trop de temps et d'efforts pour repousser d'un an son objectif.

— Avoir son doctorat un an plus tôt ou un an plus tard… quelle différence ? avait opiné Jeremy en lui caressant les cheveux. Je ne me rappelle plus quel effort surhumain j'ai fourni pendant ces années d'études interminables. En revanche, Marina, je me souviens de petits moments de bonheur aux côtés des miens. Et la naissance de ta nièce est un moment important dans ta vie. Néstor aurait aimé que tu l'accompagnes.

À la mi-mai, Marina avait pris un avion de New York à Madrid, puis une correspondance pour Palma. Anna et son énorme ventre de huit mois l'attendaient, bras ouverts, à la sortie de l'aéroport. Anna s'était jetée sur sa sœur pour la couvrir de bises et de câlins, avec son affection habituelle. Sourire doux et fossettes douces, réservée comme elle l'était, Marina l'avait embrassée à sa manière, moins démonstrative mais tout aussi aimante.

Elles seraient seules trois semaines. Armando était en voyage d'affaires au Panama. Ainsi, elles pourraient prendre leurs aises dans la maison de leur enfance sans aucune restriction. Marina avait été étonnée que son beau-frère tienne à faire ce voyage à ce moment-là, mais en même temps elle ne pouvait s'empêcher de s'en réjouir.

Dans la BMW flambant neuve d'Anna, elles avaient roulé jusqu'à l'immense demeure de pierre qu'elles connaissaient depuis toujours. La maison que la grand-mère Nerea avait laissée à son fils Néstor, puis Néstor à ses filles, et que Marina, avec générosité et sans hésitation, avait cédée à sa sœur pour qu'elle y vive heureuse avec Armando, puisqu'elle avait fait sa vie aux États-Unis. Marina ne considérait plus cette maison comme la sienne mais, quelque part, y revenir la remplissait toujours de nostalgie. Ouvrir le portail du jardin, voir la façade de pierre, le citronnier de la grand-mère Nerea. Si la façade extérieure renvoyait Marina dans le passé, dès qu'elle passait le seuil elle entrait dans une maison très différente de celle où avaient vécu les deux sœurs. Elle avait été totalement rénovée : les murs de pierre avaient été recouverts de béton ciré et de peinture, selon les tendances lancées par la jet-set espagnole, le sol était en marbre, la décoration rococo. Marina n'avait jamais rien eu à y redire, mais l'un de ces changements la dérangeait, ou du moins l'attristait : la cuisine où elles pétrissaient le pain avec grand-mère Nerea s'était transformée en débarras et était remplie d'outils, de produits chimiques pour nettoyer le bateau, de manches de pompe, de taille-haies, de pneus, de chaises en plastique ; dans un coin, oublié et poussiéreux, le vieux coffre de leur père.

Seule la chambre de grand-mère Nerea conservait quelque chose de la maison de son enfance, et c'est là qu'elles avaient décidé de dormir toutes les deux les trois semaines durant lesquelles elles devraient attendre la venue du bébé, dans le même lit sous lequel elles s'étaient cachées afin de ne pas être vaccinées contre la variole.

Ç'avaient été des semaines merveilleuses. Le matin, elles baissaient la capote de la BMW et roulaient jusqu'au nord de l'île, se baignant dans les eaux tranquilles de la plage des Assussenes, vers les bancs de sable de Can Picafort, de Son Bauló et de Ses Casetes des Capellans. Par une matinée magnifique, elles avaient changé de routine pour se rendre vers l'est et se baigner nues, toutes les deux, dans les eaux calmes et cristallines de la plage d'Es Peregons Petits. Elles mangeaient à pas d'heure, écoutaient de la musique, dansaient et parlaient de ce qu'elles se promettaient tous les ans : se voir beaucoup plus, même si l'Atlantique les séparait.

Regardant par la fenêtre du Petit Hotel de Valldemossa, Marina se remémora la nuit de l'accouchement, où elle s'était réveillée vers 5 heures du matin, morte de chaud.

Le 1er juin, Marina avait ouvert les yeux et regardé sa sœur, qui dormait sereinement, les mains posées sur son ventre. Elle l'avait sentie fragile, immensément vulnérable. Anna était sa seule famille. La seule qui lui restait. Elle avait pris la bonne décision : son doctorat pouvait attendre. Avant d'aller dormir, elle avait procédé à un toucher : le col avait commencé à se dilater, le bébé était positionné pour sortir, et elle avait été envahie d'une rage involontaire à l'égard de son beau-frère, à qui visiblement sa paternité importait peu, et qui estimait suffisant d'appeler sa femme une fois par semaine.

— Prends bien soin de ma mère et passe-lui un coup de fil tous les jours, lui répétait Armando les rares fois où il lui téléphonait.

Depuis l'arrivée de Marina, Anna n'avait pas appelé sa belle-mère une seule fois. Celle-ci, en revanche, le faisait religieusement, chaque jour, à 9 heures du matin. Sept jours sur sept. La mère d'Armando n'avait d'autre occupation que de prendre des nouvelles de sa belle-fille.

Sa belle-mère l'avait accompagnée à chaque rendez-vous gynécologique. Sa belle-mère était également venue pour l'achat du couffin et du lit à barreaux. Sa belle-mère avait choisi l'église où l'enfant serait baptisé et la robe nid d'abeille dans laquelle il recevrait l'onction… Sa belle-mère décidait de tout et Armando n'y mettait aucune barrière ; bien au contraire, il l'encourageait à intervenir. Sa belle-mère ne la laissait pas respirer, elle l'étouffait et, avec son caractère soumis, excessivement conciliateur, Anna se taisait et obéissait.

Marina se souvenait l'avoir laissée dormir tranquille et être descendue prendre son petit déjeuner. Elle savait qu'elle ne se rendormirait pas. Elle s'était préparé un thé et mise en quête de ses souvenirs dans l'ancienne cuisine de la grand-mère Nerea reconvertie en débarras. Et le vieux et solennel coffre marin couvert de poussière où son père gardait les petits trésors qu'il trouvait en mer. Un jour, peut-être, si Marina s'établissait quelque part, elle demanderait à emporter ce coffre qui méritait indubitablement un meilleur traitement. Elle avait posé sa tasse sur le sol et s'était assise en tailleur devant le meuble. Elle l'avait ouvert avec précaution pour regarder à l'intérieur. Il y avait ce à quoi elle s'attendait : les pierres de couleur et les bracelets en coquillage qu'elles confectionnaient toutes les deux en attendant sur la plage pendant que leur père débarrassait le *llaüt* de son sel avant de le monter sur l'embarcadère ; des escargots, des hameçons, des morceaux de filet ; l'étoile de mer de la *cala* Ratjada ; la boîte en métal rouillée peinte en rouge contenant de vieilles photos qui, pour une raison ou une autre, n'étaient pas dignes de figurer dans les albums à couverture de velours de la famille Vega de Vilallonga. Au lieu de jeter ces clichés à la poubelle, comme le lui suggérait sa femme, Néstor les avait conservés dans cette vieille boîte, que Marina avait ouverte. Revoir ces photos allait la rendre triste. Mais, sans savoir pourquoi, chaque fois qu'elle revenait à Majorque, elle trouvait un moment de solitude pour les regarder à nouveau, ressentir l'étrange nostalgie et le manque des moments révolus. Les photos floues des deux sœurs dans le *llaüt* étaient apparues. Puis les contre-jours où Marina et Anna couraient main dans la main dans un champ de coquelicots. Elle la trouvait jolie, cette série, quoique fanée. Elle se souvenait parfaitement du jour où elle avait été prise. En revenant d'une promenade en bateau, ils étaient passés en voiture à côté d'un champ de coquelicots. Marina avait demandé à son père de s'arrêter afin de cueillir un bouquet pour leur grand-mère et des graines pour son gâteau d'anniversaire… C'était le 15 août 1971, le jour de ses sept ans. Elle avait fait défiler toute la série, sans pouvoir retenir les larmes qui lui montaient aux yeux, et était arrivée à la photo qui la faisait toujours rire : elle à quatre ans, qui pleurait comme un veau pendant qu'Anna essayait de lui faire une tresse. Des clichés de la grand-mère Nerea à côté de son citronnier. Parmi toutes ces images, il y en avait une d'une jeune nounou, une parmi tant d'autres que ses parents avaient engagées pour s'occuper de sa sœur, de deux ans à peine, et qui, habillée d'un tablier blanc, tenait celle-ci sur ses genoux. À ce moment-là, elle avait entendu Anna crier pour sa première contraction. Sans refermer le coffre, elle avait monté l'escalier en courant vers la chambre. Sa sœur l'attendait sans bouger, la panique sur le visage. Marina avait eu un léger sourire. Enfin…

Elles parlaient de l'accouchement depuis son arrivée à Majorque. Marina avait expliqué à sa sœur que le travail était long, qu'il pouvait durer jusqu'à deux jours et que, si elle le souhaitait, elle pouvait l'aider à accoucher à domicile.

Marina s'était assise sur le lit à côté d'Anna pour procéder à un nouveau toucher vaginal.

— Ouvre les jambes. Tu en es encore loin. Trois centimètres. Il faut attendre.

Il était trop tôt pour se rendre à l'hôpital. Médicaliser l'accouchement n'était souhaitable ni pour Anna ni pour le bébé. Trois semaines durant, Marina avait tenté de calmer la peur irrationnelle que sa sœur avait d'accoucher : son corps était parfaitement préparé pour qu'il n'y ait aucune complication. Pour la rassurer, elles avaient emprunté à la bibliothèque municipale des livres décrivant les accouchements naturels dans les pays d'Europe du Nord et évoquant des femmes qui accouchaient tranquillement chez elles, sans épisiotomie, sans étriers, sans intraveineuse ni monitoring, qui apprenaient à respirer pour endurer la douleur, accompagnées de leur compagnon et assistées par des sages-femmes. Si Anna le voulait, elles pouvaient rester à la maison pour ce travail d'accouchement. Ensemble, toutes les deux. Elles comptaient bien évidemment sur Armando…

Marina avait persuadé sa sœur de se doucher. Au bout d'une heure, une deuxième contraction était arrivée. Anna avait eu peur mais supporté la douleur en silence. Une heure supplémentaire, avec à peine quelques contractions. Marina avait préparé une infusion et elles l'avaient bue tranquillement.

Le téléphone avait sonné, froid et ponctuel, à 9 heures du matin.

— Anna, avait dit Marina en haussant à peine la voix. C'est ton accouchement et c'est ta fille. Tu n'es pas obligée de le partager avec elle si tu ne le veux pas.

Rétrospectivement, quatorze ans plus tard, Marina se dit qu'elle n'aurait peut-être pas dû prononcer ces paroles. Peut-être aurait-il mieux valu qu'Anna prenne l'appel de sa belle-mère. Si elle avait répondu, sans doute, rien de ce qui s'était produit ensuite ne serait arrivé… ou alors si.

Anna marchait, inquiète, les yeux effrayés, attendant la douleur, plus intense chaque fois.

— Marina, je préfère aller à l'hôpital.

— Si tu préfères, la question ne se pose pas.

Elles avaient mis dans un sac des bodys roses, des bonnets roses et des moufles roses.

Une heure plus tard, une sage-femme cinquantenaire, grosse et sèche, faisait un toucher à Anna dans une clinique privée luxueuse de Palma.

— Vous êtes déjà à cinq. On vous fait un lavement et on descend en salle d'accouchement pour l'anesthésie.

— Je peux encore supporter la douleur, ma sœur est gy…

— Holà ! Votre douleur actuelle, vous la multipliez par dix, coupa la sage-femme.

Marina avait réprimé son envie d'intervenir et s'était tue.

En salle de naissance, Marina serait présente. Elle s'était placée à côté d'Anna pour l'observer en silence. On avait fait courber le dos à sa sœur, assise sur la table d'accouchement, et on lui avait injecté l'anesthésiant dans l'espace péridural. On l'avait allongée sur le lit. On avait approché ses fesses du bord, on lui avait séparé les jambes, on avait relevé les étriers. On lui avait sanglé les pieds avec des bandes Velcro. Le gynécologue était entré et l'avait saluée. Il avait introduit ses mains dans le vagin de la patiente. Percé la poche des eaux. Sorti les mains du vagin. Attrapé des ciseaux. Les avait glissés dans le vagin pour couper droit sur deux centimètres en direction de l'anus. Il avait attrapé les forceps. Les avait passés dans le vagin. Avait sorti le bébé. L'enfant avait pleuré et été remis à une sage-femme. Qui s'était éloignée vers une table métallique.

Durant tout le processus, Marina avait regardé avec douceur sa sœur, à qui elle tenait la main, sans rien dire, respirant profondément devant le traitement indigne auquel on soumettait ces deux personnes qui faisaient partie de sa vie. Mais elle avait gardé ce sentiment pour elle et caressé la main de sa sœur effrayée.

Malgré tout, à la fin, elle n'avait pu se retenir d'intervenir. Peut-être que si elle s'était tue, rien ne se serait passé, rien.

— Vous amenez la petite à ma sœur, s'il vous plaît ? avait-elle demandé à la sage-femme.

— De quoi ?

— Est-ce que vous pourriez lui amener la petite pour qu'elle la prenne sur sa poitrine ?

— Je vais la laver, avait répondu sèchement la femme.

Marina n'aurait peut-être pas dû faire cela, mais elle l'avait fait : sans prononcer un mot, entendant les pleurs inconsolables de sa nièce, elle s'était approchée de la dame et lui avait pris le bébé des mains. La sage-femme lui avait lancé un regard de mépris, mais Marina avait déjà les yeux rivés sur sa nièce, toute rondelette, toute laide et tout en pleurs, et elle l'avait amenée à sa sœur, qui tendait les bras vers elle. Anna avait pris sa fille, l'avait allongée contre elle et entourée de ses bras, qui s'étaient tachés de sang et de vernix, accomplissant enfin, au bout de dix ans d'attente, son désir intense de maternité.

Elles avaient passé deux nuits pratiquement blanches à la maternité. Anita ne voulait que le sein de sa mère et tétait le minuscule mamelon dont, pour l'instant, pas une goutte de lait ne sortait, sinon du colostrum. Mais le colostrum ne paraissait pas suffire à cette fille de quatre kilos deux cent soixante-quinze, et le lait mettrait encore trente à soixante-douze heures à monter. De plus, il était impossible de dormir dans la clinique. Si ce n'était pas Anita qui les réveillait, c'était le gynécologue, le pédiatre ou la sage-femme, encore plus sèche qu'avant. Elles avaient ainsi sommeillé quand elles le pouvaient, regardant, toutes gaga, cette enfant vigoureuse au nez de boxeur et aux sourcils froncés. Physiquement, elle était le portrait de son père.

Père qui, finalement, était arrivé, égal à lui-même : hautain et parlant trop fort.

— Anna ! Mais qu'est-ce qui t'a pris de ne pas avertir ma mère ? Bonjour, Marina.

Armando s'était assis sur le lit, avec son épouse et sa fille. Marina avait vu sa sœur sourire à son mari avec un mélange d'amour et de tristesse, et ressenti son besoin d'être serrée dans les bras par cet homme robuste. Anna avait approché les lèvres de celles de son mari, qui l'avait embrassée sans enthousiasme. Enfin elle avait la famille qu'elle avait tant voulu former. Les García Vega au complet. Marina pensa à une photo publicitaire d'assurance-vie américaine affichée sur les autoroutes de Philadelphie, sur laquelle les deux acteurs tenaient un bébé en silicone dans un décor de plateau. Comme la pub des autoroutes, cette image de la famille García Vega lui paraissait un grand mensonge.

La belle-mère n'avait pas tardé à arriver, parlant trop fort elle aussi, embrassant d'abord son fils, puis prenant sa petite-fille des bras d'Anna sans rien lui demander.

— Cette nuit, ma mère reste avec toi, avait annoncé Armando. J'ai fait quatorze heures d'avion, j'ai besoin de repos.

Marina se rappela l'expression d'Anna, au bord des larmes, alors qu'elle-même s'était sentie envahie par la rage face à l'indifférence de son beau-frère et à la soumission de sa sœur. Elle avait regardé Anna et sans un mot lui avait intimé : *Fais-lui face. C'est ta vie, Anna. Ta vie. Parle. Sans crainte.* Les deux sœurs se connaissaient si bien qu'Anna avait perçu le message mais s'était bornée à se plaindre une minute, baissant les yeux après le baiser fugace de son mari pour observer les pieds boudinés dans des chaussettes de son étouffante belle-mère.

La conversation superficielle qui avait eu lieu avec son beau-frère dans la voiture au retour vers la maison lui revint : comme toujours elle avait commencé par un « Tu es plus belle chaque année », phrase que Marina détestait et trouvait déplacée, mais à laquelle elle disait poliment merci, comme on le lui avait appris, sans entrer dans le jeu. Armando se prenait pour un séducteur aux habiletés de don Juan et complimentait les belles femmes. Au début, c'était drôle, mais ça devenait vite lassant. Il lui avait proposé de rester le temps qu'elle voudrait. « Tu es chez toi. C'est encore ta maison. » En fait, cela arrangeait bien Armando qu'elle soit là pour aider et distraire sa femme et sa fille et, surtout, pour distraire aussi sa mère.

Ce soir-là, dormir sous le même toit que lui, sans sa sœur, lui avait fait un drôle d'effet. Elle avait esquivé le dîner en tête à tête pour monter dans la chambre de sa grand-mère et s'endormir aussitôt. Elle avait été réveillée par les braillements de sa nièce le lendemain. Une cure de sommeil… Armando était allé chercher Anna et Anita à la maternité, et il y avait là la grand-mère, le beau-frère et sa sœur en train d'essayer de calmer le bébé.

— Elle a faim. Elle a très faim. Anna a des tétons minuscules, critiquait la belle-mère. Il faut lui donner du lait de pharmacie à cette petite. C'est ce qu'il y a de mieux. Ça les renfloue vite.

— Ça fait deux heures qu'elle n'arrête pas de téter. Je lui ai changé sa couche. Elle pleure sans cesse, avait expliqué Anna à sa sœur, désespérée.

— Les bébés, ça pleure, Anna. Ne t'en fais pas, avait-elle dit en prenant l'enfant dans ses bras. Allez, on va essayer de voir ce qu'elle a cette gloutonne

Marina avait mis son petit corps à plat ventre sur son bras droit et, de la main gauche, entrepris de lui masser le dos.

— Du lait en poudre, répétait régulièrement la belle-mère.

Marina se remémora les paroles incisives de cet être désagréable. Anna et sa sœur étaient entrées avec le bébé dans la petite chambre de grand-mère Nerea qui les apaisait tant toutes les deux. Assise sur le lit, Marina avait massé Anita avec douceur et, finalement, sur le bras de sa tante, la fillette s'était calmée ; Marina l'avait allongée sur le lit.

— Elle se réveille toutes les deux heures et elle veut tout le temps téter. Je crois que je ne suis pas capable.

— Bien sûr que si, Anna. Allaiter, ça suppose d'être présente. Et… je ne suis pas mère, mais… j'ai toujours vu ça comme un acte d'amour envers l'enfant. J'imagine que c'est plus facile avec les laits artificiels, mais essaie un mois et si tu veux arrêter l'autre option sera toujours disponible… Bienvenue dans le monde de la maternité.

Anna avait ouvert la fenêtre. Sa belle-mère, avec sa blouse ample à manches courtes et sa jupe noire au-dessous du genou, ramassait des feuilles dans le jardin.

— On dirait une pie.

Marina avait rejoint sa sœur devant l'embrasure.

— Mais oui, t'as raison !

— Tu crois que maman nous a allaitées ?

Marina avait haussé les épaules. C'est une question qu'elle ne s'était jamais posée. S'allongeant sur le lit, Anna avait fermé les yeux et en une minute s'était endormie à côté d'Anita. Marina les avait bordées avec les draps de lin aux lettres brodées en bleu. L'image de ces deux petites femmes dormant tranquillement sous ses yeux était très belle.

Armando parlait et riait au téléphone. Marina avait fermé la porte et s'était installée dans un fauteuil à la fenêtre. Entre la vue sur la vieille pie et le son de la voix de son beau-frère, elle s'était doutée que quelque chose se passerait mal. Anna lui avait demandé de rester pour le début et, désobéissant à son intuition, Marina avait cédé.

Plus tard dans la nuit, repartie dormir à côté de son mari, Anna avait découvert une petite crevasse sur son mamelon irrité et en avait conçu une certaine appréhension. C'était douloureux. Mais une seconde plus tard une goutte d'un blanc translucide coulait sur la joue de sa fille. Elle avait souri, sereine et en paix. C'était leur première nuit tous les trois ensembles. Anna était heureuse. La famille García Vega au complet. Armando, Anna et Anita étaient une famille, enfin, une vraie.

Anita avait dormi deux heures. Pleuré. Tété un sein, puis l'autre. S'était rendormie pour deux heures. Avait pleuré. Tété un sein. Déféqué. Anna lui avait changé sa couche et Anita s'était rendormie pour une heure. Avait pleuré. Tété l'autre sein. Et puis le premier.

Régurgité. Anna l'avait changée. Elle s'était remise à pleurer. S'était rendormie pour une heure. Avait pleuré. Tété un sein. Puis l'autre. S'était rendormie. Avait pleuré.

— Va la nourrir au salon ! avait fini par vociférer Armando, catégorique. J'ai une réunion importante demain ! J'ai besoin de dormir !

Son ton dur avait réveillé Marina. Elle avait ouvert la porte et vu Anna sortir, Anita au sein et le cœur brisé. Elles avaient transféré le couffin dans la chambre de grand-mère Nerea et, à partir de là, formé une petite équipe et une dynamique permettant à toutes les trois de se reposer. Quand Anna avait terminé de lui donner le sein, Marina prenait sa nièce et descendait la promener. Anna se rendormait, se douchait, ou petit-déjeunait tranquillement. Ce roulement dura vingt et un jours et vingt et une nuits. Mais, malgré toute l'aide que lui apportait sa sœur, Anna regrettait bien naturellement l'absence de son mari. Et, en plus de dormir seul toutes les nuits, Armando était toujours plongé dans son travail et se fichait bien des suppliques de sa femme. Si elles avaient besoin d'aide, qu'elles n'aillent pas se plaindre, la vieille pie accourrait !

Dans cette famille qui n'était pas la sienne, Marina percevait le décalage entre les émotions de chacun. Le pouvoir qu'exerçait Armando sur sa sœur était, à ses yeux, celui d'un tyran. D'accord, il rapportait de l'argent à la maison, mais ils en avaient en abondance. Quel besoin d'en produire toujours plus ? Et, dans tous les cas, ces transactions si importantes dont il se vantait ne pouvaient-elles pas attendre un mois ? Le premier mois de la vie de sa fille. Vraiment, il ne pouvait pas s'arrêter de travailler trente jours ? Que signifiait un mois dans la biographie d'un homme d'affaires, fût-il un entrepreneur en pleine réussite ? À côté de combien de millions serait-il passé en ce mois si nécessaire à son épouse et à sa fille ?

Ce jour-là, alors qu'elle s'interrogeait sur l'égoïsme de son beau-frère, se déclencha au lever du jour le conflit qui provoqua la séparation de ces deux sœurs qui avaient pourtant tellement besoin l'une de l'autre.

Cette nuit-là, souffrant de coliques, Anita avait pleuré plus que jamais, Anna et Marina, désespérées, se relayant auprès d'elle – qui hurlait de la manière si entière que peuvent avoir les bébés –, changeant sa couche, Anna la mettant au sein, qu'elle refusait. Elles lui avaient massé le ventre, donné de l'eau à la petite cuillère. Au cœur du désespoir et du manque de sommeil, elles avaient été prises d'un fou rire absurde, ne sachant plus quoi faire. Rire ou pleurer. Anna était sortie de la chambre pour aller leur chercher un verre d'eau, oubliant de refermer la porte. Marina, sa nièce dans les bras, avait regardé par la fenêtre : le soleil pointait sans se presser au-dessus de la Méditerranée et, peu à peu, le bébé semblait se calmer.

— Vous pouvez pas la faire taire, putain !

Marina s'était retournée vers son beau-frère. Anita avait éclaté de nouveau en sanglots hystériques.

— Qu'est-ce que tu as dit ? avait écumé Marina.

— Amenez-la chez le docteur, merde, elle doit avoir quelque chose !

Marina avait réagi au quart de tour.

— Mais… comment tu peux être aussi…

— Aussi quoi ? s'était emporté Armando d'un ton menaçant.

Mille insultes lui avaient traversé l'esprit, résumées en une seule.

— Aussi obtus.

Ce mot, qui dans la tête d'Armando qualifiait un angle étudié au collège, l'avait déconcerté. Il s'attendait à une injure bien sentie, mais pas à ce vocable.

— Obtus. Tu te prends pour qui, à me traiter… d'obtus sous mon propre toit ? Ça fait presque deux mois que tu es nourrie et logée dans ma maison, très chère.

— Tu abandonnes ta femme, lui avait murmuré Marina sans se défendre, dans le seul but d'aider Anna.

— Qu'est-ce qui se passe ? s'était écriée Anna en montant à toute allure l'escalier avec les deux verres.

— T'as déjà passé assez de temps ici, alors remballe tes affaires et retourne à ton Amérique chérie.

Armando s'était interrompu pour regarder sa belle-sœur dans les yeux avant d'élever la voix :

— Et rends-moi ma fille, avait-il ordonné en lui arrachant Anita des bras. Ma mère t'accompagnera chez le médecin ce matin, et qu'on n'en parle plus. Elle achètera du lait en poudre à la pharmacie, point barre, dit-il à son épouse. Et ta petite sœur, elle retourne voir l'Amerloque qu'elle a pour mec et elle nous laisse tranquilles.

— Armando, s'il te plaît, arrête, l'avait supplié Anna.

— Elle retourne chez elle et elle nous laisse vivre notre vie, ici, on n'a pas besoin d'elle. Là, tu fais tes valises et tu dégages.

— Armando, voyons, calme-toi.

— Et comment je me calmerais ? Qu'est-ce qu'elle est allée s'imaginer, cette… madame Je-sais-tout ? Je me casse le cul à bosser pour… Ah, je vois pas pourquoi je me justifie, s'était-il égosillé en s'éloignant vers leur chambre.

— Armando, s'il te plaît, avait répété sa femme, la terreur dans les yeux.

Il avait redonné la petite à Anna et était reparti vers la suite parentale. Avant d'y entrer, il s'était retourné vers sa belle-sœur.

— Et, franchement, le numéro que t'as fait à la sage-femme à l'hôpital ! Tu te prends pour qui ?

Il avait claqué la langue et disparu dans la pièce.

Marina avait regardé sa sœur dans l'attente qu'elle se confronte à l'égoïste qu'elle avait choisi pour mari. Une réplique. N'importe laquelle. Même une phrase ingénue, mais qui la mette de son côté. Elle avait attendu une seconde. Deux. Trois. Les pleurs d'Anita s'étaient imprimés dans leur cerveau plus profondément que les autres fois. Quatre secondes. Cinq. Six. Marina s'était dirigée vers la chambre, suivie par Anna.

— Je vais lui parler. Je reviens.

Marina avait ouvert sa valise. Le sang battait dans ses tempes pendant qu'elle remettait ses habits de la veille et rangeait avec précipitation ses vêtements.

En descendant l'escalier, elle n'entendait que les pleurs inconsolables de sa nièce, accompagnés de ceux, soumis, de sa sœur. *Pourquoi, Anna ? Pourquoi tu restes avec cet homme ? Tu n'as pas besoin de lui. Vous vivez dans la maison que nous a laissée papa. C'est la tienne. La nôtre. Vire-le. Mieux vaut être seule que mal accompagnée*. Mais ces paroles étaient l'exact contraire de celles qu'elle avait entendues de leur mère toute leur vie. Des phrases lapidaires, gravées à jamais dans l'inconscient d'Anna. « Que fait une femme seule dans la vie ? » « On parle dans son dos, on la plaint d'être seule. » « La femme doit toujours être accompagnée d'un mari. » « Parfois, le mariage, ce n'est pas ce qu'on en attendait. Mais il faut tenir le coup, ma fille. Regarder, écouter et se taire. »

Seize heures plus tard, Marina entrait dans son appartement du centre de Philadelphie.

Depuis ce jour, quatorze ans plus tôt, elles ne s'étaient pas revues.

Quand ses pensées eurent fait le tour de l'épisode fatidique, enfin, dans cet hôtel perdu entre les montagnes, elle s'endormit.

*
* *

À la première sonnerie, Anna décrocha le téléphone.

— Marina, tu vas bien ?

— Oui, Anna, ça va.

— Je t'ai attendue, hier soir. Je n'ai pas pu dormir de la nuit. J'ai cru qu'il t'était arrivé quelque chose.

— Je suis désolée. J'ai essayé de t'appeler depuis le port, mais ça ne passait pas.

— Mais tu es où ?

— À Valldemossa.

— Valldemossa ? Mais qu'est-ce que tu fais là-bas ? Je viens te chercher et on mange à la maison, d'accord ?

— J'ai déjà regardé les horaires de bus, ne t'embête pas. J'arrive.

Le bus partait pour Palma à 13 heures, ce qui laissait du temps à Marina pour aller prendre connaissance de ce mystérieux héritage. Suivant les indications de Gabriel, elle traversa la place Ramón Llull, continua jusqu'à la place Santa Catalina Tomás et déboucha dans la ruelle pavée de la Rosa, flanquée de maisons en pierre, et qui dans sa partie haute abritait également le moulin. Imposant, ancien, avec d'énormes ailes. Marina monta lentement avec une sensation étrange. Ce géant de pierre était à elle, il lui appartenait. À côté, la bâtisse, en pierre également, qui accueillait la boulangerie. Elle atteignit la porte d'entrée, où un panonceau annonçait :

Pain cuit au four à bois
Can molí
Brot im Holzofen gebacken
Wood-fired bread
Fundada en 1920

Elle essaya d'ouvrir, sans succès. Un banc de bois se trouvait contre la façade. Elle monta dessus et tenta de regarder par une petite fenêtre, mais les volets fermés lui interdisaient de voir à l'intérieur. Une goutte d'eau tomba sur sa parka. Elle descendit et, malgré la pluie qui commençait à tomber, s'assit sur le banc. Elle observa les petites maisons voisines qui s'entassaient à côté du moulin, dont plusieurs avaient la cheminée qui fumait. Elle promena le regard sur le bel hiver majorquin, les oliviers centenaires dénudés, les champs de caroubiers, le spectacle magnifique de tons blancs et roses offert par les amandiers en fleur qui renaissaient chaque hiver.

Pourquoi nous as-tu légué ça, María Dolores Molí ? Tu n'avais personne d'autre à qui laisser cette splendeur ?

L'aboiement d'un vieux golden retriever aux oreilles pendantes qui descendait, fatigué, la rue de la Rosa la tira de ses songes. L'animal s'approcha de Marina pour la renifler. Une vieille dame aux cheveux blancs rassemblés en chignon s'avançait à pas lents à l'aide d'une canne. Très grande, elle portait un manteau de laine marron foncé qui lui arrivait aux genoux et avait au cou un foulard en cachemire bleu.

— Niebla, au pied. Bonjour.

Marina salua la dame au visage sillonné de rides et aux immenses yeux bleus de la même couleur que son foulard. En dépit des quatre-vingts ans qu'elle devait avoir, elle lui parut très belle.

La chienne, n'écoutant pas sa maîtresse, s'assit à côté de Marina.

— Je vais fermer la porte…

La dame attendit, appuyée sur sa canne.

— Allez, Niebla, reprit-elle. *Che*[1] ! Ne sois pas têtue, il fait un froid de canard, insista-t-elle en introduisant sa clé dans la serrure de la maison contiguë à la boulangerie.

Elle regarda de nouveau sa chienne, qui croisa les pattes et s'approcha des pieds de Marina.

— Mais quelle bourrique, cette chienne…

L'animal posa le museau sur ses pattes.

1. *Che :* interjection utilisée très fréquemment en Argentine.

— Eh bien quand tu daigneras te bouger les fesses, tu viendras gratter à la porte, conclut la propriétaire en disparaissant dans sa maison.

Marina contempla la chienne, qui ne semblait avoir aucune intention de se déplacer. L'animal la regarda et reprit sa position de veau égorgé à ses pieds.

Elles restèrent là, Marina et la vieille chienne, sous une pluie fine, le regard perdu entre les champs d'amandiers de la Tramontana.

*

* *

Marina s'assit dans la première travée, derrière le chauffeur. Il y avait seulement trois autres passagers, à qui Marina jeta un coup d'œil sans y prendre garde. Une famille jeune avec une petite fille sur les genoux de sa mère, qui enguirlandait son mari d'avoir préparé un sandwich à la confiture avec lequel leur fille avait taché sa robe neuve.

Elle s'était imaginé bien des fois ces retrouvailles avec sa sœur. Le jour suivant la dispute avec Armando, Anna avait essayé de l'appeler chez elle à Philadelphie. Marina avait reconnu le numéro international sur l'écran de son fixe et s'était abstenue de décrocher. Chaque jour, pendant trois semaines, Anna l'avait appelée, mais Marina n'avait jamais pris le combiné. Ce n'était pas à cause de cette dispute, et pas non plus parce qu'elle devrait attendre un an pour soutenir sa thèse, non, ça, c'était le moins important. Au cours de son vol retour de Madrid à New York, elle avait réfléchi et un sentiment qu'elle avait toujours eu s'était confirmé : Anna était profondément égoïste. Elle ne pensait qu'à elle et il en avait toujours été ainsi. Quand Marina était partie à l'internat de St. Margaret, sa sœur l'avait très peu appelée. C'était elle qui appelait en PCV le dernier dimanche du mois. Marina avait besoin d'entendre la voix de sa grande sœur, avec qui elle avait été élevée, dont elle avait partagé la chambre pendant quatorze ans. Anna était la seule personne à la connaître vraiment. Quand elle revenait pour les fêtes et les vacances d'été, elles s'entendaient bien et ne se séparaient pas, mais tout tournait autour d'Anna. De ses amies. De son petit copain marin. De ses mauvaises notes. De plus, depuis quinze ans que Marina vivait aux États-Unis, Anna ne lui avait pas rendu visite une seule fois. Elle avait failli venir avec son mari au cours d'un voyage organisé sur la côte Est. Ils avaient visité Washington, Boston et New York, mais n'avaient pas quitté le groupe pour passer par Philadelphie. Même le jour de sa remise de diplôme, alors qu'elle le lui avait demandé plusieurs fois par téléphone, Anna n'était pas venue ; pourtant, leurs parents venaient de décéder. Marina avait été la seule diplômée en toge noire à lancer son couvre-chef sans que personne de sa famille puisse se réjouir pour elle. Cet épisode avait été profondément douloureux. Elle ne lui en avait pas tenu rigueur et avait continué de rentrer à Majorque pour Noël afin d'être avec sa seule famille, Anna. Mais elle en avait déjà supporté assez, et la position de victime que sa sœur avait adoptée face à la dispute avec son mari était la goutte d'eau qui avait fait déborder le vase. En atterrissant à l'aéroport JFK, Marina avait décidé de couper les ponts. Elle pourrait survivre sans leurs vingt appels téléphoniques annuels et sans ses visites fugitives au moment des fêtes.

Anna n'avait jamais pris la mesure de la solitude qu'éprouvait Marina aux États-Unis ni du besoin qu'elle avait de lui parler le dernier dimanche du mois. Pour tout dire, Anna en était même venue à envier sa sœur quand sa mère lui interdisait de sortir le week-end et, bien souvent, elle avait eu envie d'être interne elle aussi dans ce merveilleux lycée d'élite de deux cent quarante-quatre hectares aux parcs immenses entourés de chênes, à côtoyer des filles du monde entier. Anna était déjà mariée quand Marina avait été diplômée en médecine. La date de la remise avait coïncidé avec les rénovations dans la demeure de Son Vida. Laisser Armando seul avec la maison pleine de palettes ne lui avait pas semblé une bonne idée.

Après les tentatives ratées pour la joindre par téléphone, Anna avait décidé de lui écrire des lettres. Une chaque semaine. Sans se lasser. Dedans, elle lui demandait pardon d'être aussi faible, de ne pas avoir tenu tête à son mari, de se laisser guider, de s'en remettre à lui, pour tout. *J'ai besoin de toi près de moi,* lui écrivait-elle toujours. *De savoir que tu es là, même si tu te trouves à six mille kilomètres.* Et, toujours, avant de terminer, elle lui racontait les petits progrès d'Anita... Pour lui arracher un sourire, elle lui racontait aussi les misères que lui faisait la vieille pie.

Marina poursuivait sa vie au côté de Jeremy, immergée dans ses études et sa profession de gynécologue. Elle lisait les lettres d'Anna, mais ses suppliques ne pouvaient changer la décision qu'elle avait prise, continuer sa vie de son côté.

En décembre de cette année-là, Marina avait sorti de son coffret la dernière lettre de sa sœur, dont le texte bref disait :

Chère Marina,

Je t'écris pour te souhaiter un bon début d'année. Je te présente tous mes vœux pour que cette nouvelle année accomplisse tes rêves et j'espère que tu pourras aussi me pardonner pour tout.

Réfléchis-y. D'ici là je te laisse avec un je t'aime et je t'aimerai toujours.

Ta sœur et amie,

Anna

Cette lettre était la seule qu'elle avait gardée quand, un an plus tard, elle avait mis fin à sa relation avec Jeremy et entamé sa carrière d'humanitaire à Médecins Sans Frontières.

Elle avait mis dix ans à répondre à cette dernière lettre. Par une froide matinée du 25 décembre 2007, Marina avait glissé une enveloppe dans la boîte aux lettres du 17 Bergmannstrasse à Berlin, dont les premières phrases disaient :

Ma chère sœur, ma chère amie,

Le temps passe trop vite et je ne vois plus de sens à la distance qui nous sépare. Ce sont sûrement les fêtes de fin d'année qui me causent une sensation de tristesse, de nostalgie… je ne sais pas.

Il m'a fallu de nombreuses années, j'en suis consciente. Mais me voilà, si tu veux bien, prête à revenir…

Avec cette lettre, la communication épistolaire s'était rétablie. Ensuite étaient venus les e-mails et un ou deux coups de fil. Mais jamais plus. Chacune avait sa vie et elles avaient passé trop de temps éloignées ; seul cet héritage inattendu avait rendu possibles ces retrouvailles.

La pluie était battante. La porte du jardin étant entrouverte, Marina y pénétra et une seconde lui suffit pour se rendre compte de l'état de délabrement dont souffrait la maison de son enfance. La façade de pierre lui parut plus vieille que jamais. Le citronnier était mort. La piscine, pleine d'eau verdâtre. Elle n'éprouva pas la nostalgie habituelle. Contre toute attente, il lui sembla que cet endroit lui était totalement étranger.

Elle n'eut pas besoin de sonner, Anna lui ouvrit. Elles se regardèrent dans les yeux avant de s'approcher l'une de l'autre. Quatorze ans, c'était beaucoup. Marina perçut en un instant le combat que commençait à mener sa sœur contre la vieillesse. Les rides enflées par le Botox, le front figé, les cheveux lissés, les mèches blondes, son corps mince désormais agrémenté de seins siliconés qui transparaissaient sous le vieux pull de cachemire beige. Anna vit sa sœur égale à elle-même, avec les cheveux noirs raides retenus en une longue tresse, quelques pattes-d'oie supplémentaires autour des yeux quand elle lui envoya un léger sourire et, ensuite, ses jolies fossettes. Sans savoir pourquoi, Marina se sentit honteuse, presque coupable de déceler autant de joie chez sa sœur. Parce que, au fond, en sondant les yeux d'Anna et en tenant compte du dicton populaire de sa grand-mère selon lequel ils étaient le miroir de l'âme, elle comprit ce qu'elle savait déjà : l'âme d'Anna était une âme bonne, une âme fragile incapable de faire de mal à qui que ce soit, incapable de se défendre elle-même et encore moins de venir à la rescousse de quelqu'un d'autre. Cette prise de conscience fut fulgurante. Ce fut Anna qui fit les trois pas vers elle pour l'embrasser. Elle garda le silence et Marina resta clouée au sol, puis, lentement, enlaça la taille de sa sœur. Elles restèrent dix secondes à s'étreindre, sans rien se dire.

— Ah tiens, la belle-sœur ! Comment tu vas ?

La voix d'Armando, forte comme toujours, les sépara et, comme il fallait s'y attendre, les malmena. Il s'approcha de Marina les bras ouverts, l'étreignit en lui tapant dans le dos avant de conclure par un baiser sonore sur la joue. Comme si de rien n'était. Marina sourit comme il se devait, découvrant un beau-frère plus large que jamais, avec sa tignasse de toujours devenue blanche, son impeccable chemise immaculée au motif de cheval un peu usé sur la poitrine, son jean bleu marine et ses Martinelli. Siegfried, l'ami de Marina, infirmier allemand qui suivait assidûment toutes les courses de Schumacher, lui aurait dit qu'Armando était le sosie du directeur sportif de Formule 1, Flavio Briatore, désargenté, bien entendu.

— Aussi belle que toujours. Le temps n'a pas de prise sur toi. Regarde un peu ces couleurs, la flatta-t-il en regardant son épouse. Tout est oublié, hein ? Allez, entre.

Anna resta coite et suivit son mari qui les conduisait au salon. Ce qui confirma à Marina que rien n'avait changé dans leur mariage.

— Je vais dire à l'ado que tu es arrivée. Je reviens tout de suite avec vous, annonça Armando en montant au premier.

Marina ôta sa parka, qu'Anna prit pour la suspendre au portemanteau. Elles s'assirent sur le canapé et se regardèrent sans savoir quoi se dire. La Philippine rompit le silence en apportant un plateau chargé de moules, d'olives et d'un pichet d'eau.

— C'est Imelda.

— Bonjour, Imelda, la salua Marina en se levant pour lui faire la bise. Enchantée.

Anna écarquilla les yeux face à l'attitude de sa sœur vis-à-vis de l'employée de maison. Aucune de ses amies du Club Nautique de Palma ne s'était approchée d'Imelda au moment des présentations, et encore moins pour l'embrasser.

— Bonjour, madame. J'avais envie de vous connaître, lui dit Imelda avec sincérité. Vous voulez quelque chose à boire ?

— L'eau me va, merci.

Imelda sourit et se retira discrètement, laissant les deux sœurs seules.

— Comment tu vas ?

— Bien. Très bien… Et toi ?

— Bien aussi.

Encore un sourire, un silence gêné. Marina sortit de son sac à dos le livre de cuisine qu'elle lui avait acheté à l'aéroport d'Addis-Abeba.

— Merci beaucoup. Quelle délicate attention, dit Anna en jetant un coup d'œil au livre. Je dois t'avouer que j'ai arrêté de cuisiner. Peut-être une manière de recommencer. Enfin, aujourd'hui, je me suis mise aux fourneaux, précisa-t-elle en adressant un sourire à sa sœur. Aujourd'hui, je t'ai préparé quelque chose de spécial.

Elles se regardèrent encore une fois. Anna aurait voulu s'avancer pour l'embrasser, l'emmener loin pour rattraper toutes les années perdues. Ou, encore mieux, déloger son mari de la maison pour une heure ou deux et, tant qu'à faire, leur fille, qui était chaque jour plus insolente ; elle les aurait envoyés chez sa belle-mère et serait restée là avec sa petite sœur, toutes les deux tranquilles chez elles. Car Anna était celle qui avait le plus souffert de leur séparation. Elle n'avait rien à quoi se raccrocher dans la vie. Pas de mari, bien qu'ils vivent sous le même toit. Pas de travail, elle n'en avait jamais eu besoin. Pas de vraies amies, peut-être par la faute de cette éducation qu'elle avait reçue – ne se fier à personne, regarder, écouter et se taire. Et, certes, elle avait une fille dans l'adolescence, mais insupportable.

— Ça fait bizarre, commenta-t-elle en évitant d'évoquer tous les sentiments qui s'agitaient en elle.

— Oui, c'est sûr. Vous avez trouvé d'autres choses sur la boulangerie ?

— Non, répondit Anna en haussant les épaules. Ce n'est pas une personne de la famille. C'est quoi, son nom, déjà ?

— María Dolores Molí, répondit Marina.

— Je crois qu'Armando a trouvé un acheteur pour une belle somme. Le prix du mètre carré est impressionnant, fit Anna avec un demi-sourire.

Elle se frotta lentement les mains. Marina connaissait ce geste nerveux et attendit que les mots lui viennent.

— On n'est pas dans une très bonne situation, avoua Anna en baissant la voix et en jetant un rapide regard vers l'escalier. Tu te souviens des investissements immobiliers au Panama ?

Marina acquiesça.

— Je n'ai pas très bien compris ce qui s'était passé, mais c'était une escroquerie. (Anna fit une pause et dirigea de nouveau le regard vers l'étage pour vérifier que son mari ne pouvait pas les entendre. Elle baissa encore le ton.) On est ruinés.

Anita apparut dans son pull noir, renfrognée, et descendit l'escalier en pesant de tout son poids sur chaque marche. On aurait dit que c'était un effort de soulever les pieds.

— Bonjour, Ana ! la salua Marina en se redressant.

Contre toute logique, Marina trouva incroyable que le bébé pleureur qu'elle avait laissé à vingt jours se soit transformé en cette jeune fille robuste.

— Bonjour, répondit Anita à voix basse tout en évitant son regard.

Elle lui tendit les joues sans l'embrasser, ce que Marina remarqua, mais qui ne l'empêcha pas de déposer des baisers sur les joues de sa nièce en lui caressant les bras avec affection.

Elles s'assirent toutes les trois dans un silence embarrassé. Marina observa le flocage provocant du sweat-shirt porté par sa nièce, une photo de femme vêtue d'un blouson en cuir noir qui tenait une fourchette, proclamant : *eat the rich.*

— Tu aimes Patti Smith ? demanda-t-elle à Anita.

— Tu la connais ? s'étonna sa nièce.

— Bien sûr. Ta mère ne t'a pas raconté que j'ai passé la moitié de ma vie aux États-Unis ? Il y a bien longtemps, je suis allée à un de ses concerts, dans un petit bar de New York… ça fait plus de vingt ans.

— Sérieux ? lui demanda Anita, fascinée, comme si c'était l'histoire la plus incroyable qu'elle ait entendue dans cette maison, où ne résonnait d'autre musique que celle de la télé.

Anita connaissait tous les morceaux et poèmes composés par cette vieille rockeuse américaine qu'on appelait aujourd'hui la « grand-mère du punk ». Sa tante y vit un révélateur de la personnalité de sa nièce : contrairement à quatre-vingt-quinze pour cent de ses congénères et sans doute contrairement aux autres élèves de San Cayetano, Anita ne bougeait pas son corps au rythme de cette cinglée de Lady Gaga ni ne se déhanchait avec l'ex Hannah Montana pour entonner *Party in the USA*. Elle écoutait seule dans sa chambre sous son casque *People Have the Power* de la vieille activiste américaine.

Anna, elle, n'avait pas la moindre idée de qui était la dame sur le sweat de sa fille, mais la dernière fois que celle-ci l'avait revêtu pour une fête de la haute société majorquine du Club Nautique où ses parents l'avaient forcée à aller, elle avait demandé à Anita de bien vouloir se changer, ce vêtement n'étant pas approprié à l'occasion. Irritée, Anita était montée dans sa chambre et redescendue dix secondes plus tard avec un autre sweat noir sans flocage sur la poitrine. Quand Anna était arrivée à la réception avec Anita, elle s'était rendu compte que sa fille chérie avait dans le dos de son sweat une image de la même femme esquissant un geste obscène, et qu'au lieu de *eat the rich* il était écrit *fuck the rich*.

— Mesdames, mangeons, suggéra Armando en entrant dans le salon.

Elles quittèrent le canapé. Anna avait passé tout le mois à imaginer cette scène avec terreur. Avant l'arrivée de Marina, elle avait imploré son mari de se montrer aimable. Armando n'était pas idiot, la vente de ce moulin représentait un allègement de la dette qu'il avait envers le Panama. En apparence, il jouerait le type charmant.

Anita, qui ne savait rien du passé, étudiait le nouveau membre de sa famille avec curiosité.

Imelda entra avec la soupière pleine et commença le service.

Armando ouvrit la bouche le premier et, contrairement à ce que craignaient les deux sœurs, la conversation qui accompagna le repas fut, quoique superficielle, bien plus détendue qu'elles ne l'avaient imaginé. Armando questionna Marina sur son métier et, pendant que la famille García Vega mangeait sa soupe, elle répondit aimablement en donnant des détails sur les lieux où elle avait travaillé. Anna évoqua l'ampleur des changements qu'avait connus l'île ces quatorze dernières années. Armando les nouveaux lotissements, le tourisme qui remplissait les poches des Majorquins, les cinquante mille Allemands officiellement propriétaires sur l'île, dont un, précisément, qui allait acquérir le moulin et la boulangerie dont les sœurs avaient hérité.

— Bon, c'est pas tout ça, mais on a du pain sur la planche… c'est le cas de le dire ! s'exclama Armando en riant à sa propre blague. J'ai réussi à le vendre pour deux millions d'euros, un million pour chacune.

Il fit cette annonce avec fierté. Anna sourit et regarda sa sœur, qui ne paraissait pas se réjouir outre mesure. Armando leur expliqua que l'acheteur s'appelait Helmut Kaufmann, un robuste entrepreneur dans la saucisse, qui fabriquait les charcuteries fournissant la majorité des brasseries de l'ouest de l'Allemagne. Il comptait poursuivre l'œuvre de la boulangerie de Can Molí en associant le pain traditionnel de l'île à la farine de *xeixa* à la vente de *Wurst* issues de son propre élevage de porcs aux alentours de Francfort. Helmut atterrissait à Palma à 15 heures le lendemain. Armando passerait le chercher et, à 17 heures, le notaire les attendrait dans son bureau pour la signature de l'acte.

Imelda apporta le dessert qu'Anna avait mis tant de soin à préparer pendant la matinée, sachant que Marina serait très contente de manger ce gâteau que grand-mère Nerea avait baptisé « cake au citron et aux graines de coquelicot ». Peut-être la saveur dans sa bouche lui rappellerait-elle des souvenirs. Les souvenirs heureux de son enfance. D'après Nerea, ce cake sucré possédait un ingrédient magique que jamais elle ne leur dévoilerait et qui lui donnait ce goût si délicieux. Les deux sœurs insistaient pour connaître le fameux ingrédient, mais leur grand-mère refusait toujours de le leur révéler. Jusqu'au jour où Marina avait fêté ses sept ans. Elle les avait assises toutes les deux à la table en bois de la cuisine et, leur demandant de garder le secret, les avait approchées d'elle pour leur révéler la recette en murmurant entre leurs petites têtes.

Marina regarda sa sœur et lui sourit avec reconnaissance. Anna savait que ce détail passerait inaperçu aux yeux d'Armando et de sa fille, mais que Marina saurait l'apprécier. C'était une façon de lui demander pardon encore une fois.

Anna aurait aimé réaliser le cake avec les citrons du jardin, et cela d'autant plus que leur grand-mère prétendait que les fruits de ses citronniers avaient un goût unique et inégalé dans l'île. Malheureusement, le citronnier du jardin était mort quelques mois auparavant. Et « malheureusement » n'était pas un euphémisme : Anna avait pleuré cet arbre. Elle avait pleuré devant le jardinier quand celui-ci, pour faire de l'humour, lui avait déclaré :

— Madame, cet arbre est plus mort que Michael Jackson.

Anna avait interdit qu'on l'abatte et éclaté en sanglots hystériques. Resté pantois devant les larmes de la patronne, le jardinier s'était excusé mais en était venu à deux conclusions : d'une part Anna était une fan inconditionnelle de l'enfant prodige des Jackson Five, d'autre part les Barbie riches du quartier de Son Vida étaient complètement tarées.

Ce matin, Anna était donc montée dans sa BMW en direction d'Auchan pour y acheter dix citrons. Sachant qu'elle ne trouverait pas de coquelicots en hiver, et après plusieurs appels à ses amies du Club Nautique, elle avait trouvé une boutique bio récemment ouverte où une jeune Allemande en sari orange lui avait vendu les dix sacs de graines de coquelicot qu'elle avait en stock. Une fois à la maison, nerveuse, Anna avait allumé le four et mélangé les ingrédients sans hâte, essayant de se rappeler les quantités exactes que mettait leur grand-mère. Le premier gâteau était trop amer, à cause d'un excès de zeste dans la pâte ; le deuxième avait brûlé, et le troisième était moelleux comme l'aimait Marina.

— On peut dire qu'Anna et toi vous êtes millionnaires, poursuivit Armando sur un ton fanfaron.

— Vous avez les clés ? demanda Marina en reprenant une part de cake.

— Les clés, répéta Armando.

— Oui, celle du moulin et de la boulangerie.

Silence.

— Oui.

— Tu me les donnes, s'il te plaît ? demanda Marina.

Armando esquissa une moue contrariée. Anna cessa de mâcher et regarda son mari avec appréhension.

— Pour quoi faire ?

Le ton d'Armando était devenu grave, mais moins que le jour où il avait jeté Marina dehors.

Anita et Anna tournèrent la tête vers Marina. Le tonnerre retentit, mais personne ne regarda à l'extérieur. La tempête se déchaînait à l'intérieur de la maison.

— Je suis curieuse de voir ça. De savoir qui est cette dame si généreuse qui va nous rendre millionnaires. Il doit bien y avoir quelque chose dedans qui nous donnera une piste.

Anna et Anita tournèrent la tête vers Armando.

— Il n'y a pas grand-chose à voir. C'est une vieille boulangerie pleine de sacs de farine, avec un pétrin et un four à bois. Rien de plus. Le moulin, ça fait des années qu'il ne fonctionne plus, et il est… limite en train de tomber. Pas loin d'être en ruine. Ce n'est pas une parente directe. On a vérifié les noms de ses parents, de ses grands-parents, de ses arrière-grands-parents… Mais, sincèrement, qu'est-ce qu'on en a à faire ? estima Armando en s'efforçant de sourire. Les deux millions d'euros sont à vous.

Il plia sa serviette, considérant la conversation close et faisant mine de se lever.

— Tu me donnes les clés, Armando, s'il te plaît ? répéta fermement Marina en le regardant dans les yeux.

*
* *

C'est alors qu'ils découvrirent dans la plaine trente ou quarante moulins à vent ; dès que don Quichotte les aperçut, il dit à son écuyer :

— La chance conduit nos affaires mieux que nous ne pourrions le souhaiter. Vois-tu là-bas, Sancho, cette bonne trentaine de géants démesurés ? Eh bien, je m'en vais les défier l'un après l'autre et leur ôter à tous la vie. Nous commencerons à nous enrichir avec leurs dépouilles, ce qui est de bonne guerre ; d'ailleurs, c'est servir Dieu que de débarrasser la face de la terre de cette ivraie.

— Des géants ? Où ça ?

— Là, devant toi, avec ces grands bras, dont certains mesurent presque deux lieues.

— Allons donc, monsieur, ce qu'on voit là-bas, ce ne sont pas des géants, mais des moulins ; et ce que vous prenez pour des bras, ce sont leurs ailes, qui font tourner la meule quand le vent les pousse[1].

1. Miguel de Cervantès, *L'Ingénieux Hidalgo don Quichotte de la Manche*, traduction d'Aline Schulman, Paris, Seuil, 1997.

Cuca avait émis un bâillement sonore.

— Cuca, s'il te plaît, un peu de respect envers le reste de la classe, l'avait réprimandée la jeune enseignante de littérature de San Cayetano.

— Mais m'dame, ce truc-là, à 9 heures du matin, personne peut supporter, répondit Cuca.

Les vingt-neuf autres élèves avaient éclaté de rire et la prof avait poussé un soupir. Cuca, aussi insolente qu'à son habitude, n'avait pas entièrement tort : aucun adolescent ne pouvait ressentir de l'émotion pour ce livre, même avec une version adaptée pour les jeunes. À vrai dire, la prof elle-même avait dû le lire pendant ses études, plusieurs années en arrière, et, en dehors du fait qu'elle avait appris certains mots tombés en désuétude, elle avait trouvé que c'était une lecture extrêmement ennuyeuse, ce qu'elle avait gardé pour elle de peur d'être taxée d'ignorance étant donné la fascination suscitée parmi ses camarades de la fac de lettres par les incroyables aventures de l'ingénieux Hidalgo de la Manche. Elle devait être une femme très simple.

— Fermez le livre, conclut-elle. Emportez-le dans votre cartable et mettez vos manteaux, on va se promener.

Les élèves avaient poussé des exclamations de joie et vite enfilé leurs blousons sur leurs uniformes pour sortir chaotiquement de la salle. La prof avait rassemblé ses affaires et les avait mises dans sa serviette. Il ne restait qu'une élève au dernier rang, immobile, le regard perdu au-dehors.

— Marina ?

Marina avait tourné les yeux vers sa professeure.

— Tu te sens bien ?

Marina avait acquiescé en se levant de sa chaise, pris son manteau et s'était dirigée vers la porte. Non. Elle ne se sentait pas bien. Chez elle, la situation était insupportable. Elle détestait sa mère et avait l'impression que c'était réciproque. La veille au soir, comme tous les jours, elles s'étaient disputées assez fort. Cette fois, c'était à cause de sa manière de tenir sa fourchette. D'autres fois, c'était à cause de ses cheveux jugés trop longs, retenus par une tresse mal faite qu'elle refusait de couper, ou à cause de son odeur corporelle dénuée de parfum, de sa chambre en désordre pleine de vieux livres de médecine rapportés de chez sa grand-mère et que sa mère estimait pleins d'acariens, ou à cause de son refus d'aller à la messe le dimanche après la promenade en bateau. Ana de Vilallonga haïssait par-dessus tout la complicité qui liait Marina à sa grande sœur et à sa grand-mère paternelle et, surtout, à son père. De plus, Marina ne haussait jamais le ton et répondait toujours aux critiques par des contre-attaques solides et des arguments qui démontaient tous les principes.

Marina avait la sensation de déranger sa mère par sa simple présence. Elle ne parvenait pas à comprendre cette femme qui lui avait donné la vie quatorze ans plus tôt. En revanche, aux yeux de leur mère, Anna était la fille parfaite. Elle l'avait faite à son image. Elle était jolie, fragile, naïve, ordonnée et parfumée. Mais, aussi bien que sa mère, Marina savait qu'Anna était une adolescente simple, sans autre centre d'intérêt que ses nouvelles robes, sans aucune attente dans la vie. Elle était médiocre à l'école, ses notes ne dépassaient pas les 4,5 sur 10 mais atteignaient les 5 grâce aux généreux dons que faisait sa mère aux religieux de San Cayetano.

Les 10 de Marina étaient un motif de fierté pour leur père, mais n'arrachaient qu'un sourire tiède à sa génitrice.

Marina avait fini par s'habituer aux cris de sa mère qui, curieusement, n'étaient jamais poussés en présence de Néstor. Jamais. Elle avait cessé de réfuter ses arguments avec les siens, plus solides, et appris à se contenir, à ne pas réagir. Quand sa mère lui reprochait quelque chose, elle se levait et partait s'enfermer dans sa chambre, allant à l'encontre de sa nature adolescente. Sa mère la suivait, ouvrait la porte et reprenait sa litanie de reproches. Jusqu'à ce que, un Noël, grâce aux deux cents pesetas données par sa grand-mère, elle s'achète un verrou. La porte fermée avait étouffé les cris, mais augmenté le désespoir de sa mère, qui était allée pleurer dans les bras de son mari, et se plaindre de la jeune fille insoumise qu'ils avaient engendrée. Ana de Vilallonga était en outre hypocondriaque, souffrait de ses nerfs et somatisait ses inquiétudes, qui se matérialisaient en éruptions, orgelets et boutons de fièvre. La tension dans la maison était toujours plus grande, jusqu'au jour où, enfin, à l'issue d'une éruption démesurée sur le visage, sa chère mère parvienne à accomplir ce qu'elle tramait depuis plusieurs mois et qui figeait Marina, immobile à regarder par la fenêtre pendant que ses camarades sortaient de la salle en s'agitant : l'envoyer en pensionnat dans une école à six mille kilomètres de Majorque.

Les trente élèves et la professeure de littérature étaient arrivés à Es Jonquet, un vieux quartier de pêcheurs surmonté de quelques moulins anciens.

— Vous les voyez ?

— Qu'est-ce qu'on doit voir ? avait demandé Cuca.

Les autres élèves, comme d'habitude, gardaient le silence. Certains ne comprenaient pas, d'autres n'écoutaient pas.

L'adolescence est une étape de la vie qui transforme l'être humain en demeuré pour une durée d'un ou deux ans, avait pensé la jeune prof en son for intérieur.

— Mais les moulins, grands dieux, les moulins !

Ils avaient marché jusqu'au bas de l'un d'entre eux et, une fois là, elle leur avait fait rouvrir leurs livres, puis, effectuant un bon casting, elle avait choisi un élève au visage plein d'acné, longiligne et dégingandé pour interpréter don Quichotte, et un petit gros pour celui de Sancho Panza. Cuca avait insisté pour lire le passage de Dulcinée, faisant rougir le pauvre élève dégingandé, qui, comme la majorité des garçons de San Cayetano, rêvait d'effleurer les seins de la fille la plus populaire du lycée.

Ce cours de littérature avait eu lieu dans les rires et les applaudissements et resterait gravé dans le souvenir de tous les adolescents, y compris dans celui de notre protagoniste. Hors des quatre murs de sa salle, la jeune prof de littérature s'était dit qu'il n'était pas si difficile d'intéresser les ados si l'on s'y employait vraiment.

*
* *

Le bus serpentait de nouveau sur la route du massif de Tramontana en direction de Valldemossa. La pluie frappait avec force le pare-brise et le chauffeur, prudent, conduisait à vitesse réduite, permettant à son unique passagère d'admirer le coucher de soleil sur la colline solitaire.

Marina se protégea sous l'Abribus. La pluie rebondissait avec force sur les pavés. Elle mit sa capuche et courut sur les trois cents mètres qui la séparaient de l'hôtel. Elle y attendrait qu'il cesse de pleuvoir, puis se rendrait au moulin.

Gabriel et Isabel se trouvaient dans le salon, au coin du feu, en train de jouer aux échecs. Ils la saluèrent aimablement. Si on avait dit à Marina que cet homme et cette femme qui dirigeaient l'hôtel étaient frère et sœur, elle l'aurait cru. Ils devaient friser la soixantaine, avaient une certaine ressemblance physique et dégageaient l'un comme l'autre une énergie tranquille qui apaisait Marina.

— J'ai un mail à écrire. Vous auriez un ordinateur sur lequel je pourrais me connecter à Internet ? leur demanda-t-elle.

— Oui, mais on a essayé d'avoir notre fils sur Skype et impossible. Avec la pluie, ça nous arrive. Je suis désolé. Je vous tiens au courant dès que ça marche.

La pluie battit les vitres avec force toute la soirée et la nuit. La connexion ne revint pas et Marina se coucha. Encore éveillée, elle se revit avec sa sœur courir dans un champ de coquelicots avant de se faire surprendre par l'image de la petite fille éthiopienne qu'elle avait abandonnée dans un berceau métallique. Une fois endormie, au plus profond de ses rêves, Mathias.

*

* *

De : mathiasschneider@gmail.com
Feb 2, 2010 (1 day ago)
À : marinavega@gmail.com

Marina,

Nous venons de recevoir un appel en urgence du siège central. Ils ont besoin de renforts en Haïti. En plus du séisme, l'épidémie de choléra s'est répandue et ils sont débordés. Ils nous demandent d'y partir pour plus de six mois. Je n'ai pas su refuser. Je prends l'avion pour Barcelone demain et je t'attends là-bas. Je sais que tu n'as pas envie de quitter l'Éthiopie, mais je crois vraiment qu'ils ont plus besoin de nous en Haïti. Je dormirai chez Ona et j'irai au bureau de MSF dès mon arrivée. Appelle-moi là-bas, s'il te plaît.

Te amo. Ich liebe dich,

Deine Mathias

Marina pâlit. Sans cesser de fixer l'écran, elle se passa les mains sur le visage avant de relire l'e-mail. Elle aurait aimé que ces quelques phrases n'aient jamais été écrites. Elle aurait préféré ne pas les lire une deuxième fois. Elle le fit pourtant, cherchant une erreur. C'était très clair, Mathias quittait l'Éthiopie pour s'embarquer dans une nouvelle lutte.

Elle inspira, souhaitant de manière complètement égoïste que ce tremblement de terre à sept mille kilomètres n'ait pas eu lieu. Car ce séisme secouait aussi son âme. Cette nouvelle catastrophe humanitaire ne cadrait pas dans sa vie. Elle ne s'attendait pas à ce changement de plan et ne le voulait pas. Haïti aurait besoin de l'aide de médecins étrangers pendant des années et les séjours pourraient durer un an ou davantage. Changer encore de lieu ? S'habituer à une nouvelle culture ? À une nouvelle équipe d'humanitaires ? Dormir dans une tente de campagne, dans un autre hôtel inconnu ?

Elle soupira, s'efforçant de calmer l'angoisse qui montait peu à peu. *Mathias, on était bien en Éthiopie. Pourquoi es-tu parti ?*

Voilà trois ans qu'ils travaillaient et vivaient là, depuis que l'ONG avait nommé Marina chef de missions médicales en Éthiopie. Aussi étrange que cela puisse paraître, la maison d'Addis-Abeba qui servait de camp de base aux intervenants se répartissant dans les divers projets de MSF était devenue la sienne. Un lieu où elle se sentait bien. Loin de constituer un foyer, ce toit lui apportait une certaine sécurité. La mission devait durer un an, mais à terme elle avait demandé à rester un an de plus, convainquant d'abord Mathias, qui avait accepté de s'attarder là avec elle. Il avait quitté seul l'Éthiopie une fois, pour aller au Myanmar aider les victimes du cyclone Nargis. MSF ne permettait de prolonger aucune mission au-delà de trois ans. Il leur en restait un. Si MSF ne l'autorisait pas à garder ce poste, elle essaierait de se faire embaucher par une des ONG de codéveloppement établies en Éthiopie. Elle avait rencontré plusieurs confrères de Médecins du Monde et d'Oxfam à une fête donnée par l'ONU au siège d'Addis-Abeba, et ils lui avaient assuré que ni elle ni Mathias ne manqueraient de travail dans ce coin toujours en besoin de la corne de l'Afrique. Tel était son projet.

Mais cet e-mail, ces quelques phrases changeaient tout. L'Éthiopie, c'était aussi Mathias. Elle n'y serait pas restée deux ans si Mathias ne l'avait pas voulu. Elle s'imagina là-bas sans lui, dans l'aride désert de l'Afar, et frissonna. Elle ne pouvait lui reprocher de partir. Il avait toujours été sincère à ce sujet : il ne comptait pas passer le reste de sa vie en Éthiopie. Ce à quoi Marina répondait qu'il soignerait des malades aussi bien là qu'ailleurs.

Marina travaillait pour MSF depuis plus d'une décennie. Jusqu'à ses quarante ans, elle était passée seule d'un continent à l'autre, suivant les crises humanitaires du moment. Cela ne lui avait jamais posé de problème de changer de pays, même si des milliers de kilomètres les séparaient. Elle se proposait toujours pour voyager pendant les fêtes, quand la majorité des humanitaires préféraient rester avec leur famille dans leurs pays d'origine. En 2004, année de ses quarante ans, Mathias était entré dans sa vie et, pendant les trois premières années de leur relation, ils avaient continué de voyager de par le monde sans s'arrêter. Toujours ensemble. Travailler dans des conditions toujours extrêmes, comme chaque chose dans la vie, était plus facile en compagnie de l'amour. Mathias et Marina avaient atterri au camp de réfugiés du Sud-Soudan pour six mois ; ensuite ils en avaient passé quatre en Centrafrique, et en fin d'année ils s'étaient envolés pour la Tchétchénie. En 2005, ils avaient combattu quatre mois durant la maladie de Chagas en Bolivie, puis le reste de l'année ils avaient suppléé au manque de médecins au Sri Lanka pour partir en décembre au Zimbabwe, dans le cadre d'un développement de plan contre le sida. Fin 2006, ils s'étaient rendus au Yémen pour aider les réfugiés africains qui arrivaient en radeau depuis la Somalie. Ce voyage avait été psychologiquement dévastateur pour Marina et, quand l'annonce pour un chef de mission en Éthiopie s'était présentée en 2007, elle n'avait pas hésité à se présenter. Ce poste supposait qu'elle puisse s'établir un à trois ans au même endroit. Dix ans passés sac au dos lui suffisaient et elle n'avait plus l'énergie de ses trente ans, ce qu'elle remarquait tant au niveau physique que psychologique. Elle savait que, malheureusement, l'Éthiopie ne pourrait aller de l'avant sans l'aide de l'Occident, et qu'on aurait toujours besoin d'elle. Dans ce coin du monde, elle avait rêvé de passer le reste de sa vie aux côtés de Mathias.

Elle se déconnecta sans répondre à l'e-mail. Étourdie, elle se leva de sa chaise, enfila de nouveau sa parka et sortit de l'hôtel : il lui restait cinq heures avant la signature du compromis de vente. Elle mit les mains dans les poches de sa parka et toucha le porte-clés circulaire en métal qui rassemblait les clés du moulin. Elle se dirigea vers le centre du village en suivant le même itinéraire que le jour précédent, par inertie, parce que c'est ce qu'elle avait prévu de faire le matin avant d'aller chez le notaire. Sa curiosité concernant cet héritage s'était totalement évaporée et, dans sa tête, une question simple lui martelait les tempes : l'Éthiopie ou Haïti ?

Dans la rue de la Rosa, elle croisa de nouveau la vieille dame aux yeux clairs avec son golden retriever aux poils blanchis et aux oreilles tombantes. Elles se saluèrent d'un bref signe de tête et poursuivirent chacune de son côté. Marina parvint au moulin, sortit le porte-clés et introduisit la clé dans la serrure : le moulin était vide, avec une vieille machinerie laissée à l'abandon. Elle monta par un escalier en colimaçon jusqu'au premier étage, où se trouvait le matériel pour moudre le blé, et regarda par l'une des petites fenêtres. La mer apparaissait entre les ailes, qui semblaient deux fois plus longues vues d'ici. La question revint dans son esprit : l'Éthiopie ou Haïti ?

Elle ouvrit la porte de la maison. Au rez-de-chaussée, on trouvait la boulangerie avec le fournil. Une table ancienne, longue, en pin massif. Derrière, des plateaux vides. Sur la droite, en entrant, se trouvaient le four à bois, des pétrins, des centaines de sacs de farine entassés, des fagots de bois de chêne vert et d'amandier, des balances métalliques et des moules. C'était un lieu froid et austère.

Marina monta un escalier conduisant au premier étage et pénétra dans une salle tenant lieu à la fois de cuisine et de séjour. De larges poutres de bois couraient sur toute la largeur du plafond. Aux murs, des casseroles ; de vieilles poêles sur un fourneau et un évier en pierre. D'un côté, un vieux canapé en tissu rayé et un buffet aux portes et tiroirs ouverts. Étonnée, Marina s'en approcha. Les couverts étaient dans tous les sens dans un tiroir. Les serviettes, propres et en bazar dans un autre. Elle referma tiroirs et portes avant de poursuivre son inspection. À côté du canapé, une deuxième salle qui, à première vue, lui parut chaotique et désordonnée. C'était une pièce presque aussi grande où, éparpillés sur les étagères et le sol, se trouvaient balais, serpillières à franges, boîtes de conserve, bobines de fil, dés à coudre, instruments, boutons, ciseaux…

Au second, une chambre ascétique au lit sans draps, avec d'un côté une table de nuit, de l'autre une chaise en osier. Marina ouvrit les volets, laissant entrer la brise du matin. La mer apparaissait au loin, derrière les montagnes. Sans refermer, elle alla s'asseoir sur le lit de la défunte boulangère. Encore une fois, les deux pays revinrent à son esprit. Éthiopie, Haïti. Instinctivement, cherchant à calmer le cours de ses pensées, elle s'allongea, sans détourner le regard de la colline et du petit bout de mer qu'on distinguait au loin. Elle croisa les mains sous sa tête. Alors, un timide rayon de soleil s'insinua entre les nuages, entra par la fenêtre et parvint jusqu'à son corps, qu'elle sentait plus faible que jamais. Ainsi Marina se laissa-t-elle bercer par le soleil, la tramontane et l'arôme des amandiers en fleurs, mêlé à celui de la Méditerranée.

*

* *

Helmut sortit de l'aéroport de Palma avec une mallette pleine de billets à 15 h 30. Armando l'attendait devant avec son Audi A6 fraîchement passée au lavage automatique. Ils se donnèrent une accolade fort masculine, sans se mettre la main dans le dos, mais en se donnant une ou deux tapes creuses. Ensuite, un sourire et la remise immédiate de la mallette.

En bon spéculateur immobilier, Armando avait l'habitude de gérer l'argent de couleur, le noir. Il payait au noir, touchait au noir, maniait des dessous-de-table, fraudait le fisc, bref, c'était un escroc. Mais, comme on le sait, à cette époque en Espagne il s'agissait de quelque chose de courant et, du maçon qui posait les briques au promoteur qui vendait les propriétés, tous essayaient de ne pas être dévorés par l'État avide. Jusque-là, tout s'était bien passé. Le vrai problème, c'est que l'argent qu'Armando touchait en liquide pour la vente du moulin n'était pas seulement destiné à frauder le fisc, mais aussi à spolier son épouse et sa belle-sœur. Les sachant si respectueuses de la loi qu'elles ignoraient même qu'on puisse faire des fautes d'orthographe, il comptait ne rien leur dire. Armando était endetté jusqu'au cou, il devait plus d'un million d'euros à une banque espagnole, autant à une banque panaméenne, et sa situation, étant donné les intérêts de l'emprunt contracté, s'aggravait de jour en jour. Sans trop d'hésitation et grâce à son ami Curro, le moulin, la boulangerie et le logement de Mme María Dolores Molí seraient vendus pour deux millions d'euros officiellement, plus un troisième, à remettre à Armando en billets de cinq cents euros, dans une mallette fermée, officieusement.

Helmut s'inséra dans l'A6 et ils se dirigèrent vers JC Backer.

Marina prit le bus pour retourner à Palma. Le chauffeur, le même que les jours précédents, la reconnut et la salua avec amabilité. Malgré ses préoccupations, elle sut le remercier de ce geste par une brève conversation sur les rayons de soleil qui, peu à peu, apparaissaient entre les montagnes. Elle avait déjà dit au revoir à Gabriel et Isabel, et posa le sac à dos noir contenant ses affaires sur le siège d'à côté. Elle allait signer la vente et repartir pour Barcelone par le dernier vol de la soirée. Après la visite du moulin, elle était repassée à l'hôtel et, depuis l'ordinateur sur lequel elle avait lu l'e-mail qui changeait le cours de son existence, elle avait acheté un billet de dernière minute pour dormir auprès de Mathias cette nuit.

L'Audi A6 dépassa le bus sur la place de España.

COMPROMIS DE VENTE DE BIEN IMMOBILIER

ENTRE LES SOUSSIGNÉS :

Anna Vega de Vilallonga et Marina Vega de Vilallonga, ci-après désignées « LE VENDEUR », d'une part,

ET

Helmut Kaufmann, ci-après désigné « L'ACQUÉREUR », d'autre part,

Les parties agissent en leur nom propre. Elles confirment que rien ne peut limiter leur capacité pour l'exécution de leurs engagements.

IL EST RECONNU QUE

Anna Vega Vilallonga et Marina Vega Vilallonga sont régulièrement propriétaires des biens suivants :

Maison individuelle sur trois niveaux, d'une superficie totale de 110 mètres carrés.

Moulin à vent.

Les biens sont enregistrés et inscrits au Service de publicité foncière de Majorque.

CECI ÉTANT EXPOSÉ, IL A ÉTÉ ARRÊTÉ ET CONVENU CE QUI SUIT :

Le vendeur vend, sous les conditions ci-après énoncées, à l'acquéreur qui les accepte, les biens désignés ci-dessus.

La présente vente est consentie et acceptée moyennant le prix de deux millions d'euros (2 000 000 €). À titre d'acompte à valoir sur prix de vente, l'acquéreur verse ce jour la somme de vingt mille euros (20 000 €). Le vendeur le reconnaît et en consent quittance sans réserve. L'acquéreur versera le solde par chèque au porteur le jour de la signature de l'acte authentique. Les parties acceptent de réitérer les présentes par acte authentique dans un délai de trois mois par-devant notaire choisi d'un commun accord.

L'acquéreur aura la propriété du bien désigné à compter du jour de la réitération des présentes par acte authentique. La remise des clés aura lieu le même jour.

L'acquéreur s'engage à acquitter la totalité des charges afférentes au bien, en particulier les charges de copropriété éventuelles, à compter de la remise des clés.

Les autres frais et impôts auxquels ledit bien peut et pourra être assujetti seront répartis entre les parties selon les dispositions légales en vigueur.

Le vendeur garantit la jouissance paisible du bien à l'acquéreur et reconnaît que sa responsabilité sera engagée en cas d'éviction conformément aux dispositions légales en vigueur.

En foi de quoi, les parties signent les présentes en double exemplaire, à la date et au lieu ci-dessous indiqués.

Rédigé à Majorque, en deux exemplaires, le 2 février 2010.

Le vendeur	L'acquéreur
Anna Vega de Vilallonga	Helmut Kaufmann
Marina Vega de Vilallonga	

La main de Marina tremblait en tenant le stylo-plume au-dessus du contrat. Elle sentit les yeux de sa sœur, de son beau-frère, d'Helmut et de Curro rivés sur elle et releva le regard.

Allez, Marina, décide-toi. Elle inspira, baissa le nez et écrivit le *M* de son prénom. Elle ferma les yeux un instant.

— Je ne veux pas signer tout de suite, dit-elle en posant le Montblanc parallèlement au papier.

— Pardon ? s'écria Curro. Tu n'es pas d'accord avec l'une des clauses ?

Marina garda le silence un temps. Les autres la regardaient, dans l'expectative.

— Donnez-moi quelques semaines, s'il vous plaît, répondit-elle en baissant la voix.

— Quoi ? s'exclama Armando avec une expression dont Marina n'aurait su dire si c'était de la colère, de la haine ou de la peur.

Anna regarda sa sœur avec inquiétude, pour ensuite dévier le regard vers son mari et, plus précisément, sur la veine bleutée qui gonflait toujours dans les moments de discorde et semblait en cet instant sur le point d'éclater.

— Cet homme a pris l'avion depuis l'Allemagne pour signer ici aujourd'hui, poursuivit Armando qui, cette fois, employait le même ton menaçant que quatorze ans plus tôt, quand il l'avait jetée dehors.

— *Helmut, es tut mir sehr leid*, s'excusa Marina en allemand. Vraiment, je suis désolée. Je vous dois mille excuses, ajouta-t-elle en anglais.

Marina se leva de sa chaise, les clés à la main et, sous le regard incrédule de sa sœur, de son beau-frère et de Curro, répéta avec sincérité :

— Je suis désolée.

— Comment ça, t'es désolée ? cria Armando. Tu signes et basta ! Qu'est-ce qui te prend ?

— J'ai besoin d'un peu de temps, s'il vous plaît, insista Marina, peu assurée.

— Mais qu'est-ce que tu délires ? s'emporta Armando en se levant.

Curro se redressa également et prit son ami par le bras, essayant de le calmer.

— Ça va pas se passer comme ça, Marina !

Loin de réagir face à cet événement inattendu, Helmut resta muet.

*

* *

À Palma, Marina s'assit sous l'Abribus de la plaza España. Elle devait prendre le numéro 1 qui la conduirait à l'aéroport. Il lui restait deux heures avant le vol pour Barcelone. Elle sentait son cœur battre à toute allure. Elle était une femme accomplie, et depuis ses dix-huit ans elle prenait ses décisions seule. De façon logique, en pesant le pour et le contre. En considérant ce qui serait le mieux pour elle à tous les niveaux. Elle venait de refuser un million d'euros. Mais pourquoi ? Peut-être, cette fois, ne souhaitait-elle pas prendre elle-même la décision et avait-elle besoin que le destin la surprenne. Peut-être ces murs délabrés de Valldemossa lui disaient-ils : « Reste ici. »

La nuit tombait et Marina restait assise là, l'esprit confus, laissant passer les bus.

De : marinavega@gmail.com
Le 2 février 2010
À : mathiasschneider@gmail.com

Mathias,

Je n'ai pas pris mon vol. Le siège est fermé, donc je t'écris un mail. Je n'ai vendu ni le moulin ni la maison… Même moi, je ne sais pas pour quelle raison j'ai reculé. Si seulement tu étais là, parce que je suis en vrac. Je t'appelle demain au siège, mais pars pour Haïti tranquille. Je ne sais pas encore quand, mais je te rejoins dès que j'aurai trouvé qui est la femme qui m'a offert ce bien au cœur des montagnes. J'ai déjà écrit à Barcelone pour demander deux semaines de vacances supplémentaires.

Te quiero. Ich liebe dich,

Deine Marina

*
* *

— C'est difficile d'arriver à Valldemossa, mais encore plus difficile d'en partir, affirma Gabriel, surpris de voir Marina rentrer par la porte de l'hôtel alors qu'elle avait pris congé le matin même.

Il ôta sa vieille pelisse en cuir d'agneau et la laissa sur le portemanteau.

— Vous avez mangé ?

Gabriel, Isabel et Marina dînèrent à côté de la cheminée. Ce fut un repas agréable, avec deux inconnus qui continuaient de rire ensemble malgré les années passées l'un avec l'autre. Marina vit tout de suite la complicité qui les unissait. Une belle complicité dans un couple mûr qui s'aimait toujours, quoique d'une autre façon. Tous deux lui racontèrent le peu qu'ils savaient au sujet de la boulangère. C'était une femme travailleuse qui se levait tous les jours à 5 heures afin de faire le pain pour tout le village et de délicieux gâteaux au citron qu'elle offrait à ses habitués. Elle ouvrait trois cent soixante jours par an, et Gabriel affirma que, depuis vingt ans qu'il était sur l'île, cette dame n'avait pas pris un seul jour de congé supplémentaire. María Dolores travaillait avec Catalina, une autre boulangère du même âge. Si quelqu'un savait quelque chose de cette María, c'était sans doute sa bonne amie Catalina.

*

* *

Marina monta directement dans la chambre de la défunte boulangère. Gabriel lui avait prêté une lampe de poche puissante et elle était là, dans cette maison, seule au milieu des montagnes. Elle ouvrit les volets, laissant entrer la lumière de la lune.

À côté de l'armoire, un petit poêle à gaz. Elle tourna la molette en haut de la bombonne de butane et actionna un petit interrupteur. Une flamme bleue apparut et se multiplia aussitôt. Odeur de gaz, de chaleur.

Marina ouvrit l'armoire en bois sombre et l'explora avec la lampe : elle était remplie d'un fouillis de vêtements : pans de vestes, jupons et chemises propres s'entassaient en bas de l'armoire, sur des espadrilles. Marina s'agenouilla pour ouvrir les deux tiroirs du bas. Dans le premier, des draps et serviettes, également pêle-mêle, mais apparemment propres. Elle attrapa un drap-housse et un drap de dessus, ouvrit l'autre tiroir, où gisaient des sous-vêtements sens dessus dessous. Il lui parut bizarre que tout soit propre, mais dans un tel désordre.

Elle se releva et s'apprêtait à fermer l'armoire quand elle aperçut son image dans le miroir rectangulaire de la porte intérieure. Elle se regarda défaire sa tresse et pensa que la boulangère était la dernière femme à s'être contemplée dans cette glace. C'était étrange.

Le matelas était en laine, comme on les faisait dans l'ancien temps dans les villages. Elle étendit les draps propres dessus, puis une couverture à carreaux trouvée sur la chaise en osier.

Il pleuviotait de nouveau. Elle se sentit seule. Si elle avait pris l'avion, elle serait déjà endormie à côté de Mathias. Elle soupira, regardant le lit quasiment avec pudeur. Elle entreprit de se déshabiller, désorientée de passer une première nuit dans cet endroit, seule. Sans prévenir, la vieille chienne de la voisine entra tranquillement dans la chambre. Marina poussa un cri. La chienne la contempla, les yeux tristes, et s'avança lentement vers elle. Elle renifla sa main, puis la lécha. Ne sachant trop comment réagir, Marina examina tout en lui caressant la tête cet animal doux qui lui faisait plus de peine que de peur. La chienne se pelotonna sous la fenêtre… où elle dormait depuis toujours.

Elle fut réveillée par les aboiements de l'animal, qu'elle avait réussi à faire sortir de la chambre en lui offrant un carré de chocolat de l'avion d'Addis-Abeba. Elle enfila son jean, son tee-shirt, son pull et sa parka, qu'elle avait laissés sur la chaise en osier. La vieille Argentine pourrait peut-être l'aider. Quand Marina sortit sur le seuil, la dame se montra surprise.

— Tu as acheté la maison ?

La chienne se rua avec joie sur Marina, qui la gratta entre les oreilles.

— J'en ai hérité.

— Vraiment ? Mais tu es de la famille de María Dolores ?

— Non, répondit-elle en lui tendant la main. Je m'appelle Marina.

— Ursula, répondit l'autre en la lui serrant.

— En fait, je ne sais rien de cette dame. Je ne vois pas qui c'est, et j'aurais voulu en apprendre plus sur elle. L'héritage a été une surprise.

— Ah bon ? Alors tu as beaucoup de chance. Ces maisons de village sont très recherchées.

— Vous la connaissiez ?

— Oui. On peut dire qu'on était amies, on se tenait compagnie, deux femmes seules. Il ne nous est jamais venu à l'idée de parler d'à qui on laisserait nos biens, je dois avouer.

Niebla aboyait pour réclamer sa promenade.

— Mais qu'elle est pénible, cette chienne ! Ce n'est pas la mienne, hein. C'était celle de Lola. María Dolores, expliqua la dame en menaçant de sa canne l'animal qui l'esquiva aussitôt. Tais-toi ! Elle ne se tait jamais, cette bourrique. Je commence à regretter qu'ils ne l'aient pas emmenée à la fourrière.

La chienne descendait déjà la ruelle en direction du village.

— Tu sais quoi ? Accompagne-moi et je t'amène chez Catalina. Catalina, c'était son amie d'enfance, et en plus elles travaillaient déjà ensemble quand je suis arrivée.

— Oui, Gabriel m'a parlé d'elle hier.

— Tu connais déjà Gabo ? Celui-là, dès qu'il voit une belle femme, il ne la lâche pas. Sans penser à mal, mais bon…

Elles parcoururent la rue de la Rosa sans que la chienne cesse d'aboyer. Quoique munie d'une canne, Ursula avait un port altier. Svelte, elle avait des yeux d'un bleu profond. Marina devina qu'elle avait vécu intensément et attendait la mort en ce lieu avec la dignité d'une grande dame qui n'est une charge pour personne.

— Ça fait longtemps que vous vivez ici ?

— J'ai acheté la maison il y a trente-cinq ans. Avant la mort de Franco, ces bicoques ne valaient rien. Pendant longtemps j'ai fait des allers-retours. Et puis il y a cinq ans je me suis installée ici.

Elle fit une pause, cherchant un souvenir ou un moment dans sa mémoire, et poursuivit :

— Quand on a enfin décidé de s'établir définitivement ici avec mon mari, il a eu le toupet de mourir, cet idiot. Et voilà comment tu te retrouves avec une vieille Allemande à regarder passer les heures.

— Vous êtes allemande ? s'étonna Marina.

— Ne me vouvoie pas, s'il te plaît, ça me fait me sentir encore plus vieille. Je n'ai jamais eu l'impression d'être de nulle part. J'ai voyagé dans le ventre de ma mère pour fuir l'Allemagne dans les années 1930, j'ai grandi en Argentine parmi la colonie d'immigrants allemands de Buenos Aires et… ensuite, quand j'ai eu vingt ans, mes parents m'ont envoyée étudier à Heidelberg, une belle ville étudiante, toute petite, où j'ai passé huit ans. Je suis tombée amoureuse d'un musicien et je suis restée en Allemagne. Mais l'Argentine me manquait et je l'ai convaincu de partir à Buenos Aires. Je suis passée d'un endroit à l'autre toute ma vie.

Ursula arrêta de marcher.

— Tu sais quoi, Marina ? Je suis une vieille bique, je n'ai personne à qui parler et je sais que je te barbe.

— Ursula, c'est un plaisir de vous écouter, la détrompa Marina en toute sincérité.

— Dis-moi tu, s'il te plaît, insista l'autre en appuyant sa canne à un pavé fendu. Il y a beaucoup de matins, surtout en hiver, comme maintenant, où je me demande ce que je fous sur cette île.

Elles arrivèrent à une maison en pierre. Toutes les demeures de Valldemossa se ressemblaient.

— Voilà, on est chez Catalina, annonça Ursula en tendant sa canne.

Elles frappèrent le heurtoir et la porte fut ouverte par une femme joufflue d'une soixantaine d'années, aux lunettes en cul de bouteille devant des sourcils touffus qui se rejoignaient. Une télé trônait à l'intérieur de la pièce.

— Bonjour Ursula. *Com anem ?* Regardez un peu cette Niebla ! dit-elle en caressant la chienne, qui remuait la queue et lui sautait dessus.

— Cati, je te présente Marina. Elle voulait te voir parce que… elle a hérité de la boulangerie.

Catalina regarda Marina, qui lui adressa un petit sourire. La vieille dame la scruta avant de parler.

— Enchantée. *En què et puc ajudar ?* demanda-t-elle d'un ton sec, façon majorquine.

— Arrête, Cati, on ne comprend pas.

— Oh, Ursula, merde, ça fait des années que tu vis là. Tu aurais pu apprendre un peu !

Marina sourit intérieurement. Ces deux-là devaient se connaître depuis longtemps.

— Arrête de faire chier, Cati, répliqua Ursula.

— Je comprends le majorquin, mais je ne le parle pas, intervint Marina.

— Bon, alors en quoi je peux t'aider ? lui demanda Catalina.

— Pour être franche, Catalina, je ne connais pas du tout María Dolores, et… ma sœur et moi, on a reçu cet héritage… On est très surprises. Je cherche à savoir pourquoi. Pourquoi nous ? Elle ne nous connaissait pas.

— *Jo no sé res*. Je n'en sais rien, s'empressa de l'interrompre Catalina en baissant les yeux. Je sais juste qu'un maudit infarctus a emporté mon amie un beau jour. C'est tout ce que je peux te dire.

— Je suis navrée, Catalina. Je… J'essaie juste de trouver des réponses. De comprendre. On ne laisse pas un bien d'une telle valeur à des inconnues. À quelqu'un dont on n'a rien à faire.

Elles se dévisagèrent en silence.

— Elle vous a déjà parlé de Nerea Vega ?

— Non.

— Vous êtes sûres ? Nerea Vega était ma grand-mère. Son nom de jeune fille était Arroyo.

— Je n'ai jamais entendu parler de cette dame.

— Mon père s'appelait Néstor, et ma mère Ana de Vilallonga.

— Je n'ai jamais entendu ces noms-là de ma vie, répondit Catalina en secouant la tête.

Marina attendit quelques secondes, ayant l'intuition que son interlocutrice en savait plus qu'elle ne voulait bien le dire.

— Bon, je ne vais pas vous déranger plus longtemps. Merci de m'avoir répondu, Catalina.

— D'accord. *Que vagi be*, portez-vous bien, conclut-elle pour prendre congé en refermant la porte, laissant les deux autres un peu coupées dans leur élan.

— Ah, ces Majorquins, des portes de prison ! s'exclama Ursula. Mais mon grand âge me souffle que tout cela ne tient pas debout : Lola était sa seule amie.

Elles s'éloignèrent.

— Elle est au fond du trou, Catalina. Elles passaient toute la journée ensemble, et elles se connaissaient depuis toujours. Elles se levaient à l'aube. Et maintenant, elle passe sa journée enfermée chez elle à regarder la télé et à s'occuper de sa mère, et si moi je suis vieille, cette femme doit être un fossile. C'est la coutume, tu vois. Quand tu as travaillé toute ta vie, une fois à la retraite tu as une existence de merde. Ensuite, ma foi, les jours passent, les mois, et tu t'habitues…

— La boulangerie est pleine de sacs de farine. Ce serait dommage qu'ils se perdent. Elle pourrait peut-être reprendre le travail pendant que je suis encore là. En fait, je ne sais pas combien de temps je vais rester.

— Ah, tu rendrais service à Cati et à tout le village, parce que c'est la seule boulangerie au four à bois et qui vende du vrai pain. Maintenant, soit tu vas jusqu'à Sóller, soit tu achètes les baguettes blanches du supermarché qui n'ont aucun goût.

Elles firent demi-tour pour revenir vers la maison de Catalina, qui leur rouvrit de mauvaise grâce.

— *I ara què voleu ?* bougonna-t-elle.

Marina comme Ursula comprirent la phrase en majorquin : et qu'est-ce que vous voulez, maintenant ? Mais, malgré sa rudesse et sa grossièreté, cette femme myope aux sourcils joints ne parvenait pas à être vraiment intimidante.

— Catalina, je ne sais pas trop comment vous le dire, mais vous pourriez continuer à travailler à la boulangerie le temps que je suis ici. C'est dommage de gâcher autant de farine.

— *Hi ha farina per sis mesos. Ho sé.* Il y en a pour six mois, je le sais, traduisit Catalina.

Elle garda ensuite le silence, indécise.

— Allez, fit Ursula. Le *pa moreno de xeixa*, tu le fais mieux que personne, et il y a deux mois que tu bayes aux corneilles devant la télé.

— *Quins orgues que tenen aquests alemanys, ah.* Ce qu'ils sont gonflés, ces Allemands. Déjà ils envahissent notre île, et en plus ils disent tout ce qui leur passe par la tête.

— Mais je ne suis pas allemande, bourrique, je suis argentine ! Tu le sais, depuis le temps qu'on se connaît.

Catalina regarda Marina, qui attendit sans rien ajouter.

— Toute seule, je ne peux pas. Il y a trop de travail à la boulangerie pour deux mains, affirma-t-elle.

— *Che !* Moi, c'est pas la peine, j'ai de l'arthrose, dit Ursula. Mais tu ne connaîtrais pas quelqu'un ?

Catalina claqua la langue.

— *Miri, jo, senyoreta, tot això ho trob molt raro…* Écoutez, moi, mademoiselle, je trouve tout ça très bizarre, je ne vous connais pas. Et en plus, en ce moment, j'ai des choses à faire. Si vous voulez bien m'excuser.

Elle était sur le point de refermer la porte.

— Si vous changez d'avis, je serai là.

Catalina ferma.

— Elle n'est pas facile.

— Mais moi, je suis têtue comme une mule, conclut Marina.

*
* *

Elle examina la boulangerie comme si elle y entrait pour la première fois. Elle ouvrit le four à bois vide, le referma. Elle souleva les sacs de farine et les compta un à un. Elle inspecta les fagots de bois. Au-dessus, accrochés à un clou, deux tabliers blancs. Sur la table où, elle le supposait, les boulangères pétrissaient le pain à la main, elle découvrit quelque chose qu'elle n'avait pas vu la veille : deux feuilles jaunies. Elle s'approcha pour les lire. Le tracé des lettres était malhabile et l'état du papier lui donna à penser que ces papiers étaient accrochés au mur depuis bien des années. C'était sûrement une petite fille qui les avait écrites avec grand soin en essayant de suivre une ligne droite.

Sur la première feuille, on voyait les dosages du dessert traditionnel de Valldemossa :

Coca de patata

Farine	Levure	Œufs	Sucre	Pomme de terre bouillie + sel
1 kg	8 g	2	250 g	250 g
2	16	4	500	500
10	80	20	2 500	2 500
20	160	40	5 000	5 000

Elle se rappelait avoir dégusté cette *coca* en plusieurs occasions.

Quand ses yeux se posèrent sur les quantités de la recette inscrite sur le second papier, Marina sentit son cœur faire un salto : ce qui était écrit là n'aurait eu de valeur pour personne. Mais, pour elle, ce n'était pas n'importe quelle recette. Il s'agissait de la recette secrète. Celle que seules elle et sa sœur connaissaient, qui leur avait été transmise par grand-mère Nerea. La recette du cake au citron et aux graines de coquelicot.

*
* *

Sonnée, Marina attrapa un rouleau de sacs-poubelle trouvé par terre dans le cellier et se rendit dans la chambre, où elle ouvrit l'armoire. Elle sortit un jupon traditionnel majorquin qu'elle palpa méticuleusement à la recherche d'une poche, d'un repli, d'une piste. Quatre jupons plus tard, elle n'avait rien trouvé. Elle saisit un tricot rouge avec une poche… Rien dedans. Elle inspecta ainsi un à un tous les vêtements de feu la boulangère. Une fois certaine que rien ne s'y trouvait, elle les pliait et les mettait soigneusement dans des sacs-poubelle qu'elle ferma avant de s'asseoir sur le lit. Elle fouilla le tiroir de la table de nuit : une bougie usée, des gravures de Santa Catalina Tomás, des castagnettes…

Elle descendit à la cuisine avec les sacs de vêtements, ouvrit le buffet : cuillères, fourchettes et couteaux étaient dispersés dans un tiroir. Rien qui puisse l'aider. Elle repartit au cellier et regarda les étagères, les boîtes de conserve vides, les balais, les serpillières par terre, un grand carton vide au milieu de la pièce. Rien. Pas une photo, pas un document. Même pas une facture d'électricité, d'eau ou de gaz. Marina remplit plusieurs sacs-poubelle, qu'elle rassembla tous dans le cellier.

En refermant la porte, déçue, elle eut l'impression que quelqu'un, à la recherche de quelque chose, était passé pour tout retourner avant qu'elle arrive.

— Marina !

C'était la voix de sa sœur aînée. Elle se redressa et, prenant le sac de vêtements, descendit au rez-de-chaussée.

— Bonjour, Anna, dit-elle avec un petit sourire.

— Qu'est-ce que tu as dans ces sacs ?

— J'essaie de vérifier quelque chose.

— Tu vas bien ? lui demanda sa sœur, préoccupée.

Marina hocha la tête.

— Tu en es sûre ? Je suis venue hier soir, je ne t'ai pas trouvée, je t'ai attendue. Mais pourquoi tu n'as pas voulu signer ? Tu as dormi là ?

Marina refit un signe de tête.

— Mais tu vas rester vivre à Majorque ? Tu n'as pas idée de l'état d'Armando quand tu es partie, ajouta-t-elle avec angoisse.

— Viens, fit Marina, incapable de répondre aux questions que formulait sa sœur.

Elle-même n'était sûre de rien. Elle la prit par la main et l'entraîna vers le fournil.

— Regarde.

Elle lui montra du doigt la feuille où était inscrite la recette du cake au citron. Anna se pencha pour lire.

— La recette de grand-mère ! confirma-t-elle.

— Et ça ne te surprend pas ? Une recette inventée par grand-mère, et cette María Dolores Molí la connaissait et, comme par hasard, l'avait affichée au mur. Et, vu comme la feuille a l'air vieille, ça fait des années.

— Ce n'est sûrement pas grand-mère qui l'avait inventée, et de toute façon quelle importance ?

— Moi, je trouve ça important. Tu n'es pas curieuse de savoir qui est cette dame, Anna ?

— Je sais surtout qu'on est à moitié ruinés et qu'on a besoin de ce million d'euros pour solder nos dettes. Je ne sais même plus combien d'argent doit mon mari… Il est stressé. Hyperstressé, dit Anna, nerveuse.

Marina répondit sans détour :

— Pourquoi tu restes avec lui ?

À ce moment-là, la porte de la boulangerie s'ouvrit. Les sœurs sortirent du fournil et virent entrer

Armando. Anna sentit son cœur s'accélérer. Elles ne s'attendaient pas à ce qu'il vienne là.

— Bonjour, Armando, dit Marina d'une voix ferme malgré sa nervosité.

— Qu'est-ce que tu fais là, Anna ? Tu n'allais pas chez le garagiste ?

— Si, mais j'ai fait un petit détour pour… se justifia Anna en baissant les yeux, effrayée.

— Qu'est-ce que tu veux ? les coupa Marina.

Armando fixa sa belle-sœur. Il lui en coûtait, mais il devait le faire, et ce n'était pas son fort.

— D'abord… (Il regarda sa femme avec une certaine colère, n'ayant pas envie qu'elle l'entende se rabaisser.) Hier, je me suis un peu énervé. Je te demande pardon.

Marina garda le silence. Armando ne pensait pas un mot de ce qu'il disait, c'était clair.

— Bon, écoute… poursuivit-il en tirant sur ses cheveux. Helmut veut le moulin et il nous offre cinq cent mille euros de plus. Tu les gardes en intégralité.

Marina attendit quelques secondes avant de répondre :

— Armando, ce n'est pas une question d'argent. Il me faut un peu de temps pour moi… et puis j'ai besoin de savoir qui est la dame qui nous a laissé tout ça.

Il respira profondément pour se contenir.

— Tu vas foutre un million cinq à la poubelle pour assouvir ta curiosité ?

— Si Helmut ne peut pas attendre, on trouvera un autre acquéreur.

— Non, ma belle, répondit-il, revenant à son ton enjôleur sans s'en rendre compte. Personne ne nous paiera autant. Je te le garantis.

— Cette dame a légué la propriété à ma sœur et à moi. Pas à toi, Armando. Alors s'il te plaît reste en retrait, lui répondit-elle sans douceur, en soutenant son regard.

Elle vit la rage obscurcir ses yeux. Une colère qu'il était obligé de garder en lui. Il était aux abois, Marina le comprit bien, et elle vit sa sœur se faire invisible derrière lui.

— Accorde-moi un mois. Début mars, je te donnerai une réponse.

— C'est pas croyable que tu te permettes de passer à côté d'un million et demi d'euros, éructa Armando.

— Je suis une femme très… (Marina réfléchit quelques secondes.) Très butée.

4

L'AMOUR OU « AVEC TOI, DE PAIN ET D'OIGNON »

Pain aux oignons

INGRÉDIENTS :

1 kg de farine (peu importe la céréale : blé, maïs, riz, seigle, épeautre, kamut ; n'importe laquelle)

500 ml d'eau tiède (peu importe le type d'eau également : si on n'en trouve pas d'autre, on peut utiliser de l'eau de mer)

2 cuillerées de levure boulangère ou de levain

1 cuillerée à café de sel (sauf si on a utilisé de l'eau de mer)

1 cuillerée à café de sucre (facultatif, si les finances le permettent)

PRÉPARATION :

Pendant que tu préchaufferas le four, je mélangerai la farine, la levure et l'eau. Nous pétrirons petit à petit, sans nous presser, ensemble. Nous laisserons fermenter quelques heures et, pendant que j'ouvrirai le four, tu introduiras le pâton dedans. Nous refermerons et attendrons en regardant la pâte gonfler dedans jusqu'à exploser. Il me suffira d'un peu de ce pain, d'un peu d'oignon et de ton amour pour survivre avec toi dans n'importe quel endroit du monde pour le restant de mes jours.

Anna suivit l'A6 de son mari jusqu'à la sortie du village. Ils devaient prendre la route de Palma à un croisement, mais Armando s'élança sans l'attendre. Un tracteur et plusieurs voitures passèrent avant qu'Anna puisse appuyer sur l'accélérateur de sa vieille BMW bleu métallisé.

Elle avait à peine parcouru trente mètres que la voiture cala. Elle savait que cette mésaventure lui arriverait tôt ou tard. Depuis plusieurs semaines le moteur réagissait de façon étrange. C'est pourquoi elle avait prévu d'aller chez le garagiste. Et ce n'était ni le moment ni l'endroit pour tomber en panne…

Elle essaya plusieurs fois de redémarrer, en vain. La tuile. Elle tenta d'appeler son mari, tout en sachant qu'il ne décrocherait pas, non parce qu'il était au volant mais parce que quand c'était elle il ne prenait jamais l'appel. Elle laissait un message et il la rappelait quand il le pouvait. C'est ce qu'elle fit, en supposant qu'il écouterait son message à la dernière heure du jour.

Elle ouvrit la boîte à gants et sortit le livret de la compagnie d'assurances pour y chercher le numéro de l'assistance. De façon prévisible, une douce voix féminine enregistrée lui indiqua que toutes les lignes étaient occupées et lui demanda de ne pas raccrocher ; elle la laissa en attente écouter les offres de la compagnie.

Cinq minutes plus tard, l'opératrice lui répondit en s'excusant de l'avoir fait patienter. Elle lui demanda ses nom et prénom, son adresse et son numéro d'immatriculation et la remit en attente. Une fois de nouveau en ligne, Anna apprit que la dépanneuse arriverait dans un délai compris entre quarante minutes et une heure et demie.

— Une heure et demie ? s'exclama-t-elle, effarée. Et qu'est-ce que je fais, moi, pendant une heure et demie au milieu d'un champ d'amandiers ? Il fait froid, mademoiselle, et le chauffage de la voiture ne fonctionne pas. C'est pour ça que je paie une assurance.

— Je regrette, madame. Toutes nos dépanneuses sont occupées.

Anna pesta de nouveau contre la jeune femme du central qui, habituée aux conversations dont le ton montait, répéta comme un robot qu'elle regrettait. Au cinquième « je regrette », Anna explosa :

— Arrêtez de regretter et envoyez-moi cette dépanneuse, merde !

Elle jeta son portable sur le siège passager en s'étonnant de sa propre agressivité, qu'elle n'était pas accoutumée à employer à l'encontre de gens ne le méritant pas.

Une heure et demie… Elle pouvait retourner à pied à Valldemossa, attendre avec sa sœur dans la boulangerie et tenter de la faire changer d'avis, mais Marina était têtue comme une mule, leur mère le disait déjà. Si elle avait parlé d'une réponse dans un mois, elle ne bougerait pas d'un pouce. De plus, elle préférait attendre frigorifiée parce qu'elle se sentait de nouveau honteuse. Marina ne pouvait pas comprendre pourquoi Anna supportait sa vie maritale. Évidemment, sa sœur ne s'était jamais mariée et n'avait pas d'enfants. Comment aurait-elle pu se mettre à sa place ? La vie à deux n'était facile pour aucun couple, et une femme se devait moralement de tenir le coup, ne serait-ce que pour ses enfants. Marina ne le comprendrait jamais. Elle n'était pas mère et, au point où elle en était, ne le serait jamais…

Vingt minutes plus tard, un message de sa fille arriva sur son portable.

Je rentrerai plus tard.

— Comment ça, plus tard ? s'écria-t-elle à voix haute.

De plus, pourquoi le portable d'Anita était-il allumé pendant les heures de cours ? C'était absolument interdit dans l'enceinte de l'établissement. Elle l'appela, mais sa fille ne décrocha pas. Elle rappela. Rien. Anna lui envoya un SMS :

Tu as un devoir sur table à rattraper après-demain. Sois de retour avant 17 h 30.

Pourquoi avait-elle écopé d'une fille si compliquée et si peu affectueuse ? Parfois, elle l'observait et se disait que, si elle n'avait pas eu la certitude de l'avoir portée dans son ventre neuf mois durant, elle aurait pu croire que ce n'était pas son enfant. Car il n'y avait rien d'Anna chez Anita. Absolument rien.

Entre son mari et sa fille, une soirée mouvementée l'attendait. Elle stressait rien que d'y penser.

Une demi-heure plus tard, la dépanneuse s'approcha sur la route et se gara devant la BMW. Anna descendit de voiture et se dirigea vers l'engin. Le conducteur descendit également, en manches courtes, ce qui suffit à donner froid à Anna. Il devait avoir son âge, fort, pas très grand, bronzé, un physique typique de l'île.

Vu son état de colère, Anna eut envie de lui passer un savon, mais à mesure qu'elle s'approchait elle se dit que ce type pourrait mal le prendre et la laisser en plan deux heures de plus.

Le conducteur attrapa une peau de chamois avec laquelle il tenta d'essuyer la graisse de ses mains.

— Bonjour. Enfin ! fit Anna, sans récriminer davantage. Je crois que c'est la batterie.

— Bonjour, dit le mécanicien.

Il regarda sans intérêt la propriétaire de la BM en laissant sa peau de chamois graisseuse sur la poignée de sa portière. Pourtant, ce regard en coin, ce dixième de seconde où leurs yeux se rencontrèrent, suffit pour qu'Anna soit prise de tremblements. Le mécanicien la regarda de nouveau et il frissonna lui aussi.

— Antonio… murmura Anna.

Elle reconnaissait ses yeux noirs. Sa peau tannée par le soleil. Sa démarche assurée et la prestance qu'il avait toujours dégagée, qui n'avait pas faibli malgré le temps. Ils se dévisagèrent en silence, observant la marque des années. Et, dans cette parenthèse où Anna découvrait l'inexorable trace du temps sur l'homme qui avait été le véritable amour de sa vie, elle sentit son pouls s'accélérer et elle oublia le froid, les dettes de son mari, l'adolescence rebelle de sa fille, la récente venue de sa sœur, l'héritage.

Antonio s'approcha pour lui faire la bise et son subconscient le trahit une fraction de seconde en lui donnant une légère érection. Ils s'embrassèrent sur les deux joues.

— Comme tu es belle, lui dit Antonio en reculant.

Anna sourit avec timidité.

— J'ai vieilli.

— Moi aussi, je suis plus vieux, répondit-il.

Ils restèrent muets, sans savoir qu'ajouter.

— J'ai mis trente ans à revenir, finit par enchaîner Antonio.

En prononçant cette phrase, il se rendit compte que son inconscient le trahissait encore un dixième de seconde supplémentaire. Parce que cette phrase contenait un reproche amer : il n'avait pas réussi à oublier.

Anna baissa les yeux, très consciente des promesses non tenues dans sa jeunesse, sachant qu'elle lui avait refusé le rêve qu'ils avaient évoqué tant de fois, à dix-sept ans. Une nuit, alors qu'ils étaient allongés dans le port de Valldemossa, il lui avait murmuré à l'oreille :

— On s'enfuit d'ici et, ensemble, on se barre de ce caillou. Pour toujours, toi et moi.

Ils se rappelaient tous les deux cette proposition comme s'il venait de l'énoncer.

— Je vais atteler la voiture à la dépanneuse et on parlera dans le camion, avant que tu sois gelée, dit Antonio pour mettre fin à ces dixièmes de secondes incontrôlés.

Anna posa sa botte à talon sur le marchepied, prit une impulsion et se hissa dans la cabine. Antonio manœuvra en regardant dans le rétroviseur. Anna avait les yeux rivés sur ses mains au volant. Elle les reconnaissait sans peine. Des mains robustes, toujours bronzées. Les premières mains qui avaient frôlé son corps nu.

— Les alizés nous ont abandonnés au milieu de l'Atlantique… Ça a été dur, dit Antonio en ébauchant un sourire.

Il l'avait fait, lui. Il avait réalisé le rêve qu'ils partageaient à dix-sept ans. Il avait osé, comme ils l'avaient prévu, quitter l'île et découvrir le monde au-delà de la Méditerranée. Il avait pris le *Lord Black*, un vieux voilier de cinquante-quatre pieds, propriété de sir Peter Black, qui les avait embauchés au sein de l'équipage qui l'aiderait à traverser l'Atlantique. Parce que c'était l'occasion de fuir l'île où ils étaient nés tous les deux.

Antonio baignait depuis le berceau dans les eaux de la Méditerranée. Fils d'un pêcheur de S'Estaca, village de quatorze petites maisons entre le port de Valldemossa et Sa Foradada, il avait appris le métier de son père et de son grand-père car il n'y avait jamais eu dans sa famille d'autre profession que celle de la mer. Mais, depuis tout petit, dans l'humble *llaüt* à la voile latine où Antonio apprenait le métier familial, il admirait ces magnifiques bateaux imposants aux immenses voiles dans lesquels des étrangers arrivaient du monde entier et accostaient à proximité des habitations des pêcheurs.

L'un de ces étrangers, aristocrate anglais, était descendu de son voilier et était venu à S'Estaca. Sir Peter Black avait des notions d'espagnol et avait expliqué aux pêcheurs qui faisaient griller des sardines qu'il recherchait un équipage pour son aventure. Antonio avait fait un pas en avant et lui avait tendu la main. Il était jeune, mais tout ce qu'il savait c'était la mer qui le lui avait enseigné. Il avait convaincu l'aristocrate anglais que sa petite amie pourrait être cuisinière à bord. Et il l'avait attendue au petit matin, en octobre 1980, pour fuir avec elle dans le bateau qui leur ouvrirait les portes du monde.

— Raconte-moi ce que j'ai loupé, lui demanda Anna, honteuse. S'il te plaît.

Il lui narra en détail de quelle manière, en partant de Valldemossa, ils étaient arrivés à Puerto Banús, du côté de Malaga. De là, Puerto de Santa María, près de Cadix, et au bout de trois jours Isla Canela, dans la région d'Ayamonte et Huelva. Ensuite, Fuerteventura, le Sénégal, le Cap-Vert. Au Cap-Vert, ils avaient dû attendre trois semaines que soufflent les alizés du nord-est et avaient navigué trois semaines. Alors, ces vents favorables avaient cessé de souffler. Ils avaient passé quinze jours sans presque bouger. Et puis, au prix d'un ouragan catastrophique, ils étaient enfin parvenus en République dominicaine.

Anna écoutait Antonio sans l'interrompre. Toute cette histoire aurait dû être la même, mais avec elle à bord, sur ce voilier.

— Et en arrivant là-bas ?

— Je te l'avais bien dit. Je n'ai pas eu de mal à trouver de travail. Il a suffi de demander au port. Il y a des centaines d'embarcations qui arrivent à la recherche de marins et c'est comme ça que j'ai passé trente ans dans les Caraïbes. Je suis aussi descendu vers le Brésil, l'Argentine, l'Uruguay… Et retour.

Il regarda dans le rétroviseur avant de reprendre :

— J'ai croisé la route d'une Dominicaine et… on a eu une fille qui a déjà vingt ans. On s'est séparés, et je suis revenu ici. (Il la regarda dans les yeux et sourit.) Sur le caillou.

Il prit une déviation.

— Et toi, Anna, comment s'est passée ta vie ?

— Je ne suis pas beaucoup sortie d'ici… Quelques voyages organisés par Halcón Viajes…

Ils rirent tous les deux.

— Tu t'es mariée ?

— Oui… J'ai une fille de quatorze ans, répondit laconiquement Anna.

Elle n'avait aucune envie, à cet instant, de se rappeler quoi que ce soit de sa vie, ni de partager ses malheurs avec lui. Elle changea de sujet :

— Et comment tu t'es retrouvé à… conduire une dépanneuse ?

— À mon retour, j'ai essayé du trouver du travail au port de Palma. Mais entre janvier et avril ce n'est pas la bonne période et ils avaient besoin de monde dans le garage de quelqu'un que je connaissais, qui fait de la mécanique bateaux et voitures. Alors me voilà. En avril, je chercherai à nouveau au port. Mais je gagne bien ma vie à réparer des voitures. Aux Caraïbes, ce qu'il y a de bien, c'est qu'un marin trouve toujours du travail, tandis qu'ici c'est saisonnier, et à mon âge je ne vais pas me mettre à la pêche comme mon père.

Jusqu'au garage, ils continuèrent à se raconter par bribes les vies qu'ils n'avaient pas vécues ensemble. Antonio fit descendre la voiture de la dépanneuse, ouvrit le capot et inspecta le moteur à l'aide d'une lampe de poche. La voiture manquait de tout, eau, huile, et en effet la batterie était morte. La BMW dormirait au garage et Anna devrait la récupérer le lendemain.

Le moment de se dire au revoir arriva. Ils s'embrassèrent une nouvelle fois sur les joues. Ils se sourirent, presque avec timidité.

— Tu viens toujours à mon secours. Quand ce ne sont pas les oursins, c'est la batterie de la voiture.

Antonio baissa les yeux, les releva vers elle. Il avait visiblement envie de répondre, mais la laissa partir.

Il aurait voulu lui demander seulement une chose, celle qui lui avait fait plus mal encore que son refus de dernière minute d'entreprendre avec lui le voyage qu'ils avaient prévu tous les deux :

« Pourquoi, Anna ? Pourquoi tu n'as jamais répondu à mes lettres ? »

*

* *

Un banc de sardines long de plus de cinquante mètres passait sous le *llaüt* d'Antonio qui, avec son père, tenait patiemment le filet. On était fin août, période de reproduction, mais jusque-là les deux pêcheurs n'avaient pas eu de chance car, à l'été 1979, les eaux n'avaient pas été aussi chaudes qu'ils auraient pu l'espérer, et les femelles avaient préféré aller pondre dans les mers du Sud.

Cette colonie, toutefois, avait choisi de produire ses œufs en eaux majorquines : pas de chance, elle s'était fait attraper, pour la plus grande joie des deux humbles pêcheurs de S'Estaca. C'est avec plus de quinze kilos de sardines fraîches que le père d'Antonio s'était installé dans la halle de Palma tandis que son fils était resté à l'embarcadère de Valldemossa pour nettoyer le bateau et l'attendrait pour rentrer au village.

Antonio jetait un seau d'eau douce sur le *llaüt* tout en écoutant la conversation entre un père et sa fille, dont il avait déduit qu'elle était de la haute de Palma, puisqu'elle faisait preuve de la légère affectation commune à toutes les filles bien de la ville, si différentes des enfants de pêcheurs de son village.

— Je reste ici, papa. La tramontane souffle et qu'est-ce que je ferais en t'attendant pendant que tu cherches des trésors ? (Elle avait esquissé une moue moqueuse et poursuivi :) De toute façon, sans Marina je m'ennuie. Et puis, papa, tu ne devrais pas sortir aujourd'hui. C'est dangereux.

— Allez, viens, ma chérie. On va à Es Port d'es Canonge, on déjeune dans une *barraca* et on revient. Allez… lui avait répondu son père en dénouant l'amarre.

Mais la fille n'avait pas voulu le suivre. Son père serait de retour deux heures plus tard.

Le *llaüt* s'était éloigné et Anna avait pensé, en levant la main pour lui dire au revoir, que Néstor était une vraie tête de mule car aucun autre bateau ne serait sorti sur une mer aussi houleuse. Elle avait pensé à l'amour et au bonheur qu'apportaient ces eaux à son père et, au fond, à elle aussi.

Elle avait enlevé ses sandales, s'était retroussé les manches, avait plongé les pieds dans l'eau et s'était avancée peu à peu. On était fin mai et l'eau était encore froide.

Antonio l'observait sans se faire remarquer ni cesser de nettoyer le bateau. Il avait dix-neuf ans et était déjà très viril ou, plutôt, plus viril que jamais. Il l'avait vue si bien mise, si jolie, si fragile… la première fois.

Elle avait lancé un regard en coin au jeune marin qui nettoyait la barque, torse nu et en jean, mais n'avait vu qu'un jeune pêcheur musclé à la peau brune. Elle continuait d'entrer dans la mer à pas lents. Elle aimait bien sentir les petits cailloux lui masser les pieds et s'en amusait sans se presser.

— Ah ! avait-elle crié tout à coup.

Antonio, qui ne l'avait pas quittée des yeux, avait accouru vers le bord. Anna était à une dizaine de mètres.

— Ça va ?

— Je me suis planté quelque chose dans le pied !

Sans hésiter, il était entré dans l'eau, trempant son jean intégralement.

— Accroche-toi à mon cou.

— Ne t'en fais pas pour moi, avait répondu Anna.

— Accroche-toi, lui avait-il ordonné.

Timide, Anna avait noué ses bras autour des épaules d'Antonio qui, la prenant par la taille, avait mis ses jambes sur son bras gauche.

Gênée dans les bras de ce garçon, Anna l'avait regardé dans les yeux un instant et il lui avait souri. Sans rien dire, ils étaient arrivés au bord et il l'avait assise précautionneusement dans les rochers.

— Fais voir ton pied.

— Oh, j'ai honte.

Antonio n'écoutait pas. Elle avait dû marcher sur un oursin. Il y avait eu droit tant de fois ! C'était bien ça : elle avait une vingtaine d'épines dans la plante du pied. Antonio était retourné au *llaüt* pour y prendre une trousse en synthétique noir dont il avait sorti une pince à épiler avant de revenir s'asseoir à côté d'Anna et, avec d'extrêmes précautions, lui ôter les épines. Elle se plaignait quand il devait entrer dans la peau pour les en extraire, et il s'arrêtait une seconde, lui mouillait le pied avec de l'eau de mer, puis poursuivait. Anna se sentait honteuse et n'osait dire mot, elle avait toujours été très timide avec les garçons. Antonio, pour sa part, aurait pu faire preuve de son humour caractéristique, car c'était un type drôle doté d'une gouaille de rue, ou plutôt de mer, et ce ne sont pas des paroles en l'air : il n'avait jamais lu un livre de sa vie, raison pour laquelle il avait arrêté ses études à quatorze ans. Mais il était rapide et faisait rire ses copains, petites amies et proches avec facilité. Grâce aux lèvres qu'il avait reçues à sa naissance, il obtenait plus de succès que tous ses collègues. Certes, avec les Majorquines, c'était plus compliqué, car il devait les respecter, elles étaient de religion catholique, et parfois rigides, mais avec les étrangères blondes qui se baladaient dans l'île en été c'était un champion. Il baragouinait deux mots d'anglais mal retenus, les prenait par la taille et, avec beaucoup de talent et un peu de *calimucho*, il les emmenait à la plage. Il avait perdu sa virginité à quatorze ans avec une Suédoise qui le dépassait d'une tête et qui, très libérée, elle, lui avait en outre enseigné durant les deux mois qu'avait duré son séjour toutes les zones érogènes de la gent féminine. À partir de là, et il s'en vantait sans mentir auprès de ses collègues, ç'avait été jouer sur du velours : toute tentative était couronnée de succès.

Mais, pour une raison inconnue, cette jeune fille à qui il ôtait les épines du pied l'intimidait. Avec n'importe quelle autre, il aurait blagué pour la faire rire, mais avec elle absolument rien ne lui venait.

Le lendemain, Anna et son père étaient revenus au port de Valldemossa. Quand Anna avait claqué la portière de la voiture, elle avait regardé tout de suite vers l'embarcadère, dans l'espoir d'y voir Antonio, mais au bord de l'eau il y avait seulement un groupe d'Anglais qui mettaient leurs kayaks à la mer. L'eau était calme, il faisait soleil, un jour parfait pour naviguer. Prétextant ses blessures au pied et une indisposition,

Anna était restée à terre, attendant qu'éventuellement il apparaisse. Et, bien sûr, c'est ce qui était arrivé. Il s'était assis à côté d'elle et lui avait fait la bise. Ils s'étaient parlé comme se parlent les gens qui se plaisent, avec gêne et en s'efforçant de combler les silences. Une journée s'était déroulée ainsi, puis une autre, la suivante, et tous les jours qui marqueraient la fin de l'été, car Néstor respectait toujours le refus de sa fille de monter désormais dans le *llaüt*, alléguant qu'elle se sentait seule sans Marina. Elle préférait l'attendre sur la terre ferme en prenant le soleil. Les deux jeunes insulaires en étaient donc à se raconter leur vie les matins de l'été 1979.

Il restait un an à Anna pour avoir son bac au lycée San Cayetano, et ensuite elle entreprendrait une formation en secrétariat. Antonio, lui, envisageait de prendre à Palma des cours mis en place par la direction générale de la Marine marchande pour devenir commandant de navire, parce qu'il ne souhaitait pas être pêcheur ; ce qu'il voulait vraiment, c'était devenir marin et voyager dans le monde entier.

Au cours de toutes les journées qu'ils avaient passées assis sur l'embarcadère du port de Valldemossa, ils ne s'étaient pas embrassés une fois. Lui n'avait jamais connu un désir aussi fort pour une femme, mais cette fille de la haute bourgeoisie, toute blanche et fragile, lui paraissait hors de la portée d'un pauvre pêcheur dont la famille ne possédait qu'une humble maisonnette face à la mer.

Elle n'avait jamais goûté les lèvres d'un homme, mais chaque baiser sur la joue, chaque frôlement sur sa peau éveillaient en elle des sensations inédites. Des sensations physiques, comme si son âme descendait de son cœur à son bas-ventre, se diffusant peu à peu dans ses parties intimes. Cette sensation se promenait dans son corps et elle tentait de ne pas respirer trop fort, s'efforçant de lui cacher le plaisir inconnu que provoquait sa présence en elle.

Le 15 septembre, les cours avaient repris à San Cayetano. Lundi, mardi, mercredi… Anna comptait les jours, les heures, les secondes, les millièmes de seconde avant le week-end qui lui permettrait de retourner à la mer, auprès de son pêcheur.

— Mon père ne sort plus le *llaüt* à partir de fin octobre, lui avait-elle annoncé un jour, les yeux perdus sur la mer. On ne pourra plus se voir.

Elle avait laissé ses mains effleurer les petits cailloux de la plage ; Antonio avait compris, enfin, à la tristesse que trahissait son regard, qu'Anna éprouvait autant d'attirance que lui. Il avait pris son visage entre ses mains pour qu'elle le regarde en face. Et, encore une fois, cette sensation étrange s'était répandue dans tout le corps d'Anna, puis il s'était rapproché, sûr qu'elle ne le repousserait pas. Effleurant ses lèvres, il avait attendu, tranquillement, qu'elle entrouvre la bouche et laisse entrer sa langue. Sans se presser, avec délicatesse, il avait savouré chaque nouveau recoin qu'il découvrait dans cette bouche tant désirée, promené sa langue sur ses dents, ses gencives puis, lentement, joué avec la langue d'Anna. Il était ressorti. Les yeux clos de son amie, sa bouche entrouverte en demandaient davantage. Il l'avait embrassée plus fougueusement, elle lui avait rendu son baiser et, pour la première fois, cédé à l'amour de celui qui resterait pour toujours l'homme de sa vie.

Fin octobre, Néstor avait sorti le *llaüt* de l'eau. Comme tous les ans, il le laisserait dans un hangar du port jusqu'à fin avril et, conformément au rituel, ne le ressortirait que le 1er janvier, quelle que soit la température tant qu'il n'y avait pas trop de vent, pour saluer l'année qui arriverait.

— Je viendrai te voir tous les jours en Mobylette, avait promis Antonio.

Et il avait tenu parole. Ils se retrouvaient à la sortie du lycée, dans une ruelle adjacente, hors de la vue des autres élèves. Elle avait tenté de persuader sa mère de la laisser rentrer une ou deux heures plus tard, car elle avait dix-sept ans. Ana de Vilallonga s'y était opposée : ce n'était pas digne d'une demoiselle de sortir en ville avec des amies.

— Maman, ta fille cadette est à sept mille kilomètres d'ici, et moi tu ne me laisses pas aller seule jusqu'au coin de la rue ? Je veux rester avec mes copines un moment après les cours, s'il te plaît, l'avait-elle suppliée.

Mais sa mère n'entendait pas raison et il avait fallu l'intervention de Néstor.

Montée sur la Mobylette dans son uniforme de lycée privé, le casque sur la tête, elle se penchait contre le dos de son petit copain, tandis qu'il accélérait dans la pente. Certains jours, Anna emportait de délicieux petits gâteaux qu'elle faisait elle-même et ils allaient les manger sur les plages de Palma. D'autres fois, quand il avait commencé à faire froid, ils cherchaient des cafés éloignés du centre où ils commandaient des *ensaïmadas* qui leur laissaient au coin des lèvres du sucre qu'ils léchaient sur la bouche de l'autre. Antonio s'était acheté un Walkman, et ils partageaient les écouteurs, allongés sur une plage ou une autre de l'île. Comme tous les amoureux, ils choisissaient leur chanson, un chant de marins évoquant les huit vents du monde qu'une jeune chanteuse majorquine, Maria del Mar Bonet, avait mise à la mode. Parfois, Antonio racontait à Anna combien l'hiver était dur pour une famille de pêcheurs, mais toujours en saupoudrant ses explications de son sens de l'humour bien à lui. Anna se sentait de plus en plus heureuse, de plus en plus amoureuse de son jeune pêcheur… Mais une chose lui pesait, l'empêchait de se donner tranquillement au premier amour de sa vie : sa certitude que jamais sa mère n'approuverait une relation avec un garçon comme lui. Jamais.

Octobre avait passé, puis novembre, décembre, et l'amour du jeune couple ne faisait que croître.

Fin décembre, Marina était rentrée de son pensionnat américain pour Noël. Enfin, Anna avait pu raconter à quelqu'un tout ce qu'elle avait sur le cœur et n'avait jamais osé relater à ses amies de San Cayetano ; certaines avaient un copain ou sortaient déjà avec des garçons, mais tous, cela allait de soi, appartenaient au même milieu.

Le 1er janvier, le soleil brillait. Il faisait très froid, mais pour la première fois Anna et Marina demandèrent à leur père d'aller avec lui à Valldemossa pour entamer elles aussi l'année en saluant la mer. Elles savaient que leur mère avait le mal de mer et que sa nature hypocondriaque anéantirait tout risque de mettre à mal le plan qu'elles avaient tramé toutes les deux.

En blouson et grandes bottes, tous trois avaient poussé le *llaüt* à la mer. Le port de Valldemossa était tout près des maisonnettes de pêcheurs de S'Estaca. Une fois dans l'embarcation, ils avaient navigué sous le soleil et dans le grand froid.

— Papa, regarde ! s'était exclamée Anna en montrant S'Estaca.

La fumée d'un brasero s'élevait dans le ciel. Un groupe de pêcheurs célébrait la nouvelle année en faisant griller du poisson frais sur l'embarcadère du village.

— On y va !

Néstor préférait naviguer encore, faire le tour de l'île, aller aussi loin que l'hiver le leur permettrait, mais face à l'insistance de ses filles il avait accosté.

Antonio les attendait et leur avait fait un signe de la main pour qu'ils approchent.

Anna l'avait salué timidement, à la surprise de Néstor.

— Tu les connais ?

— Oui, papa. Je les ai rencontrés cet été.

Sans oser se montrer tout à fait sincère, elle avait employé le pluriel.

Ôtant ses chaussures, retroussant son jean, Antonio avait aidé Néstor à amener le bateau jusqu'à l'embarcadère. Pour Noël, il avait demandé une chemise blanche avec un petit cheval sur la poitrine, comme celles que portaient les garçons bien de Palma, et Anna l'avait trouvé plus beau que jamais.

— Enchanté, monsieur Vega, avait-il dit en tendant la main à Néstor, non sans nervosité, mais avec ce sourire sympathique qu'il affichait toujours. Bonjour, Marina, avait-il dit avant de faire la bise à la jeune fille. J'ai beaucoup entendu parler de toi. J'avais très envie de te connaître.

Sur l'embarcadère, les grands-parents, parents, oncles et tantes, neveux et nièces, les voisins, tous étaient réunis autour du brasero en attendant le déjeuner, des sardines fraîches en l'honneur de la nouvelle année. Les parents d'Antonio s'étaient approchés.

— *Benvinguts a S'Estaca. Ja m'ho va dir es meu fill que vendrien amics,* avait dit le père d'Antonio en leur tendant une assiette de sardines. *Fresques d'aquest matí*[1].

Aussitôt, Néstor s'était lancé dans une conversation avec le vieux loup de mer. Anna n'aurait pas planifié tout cela si elle n'avait su que son père était un homme sage et abordable qui traiterait de la même manière les ducs de Palma, avec qui il était en relation, et tout être humain qu'on placerait devant lui, y compris un modeste pêcheur analphabète.

Ils s'étaient assis sur les rochers pour manger avec les doigts, écoutant les batailles du loup de mer, le patriarche de la famille.

— Un jour, on ira te voir tous les deux aux États-Unis, avait chuchoté Antonio à Marina en lançant discrètement un clin d'œil à sa dulcinée.

— Ce serait avec plaisir, avait répondu Marina avec un sourire triste.

Marina avait besoin d'être avec son père et Anna savait qu'il pouvait se passer un moment avant qu'on ne s'inquiète de son absence. Elle s'était excusée et, se faufilant entre les pêcheurs, avait marché avec Antonio jusqu'au bout du village. La dernière maison était la sienne. Ils étaient entrés. C'était minuscule, en

1. « Bienvenue à S'Estaca. Mon fils m'avait prévenu que des amis allaient venir. (…) Fraîches de ce matin. »

pierre humide et sombre. Anna avait été impressionnée qu'ils puissent vivre dans cet endroit où il faisait si froid, mais elle n'avait rien dit et avait suivi Antonio dans sa petite chambre. Un matelas avec beaucoup de couvertures. Une très vieille carte du monde, accrochée au mur avec soin, tenait lieu de tête de lit. Et puis, d'une petite fenêtre en face de lui, on avait vue sur la mer. La mer qui menait à toutes les mers de ses rêves de marin.

Il l'avait embrassée. C'était la première fois qu'ils se retrouvaient entre quatre murs, seuls tous les deux. La regardant, il lui avait caressé le visage.

— Anna, je t'aime.

Elle s'était effritée de l'intérieur, sans répondre. Pour la première fois, elle entendait ces mots de la bouche d'un homme qui n'était pas son père.

Elle avait laissé Antonio lui retirer son manteau et, malgré le froid, senti son corps s'embraser. Il avait enlacé sa taille et, lentement, remonté les mains dans son dos. Tout en l'embrassant, il lui caressait doucement la nuque, s'orientant lentement vers ses petits seins. Précautionneusement, il les avait effleurés et, sans cesser de l'embrasser, il avait frôlé ses tétons, joué avec, sans se presser. Encore une fois, Anna avait senti son âme se déplacer jusqu'à son sexe tandis que son rythme cardiaque était palpable dans tout son corps. Comme l'âme d'Anna, Antonio avait laissé ses mains suivre ce que lui dictait sa propre âme. Il lui caressa les hanches, les serrant de plus en plus fort, défit le bouton de son jean, lentement, baissa sa braguette et glissa sa main à l'intérieur de la culotte, vers le sexe humide de la femme qu'il aimait. Anna gémit.

— Arrête-toi s'il te plaît.

— Pardon, mon amour. Excuse-moi. C'est que…

Il referma son pantalon et l'embrassa de nouveau sur la bouche.

— Quand tu voudras, lui murmura-t-il entre deux baisers.

Elle acquiesça, timide, et baissa les yeux.

— Mon père va comprendre.

Néstor était tranquillement en train de partager une liqueur d'amande avec la famille d'Antonio et n'avait pas remarqué l'absence de sa fille. Ils s'étaient assis derrière eux. Anna avait regardé sa sœur, seule sur un rocher, les bras autour de ses genoux. Elle avait souri légèrement en la voyant arriver. Anna lui avait rendu son sourire en lui faisant signe de les rejoindre.

Les pêcheurs avaient allumé un feu de bois et le père d'Antonio, faisant honte à son fils, chantonnait avec ses collègues des chansons populaires majorquines. Néstor, pour la plus grande honte de sa fille également, chantonnait les refrains qu'il venait d'apprendre.

Puis tous étaient retournés à leur vie.

— Ça reste entre toi et moi, ma chérie. Ne t'inquiète pas, avait dit Néstor à sa fille aînée.

Car le regard d'Anna se passait d'explications. Néstor, sans qu'elle sache comment, avait compris qu'elle était tombée amoureuse pour la première fois. Son épouse n'accepterait jamais cette relation innocente, mais lui laisserait Anna la vivre, sachant que c'était une histoire impossible, comme celle qu'il avait connue une fois. Il lui prévoyait une fin aussi triste qu'à la sienne, mais savait que, quoi qu'il arrive, elle valait la peine d'être vécue.

Marina était retournée aux États-Unis. Après les fêtes, les promenades à Mobylette avaient recommencé, ainsi que les gâteaux maison, le sucre à la commissure des lèvres et les jeux de mains, sans se presser, sur tout le corps d'Anna.

Enfin, avec avril et le beau temps, le *llaüt* avait repris la mer et, peu après, les touristes étaient revenus dans leurs immenses voiliers, et avec eux, les rêves d'Antonio, désormais toujours auprès d'Anna.

Un dimanche, alors que son père s'éloignait sur le *llaüt*, Antonio avait emmené Anna à l'endroit qu'il préférait sur l'île, la falaise de Sa Foradada. De là, la vue se perdait jusqu'à l'infini. Ils étaient descendus du cyclomoteur et avaient marché jusqu'à la pointe la plus avancée. Juste tous les deux. Ils s'étaient assis sur la roche, les pieds pendant vers la mer. Il avait sorti de son sac à dos et étalé sur leurs genoux la carte affichée à la tête de son lit. Il lui avait posé le doigt sur l'île de Majorque et, sans lui lâcher la main, avait fait glisser leurs doigts sur la Méditerranée, jusqu'à Gibraltar, puis vers le Cap-Vert, et ils avaient poursuivi jusqu'aux eaux de l'Atlantique et traversé l'océan pour arriver aux Caraïbes, puis descendu vers le Venezuela, le Brésil, l'Uruguay, le Chili, le Pérou et étaient passés par le bas de la carte pour se diriger vers l'Asie.

— Tout ça, c'est que je veux faire avec toi.

— Et comment ?

Elle avait souri, pensant qu'il rêvait.

— En bateau.

— Avec le *llaüt* de ton père ou celui du mien ? s'était gentiment moquée Anna.

— On recherche des marins au port. Mon cousin est dans la marine marchande et il est parti à Cuba, il revient une fois par an.

— Mais moi ? Qu'est-ce que je ferais sur un bateau ? Moi ils ne vont pas m'embaucher !

— On trouvera… Je veux décoller de ce caillou, Anna, avec toi… Je vois mes parents, toute leur vie dans cette île. Toute leur vie, Anna… avait-il répété en lui prenant la main. Tous les jours à partir en mer. Sur le même bout de mer. Mes parents ne sont jamais partis d'ici. Jamais, Anna, jamais.

Il l'avait regardée dans les yeux avec un sérieux inédit.

— Je ne veux pas de cette vie. Pas question. Je veux voir le monde. Une autre vie dans un autre endroit, avec toi.

Il l'avait embrassée.

— Tu fêteras bientôt tes dix-huit ans. On n'aura plus à se cacher. Néstor comprendra et ta mère devra l'accepter.

— Et de quoi on vivra ?

— Les marins touchent un bon salaire. Quand on arrivera à destination, je trouverai du travail. Ce ne sera pas difficile. J'ai réfléchi à tout. Au port de Saint-Domingue, il paraît qu'il y a beaucoup de boulot. On reste là-bas le temps qu'on veut. Un an, deux… Quand on en aura marre, eh bien on partira vers un autre port… Je n'ai pas besoin de beaucoup pour vivre, Anna. Je t'ai toi. J'ai la mer et mes mains pour gagner le peu dont on a besoin.

Anna n'avait pas répondu. Elle savait qu'Antonio s'exprimait en toute sincérité. Ce n'était pas une blague. Il était sérieux à cent pour cent.

— Je sais que c'est une folie, Anna. Mais on peut au moins essayer. Si ça ne marche pas, ce putain de caillou ne bougera pas d'un pouce de toute façon.

Ils avaient ri. Antonio s'était allongé par terre et elle s'était calée contre son torse en rêvant à cette vie simple qu'ils imaginaient tous les deux. Ils étaient restés en silence, les yeux fermés, sous la caresse du soleil de printemps.

— Tu sais ce que je pense ? avait fini par dire Anna. Les marins, on en a besoin dans tous les ports… Mais les boulangers aussi. Et le pain, oui, je sais très bien le faire.

Pour la première fois de sa scolarité, pendant sa dernière année de lycée, Anna avait dévoré les livres de géographie tandis qu'Antonio empruntait à la minuscule bibliothèque maritime du vieux port de Palma un livre de cartographie nautique et un autre sur les vents maritimes. Ils s'étaient renseignés sur les alizés du nord-est si nécessaires pour traverser l'océan Atlantique, sur les tempêtes tropicales à éviter à tout prix, sur les moussons asiatiques. Sur les latitudes, les milles et les nœuds. Sans demander l'autorisation, Anna avait aussi dérobé un livre dans la bibliothèque de son père. Elle l'avait remarqué depuis toute petite, non parce qu'il l'intéressait, mais parce que la couverture lui faisait peur : un grand cachalot qui heurtait une petite barque de marins effrayés. Il s'intitulait *Moby Dick*, d'un certain Herman Melville. Elle l'avait sorti d'entre divers vieux livres de médecine et, avant de le mettre dans son sac, pour s'assurer qu'il s'agissait d'un livre d'aventures maritimes, en avait lu le premier paragraphe :

Appelez-moi Ismaël. Voici quelques années – peu importe combien –, le porte-monnaie vide ou presque, rien ne me retenant à terre, je songeai à naviguer un peu et à voir l'étendue liquide du globe[1].

Oui. C'était le livre qu'il fallait à Antonio. Cet après-midi-là, après le lycée, ils s'en étaient allés sur une plage à l'abri des regards et, tout en mangeant un cake au citron et aux graines de coquelicot, avaient commencé ensemble la lecture de *Moby Dick*. Le premier roman que tous les deux avaient lu avec passion.

Anna s'était acheté un vélo et avait passé en revue toutes les recettes de gâteaux de sa grand-mère. Elle recevait cent pesetas d'argent de poche par semaine et, avec ses économies, arrivait à dix mille. Antonio, lui, économisait depuis des années, il avait un peu plus de vingt mille pesetas mais avait entendu que, en Amérique latine, avec soixante-dix mille pesetas on était riche.

La meilleure période pour traverser l'Atlantique s'étend de novembre à février. Au mois de septembre, Antonio avait commencé à se renseigner dans le port de Palma. Il aurait pu embarquer sur nombre de bateaux, mais aucun d'eux ne voulait d'Anna pour cuisinière. Des hommes se proposaient pour cette tâche et les hommes étaient mieux armés pour affronter les adversités de la mer. Un jour qu'il s'était lassé de demander, était apparu à S'Estaca sir Peter Black avec son voilier en bois traditionnel de cinquante-quatre

1. Herman Melville, *Moby Dick*, traduction de Henriette Guex-Rolle, Paris, Flammarion, 1970.

pieds. Dans sa jeunesse, il avait participé à des régates et gardé le goût des émotions fortes. Il naviguait avec son épouse. Seuls tous les deux. Il comptait voyager sans se presser et disposait d'assez d'argent pour rester à quai dans les ports et demeurer où l'envie lui en prenait, ou, plutôt, là où sa femme le désirait. Elle l'accompagnait tant qu'il la laissait profiter de la vie des ports, des plages et des marchés estivaux où elle adorait se promener et acheter de l'artisanat. Or sir Peter Black détestait ces sorties achats, c'est pourquoi embarquer une autre femme qui, en plus de cuisiner, pourrait accompagner la sienne à la recherche de bracelets et boucles d'oreilles lui parut une idée fantastique.

— On part, Anna. Demain, lui avait annoncé Antonio, euphorique, en la soulevant de terre pour la faire tourner dans les airs.

Il l'avait embrassée cinq fois de suite, rempli d'excitation, et Anna avait souri comme elle le pouvait, parce que, contrairement à ce qu'elle aurait cru, ces mots lui donnaient le vertige et lui faisaient peur. Une grande peur. Jusque-là, tout cela avait été un jeu. Un rêve impossible nourri chaque jour comme on alimente un poisson dans un aquarium. Un poisson qui rêve de partir en mer, une mer immense et peu sûre qu'il ne connaît pas, et pour laquelle il n'est pas préparé après tant d'années dans son bocal de verre.

Cette nuit-là, au dîner, avec ses parents, elle avait pleuré, inconsolable, sans oser expliquer ce qui lui arrivait. Néstor avait compris tout de suite que le jeune pêcheur y était pour quelque chose, mais après l'avoir questionnée sans succès il avait préféré respecter son intimité. Anna s'était enfermée dans la chambre de sa sœur, la seule à être dotée d'un verrou. Elle avait laissé la peur pénétrer sans pudeur dans ses pensées, attaquant son corps et envahissant son âme, pendant que sa mère, intrusive comme à son habitude, tapait à la porte en demandant des explications.

Antonio devait passer la prendre en Mobylette le surlendemain à 5 heures du matin. Ils se rendraient au port de Palma, où les attendait le voilier de l'Anglais, et, de là... le monde.

Elle s'était endormie dans la chambre de Marina et avait été réveillée par la première lumière du matin. Se redressant, étourdie, elle avait ouvert le verrou et était descendue à la cuisine.

Vingt heures pour partir, pour quitter l'île qui l'avait vue naître, et naviguer de par le monde. Elle s'était préparé un bol de lait mais, à la première gorgée, avait eu un haut-le-cœur. Nauséeuse, elle s'était couchée sur le canapé, avait passé la journée dans l'angoisse, faisant les cent pas comme une âme en peine du divan au lit et du lit au divan. Comptant les minutes, comptant les secondes.

Quinze heures avant le départ. La croyant fiévreuse, sa mère lui avait donné de l'ibuprofène pour la détendre. Anna pleurait, se plaignant de douleurs aiguës à l'estomac.

S'inquiétant pour sa fille, qui ne s'était jamais comportée ainsi, Ana de Vilallonga avait appelé son mari à l'hôpital. Néstor, qui s'y connaissait en douleurs aiguës au cœur, avait tranquillisé sa femme. Anna avait refusé de dîner et était partie au lit tôt.

Sept heures avant le départ. Elle attendait que ses parents s'endorment et avait mis dans un sac à dos noir, cadeau de Marina, des pantalons, des tee-shirts, deux pulls, des sous-vêtements et son blouson. Elle séchait ses larmes tout en mettant son passeport, les pesetas économisées et le carnet contenant les recettes de pain et de gâteaux dans une pochette hermétique que lui avait achetée Antonio. Elle avait glissé la pochette dans le sac et attendu, éveillée, les cent quatre-vingts minutes manquantes pour arriver à 5 heures du matin.

Allongée sur son lit, la tête sur ses mains jointes, en position fœtale, elle sanglotait. Son père était passé dans le couloir et elle avait dissimulé son sac à dos sous le lit.

— Qu'est-ce qui t'arrive, ma chérie ? lui avait-il demandé d'une voix douce en entrant dans sa chambre.

Néstor s'était assis à côté d'elle pour lui caresser le visage.

— Il s'est passé quelque chose avec Antonio ?

Il avait attendu patiemment. Anna semblait vouloir parler, mais ne le faisait pas.

— Moi aussi, une fois, je suis tombé amoureux d'une femme très différente de moi.

Anna l'avait interrompu. Elle avait besoin de tout lui raconter. Elle lui avait exposé le plan mis au point avec Antonio. Sa mère, qui évidemment écoutait à la porte, était entrée avec fureur.

— Mais tu es idiote ! De quoi allez-vous vivre ? s'était-elle exclamée en se montrant sur le seuil. Tu es une menteuse et toi, Néstor, tu mens aussi. Tu ne m'as rien dit. Depuis combien de temps tu es au courant de cette histoire ?

— Ana, calme-toi. Retourne te coucher.

— Si tu passes la porte, avait prévenu Ana de Vilallonga en quittant la chambre, tu ne la repasseras pas dans l'autre sens.

Elle était restée sur le seuil, écoutant sa fille hystérique proclamer aux quatre vents son amour inconditionnel pour cet humble pêcheur, leurs projets de mariage, l'argent qu'il gagnait, et celui qu'elle pourrait toucher en faisant du pain dans les ports du monde, tout en cherchant inconsciemment l'approbation de ses parents et, par-dessus tout, le coup de pouce qui lui donnerait le courage de quitter son bocal.

— Mais voyons, ma petite. Tu n'as quand même pas cru à ces fadaises de « Avec toi, je pourrai vivre de pain et d'oignon » ? Ce crève-la-faim en veut à notre argent, c'est tout !

— Ana, ça suffit ! Laisse-nous, s'il te plaît, avait intimé Néstor à son épouse avec autorité.

Elle s'était retirée dans sa chambre sans ajouter un mot. Anna avait le regard dans le vague.

— Tu es sûre de toi, ma chérie ? C'est vraiment ce que tu veux ? avait demandé Néstor en lui prenant la main. Tu auras bientôt dix-huit ans. Tu es libre de partir si tu le souhaites… Je ne sais pas si tu es prête à traverser l'Atlantique. Ce n'est pas la même chose d'attendre la tramontane pour faire le tour de Majorque et d'attendre les alizés pour traverser l'océan. C'est dangereux, ma puce. C'est ce que tu souhaites, tu en es sûre ?

— Je l'aime. Mais… avait-elle fait en baissant les yeux. Je ne veux pas partir d'ici. Je ne veux pas quitter Majorque.

Elle avait regardé sa montre. Il était 4 h 45. Dans un quart d'heure, Antonio l'attendrait dehors sur sa Mobylette. Les larmes avaient repris. La peur paralysante. C'est la mer qui jaillissait à présent des yeux d'Anna, une mer qui souffrait, une mer en colère, jamais jusque-là aussi déchaînée, jamais jusqu'à ce jour aussi lâche.

*
* *

Marina appela Mathias depuis l'hôtel. Elle lui expliqua sa décision de rester un mois sur l'île. De son côté, il se rendrait en Haïti à la mi-mars. Elle retourna à la boulangerie, où elle avait laissé les vêtements de María Dolores dans le grand sac-poubelle dans le cellier. Elle prit un chiffon humide et monta dans la chambre pour nettoyer l'armoire. Elle rangea ses pantalons, ses quelques tee-shirts et ses deux pulls sur des cintres. Elle posa son stéthoscope et son carnet Moleskine sur la petite table. Enfin, elle accrocha au mur le pagne au liseré vert, jaune et lilas acheté avec Mathias dans un village de République démocratique du Congo. Étendre le tissu lui rappela leur première rencontre.

*
* *

Marina était en train de remonter la fermeture à glissière d'une combinaison en synthétique haute densité. À côté d'elle se trouvaient un médecin congolais, deux infirmiers locaux également, un anthropologue américain et un jeune médecin récemment arrivé, Mathias. Tous, dans un silence absolu, revêtaient le vêtement de protection contre les risques biologiques, tandis que le personnel local spécialisé vérifiait qu'ils suivaient l'ordre rigoureux d'enfilage des EPP, comme on appelait dans le jargon l'équipement de protection personnel : combinaison aseptisée, bottes de caoutchouc, lunettes de protection, gants double épaisseur, blouse imperméable et masque facial.

Marina avait ramené ses cheveux en une tresse qu'elle avait glissée à l'intérieur de l'EPP avant de remonter la fermeture jusqu'au menton et d'ajuster le caoutchouc du masque sur son cou.

Elle s'était approchée du jeune médecin allemand. Elle était la chef de mission de ce projet et avait deviné, à son regard enthousiaste, que c'était sa première fois sur le terrain. Elle lui avait souri.

— Merci, Mathias. On m'a dit que tu étais arrivé aujourd'hui. On est des héros, tu sais ?

Elle l'avait regardé dans les yeux en prononçant d'une voix douce ces paroles. Loin de se considérer comme une héroïne ou de considérer que le travail des humanitaires pouvait être élevé au rang d'accomplissement admirable, elle avait pourtant eu envie de prononcer ces paroles parce que ce jeune médecin au regard ingénu allait assister à des choses auxquelles il ne s'attendait pas. Le coup allait être rude. Marina travaillait depuis cinq ans déjà pour l'ONG et elle savait que commencer par cette mission dévastatrice transformerait d'un coup ce beau regard.

Ils s'étaient couvert la bouche de masques et, telle une troupe d'astronautes, avaient pénétré dans le centre de confinement à haut risque de contagion d'Ebola. L'enfer. 41 °C. Des enfants à moitié nus étaient allongés seuls sur des lits sans couvertures. Des femmes tournées sur le côté vomissaient du sang dans des seaux. Les excréments humains des plus vieux débordaient des lits. Le personnel local courait sans répit pour nettoyer. Il n'y avait ni vaccin ni traitement pour Ebola. On attribuait à chacun des médecins une file de patients et ils allaient de l'un à l'autre, s'approchant des moribonds, les hydratant par un mélange d'eau et de sels minéraux, leur administrant du paracétamol et des antibiotiques et vérifiant, constamment, que leur température ne s'élevait pas.

À l'intérieur de l'EPP, on ne tenait pas plus de quarante minutes, la chaleur était extrême et les gouttes de transpiration brouillaient la vue des intervenants. Marina avait vu Mathias sortir le premier, suivi de peu par le reste de l'équipe. Elle pouvait endurer quelques minutes supplémentaires et s'occuper d'une femme enceinte qui la regardait avec des yeux suppliants.

Les médecins avaient fait une pause d'une demi-heure sans échanger un mot. Ils s'étaient hydratés et y étaient retournés.

Lors de la dernière heure de la journée, Marina, Mathias et les autres avaient été enduits d'une solution de chlore par les spécialistes sanitaires, selon le protocole strict de désinfection. Ensuite, ils avaient poursuivi le protocole pour retirer les EPP. D'abord le tablier, les bottes, sans les toucher avec les doigts, la combinaison et les gants, en les retournant à l'envers, les lunettes de protection et, enfin, le masque, toujours depuis l'arrière.

— N'oubliez pas, s'il vous plaît, de ne pas vous toucher les uns les autres et de ne vous passer aucun objet. Aucun, cela signifie pas de stylo, pas le sel, pas de tube de dentifrice. Rien. Parfois, vous oubliez. Avant de retourner en Europe, vous ne vous touchez pas, avait rappelé l'infirmier congolais à Mathias.

Marina les observait et avait constaté ce qu'elle avait prévu : les yeux de Mathias étaient désormais des émeraudes brisées ; son regard paraissait perdu et effrayé. Le regard de la première fois. La première fois que les yeux cessent d'assister à la douleur de l'autre via l'écran de la télé pour se trouver confrontés de plein fouet à la réalité.

Tous les soirs, une Jeep les transportait vers le camp de base, où vivaient tous les expatriés. Chacun avait une chambre minuscule et ils partageaient la cuisine. Ils prenaient ensemble le dîner préparé par une sympathique cuisinière congolaise engagée par MSF. C'était une mission silencieuse, où les intervenants parlaient peu. Ils s'asseyaient autour de la table, abattus sur le plan physique comme psychologique par l'horreur dont ils étaient les témoins jour après jour, et surtout par l'impuissance qu'ils ressentaient à être là tout en constatant que soixante-quinze pour cent des malades qu'ils soignaient mouraient de ce virus mortel sans qu'ils ne puissent quasiment rien faire. De plus, ils devaient s'asseoir à un mètre les uns des autres pour qu'aucune partie de leur corps n'entre en contact avec celle d'un autre humanitaire. Personne n'était à l'abri d'Ebola.

Un de ces soirs, Marina avait vu Mathias la tête basse, mangeant sans entrain les pâtes de manioc qu'on leur préparait tous les jours, et lui avait demandé quelle était sa vie avant d'entrer dans l'ONG. Il avait étudié à la Freie Universität à Berlin et, depuis le jour où il avait mis les pieds à la fac de médecine, son objectif avait été de travailler pour Médecins Sans Frontières. Il rêvait d'être un médecin altruiste et de changer le monde. De le rendre meilleur et d'aider ceux qui étaient le plus dans le besoin. Après avoir obtenu son diplôme, il avait travaillé trois ans à l'hôpital Charité Campus Berlin-Buch avec l'idée d'acquérir l'expérience nécessaire pour être accepté dans l'ONG. Et il était là, en terre africaine, réalisant son rêve. Un rêve réduit en miettes au moment où il avait posé le pied sur le continent.

Ainsi avaient passé trois mois dans ce lieu malade du monde, à côtoyer la mort qui n'y allait pas par quatre chemins.

La nuit précédant le départ pour l'Europe, Marina ne pouvait trouver le sommeil. Elle était sortie boire, s'enveloppant dans le pagne à liseré qu'elle avait acheté dans l'après-midi en compagnie de Mathias. Elle était allée jusqu'à la cuisine et l'avait vu par la fenêtre, assis sur un banc. Il lissait du papier à cigarette dans sa paume. Marina était sortie.

— Tout va bien ?

Son collègue avait acquiescé, sans un mot, tout en plaçant le filtre sur le papier. Il avait ajouté le tabac et roulé sa cigarette. Marina était venue s'asseoir à côté de lui tandis qu'il l'allumait. Marina le regardait inspirer et expirer la fumée.

— Dans d'autres circonstances, je te demanderais une taffe, avait-elle déclaré avec l'ombre d'un sourire.

Ils n'oubliaient jamais le protocole qui leur interdisait de se toucher. Cela faisait quatre-vingt-cinq jours sans autre contact physique qu'à travers le vêtement de confinement.

— Dans d'autres circonstances, je te demanderais de me prendre dans tes bras, lui avait répondu Mathias sans la regarder.

Une larme s'était échappée doucement de ses beaux yeux verts.

Marina avait approché sa main de celle de Mathias et, du bout de l'index, effleuré l'ongle de son auriculaire, sous la lune et des millions d'étoiles.

5

LE PASSÉ OU LE PAIN BRUN À LA FARINE DE *XEIXA*

Pain brun à la farine de *xeixa*

INGRÉDIENTS :

400 g de farine de blé *xeixa* des Baléares

200 ml d'eau tiède

150 g de levain

Cuisson au four au bois de pin, d'amandier et de chêne vert

PRÉPARATION :

La farine doit être moulue dans un moulin traditionnel. Les meules de pierre chaufferont légèrement pour préserver toutes les propriétés nutritives du blé et la saveur brute de la céréale. Un goût subtil, qui n'a rien à voir avec celui obtenu des moutures de blés réalisées en meules industrielles.

Mélanger la farine, l'eau et le levain. Pétrir à la main ou au robot à pétrissage lent. Le secret de ce délicieux pain ne tient à rien d'autre qu'au long processus de fermentation, qui peut durer de un à trois jours, et surtout à la cuisson du pain au four à bois traditionnel, alimenté par des bûches de bois récolté sur l'île. Le mélange de farine de *xeixa* et la chaleur de l'amandier ainsi que du chêne vert donneront à ce pain une saveur unique.

Marina enfila le vieux tee-shirt de Mathias, frappé de l'emblème de la Freie Universität Berlin. Anna, sa chemise de nuit en soie verte à bretelles. Il y avait des années qu'elle n'avait pas mis cette nuisette, trop jolie pour la gâcher en nuits solitaires à dormir à côté de son mari.

Chacune était dans ses pensées.

Pourquoi tu ne m'as jamais écrit, Antonio ? Je comprends que tu n'aies pas voulu le faire, mais j'ai attendu patiemment chaque jour et chaque nuit pendant des années, jusqu'à ce que ton souvenir se dilue. Je t'aurais écrit, je t'aurais expliqué mes raisons de n'avoir pas pris ce bateau avec toi. Je t'aurais raconté ma peur, j'aurais justifié ma lâcheté. Mais où aurais-je pu t'écrire ? Tu n'es jamais revenu à Majorque ? Une fois pour Noël ? Pour Pâques ? Tu savais où je vivais. Pourquoi tu n'es jamais venu me chercher ? Peut-être que mon père t'a demandé de m'oublier quand il est venu te dire que je ne partirais pas avec toi. Que c'était une histoire impossible. Qui sait, peut-être qu'un jour je pourrai te demander. Comment aurait été ma vie à tes côtés ? Comment aurait été ma vie si j'avais pris le Lord Black ? *Comment aurait été la vie d'un modeste marin avec une jeune fille de la haute bourgeoisie majorquine ?*

La vie d'Anna aurait été très différente. Peut-être meilleure. Peut-être pire. Mais indiscutablement autre. Elle s'imagina dans ce voilier, à dix-sept ans, heureuse, avec lui… jusqu'au moment où le ronflement récurrent d'Armando, celui de toutes les nuits, la ramena à la réalité.

Marina se mit au lit en pensant à l'Éthiopie. Elle se remémora ses derniers jours là-bas, se rappela cette petite fille émaciée qu'elle avait abandonnée à l'orphelinat. Elle espéra qu'elle trouve une famille adoptive bientôt, qui lui donne l'amour que tout enfant mérite en naissant. Sinon, son enfance se déroulerait, longue et amère, dans cet hospice triste. Marina pensa à quel point l'enfance marquait l'âge adulte. Comment se déroulait la vie adulte d'un orphelin ? Un enfant sans enfance était un adulte sans vie. Qu'est-ce qui attendait Naomi si elle n'était pas adoptée ? Sans amour, sans caresses, sans personne qui la berce le soir, toujours sans personne. Marina fut envahie par le chagrin, mais s'efforça d'ôter cette pensée de son esprit et de s'endormir entre ces quatre murs étrangers qui, pourtant, lui appartenaient.

Les deux sœurs s'endormirent presque au même moment ; cependant, avant de trouver le sommeil, comme si pour une raison mystérieuse leurs pensées pouvaient s'entremêler, elles songèrent l'une à l'autre et se souvinrent des après-midi de leur enfance dans la cuisine de leur grand-mère Nerea, à râper du zeste de citron, prélever les graines des coquelicots, les mains en permanence couvertes de farine…

*
* *

À 5 heures du matin, on frappa au heurtoir de la boulangerie. Niebla se mit en garde. La veille au soir, peu avant que Marina trouve le sommeil, la chienne avait recommencé son manège : elle était remontée dans son ancienne chambre, qui lui manquait. Marina l'avait prise par son collier de cuir et avait essayé, comme la veille, de la traîner dans l'escalier. Vieille et têtue, la chienne s'était accrochée au sol de ses pattes blanchissantes. Marina avait tenté à nouveau l'astuce du chocolat. Niebla était vieille, mais pas idiote : elle ne l'avait même pas reniflé.

— Niebla, Ursula t'attend. Niebla, tu ne peux pas rester ici. Niebla, sors de là.

La chienne, avec un regard triste et très humain, levait la tête, recherchant la complicité de la nouvelle propriétaire de sa maison. En fin de compte, elle était davantage chez elle que cet être humain qui tentait de la chasser. Dix ans qu'elle dormait ici. Traduit en années humaines, soixante-dix.

— Ursula ! Elle ne veut pas descendre, avait crié Marina par la fenêtre.

— Alors qu'est-ce qu'on fait ? avait demandé Ursula en regardant en l'air. Si tu veux, je monte et on essaie de la descendre à nous deux. Mais je n'ai plus beaucoup de force…

Marina avait contemplé la chienne, déjà allongée sous la fenêtre.

— Bon, eh bien… Je ne sais pas, elle n'a qu'à rester ici cette nuit, avait-elle proposé sans conviction.

— Tu ne peux pas savoir quelle joie tu me fais, avait répondu l'autre en rentrant aussitôt chez elle. Ah, Marina ! s'était-elle ravisée avant de claquer la porte. Je sais que tu es quelqu'un de bien et que tu as confiance en l'humanité, mais grands dieux ! ferme donc cette porte à clé.

Niebla s'était endormie.

Encore un coup sec du heurtoir. Niebla aboya. Marina ouvrit les yeux et consulta sa montre en souriant pour elle-même. Elle savait de qui il s'agissait. Elle entreprit de mettre son jean et courut en bas.

— Bonjour, Catalina, dit-elle en ouvrant la porte.

Catalina caressa la chienne, qui lui sauta dessus à nouveau.

— *Bon dia*, répondit-elle avant de se racler légèrement la gorge. Écoute, la belle… *he tornat perquè… és un desastre, tothom ha de comprares pa en es súper que és una espardenya*[1].

— Comme vous avez bien fait de venir, Catalina. Entrez, je vous en prie, vous êtes chez vous.

— *Millor diguem Cati i, mira, ja te saps el nom de mitja Mallorca. Aquí, la meitat de dones són Catalines i la meitat d'homes Tomeus. Treballadors sí, però originals no ho som gaire els mallorquins*, dit-elle en essuyant ses lunettes embuées dans l'ample jupe noire qui lui descendait jusqu'aux genoux. *Perquè me vas dir que el mallorquí l'entens, no*[2] *?*

— Je le comprends, oui… ça fait très longtemps que je n'ai pas été ici. Je ne comprendrai peut-être pas tout, mais je vous demanderai de me traduire certains mots. Ne vous en faites pas, parlez-moi en majorquin.

— Ça ne me ferait pas de mal de pratiquer mon castillan… on mélangera les langues.

1. « Écoute, la belle… je suis revenue parce que… c'est un désastre. Tout le monde doit acheter son pain au supermarché, et c'est une calamité. »

2. « Dis plutôt Cati, et tu connais le nom de la moitié de Majorque. Ici, la moitié des femmes s'appellent Catalina et la moitié des hommes Tomeu. Travailleurs, ça oui, mais originaux, on ne l'est pas trop. (…) Parce que tu as dit que le majorquin, tu le comprends, non ?

Catalina entra dans le fournil, sans se presser, comme elle l'avait fait toute sa vie. Elle portait un grand cabas en osier dont elle sortit du levain qu'elle gardait chez elle. Elle regarda les sacs de farine de *xeixa* dispersés par terre. Il y en avait assez pour fournir tout le village pendant l'hiver. Elle s'apprêtait à revêtir un tablier accroché là, mais regarda la nouvelle propriétaire de la boulangerie d'un air interrogateur. Elle devait lui demander l'autorisation, car tout ça n'était plus à María Dolores.

— Je vous en prie, Cati, faites ce que vous avez à faire.

Catalina se lava les mains. Elle ordonna à Niebla de rester en dehors de la boulangerie et attacha son tablier.

— *Trob molt raro ser aquí sense na Lola*[1], marmonna-t-elle.

— Lola, c'est comme ça que vous l'appeliez ?

— *A na María Dolores no li agradava gens el seu nom. Ni Dolores. Ni Dolo… Deia que era com María Agonía o María Suplicio… Sí, a Valldemossa, desde joveneta, tothom li deia Lola*[2].

Catalina regarda un instant avec nostalgie le tablier de son amie Lola.

— J'ai déjà donné le mot comme quoi on cherche un apprenti boulanger. Aujourd'hui, je cuirai seulement cent pains.

1. « Ça me fait tout bizarre d'être ici sans Lola. »

2. « María Dolores n'aimait pas son nom. Ni Dolores, ni Dolo… Elle disait que c'était comme María Agonía ou María Suplicio… Oui, ici, à Valldemossa, depuis qu'elle était toute jeune, on l'appelait tous Lola. »

— Je peux vous aider, moi, pendant que vous recherchez quelqu'un, proposa Marina.

Catalina la regarda, étonnée.

— À pétrir le pain ?

— Oui. J'ai appris, petite, avec ma grand-mère. On jouait plutôt, mais je me souviendrai peut-être de quelque chose.

Catalina examina une seconde la nouvelle propriétaire.

— *Doncs bueno*, conclut-elle en dévisageant son interlocutrice avec suspicion. Bon, d'accord.

Elle attrapa le tablier de Lola et le lui tendit. Marina le passa autour du cou et le noua dans le dos. Catalina mit une charlotte qu'elle sortit de son cabas et Marina se fit une tresse.

— Vous le savez *ja*, alors : *farina de xeixa*, de l'eau, *masa mare*, *ni sal ni sucre*[1]… et repos toute la nuit jusqu'à ce que ça double de volume. Pour le pain d'aujourd'hui, de la levure sèche et on laisse fermenter une heure et demie.

Catalina ouvrit le four. Il était profond, voûté, d'environ trois mètres de long sur moins d'un mètre de haut.

— Tu pourrais me passer *ses feixines*, s'il te plaît ? demanda-t-elle à Marina.

Celle-ci resta perplexe. Elle observa la pièce, cherchant un objet qui matérialise ce vocable majorquin inconnu.

— *Ses feixines*… Allez, ça se dit pareil en espagnol pourtant, fit Catalina en désignant au sol les fagots de bois de chêne vert et les branches de pin et d'amandier retenus par des ficelles.

1. « Du levain, ni sel ni sucre… »

Marina attrapa les fagots sans expliquer à cette gentille dame que non, ce mot n'existait pas dans la langue castillane, et elle les lui tendit.

Catalina introduisit d'abord dans le four voûté les branchettes d'amandier et de pin, et ensuite les bûches de chêne vert. Elle sortit une boîte d'allumettes de son cabas et lança une allumette enflammée dedans. Les rameaux d'amandier prirent tout de suite et le chêne vert quelques secondes plus tard. La flamme s'éleva lentement, jusqu'à atteindre la voûte. Marina observa la boulangère en silence. Il y avait quelque chose de magique là-dedans, dans ce vieux four à bois profond. Pour Marina, évidemment, qui assistait à l'allumage pour la première fois, alors que c'était simplement le quotidien pour celle qui avait vu ce four centenaire toute sa vie.

Catalina ferma hermétiquement la porte.

Elle ouvrit un sac et, tout en farinant la table en bois, raconta à Marina qu'elle et María Dolores avaient travaillé ensemble presque cinquante ans durant. Elles confectionnaient trois cents pains bruns en été et six cents en hiver. Le week-end, la traditionnelle *coca de patata* et la salade de Trempó… La boulangère continua de parler des fournisseurs qui venaient deux fois l'an et, tout en l'écoutant, Marina se souvint, grâce aux éloges dithyrambiques qu'il avait utilisés pour décrire la saveur de ce dessert, que Gabriel lui avait parlé d'un gâteau au citron… Pourtant, Catalina ne le mentionna pas du tout.

Dans un vieux robot à pétrissage lent, elles versèrent la farine, l'eau, le levain fermenté au préalable et la levure.

— Dans les boulangeries de Palma, ils vendent des robots qui te font la pâte en cinq minutes. On est pressés pour tout faire de nos jours et non, ce n'est pas la même chose. Ça n'a pas le goût que ça devrait… *poc a poc tot surt molt més bé*[1].

— Vous avez prévenu le village de la réouverture ? lui demanda Marina.

— Bien sûr, voyons. Tu t'imagines que je suis venue ici frigorifiée et les lunettes pleines de buée à 5 heures du matin sans savoir si j'allais vendre tout le pain ? Hier, je suis allée au bar du Tomeu. Tu connais le bar du Tomeu ?

— Celui de la route ?

— Voilà, celui-là. Si tu veux savoir n'importe quoi, tu vas là-bas. Untel qui s'est séparé, Une telle qui est ruinée, un autre qui *a estirat sa pota*… c'est là que tu le sauras. À Valldemossa, t'as pas beaucoup d'intimité. *Poble petit, infern gran*… Hier, à *s'horabaixa*[2], je suis allée prendre un café et j'ai parlé à Josefa, sa femme, et tout le monde le saura. Ne t'inquiète pas, il ne nous restera pas une baguette. Les gens du village s'ennuient beaucoup et parlent trop. Les potins, comme vous dites. De toi, on raconte des tas de choses.

— Ah oui ? Et qu'est-ce qu'on dit ?

— Houlà… Que tu es la fille d'un charcutier allemand multimillionnaire qui t'a acheté le moulin pour que tu t'amuses. Ils ne comprennent pas comment tu parles aussi bien l'espagnol, évidemment… *pardals*

1. « En s'y prenant peu à peu, le résultat est bien meilleur. »
2. « a passé l'arme à gauche. (…) Petit village, grand enfer. (…) Au coucher du soleil. »

asoleiats[1], ajouta Catalina pour elle-même. J'ai dit que je ne savais rien. Tout le village va venir acheter, tu vas voir, déjà parce que le pain blanc du supermarché est immangeable et, ensuite, parce qu'ils meurent d'envie de savoir qui tu es.

Elles sortirent la pâte à pain de l'appareil. Catalina prit une raclette et en coupa un petit tronçon. La boulangère lui montra comment le pétrir avec les poings, d'abord en repliant la pâte sur elle-même, en l'éloignant de la table de quelques centimètres, et en la laissant retomber dessus. Ce mouvement devait être répété plusieurs fois. Le pétrissage à la main se poursuivait plusieurs minutes et, ensuite, il fallait former une boule parfaite. Catalina coupa cent morceaux tandis que Marina pétrissait maladroitement. Les mains potelées de Catalina, elles, étaient agiles et rapides.

Elles laissèrent reposer les pâtons après les avoir recouverts de torchons en coton.

Elles ouvrirent le four, où la température oscillait entre 250 et 270 °C. Le pin, l'amandier et le chêne s'étaient transformés en cendres et braises rouges, jaunes et orangées. Catalina y introduisit une pelle métallique au long manche pour extraire les cendres et les braises. Elle attrapa une autre pelle tout aussi longue, mais en bois, qu'elle farina. Marina disposa le pain sur les pelles comme le lui indiquait la boulangère. Première fournée. Deuxième. Troisième. Quatrième. Cinquième…

Une heure plus tard, en ouvrant le four à bois, une odeur de pain frais vint caresser lentement l'âme de

---

1. « Moineaux ayant trop pris le soleil » : insulte majorquine mineure destinée aux abrutis. *(N. d. A.)*

notre protagoniste. Elle ferma les yeux et inspira lentement la senteur pleine de nostalgie. La senteur de son enfance. Celle de chez elle.

*
* *

Le maire, la coiffeuse-esthéticienne, le curé, le facteur, le gendarme, Tomeu, Gabriel, Ursula, le vendeur de journaux, le chauffeur du bus, plusieurs fonctionnaires desœuvrés de la mairie et d'autres habitants du petit village de Valldemossa défilèrent dans la boulangerie pour venir chercher leur pain brun quotidien. Ils regardaient avec curiosité la nouvelle boulangère et lui exprimaient leur reconnaissance tout en se plaignant des baguettes industrielles qu'ils consommaient depuis la mort de Lola. Chacun d'eux sans exception réclama en outre sa dose de plaisir matinal : le cake au citron et aux graines de coquelicot. Catalina se justifia ainsi :

— *El pa de llimona i rosella era cosa de na Lola, no era cosa meva*[1].

Ce détail, bien évidemment, n'échappa pas à Marina. Ce n'était pas le moment de poser la question, il y aurait le temps. Tous, après avoir acheté leur pain, au moment de partir, avaient un mot aimable au sujet de la défunte boulangère. Elle leur manquait, c'était une femme gaie, disaient-ils. Toujours un sourire pour ses clients.

La journée se termina. Marina et Catalina s'assirent sur les chaises en osier.

1. « Le cake au citron et aux graines de coquelicot, c'était le truc de la Lola, pas le mien. »

— C'est dur, le métier de boulanger, avoua Catalina en prenant la caisse métallique où elle avait mis l'argent. Merci beaucoup.

— *Gracias a vosté*. Merci à vous.

— Tu peux me tutoyer, s'il te plaît.

Marina sourit pendant que Catalina sortait la moitié des billets de la caisse.

— Ceux-là sont pour toi, lui dit-elle en lui tendant.

— Non, Cati. Je ne veux rien.

— Cet argent est à toi, il n'y a pas de discussion. Ici à Majorque nous sommes des gens honorables. *Has fet bona feina. Els doblers són teus*[1].

Marina refusa de le prendre, mais Catalina lui laissa les euros qui lui revenaient sur les genoux.

— Bon, alors merci… Je ne sais pas combien de temps je vais rester ici, Cati. Quelques semaines encore. Un mois. Jusqu'à ce que je sache pourquoi María Dolores, Lola, rectifia-t-elle, une femme que je ne connais de nulle part, m'a laissé un lieu aussi… aussi magique, précisa-t-elle en regardant autour d'elle. Aussi magnifique. Si elle n'avait aucune famille à qui le léguer, elle aurait pu te le laisser à toi. Tu étais son amie.

Catalina baissa le regard un instant.

— Je ne sais rien, répéta-t-elle, trop vite, en évitant le regard de Marina.

— Il faut que je voie comment j'arrange tout avec ma sœur, qui voudrait vendre rapidement.

— C'est la seule chose que j'ai apprise à faire de ma vie, le pain. *Només ser fer pa*, affirma Catalina avec tristesse. Je ne me vois pas assise à la maison à

1. « Tu as fait du bon travail. L'argent est à toi. »

regarder la télé et attendre la visite *dels pardals dels meus germans*. Ni mes frères, ni mes belles-sœurs, ni leurs enfants. Ils viennent voir ma mère. Bien sûr, c'est moi qui m'occupe d'elle depuis dix ans… Parce que j'aurais pu me marier, partir du village, mais avec huit frères, qui allait s'occuper de ma vieille mère ? *À més, a qui vénen a veure és a mumare*[1].

Catalina contempla sa chère boulangerie et la chienne de Lola qui, étalée dans la rue, semblait les écouter.

— J'ai des économies, mais pas suffisamment pour acheter tout ça, poursuivit-elle. Je pourrais chercher du travail dans un autre village ou à Palma. Mais de nos jours ce sont des pâtons congelés, des machines modernes, on n'a plus besoin d'autant de mains et, de toute façon, personne ne voudra embaucher une sexagénaire grosse et myope comme moi. *Ningú*.

— Ne dis pas ça, Cati.

— Lola et moi, on était les vieilles filles du village, tu sais. Ils se moquaient de nous. *Se quedaran per vestir sants*[2]. Moi, avec huit frères, j'avais eu ma dose d'habillage. Je n'ai jamais voulu d'enfants. Et je le dis honnêtement, même si je sais que personne ne me croit. Les pauvres, toutes les deux célibataires… Quand les parents de Lola sont morts, Lola a envisagé de fermer, mais on a décidé d'essayer, à toutes les deux. Pense que c'était le début des années 1980, et à

1. « Je ne sais faire que le pain (…) mes profiteurs de frères (…) En plus, c'est ma mère qu'ils viennent voir. »

2. Littéralement : « Elles resteront habiller les saints. » Traditionnellement, une femme restée célibataire devait prouver sa bienséance en se montrant active à l'église. *(N. d. T.)*

cette époque les femmes restaient à la maison avec les enfants alors deux femmes qui se mettaient à gagner de l'argent, c'était très mal vu…

Marina entendait l'orgueil de Catalina dans chaque mot. La fierté d'avoir géré ce petit commerce féminin avec son amie, ainsi que la peine d'avoir dû abandonner sa profession.

— Nous nous sommes rendues célèbres dans le monde entier avec cette boulangerie.

Marina sourit.

— *No te'n riguis*. Ne ris pas, je n'exagère pas. On était dans tous les guides touristiques et en plus on est apparues dans une revue japonaise… avec des photos, et tout.

— Vraiment ?

— Oui, vraiment. Il y a une journaliste qui est venue et qui ne parlait rien, ni majorquin, ni espagnol, ni rien, seulement japonais… Toute la journée, elle est restée à faire des photos et *arigato*, *arigato*, elle nous a fait des courbettes.

Catalina cessa de parler et dirigea de nouveau le regard vers le pétrin. Marina perçut aussitôt la nostalgie des temps passés avec son amie.

— Il y aurait peut-être un moyen que tu puisses continuer de travailler ici même si la vente a lieu. Je ne peux pas te le jurer, Cati… mais j'essaierai.

Catalina soupira en se levant de sa chaise.

— Je dois préparer le repas de ma mère. Je l'ai déjà avertie que je rentrerais tard aujourd'hui, mais tu ne peux pas savoir dans quel état elle se met si elle ne mange pas. À demain, alors.

Catalina s'avança vers la porte. Marina la suivit du regard avant de la rappeler. Elle se retourna.

— La recette de cake au citron et aux graines de coquelicot, ma grand-mère me l'a apprise. Je sais la faire. Si tu veux, je peux essayer.

Sans répondre, Catalina sortit de la boulangerie.

*
* *

Avec précaution, Marina ôta les punaises de la feuille où était inscrite la recette du cake au citron et aux graines de coquelicot. Elle la plia et la mit dans la poche de son jean. Après avoir pris les clés accrochées dans l'entrée, elle sortit de la boulangerie et entra dans le moulin. Elle n'avait pas encore fait de recherches dans cette partie. Elle resta une heure à dégager des appareils couverts de poussière. Des sacs vides. Des chaises en bois et du bric-à-brac cassé. Elle ne trouva rien. Toutefois, appuyée contre le mur circulaire du moulin, observant le désordre et le laisser-aller du lieu, il lui parut de nouveau clair que soit Lola était une femme très désordonnée, soit quelqu'un avait fouillé dans ses affaires.

*
* *

Selon l'article 1059 du code civil espagnol sur la succession, quand les héritiers majeurs ne s'entendent pas sur le partage, ils restent libres d'exercer leurs droits successoraux selon les termes de l'article 782 du code de procédure civile.

SECTION I
PARTAGE DES BIENS DE LA SUCCESSION

Article 782. Partage judiciaire

1. Tout héritier ou légataire de partie aliquote peut introduire une procédure judiciaire de division de l'héritage, sauf lorsqu'il est prévu que la succession soit effectuée par un administrateur ou un exécuteur testamentaire, par accord entre les héritiers ou par décision de justice.

2. La demande doit être accompagnée de l'acte de décès de cujus et du document attestant de la qualité d'héritier ou de légataire du demandeur.

3. Les créanciers ne pourront pas provoquer le partage, sans préjudice de leurs recours contre les successeurs ou héritiers, et des jugements déclaratifs y afférents, ni suspendre ni entraver les procédures de division de l'héritage.

4. Néanmoins, les créanciers reconnus comme tels dans le testament ou par les héritiers, ainsi que ceux ayant obtenu un titre exécutoire, pourront s'opposer à l'exécution de la division de l'héritage tant que leurs créances n'auront pas été réglées ou garanties. Ils pourront introduire leur demande à tout moment avant l'envoi en possession des biens attribués à chaque héritier.

5. Les créanciers d'un ou de plusieurs des héritiers pourront intervenir à leurs frais dans le partage pour éviter que celui-ci ne s'effectue de façon frauduleuse ou au préjudice de leurs droits.

*
* *

— Je t'avais prévenu, la Panaméenne, elle avait de beaux nibards, mais c'était pas clair son affaire, dit

Curro à Armando devant le restaurant où ils étaient venus manger une paella au homard en compagnie de leurs épouses.

Armando tira avec anxiété sur sa Marlboro pendant que le pan de son manteau se soulevait. C'était comme si ce maudit hiver comptait ne jamais s'arrêter. Il souffla une bouffée de fumée et se rappela avec haine sa maîtresse latino-américaine, qui sous des dehors enjôleurs lui avait soutiré tout ce qu'elle avait pu.

— Je me fais trahir sous mon propre toit. J&C Baker facture des millions grâce à des cas comme celui que tu me proposes, poursuivit le notaire. Mais on perdra le procès. Mon conseil, ce serait d'aboutir à un accord, à un pacte avec ta belle-sœur, plutôt que de nous engager dans une bataille avec des avocats pour qu'en fin de compte l'héritage soit mis aux enchères. Tu sais déjà ce que ça donne, ces affaires. Le bien serait vendu pour une bouchée de pain et vous y perdriez tous les deux. Offre-lui le million entier. Deux millions pour elle, un pour vous. Elle ne peut pas refuser.

— Tu ne la connais pas. C'est une tête de pioche, cette connasse, répondit Armando tout en fumant.

À travers la devanture du restaurant, Curro vit sa femme remettre sa carte bancaire avec un air un peu trop séducteur à un jeune serveur bien de sa personne. Il pressentait les aventures de son épouse et, cessant de prêter attention à Armando, il lui lança un regard assassin. Se sentant observée et connaissant la jalousie de son mari, Cuca lui adressa un clin d'œil : elle savait que cette nuit il s'enverrait en l'air avec elle sans hésiter dans leur chambre du pavillon qu'ils partageaient depuis vingt ans.

— C'est moi qui invite pour la paella, insista Curro en faisant mine de retourner à l'intérieur.

— Pas question, répondit fermement Armando avec fierté. Je ne suis pas aussi mal qu'il y paraît, mentit-il.

Dans le restaurant, Anna et Cuca bavardaient de leur côté.

— Elle t'a mise dans la panade, ta sœur, hein ? Je me rappelle, c'était la fille bizarre de la classe. Elle est partie en troisième, non ?

Anna confirma d'un signe de tête.

— Elle parlait jamais, continua Cuca. Elle passait inaperçue… Mais elle a toujours été respectée. C'était un génie en maths et elle nous laissait copier pendant les devoirs. Une fille généreuse.

— J'espère qu'on pourra lui faire entendre raison. Dès que je peux, je te paie ce que je te dois, répondit Anna.

— Laisse tomber.

— Ah non, Cuca, je te paierai dès que je pourrai.

— Ça rend bien, en tout cas, déclara Cuca avant de consulter sa Rolex. Oh, je vais être en retard au yoga.

Elle se releva en hâte.

— Oui. Moi aussi je vais être en retard chez le garagiste.

*
* *

Le garage rouvrait à 16 h 30. Anna arriva quinze minutes avant. Elle entra dans un bar ringard et se faufila vers les toilettes en s'efforçant de ne pas être vue par le serveur. Elle se planta face au miroir et sortit sa trousse à maquillage. Elle contempla son reflet. *Qu'est-ce que tu fais, Anna ? À quoi tu joues ?* Elle soupira avant de se répondre à elle-même, sans aucune assurance. *Je ne fais rien, je me repoudre pour aller voir un ami.*

Elle sortit l'échantillon de sérum instantané japonais qui, d'après ce que lui avait dit la vendeuse à la parfumerie, contenait un actif révolutionnaire conçu pour stimuler les tenseurs naturels de la peau. Elle ouvrit le petit sachet et répartit quelques gouttes sur ses pommettes, puis rangea le restant dans sa trousse. Elle prit le crayon à yeux noir qu'elle avait acheté le matin même et, avec un soin extrême, l'appliqua sur les contours. Avec un pinceau, elle colora ses paupières, puis retoucha son mascara et son rouge à lèvres.

Elle sortit du bar après avoir entendu : « Madame, les toilettes sont réservées aux clients. » Il n'y avait pas grand monde, ce qui lui évita d'avoir trop honte. Malgré tout, elle détestait qu'on l'appelle madame ou, pire, qu'on la vouvoie. Elle avait quarante-sept ans mais ne les sentait pas. Parfois elle se disait : *Quarante-sept ans ? Plus que trois ans et j'en aurai cinquante.* Cela lui paraissait impossible. Impossible. Mais pas un jour ne passait sans qu'un jeune de vingt ans ne lui rappelle, par un « excusez-moi, madame », ce quasi-demi-siècle qu'elle portait sur ses épaules.

Elle ressortit ses cheveux de sous son manteau. Et c'est alors, à quelques mètres de l'entrée, que la chose se produisit. Une chose qu'Anna n'attendait pas. Pour la première fois depuis bien longtemps, elle remarqua, de nouveau, que son âme endormie parcourait son corps et venait la saluer, quelques dixièmes de seconde. Effrayée, elle s'arrêta. Elle prit une profonde inspiration et expira lentement. Elle se remit à marcher et, comme une comédienne sur le point d'entrer en scène, elle fit irruption dans le garage. Antonio s'approcha. Fraîchement rasé, il portait une chemisette blanche impeccable (enfilée quelques minutes plus tôt dans les toilettes).

— Comme neuve, lui annonça-t-il en lui tendant les clés de la BMW.

— Je vous dois combien ?

— Ça fera cent pour la batterie. L'huile, le liquide et la main-d'œuvre, c'est offert par la maison.

Cette remise tombait à pic pour Anna, car avec cette réparation elle serait fauchée comme les blés jusqu'à la fin du mois. Mais, évidemment, elle ne comptait pas accepter.

— Non, Antonio. Dis-moi combien je te dois.

— Cent euros et c'est tout. Vraiment.

Anna insista, mais Antonio refusait de la faire payer.

— Bon, alors, merci beaucoup. J'aurai une dette envers toi.

Elle régla les cent euros, se rendit à sa voiture et ouvrit la portière, sous le regard d'Antonio. Elle le remercia de nouveau, puis entra dans la BMW. Ce qu'elle désirait le moins du monde à ce moment, c'était appuyer sur l'accélérateur et quitter ce garage graisseux qui sentait l'essence. *Anna, sors de cette voiture et fais ce que te dicte ton cœur, sans avoir peur, pour une fois dans ta vie*, s'ordonna-t-elle. Elle inspira. Elle se releva et sortit du véhicule. Elle regarda Antonio, qui n'avait pas bougé.

— Si tu as le temps et…

Elle hésita une seconde, haussa les épaules avant de reprendre :

— Et si tu as envie, je peux t'inviter à dîner. Si tu veux.

*
* *

De : marinavega@gmail.com
Le 5 février 2010
À : mathiasschneider@gmail.com

Excuse-moi, Es tut mir leid… Je ne t'ai pas appelé depuis Barcelone. On m'a dit que toute l'équipe embarquait ensemble et que tu avais attendu mon appel au siège toute la journée. Je suis contente que vous soyez arrivés en Haïti. Tu embrasseras Siegfried de ma part.

Tu ne vas pas y croire, même moi je ne sais pas ce que je fais là. Je suis mon intuition. Ce matin, j'ai pétri le pain avec la boulangère qui travaillait avec María Dolores Molí (Lola). Elle en sait plus qu'elle ne veut bien me raconter. Mais je ne sais pas pourquoi elle ne veut rien me révéler. J'ai besoin de savoir qui est cette femme et pourquoi elle m'a laissé tout ce qu'elle avait dans la vie.

D'ailleurs, María Dolores avait un chien qui me suit partout. Il a dormi avec moi cette nuit. Quand je vois cette chienne aux poils blanchis me suivre, ça me fait rire. Elle s'appelle Niebla (Brume). À l'heure qu'il est, elle m'attend devant l'hôtel d'où je t'écris.

Tu sais, Mathias, pour la première fois depuis très longtemps, je me sens bien ici, à Majorque. Une Majorque que je connaissais peu… Oui, je sais que ça semble impossible d'avoir vécu quatorze ans sur cette île et qu'il existe des recoins que je ne connais pas, mais c'est le cas. Ce petit village au milieu des montagnes, si paisible, était inconnu de moi. La maison est délabrée et n'a pas un charme fou, mais j'y dors très bien. Il n'y a pas de bruit. Seulement le vent… la tramontane, c'est le vent qui souffle ici. Le son me détend. J'aimerais beaucoup que tu sois là et que tu voies tout ça. J'ai envie qu'on vienne ici ensemble un jour.

Je dois rappeler le siège pour annoncer que je ne repars pas pour l'Éthiopie. Ça me fend le cœur, Mathias… vraiment. Hier, pendant la nuit, je repensais à Naomi et aux deux nuits blanches qu'on a passées avec elle. J'espère que cette petite fille qu'on a tous les deux mise au monde trouvera bientôt un foyer.

Ich liebe dich. T'estim (« Je t'aime » en majorquin ; je me suis dit qu'il faudrait ajouter une nouvelle colonne au carnet).

Deine Marina

*
* *

Français	Allemand	Majorquin
médecin	Artz	metge
eau	Wasser	aigua
je t'aime	ich liebe dich	t'estim
sœur	Schwester	germana
mère	Mutter	mare
père	Vater	pare
amie	Freundin	amiga
moulin	Mühle	molí
pain	Brot	pa
île	Insel	isla
ma vie	mein Leben	ma vida
boulangerie	Bäckerei	forn de pa
tu me manques	ich vermisse dich	t'anyor
dolores (douleurs)	Schmerzen	dolors

*
* *

Le Service de la publicité foncière de Majorque se situait dans le vieux quartier de Palma. Ursula faisait le trajet à la ville une fois par semaine, car elle se réunissait avec un groupe de retraités allemands dans une librairie-café de la place Santa Magdalena tenue par un Munichois également retraité. Ensemble, Marina et elle prirent le bus jusqu'à la plaza España et, de là, marchèrent dans les ruelles du vieux quartier jusqu'à la librairie. Marina eut la surprise de découvrir en vitrine une affiche de deux mètres de haut montrant le portrait d'Ursula, largement plus jeune, les bras appuyés sur un livre, qui annonçait : *Letzen Tagen mit dir*[1] et au-dessous : *1 000 000 Exemplare erreicht*[2].

— Ah, mais qu'il est têtu ! Je lui ai pourtant dit d'enlever la photo de la vitrine, mais il ne m'écoute pas. Il doit s'imaginer que ça me plaît, ce fils de sa mère. Il a paru il y a quinze ans, ce roman !

— Tu es écrivaine, Ursula ? s'étonna Marina.

— J'étais écrivaine, ma chère. Je ne le suis plus. Ça fait presque quinze ans que je n'ai pas écrit une ligne. Ma période d'inspiration est morte. Mais ceux-là, ils ne se lassent pas de me le rappeler, ajouta-t-elle avec un sourire amer. Allez, file, les employés de mairie lâchent leur stylo à 17 heures.

Elle entra dans la librairie et passa un savon en allemand à un compatriote de son âge qui sortait pour la recevoir à bras ouverts.

Marina s'éloigna, pensant à cette vieille dame aimable qui n'y allait pas par quatre chemins. Comment avait pu être sa vie ? Elle lui avait raconté

1. « Derniers jours avec toi. »
2. « 1 million d'exemplaires vendus ».

brièvement dans le bus avoir été professeure d'université, longtemps, mais n'avait pas dit un mot de sa casquette d'écrivaine. Elle pensa au titre du roman. *Leztzen Tagen mit dir*. Elle n'était pas très sûre. Il lui faudrait regarder dans le dictionnaire. *Mit dir*, avec toi ? *Tag*, jour ?

Elle entra dans le bâtiment du service qui l'intéressait. Un vigile corpulent avec une tête d'ahuri, à l'uniforme aux tons marron et au ridicule gilet orangé, lui demanda sa carte d'identité et s'enquit du motif de sa visite. Une fois qu'il eut comparé la femme de la photo et la personne qu'il avait en face de lui, il la fit passer par un détecteur de métaux puis monter au deuxième.

Là, une employée passe-partout pianotait sur son ordinateur. La salle était vide. Marina s'approcha.

— Prenez un ticket, s'il vous plaît, lui ordonna la fonctionnaire sans la regarder ni cesser de taper.

Marina regarda la salle déserte : c'était dépourvu de sens, mais elle obéit. Elle se retourna et se dirigea vers un appareil moderne à l'entrée de la pièce, appuya sur un bouton. La machine vomit un ticket portant le numéro 1. Marina s'assit à quelques mètres de la fonctionnaire, qui restait submergée dans les profondeurs de son ordinateur (elle changeait sans doute pour la troisième fois son profil sur celibatairesdeplusdequaranteans.com). Elle appuya à son tour sur un bouton et un son aigu résonna dans la salle, tandis qu'au-dessus de sa tête un panneau affichait en rouge le numéro 1. Marina s'approcha.

— En quoi puis-je vous aider ?

Marina lui expliqua son cas et lui remit les documents certifiant que le bien immobilier sur lequel elle sollicitait des informations lui appartenait. Sans donner beaucoup d'explications, la fonctionnaire lui demanda de remplir un formulaire où elle détaillerait par écrit la demande formelle des renseignements sollicités. Marina remplit le papier et le lui tendit.

— Vous recevrez l'historique complet de la propriété d'ici un mois.

— Un mois ?

— Un mois, un mois et demi. Bon après-midi, conclut l'employée en tournant de nouveau le regard vers son ordinateur.

Marina prit congé aimablement et revint par où elle était entrée. Le vigile ahuri était toujours là, assis sur une chaise, à siroter son café. Il releva les yeux en guise d'au revoir. C'était sans conteste un endroit gris avec des travailleurs de la même couleur.

Ursula l'attendrait à 20 heures à l'Abribus de la plaza España. Il lui restait quelques heures et elle se promena tranquillement dans le vieux quartier de Palma, cherchant la Catedral del Mar. Arrivée sur le parvis, elle regarda le ciel comme elle l'avait fait chaque fois qu'elle était allée chanter des *villancicos* avec ses camarades de San Cayetano. De six à quatorze ans, tous les 20 décembre, elle avait participé aux festivités de Noël de l'école. Elle entra dans ce lieu qui lui paraissait alors saisissant… Elle avança lentement sur le tapis rouge menant à l'autel, se remémorant la file silencieuse formée par les élèves. Elle se vit saluer son père, tout excitée et stressée, à six ans à peine, lors de son premier spectacle avec la chorale du collège. Où qu'elle aille sur l'île, elle était constamment confrontée à des souvenirs aigres-doux.

À la chapelle, elle découvrit quelque chose d'inattendu, et qui lui parut d'emblée étrangement beau.

Ce coin ne faisait pas partie de la cathédrale de son enfance. Ses yeux ne se le rappelaient pas. Un instant, elle se dit que cette œuvre d'art était le fruit de son imagination, mais ce n'était pas le cas… il lui sembla qu'une immense vague d'argile couvrait le mur. Une vague de terre où elle trouva tout à la fois les profondeurs de la mer Méditerranée de son enfance, le désert aride africain de sa maturité, le blé transformé en farine de ces derniers jours. Mer, désert et pain. C'est l'insolite sensation que lui causa cette sculpture en un clin d'œil. Elle préféra s'asseoir pour l'admirer tranquillement. C'était d'une beauté inattendue. Comme si sa vie s'était matérialisée dans ce coin onirique de la cathédrale de Palma. Elle n'y connaissait rien en art, sculpture ou peinture. Les critiques auraient sûrement formulé sur cette œuvre des éloges magnanimes et éloquents, mais Marina ne sut qu'en dire et se contenta d'en admirer la beauté en se demandant qui l'avait sculptée.

Elle ne croyait ni en Dieu ni en l'Église ; cependant, le sculpteur majorquin Miquel Barceló l'avait couverte avec tendresse de ce manteau d'argile créé par ses mains en ce lieu de culte. Bercée par le travail du sculpteur, elle examina les fissures de l'argile qui grimpaient jusqu'au ciel de la cathédrale. Des fissures qui, inévitablement, lui rappelèrent celles des terres de l'Afar, où, entre ses propres mains, elle avait bercé Naomi pour la première fois.

*

* *

Une vieille machine à écrire Underwood et un tourne-disque étaient relégués au coin d'une table en chêne dans un coin du salon. Tous les murs étaient couverts d'étagères en cèdre où s'amoncelaient des centaines de livres en désordre et de vieux vinyles. Le parquet était veiné couleur miel et couvert en partie par un énorme tapis persan aux tons bleus. Ursula avait aménagé une lucarne et élargi les fenêtres. Sa maison était bohème, en désordre et très belle ; elle n'avait rien à voir avec l'habitation sombre de son ancienne voisine María Dolores Molí. Marina attrapa sur l'étagère un exemplaire de *Letzen Tagen mit dir*.

— Derniers jours avec toi ?

— Ton compagnon est bon professeur, commenta Ursula.

— Il a été traduit en espagnol ?

— Non.

— Je ne pense pas être capable de le lire.

— Tu ne perds pas grand-chose. C'est une lettre à mon défunt mari. Il est question d'un couple qui passe cinquante ans ensemble à se disputer. Je ne sais pas pourquoi ça a créé un tel enthousiasme en Allemagne, pour tout t'avouer.

— Et tu n'écris plus ?

— Non. Je suis vieille. Écrire, c'est fatigant. En plus, je n'ai plus ni l'envie ni les idées. Rien ne m'inspire… Mes neurones sont morts, jeunette, répondit-elle comme si sa réplique était déjà toute prête.

Sur un ton assuré. Sans hésitation.

— Je n'arrive pas à te croire, Ursula, rétorqua Marina en esquissant un sourire.

— Pourtant, tu peux. De toute façon, la vieille machine à écrire que tu regardais, elle est cassée depuis… trois ans, calcula Ursula. Allez, viens, on va préparer à manger.

Marina comprit que sa voisine n'avait aucune envie de parler de sa production littéraire et elle laissa le roman entre les centaines d'autres des étagères. En plaçant sur une table de bois les fromages qu'elle avait achetés chez un fromager de Palma, Ursula lui parla des deux amours de sa vie, ses petits-enfants, qui vivaient en Allemagne et passaient tous les étés avec elle à Valldemossa. Surtout la plus grande, qui avait déjà quinze ans. Elle se prénommait Pippa, diminutif de Philippa, c'était une belle amazone rousse, et d'après sa description, tellement rebelle que ses parents se réjouissaient de pouvoir la laisser trois mois entiers sur l'île. Elle arriverait fin juin. Son petit-fils était d'un tempérament plus calme et avait hérité de sa passion pour la lecture, ce qui faisait qu'il ne s'apercevait même pas de sa présence. (Je dis cela avec la plus grande affection et la plus grande fierté, surtout pour marquer la différence avec la rousse espiègle qu'elle évoquait également avec une vraie tendresse.)

Elle ouvrit une bouteille de vin blanc mise au congélateur et sortit deux verres d'un placard. Marina coupa des tranches du *pa moreno* qu'elles avaient cuit le matin.

— Comment était Lola ?

— Si je devais la définir en un mot, je dirais qu'elle était souriante. Elle n'aurait pas fait de mal à une mouche et elle était très travailleuse.

— Et physiquement ?

— Elle était… costaude. Pas très grande, mais bien bâtie. Les cheveux noirs, toujours en chignon. Elle avait des yeux très noirs… C'est injuste de mourir à soixante-trois ans, pas vrai ? fit-elle pour elle-même.

On était plus qu'amies, on se tenait compagnie le matin.

— C'est vraiment bizarre que je n'aie pas trouvé une seule photo d'elle dans la maison. Même pas un papier portant son nom. Rien… du tout. C'est comme si personne n'avait jamais vécu là.

— Elle a vécu seule toute sa vie avec ce vieux cabot qui me remplit la maison de poils, répondit Ursula en montrant Niebla, qui ronflait sur le tapis. Tu sais ce que je me dis ? Demain, je vais venir un moment à la boulangerie. On verra si à nous deux on tire les vers du nez de Cati. Ce qu'ils sont taiseux, alors…

Elles s'assirent sur l'immense canapé marron qui faisait face aux fenêtres et à la nuit qui les accompagnait depuis des heures. Elles dînèrent tranquillement et bavardèrent au sujet de leurs vies. Ursula eut envie de lui raconter la première soirée où elle s'était promenée dans le village en tenant la main de son mari ; c'était une nuit de l'été 1976. Ils s'étaient perdus dans une ruelle non éclairée derrière la Cartuja de Valldemossa. Pendant qu'ils s'embrassaient, une belle mélodie avait retenti, que son mari avait reconnue sans tarder : une pièce du compositeur polonais Chopin, et cette seconde magique où la musique était venue accompagner leur baiser leur avait donné à croire que le destin leur avait envoyé un signe. Valldemossa était le lieu où Ursula et son mari vieilliraient ensemble. Avec un sourire triste, Ursula évoqua les tromperies du destin : son époux décédé au moment même où, à la retraite, ils avaient décidé de venir s'installer là, où elle était donc seule, attendant la mort.

Ursula avait une curieuse manière de changer de sujet. Cette fois, elle se leva et se dirigea vers la bibliothèque. Il semblait impossible de trouver quelque chose dans cette collection chaotique et débordante.

— Il faut que je mette de l'ordre dans ces étagères. Il y a des centaines de partitions de mon mari.

Elle trouva le livre qu'elle cherchait et le tendit à Marina. Le titre était : *Un hiver à Majorque*.

— Il ne vaut pas grand-chose, mais je te le donne en tant que curiosité. C'est la maîtresse de Chopin qui l'a écrit quand ils ont séjourné ici en 1838. C'était une folle, cette femme. George Sand. Le livre est à charge contre les Majorquins. N'importe quoi. Lis-le, tu n'y croiras pas.

Marina observa le portrait en couverture, où l'écrivaine apparaissait sous des traits durs.

— Mais tu sais le plus drôle ? poursuivit Ursula. Il ne paraît qu'ici, à Majorque. Ce sont les seuls à continuer de le rééditer. En anglais, en espagnol et en allemand, alors qu'ils s'en prennent plein la poire…

Elle avala une gorgée de vin.

— Raconte-moi des choses sur toi, Marina. La vieille bique commence à parler, et on ne l'arrête plus…

De minute en minute, Marina appréciait davantage cette vieille intellectuelle dont les rides lui paraissaient de plus en plus belles et les yeux de plus en plus clairs. Ursula avait le sourire satisfait d'une femme qui a eu une bonne vie, conforme à ce qu'elle souhaitait, fidèle à elle-même et aux autres.

Marina saupoudra quelques détails, sans raconter grand-chose, comme elle le faisait toujours. Ursula était vieille et sage ; elle perçut chez sa voisine une certaine tristesse et devina qu'il valait mieux ne pas insister. Elle se releva pour chercher un disque dans les étagères.

Marina se disait que sa vie aurait été bien différente si cette femme avait été sa mère. Vraiment différente. Sa fille devait se trouver chanceuse d'être sortie de ce ventre-là.

Ursula plaça le disque sur la platine, puis l'aiguille sur le disque. Elles s'assirent face à la baie vitrée, à côté de la cheminée et, savourant les dernières gouttes de vin blanc, écoutèrent le *Nocturne en* si *bémol* de Chopin.

*

* *

Marina retira la cafetière du feu. Sur le plan de travail, les courses qu'elle avait faites à la petite épicerie du village la veille, et payées avec son premier revenu de boulangère : café, thé, oranges, tomates, pommes, sucre brun… Elle regarda l'heure et descendit à la boulangerie.

Catalina introduisait les pelles métalliques dans le four à bois pour y remuer les bûches.

— Un petit café pour une vieille Argentine, vous auriez ? demanda Ursula en apparaissant à la porte.

— *Bon dia*, la saluèrent à l'unisson Marina et Catalina.

— Je viens juste de le préparer, ajouta Marina avec un sourire complice.

Ursula s'assit sur l'une des chaises en osier à droite du comptoir pour prendre son café. Niebla vint s'allonger à ses pieds. Marina lança la conversation sur ce délice que confectionnait Lola tous les matins, et que la majorité du village trempait dans le lait ou le café.

— Hier, j'avais proposé de…

— Si on veut faire les trois cents pains qu'il faut pour le village, on n'a pas assez de mains, la coupa Catalina. En plus, les citrons, les graines de coquelicot… Au printemps, Lola les récoltait dans les champs d'en face. Mais maintenant il faut aller à Palma… Qui ira chercher les graines ?

— Je peux y aller.

Catalina haussa les sourcils. Pour une raison mystérieuse, cette dame ne voulait pas entendre parler du gâteau.

— *Né cap sentit, collons*[1]… C'était un cadeau de Lola aux clients. Elle n'a jamais rien voulu leur faire payer. Combien de fois on s'est disputées à cause de ce maudit cake.

— C'est très révélateur de sa personnalité, commenta Marina.

— Écoute, je suis très contente que tu aies rouvert la boulangerie, mais bien sûr, *em sap greu, però*[2]… pour être honnête, tu es très lente. Lola, elle faisait le gâteau, mais elle m'aidait aussi pour la cuisson du *pa moreno*… parce que fabriquer trois cents pains, ça fait beaucoup. Et évidemment soit tu m'aides, soit on doit embaucher quelqu'un, et *el pa tants de doblers no dóna*. Traduction : le pain ne rapporte pas tant que ça… pour vivre bien. Lola et moi, ça allait, mais si on en veut plus… et employer quelqu'un, c'est pas…

1. « Merde, ça n'a aucun sens. »

2. « Je suis désolée de le dire (…) Le pain, ça ne rapporte pas tant que ça. »

— Vous savez quoi ? l'interrompit Ursula, qui suivait l'échange avec attention. Le médecin m'avait donné des exercices contre l'arthrose dans les doigts, et je ne les fais jamais. Je pense que pétrir le pain me fera du bien.

Catalina regarda la vieille Argentine, déconcertée.

— Comment ça, Ursula ?

— Vous avez besoin de bras, non ? Je suis vieille et j'ai besoin de me reposer, mais si vous voulez, je peux vous aider le matin. Si vous me donnez un pain, je me considérerai comme payée.

— Ça me convient, dit Marina.

Catalina, elle, fronçait les sourcils.

— Mais qu'est-ce que tu racontes, Ursula ? Je ne comprends pas.

— *Che !*, Cati, je t'offre mes mains, et elles ne valent rien, j'en suis consciente, mais c'est mieux que rien.

— Mais je ne comprends pas. *No ho entenc*, répéta Catalina en se tournant vers Marina.

— Je crois que c'est la tramontane qui monte au cerveau, déclara Ursula. Voyons, je ne vous demande rien en échange ! Vous gagnerez plus de sous, insista-t-elle.

— *Quins orgues, els alemanys*[1], fit Catalina en ouvrant la porte du four.

— Argentine, Cati, Argentine.

Ursula et Marina échangèrent un rapide regard : le plan élaboré la veille se déroulait comme prévu. Ursula avait raconté avec l'humour qui la caractérisait

1. « Gonflés, les Allemands. »

qu'elle passait le temps en relisant ses romans préférés et, quand Marina avait pris congé, elle lui avait dit :

— Tu sais quoi ? Je ne vais pas venir juste un moment, demain. Je vais vraiment t'aider. Ça a piqué ma curiosité et, que veux-tu, décaler de six heures la lecture quotidienne d'une vieille ayant déjà un pied dans la tombe… ça ne change absolument rien à la marche du monde.

Voilà ce que pensait cette octogénaire germano-argentine. Mais, parfois, la vie surprend. Et ces heures qu'elle allait passer à pétrir du pain avec deux autres femmes allaient changer la trajectoire de sa vie et des années qui lui restaient à vivre.

*

* *

Anna raccrocha le téléphone et s'accouda au secrétaire de sa belle-mère tout en enchaînant de profondes respirations pour tenter de se calmer. Pour la première fois de sa vie, elle venait de mentir à son mari. Enfin, au répondeur de son mari ; elle s'était inventé un dîner dans une pizzeria de Palma avec Marina, afin de la faire changer d'avis au sujet de la vente. Elle monta les marches quatre à quatre et entra dans la suite parentale. Elle retira chaussettes, jean, chemisier, caraco, soutien-gorge, et entra dans la salle d'eau en culotte. Elle s'assit sur le marbre à côté du lavabo et appuya ses jambes fléchies contre le mur. Dans une trousse de toilette rayée, elle prit un épilateur qu'elle mit en marche. Jusqu'à il y a peu, c'était l'esthéticienne qui s'occupait de tout cela, mais depuis qu'Armando avait réduit son versement mensuel, elle avait sacrifié ses douze séances par an et faisait tout elle-même.

Pendant qu'elle se passait l'appareil sur la face interne des jambes, les questions s'enchaînaient toutes seules dans son esprit. *Qu'est-ce que tu fais, Anna ? Qu'est-ce que tu mijotes ? Tu vas montrer tes jambes à Antonio ? – Non, bien sûr que je ne vais pas lui montrer mes jambes*, se répondit-elle à elle-même. *N'importe quoi. C'est normal de s'épiler, non ? Voilà presque cinq semaines que je ne l'avais pas fait. Il était temps.* En observant ses jambes lisses, elle se sentit nerveuse.

C'est une simple petite entrevue avec un ex, détends-toi. Tu ne fais rien de mal. Simplement, c'était une entrevue avec son unique ex. Car, dans la vie d'Anna, seuls avaient existé Antonio et Armando.

Elle détestait s'épiler les aisselles avec l'appareil. Elle inspira un grand coup et commença en se surveillant dans le miroir. Une fois tous les poils de son corps éliminés, elle fit couler l'eau chaude et se mit sous la douche. Elle s'enduisit les cheveux de shampooing à l'extrait de camomille. Elle aimait l'odeur du shampooing de son enfance, qu'elle n'avait jamais changé. *Aussi bien, Antonio reconnaîtra l'odeur. Non mais tu vas arrêter, Anna ? Qu'est-ce que c'est que ces idées fleur bleue ?* Du démêlant sur les longueurs, puis elle sortit de la douche et se sécha.

Elle approcha son visage du miroir et se força à sourire pour regarder ses pattes-d'oie. Oui, clairement, le Botox avait fonctionné. Elle s'examina complètement nue. Elle se trouva belle en dépit de ses quasi cinquante ans, mais ses seins, pour la première fois, lui parurent excessifs. Les implants en silicone de quatre cent quarante centimètres cubes qu'elle s'était fait poser cinq ans plus tôt lui parurent ridicules. Elle savait que c'était en complet décalage avec le pêcheur de sa jeunesse. Antonio n'aimerait sûrement pas…

— Arrête, Anna, mais arrête ! Cesse de penser à ces choses-là, s'ordonna-t-elle à voix haute.

Le pire, c'est qu'elle n'avait pas subi cette opération pour elle-même, mais pour faire en sorte que son narcissique de mari la regarde de temps en temps. Tout en se touchant la poitrine, elle pensa à son mari. Armando ne la désirait pas sexuellement. Cela faisait des années qu'ils ne se touchaient plus et Anna n'y voyait pas d'inconvénient. Elle préférait même qu'il n'insiste pas. Sa vie sexuelle était pratiquement nulle. Non, nulle tout court. Il suffisait à Anna qu'Armando la serre dans ses bras, qu'elle se sente protégée, valorisée et aimée. Qu'il lui dise « je t'aime » de temps à autre. Elle ne se rappelait même plus la dernière fois qu'il l'avait prise dans ses bras. Elle ne l'avouerait jamais à personne, mais cela faisait plus de quatre ans qu'ils n'avaient pas couché ensemble.

En fait, à l'exception de Cuca, ses amies du Club Nautique avaient rarement des relations sexuelles avec leur mari. Xesca, la plus libre du groupe, lors d'un repas à peine arrosé – ces dames de la haute société majorquine n'avaient pas besoin d'être très ivres pour se raconter leur intimité –, avait reconnu une fois :

— Moi, en fait, comme ça le rend si heureux, le pauvre… je le laisse me la mettre cinq minutes, une fois par mois.

Elles avaient éclaté de rire. Cuca était l'exception qui confirmait la règle, les relations sexuelles des autres laissant beaucoup à désirer.

Anna, par comparaison, avait considéré son inappétence sexuelle complètement normale. *C'est ce qui arrive à toutes les femmes mariées,* se disait-elle, *du calme*. Mais il existait une petite différence entre elle et ses amies du club. Ses amies passaient tous les week-ends en compagnie de leur mari, tenant la main à leurs enfants, à l'instar des familles normales. Anna, elle, passait ses week-ends seule avec sa fille potelée, justifiant sa solitude par les investissements au Panama d'Armando. Évidemment, les maris de ses amies enviaient cet entrepreneur majorquin qui amassait une fortune à l'étranger. Ses amies, dans le même temps, la plaignaient. « À quoi ça lui sert, tant de millions, si elle est seule comme un rat ? » potinaient-elles en petit comité.

L'été, il est vrai, était sacré pour la famille García Vega. Armando passait toujours juillet et août en Espagne, avec sa femme et sa fille, ainsi qu'avec tout autre membre de la jet-set désireux de faire un tour dans son yacht de trente mètres. Anna venait sur le bateau, le teint hâlé, dans des paréos coûteux, jolie et mince, avec son Flavio Briatore et sa fille replète, fière de se promener en famille. Elle aimait ce cliché qu'ils renvoyaient tous les trois pendant la saison… Mais, en 2005, Armando avait dit devoir passer tout l'été à travailler au Panama. Il partirait en juin et reviendrait en septembre. Anna lui proposa qu'ils s'y rendent ensemble, car Anita était en vacances. Aussitôt, il avait prétexté que l'Amérique latine n'était pas un endroit sûr pour une petite fille de dix ans.

Anna et Anita avaient donc passé quatre mois seules. Armando appelait peu et, quand il le faisait, comme toujours, il désignait la vieille pie comme remplaçante. Il demandait des nouvelles des rattrapages de sa fille, qui avait raté en fin d'année les examens de maths, religion et biologie, et devait les repasser en septembre.

— Et tout le reste, ça va, Anna ?

— Oui, répondait-elle.

Mais de quel reste parlait-il ? La première fois qu'elle avait osé déclarer qu'elle se sentait seule, il l'avait interrompue.

— Tu ne manques de rien. Tu as la carte de crédit pour tout ce que tu voudras et si tu te sens seule appelle ma mère. Ne te plains pas, Anna, celui qui est seul, c'est moi.

C'était un hypocrite. Soit il était né ainsi, soit, plus probablement, la vieille pie l'avait modelé à son image.

Pendant quatre mois, Anna avait cherché et trouvé refuge auprès de ses amies du club. Les propriétaires de yacht aiment bien avoir des invités. Quel intérêt de naviguer seul dans un bateau à trois millions d'euros ? Surtout, à cette période, elle s'était rapprochée de Cuca. Cuca était très irrévérencieuse, très différente d'elle, et elle la faisait rire. Elle lui conseillait d'abandonner son éternelle attitude de sainte-nitouche. Sinon, son mari allait s'en trouver une autre, si ce n'était déjà fait, et il finirait par la quitter. (Cuca, sans que personne ne le lui ait dit, était certaine qu'un homme comme Armando, qui suintait la réussite par tous les pores de sa peau, devait avoir plusieurs maîtresses au Panama. Mais elle n'avait pas deviné qu'il tomberait éperdument amoureux de l'une d'entre elles.) Cuca l'avait exposé très clairement à Anna : d'abord, le sexe, et ensuite les petits bisous, les câlins, et ces choses si mignonnes qui vous plaisent à vous les femmes. (En pratique, elle ne se considérait pas comme une femme.)

— Les hommes ont besoin de baiser, Anna. Ne l'oublie pas. S'il ne baise pas avec toi, il le fera avec une autre.

Peut-être Cuca avait-elle raison ; Anna aurait sans doute dû faire un effort et faire l'amour de temps à autre avec Armando, même sans envie. Elle ne comprenait pas pourquoi Cuca utilisait toujours le mot « baiser », un terme inélégant et sans classe, ordinaire, alors que « faire l'amour » était si joli...

Anna était tout à fait consciente qu'elle était en partie responsable de l'absence de sexe dans son couple. C'était elle qui avait commencé à le repousser. Après dix ans à faire l'amour dans l'unique objectif de concevoir Anita, elle avait eu la libido au ras des pâquerettes après la naissance, puis allégué une épisiotomie mal cicatrisée, la fatigue et les migraines. Son partenaire n'avait pas spécialement insisté. Armando n'était pas très romantique non plus (même s'il l'avait été au début), et n'essayait pas de la séduire. De plus, il se rendait sur la péninsule une fois par mois pour retrouver son ambitieuse maîtresse, et baiser avec un petit gramme de cocaïne jusqu'au lever du jour.

— Pense à quelqu'un d'autre quand vous le ferez, lui avait conseillé Cuca avec un sourire complice. Ferme les yeux, il ne s'en rendra même pas compte. Moi, je pense à un avocat, un ami de Curro, qui m'excite beaucoup.

Elle avait conclu par un clin d'œil. C'était la chance de Cuca : pouvoir être aussi excitée par un yogi adepte du tantrisme et dégageant des senteurs de patchouli que par un avocat sans scrupule en Armani et parfumé à l'Issey Miyake.

Anna dévisagea son interlocutrice comme si elle descendait de la planète Mars. Cuca lui tâta les deux outres vides qu'elle avait en guise de seins.

— Il reste combien de temps avant le retour d'Armando ?

— Deux mois.

— Tu peux lui réserver une surprise.

Anna s'était laissé convaincre et s'était implanté la surprise. Quatre cent quarante grammes de silicone dans chaque sein. Elle avait autorisé un chirurgien esthétique à lui inciser chaque aréole pour introduire cette substance transparente qui devait lui permettre de récupérer son mari. Ç'avait été plus dur qu'elle ne l'avait cru. Personne ne lui avait parlé de la période postopératoire. Des seins tellement gonflés qu'ils vous arrivent au menton. De la douleur des plaies à l'aréole. Elle avait passé un mois à hurler aux oreilles d'Imelda, qui lui faisait les soins quotidiens à l'iode sur le téton et lui administrait deux ibuprofènes par jour.

En revanche, au bout de deux mois, les outres vides s'étaient transformées en deux ballons bien fermes qui saillaient de son corps mince.

Fin septembre, Armando était revenu. Elle était allée le chercher à l'aéroport. Le matin, elle avait fait un traitement à la kératine et s'était acheté un nouveau maquillage pour l'occasion. Elle portait un décolleté audacieux. Elle s'était regardée dans le miroir avec satisfaction avant de partir pour l'aéroport. Anita l'accompagnait, vêtue d'un pull évidemment. Armando était sorti par la porte d'embarquement et lui avait donné un baiser fugitif sur la bouche.

— Ça va, Anna ?

Il ne s'était rendu compte de rien.

Ils avaient dîné tous les trois et couché Anna. Armando était descendu s'allonger sur la chaise longue en léopard. Il avait pris la télécommande et commencé à zapper. Pendant ce temps, à l'étage du dessus, Anna se préparait dans la chambre pour faire l'amour avec son mari. Elle avait enfilé la nuisette de soie verte à fines bretelles achetée dans une adorable petite boutique du centre de Palma. Elle s'était regardée encore une fois dans le miroir, souri en se trouvant jolie. Elle avait ouvert et appelé Armando, qui avait répondu sans enthousiasme.

— Monte, s'il te plaît, avait-elle insisté.

Armando s'était levé à contrecœur pour entrer dans la suite parentale. Anna l'attendait, assise au bord du lit. Une bretelle avait glissé sur son épaule. Elle avait souri, presque honteuse. Il lui avait semblé se mettre nue devant lui pour la première fois.

Armando était resté à la porte, surpris.

Elle s'était relevée et approchée de lui avec douceur, baissant la deuxième bretelle pour lui montrer ses seins.

— Ils te plaisent ? avait-elle demandé timidement.

— Mais, Anna, qu'est-ce que tu as fait ? s'était-il exclamé, prenant dans ses mains cette poitrine qui ne semblait pas être celle de sa pudique femme.

Il avait fait tomber la nuisette au sol, laissant Anna complètement nue et regardant mieux ses seins opérés.

— Oui, ils me plaisent, Anna, avait-il répondu en les pétrissant.

Oui. Il les aimait beaucoup. Il avait approché sa bouche de sa poitrine, lui avait léché et mordillé un sein. Contrairement à ce qu'elle s'était imaginé, Anna avait ressenti de l'appréhension et s'était rappelé le bistouri qui lui avait incisé le téton. Armando portait encore les vêtements dans lesquels il avait voyagé depuis le Panama. Il avait embrassé brièvement sur la bouche sa femme nue.

— Attends-moi une petite minute.

Il s'était éclipsé dans la salle d'eau. Carte de crédit, petit rail de coke. En ressortant, il baissait sa braguette, retournant vers sa femme, qui l'attendait allongée sur le lit, sans parvenir à dissimuler la fille réservée qu'elle avait toujours été et resterait toujours.

— T'es encore belle, Anna, lui avait-il dit.

Elle avait souri avec timidité. Son objectif était atteint. Elle avait fermé les yeux et embrassé doucement son mari, tout en lui caressant le dos. D'un mouvement brusque, Armando l'avait retournée dos contre lui.

— Mets-toi en levrette.

Anna n'en avait rien fait, car elle ne comprenait pas ses paroles.

— À quatre pattes, chérie.

Elle avait obéi, se mettant à genoux sur le lit, et Armando l'inclinant vers l'avant. Cette position apprise lors de ses nuits panaméennes lui donnait une sensation de puissance. Aussitôt, il avait eu une érection. Faisant rapidement glisser son pantalon sur le sol, il avait sorti son membre érigé de son caleçon Calvin Klein et s'était agenouillé derrière elle. Avant de la pénétrer, il avait saisi ses cuisses pour les maintenir en place, séparant ses fesses tout en regardant son sexe sur le point de charger. Il aimait le voir augmenter de volume… Il était entré dans sa femme sans plus attendre. Anna avait eu l'impression de recevoir un couteau. Coupée en deux, elle avait poussé un cri de douleur aigu, qu'Armando avait interprété comme un gémissement de pur plaisir, ce qui l'avait excité davantage encore. Il regardait sa queue, bien dure, accélérant le rythme tout en admirant le va-et-vient de son membre dans sa femme à quatre pattes, muette. Pouvoir. Domination. Il se mordait les lèvres. Une minute. Deux. Trois, à entrer et sortir. *Un peu plus vite, Armando*, s'était-il dit. La cocaïne lui permettait de durer plus longtemps. Il adorait cette attente que lui apportait la drogue. Il avait augmenté son allure et commencé à entendre ses propres râles de plaisir entrecoupés. Il prenait de la vitesse et avait vu Anna, tellement fragile, lui donnant tout, nue et de dos. Qui ne le regardait pas.

Anna avait attrapé avec force la couverture, les poings serrés. Elle ne ressentait que de la douleur.

Armando avait toujours apprécié le petit corps frêle de sa femme, comme tous les garçons du Club Nautique, mais c'était lui qui avait levé la blondinette timide et fragile qu'ils désiraient tous. *Regarde-la un peu, cette petite fragile et timide. Qui le croirait, elle ressemble à une pute à tout donner comme ça.* Un point dont Armando avait toujours été fier, c'était que le corps de sa femme n'avait pas connu d'autre bite que la sienne.

Lui-même s'était surpris de la vitesse avec laquelle il pilonnait Anna, qu'il avait tant de fois prise dans la position du missionnaire. Sa femme l'excitait plus que jamais. Il avait lâché ses fesses pour, de la paume de la main, comme l'aimait la Panaméenne, lui donner une petite tape. Anna avait émis un hoquet étrange.

Ça lui plaît, avait interprété Armando tout en fermant les yeux pour se souvenir de la phrase de sa maîtresse, peu de temps auparavant, dans cette même posture :

— Ah, quand vous me baisez, qu'est-ce que j'aime ça ! Mais ne jouissez pas tout de suite, mon macho.

Cette phrase lui échauffait les sens. S'en souvenir aussi. Il était proche de l'orgasme. Armando n'était pas de ceux qui jouissaient les premiers, cela allait de soi, les dames d'abord. Donner du plaisir à une femme, c'était un truc de *winner*.

— Touche-toi, lui avait-il ordonné.

Elle lui avait montré qu'elle s'exécutait en cachant sa main entre ses cuisses avant de simuler les sons appropriés. Armando avait soupiré de plaisir d'entendre sa femme gémir et continué de se l'envoyer comme il ne l'avait jamais fait au cours de toutes leurs années de mariage. Il avait fermé les yeux. Encore un petit coup. Son membre était comme une batte de base-ball. Il l'avait admiré, fier, à quelques dixièmes de seconde de l'orgasme, puis avait posé les mains sur les fesses de sa femme pour les séparer, puis, levant la paume droite, lui avait asséné un dernier coup avant de l'enfiler avec rage. Alors qu'une larme coulait sur la joue de son épouse, il avait joui comme un porc.

*

* *

Antonio n'arrêta pas le moteur de son deux-roues et ne retira pas son casque. Il releva la visière et lui sourit.

— On va s'éloigner un peu, lui annonça-t-il en désignant un autre casque intégral.

Anna se fit une tresse basse, comme au temps où il venait la chercher à la sortie du lycée. Il lui mit le casque sur la tête et, sans hésiter, elle releva le menton. Antonio régla les sangles, comme ils le faisaient trente ans plus tôt.

— Anna, tu vois que tu n'as pas changé, lui dit-il avec un petit sourire en regardant le fin manteau fauve qu'elle avait sur le dos.

Il ôta son blouson de motard et voulut le lui donner.

— Je suis bien comme ça, Antonio. Ne t'en fais pas.

Il lui posa quand même sur les épaules le blouson en cuir plus épais et, comme tant d'autres fois, Anna l'enfila, remarquant sa chaleur, et cela lui plut, même si elle préféra ne pas s'appesantir sur la question.

Anna monta en selle et s'accrocha au siège arrière. Antonio partit doucement. Ils devaient quitter le centre de Palma. La Kawasaki noire s'inséra discrètement entre les voitures jusqu'à la MA-11, puis prit de la vitesse. Antonio aimait rouler vite en deux-roues, Anna le savait très bien. Elle se rappela les quelques disputes qu'ils avaient eues dans leur jeunesse, toujours à cause de la maudite Mobylette.

— Mais punaise, Antonio, fonce à des moments où je ne suis pas derrière, ça me fait peur ! lui disait-elle, fâchée, lorsqu'ils descendaient de l'engin.

— Tu es tellement fine que j'oublie que tu es là. Colle-toi contre moi pour que je n'oublie pas, lui répondait-il, malicieux, en lui bécotant la joue.

Et il les mettait en danger, jour après jour. Quelle manie de la vitesse. Et, bien entendu, la Kawasaki qu'ils venaient d'enfourcher allait bien plus vite que la Rieju qu'ils utilisaient à dix-sept ans. *Lui non plus n'a pas changé.* Elle était toujours accrochée au siège arrière et il accéléra donc. Remarquant son manège, elle sourit sans voir son visage : elle ne doutait pas qu'il se remémorait lui aussi ces bisbilles de trente ans. Anna savait parfaitement ce qu'elle avait à faire pour qu'il diminue sa vitesse : elle s'inclina, comme à dix-sept ans, contre son dos, mit la tête de côté et lui enlaça la taille. Il sourit et réduisit son allure.

De : mathiasschneider@gmail.com
Le 8 février 2010 (il y a 3 heures)
À : marinavega@gmail.com

Marina, j'ai besoin d'arrêter. De faire une pause. Tu ne peux pas savoir comme c'est dévastateur ici. La Croix-Rouge comptabilise déjà 45 000 morts. 15 fonctionnaires de l'ONU sont portés disparus. On les cherche sous les décombres. Les morts s'amoncellent dans les rues. Il n'y a pas suffisamment de personnel. C'est peut-être parce que tu n'es pas là que tout devient plus dur. Je ne sais pas. Hier soir, on rentrait au campement à pied avec Siegfried. On a rencontré un type de notre âge assis sur le trottoir. Il pleurait. Il était seul. Les gens pleurent beaucoup, ici. Mais ce mec de mon âge, qu'est-ce qu'il m'a fait de la peine… Il parlait créole et un peu espagnol, et j'ai pu communiquer avec lui dans mon espagnol

basique. Les ruines qu'on avait derrière nous, c'était sa maison, et sa femme et son bébé étaient sûrement dessous. Il n'arrivait pas à arrêter de pleurer. Il s'est accroché à nous et on l'a emmené à un centre de la Croix-Rouge. Pendant la nuit, avec deux Budweiser de trop, c'est moi qui ai pleuré sur l'épaule de Siegfried. (Évidemment, il m'a traité de pédé et m'a fait une proposition malhonnête. Il a réussi à m'arracher mon premier sourire de la journée. Au fait, il est retombé fou amoureux, d'un infirmier d'ici.)
J'ai à peine dormi cette nuit. J'ai beaucoup réfléchi. Beaucoup. J'écris vite, on a maximum dix minutes de connexion d'affilée. Marina, je sais qu'on en a déjà parlé mais, cette fois, c'est sérieux. Je veux avoir une maison avec toi. J'en ai besoin. Il me faut un endroit où me poser. Me reposer. Oublier ce monde étrange où nous vivons. Depuis cinq ans, nous tournons dans le monde entier. Et, bien sûr, je ne veux pas arrêter de travailler pour MSF. Je ne me vois rien faire d'autre. Mais je veux pouvoir rentrer chez moi. Je ne veux plus rentrer chez mes parents, même s'ils sont super. Je souhaite qu'on ait notre toit à nous. Je ne sais pas pourquoi je t'ai écoutée, l'autre fois… On a laissé filer l'appartement de Prenzlauer Berg.

Marina, je sais que tu ne veux pas venir en Haïti, et que si tu le fais ce sera pour moi. Mais si au contraire tu m'attendais ? En juin, je serai à tes côtés et on pourrait passer deux mois ensemble dans cette maison dont tu as hérité, et décider enfin où on cherche notre nouvel endroit. Mais j'ai besoin d'un lieu, je le veux. Un endroit avec toi. Je veux un endroit avec toi pour toujours.

T'estim,

Mathias

*

* *

De : marinavega@gmail.com
Le 8 février 2010
À : mathiasschneider@gmail.com

Mathias, appelle-moi depuis le Thuraya[1]. Je ne sais pas à quelle heure tu arrives au camp de base. Ma voisine de Valldemossa est allemande, elle s'appelle Ursula, téléphone-moi chez elle. Je suis là de 5 heures du matin

1. Téléphone par satellite utilisé par les humanitaires pour communiquer dans des endroits où les réseaux téléphoniques traditionnels n'existent pas ou plus. *(N. d. A.)*

```
à 15 heures, et le soir à partir de
20 heures. Son numéro : +34 971 22 95 03
```

Elle appuya sur *Envoyer* sans formule d'adieu.

Elle regarda autour d'elle, le petit et accueillant salon du Petit Hotel de Valldemossa. Elle observa Gabriel, agenouillé devant la cheminée. Il prélevait des bûches de pin et d'amandier dans un panier d'osier et les disposait soigneusement sur des rameaux d'olivier. Il glissa du papier journal entre les morceaux de bois et sortit une boîte d'allumettes de la poche de son pantalon de velours. Il en frotta une et la lança vers les branchettes, qui s'embrasèrent bientôt. Il activa le feu avec un soufflet artisanal. Comme tous les soirs de basse saison, il s'assit au coin du feu, face à la baie vitrée, pour accomplir son rituel quotidien : admirer seconde par seconde le soleil d'hiver qui se cachait derrière la colline de Tramontana.

*

* *

— Tu es heureuse ?

— Aïe, je ne sais pas quoi répondre, avoua Anna avant d'avaler une gorgée de vin blanc.

Les vagues s'écrasaient à quelques mètres de l'austère petit restaurant de Sóller choisi par Antonio. De vieilles nappes à carreaux rouges et blancs recouvraient les tables. On y servait du poisson frais et un bon petit vin blanc majorquin. C'était un lieu pour pêcheurs au palais affirmé.

— Et toi, tu es heureux ?

— Tu me renvoies la balle, là, releva Antonio avec un sourire. Je regarde en arrière et je peux affirmer que j'ai fait ce que je souhaitais. J'ai vu le monde. J'ai eu une fille et maintenant, eh bien, c'est le retour aux sources, je suppose. Voilà.

Il marqua une pause avant de reprendre :

— Je suis heureux, ou du moins, je suis paisible. À cinquante ans, c'est pas rien.

Il but à son tour une gorgée de vin, puis reposa son verre.

— Pourquoi tu n'as jamais répondu à mes lettres ? demanda-t-il en la regardant dans les yeux.

Empourprée tout à coup, Anna posa ses couverts sur son assiette.

— Quelles lettres, Antonio ?

— Je t'ai écrit toutes les semaines. Toutes les semaines, Anna, pendant trois mois. Ne me dis pas que tu ne les as pas reçues. D'abord, j'ai envoyé des cartes postales achetées dans chaque port où on s'arrêtait avant de traverser l'Atlantique, et ensuite des pages et des pages, mais tu n'as jamais répondu.

— Je n'ai jamais rien reçu, Antonio. Je t'assure, dit-elle avec sincérité.

— 33, rue Albenya, à Son Vida. Les années ont passé, et je m'en souviens toujours.

Anna acquiesça. C'était bien son adresse. Celle de sa grand-mère Nerea, puis de ses parents, et à présent la sienne. Où elle vivait encore avec son mari et sa fille. Elle n'avait jamais quitté ce lieu.

— Je n'ai reçu aucune lettre. Je te jure. Et je me sentais tellement impuissante. Je ne savais pas où t'écrire. Crois-moi. S'il te plaît.

Anna baissa les yeux un instant, tout au souvenir de la douleur déchirante de cette année sans Antonio. Sans nouvelles de lui.

— Où est-ce que j'allais t'écrire ? Je suis passée à S'Estaca avec mon père, mais je n'ai pas osé lui demander de s'arrêter. J'aurais pu poser la question à tes parents, mais je pensais qu'ils seraient déçus de moi. Je ne sais pas…

Antonio garda le silence, légèrement incrédule. Après tout, c'était une histoire d'amour impossible entre un marin et une fille de la haute bourgeoisie, alors en l'absence de réponse il avait fini par se convaincre que c'était le motif de leur rupture.

— C'est ma mère, forcément, déduisit Anna avec une certaine rancœur, tournant le regard vers la mer noire face à elle. Je ne pense pas que mon père aurait fait une chose pareille.

Inutile de chercher qui avait caché ces lettres trente ans plus tôt : son intuition était la bonne. C'était Ana de Vilallonga, avec ses certitudes sur ce que devait être l'avenir de sa fille. Et un pêcheur des bas quartiers était à des milles marins de distance de ce qu'elle avait planifié.

— J'ai été lâche, reprit Anna en toute franchise, cessant de rejeter la faute sur sa mère.

Elle se montrait honnête avec elle-même et avec lui car elle était la seule coupable de ne pas être montée sur le bateau et d'avoir ainsi mis fin à leur relation pour toujours.

— Et moi, égoïste, répliqua Antonio de manière inattendue.

Comme s'il était arrivé à cette analyse après y avoir longtemps réfléchi.

— Pourquoi tu dis ça ?

— C'était mon rêve, Anna. C'était moi qui avais envie de connaître le monde et, au fond, j'avais peur de le faire seul. Je savais que tu étais amoureuse de moi et je t'ai persuadée… en me doutant que tu ne serais pas heureuse. Bon, en fait, à vingt ans, je ne me disais pas que tu ne serais pas heureuse, bien sûr, et j'étais en colère contre toi… mais avec le temps on comprend les choses.

Antonio prit la bouteille de vin blanc et remplit le verre d'Anna, puis le sien, avant de poursuivre :

— Quand je suis monté à bord de ce voilier, sans toi, j'avais le cœur en miettes et je te détestais, avoua-t-il, un peu honteux de ce mot et pressé d'enchaîner. Dans la dépanneuse, je ne t'ai pas tout raconté. Dans le bateau, j'ai eu très peur. Vraiment très peur, Anna. On a joué de malchance. Parce qu'au Cap-Vert on attendait dans le voilier que les conditions météo soient favorables. Et on a attendu quinze jours avant de lever l'ancre, raconta-t-il avec un soupir. Je te jure, j'ai cru que j'allais mourir, et là, je me suis rendu compte que j'avais été un égoïste, que tu m'aurais détesté de t'avoir entraînée dans cette galère. Deux semaines au milieu de rien. D'un océan plat sans un pet de vent. On avançait à quatre nœuds. Les gens pensent que sur l'Atlantique le danger vient des tempêtes. Mais non, c'est le calme. Le manque de vent. J'ai pensé qu'on allait mourir, parce que les réserves de nourriture baissaient, et d'eau aussi. En plus, la femme de l'Anglais commençait à devenir nerveuse. Hystérique. Elle était là-bas à cause de lui. Lui aussi, il l'avait persuadée. Et moi, au milieu de leurs disputes, sur un bateau de seize mètres. Bon, moi et deux marins du Cap-Vert. Je me suis senti assez seul, parce qu'ils parlaient portugais et ne faisaient pas trop attention à moi.

Il avala un peu de vin.

— Et ce n'est pas tout. D'un coup, la tempête, l'ouragan.

Il attendit un moment, se rappelant cette traversée comme d'un cauchemar.

— Des vagues de quinze mètres de haut, je n'avais jamais vu ça de ma vie… Je n'avais plus que la peau sur les os. Une fois qu'on est enfin arrivés en République dominicaine à Saint-Domingue, tout a été relativement simple. Au port, il y avait des panneaux d'affichage avec des papiers écrits par des marins qui proposaient de partager une chambre, et c'est ce que j'ai fait. La vie est plutôt bon marché, là-bas. Je suis resté un an et demi à travailler dans des bateaux de tourisme, mais en ayant Saint-Domingue pour base. Et je t'ai écrit, je t'ai écrit.

— Je t'assure, Antonio. Je n'ai jamais rien reçu de toi.

— J'avais même rassemblé l'argent pour que tu t'achètes un billet d'avion et que tu viennes me voir. J'ai attendu patiemment tes lettres pendant un an. Et puis, un jour, un salon de coiffure a ouvert en bas de chez moi. Je suis allé me faire couper les cheveux et je me suis réfugié dans les bras de la coiffeuse. Et j'ai fini par me marier avec elle. La vie est bizarre, non ?

Il eut un sourire triste. Ils échangèrent un regard qui exprimait la tendresse, la peine, la nostalgie, les doutes. Ils trouvèrent chacun au plus profond de l'autre, peut-être, un reste d'amour caché.

— Je mettais deux jours à t'écrire cinq lignes et, quand je signais en me disant que la lettre était terminée, je la relisais et ça faisait tellement… rit-il en haussant les épaules. Tellement bébé que je déchirais et que je recommençais, avoua-t-il en souriant encore. Tu n'imagines pas l'effort que ça me demandait d'écrire cinq lignes. Un jour, j'ai carrément pensé que c'était plus facile de traverser l'Atlantique que d'écrire…

Ils se sondèrent du regard. Muets. Essayant de deviner la vie qu'ils n'avaient pas eue.

*

* *

— Marina ! cria Ursula depuis la rue.

Marina se montra à la fenêtre.

— Mathias au téléphone !

Sans refermer, Marina descendit, traversa la boulangerie et sortit. Ursula attendait sur le seuil de sa maison et lui fit signe d'entrer ; Marina entra dans le salon et prit le combiné du téléphone fixe sur le guéridon, à côté de la machine à écrire cassée. Ursula lui envoya un sourire avant de sortir se promener avec Niebla. Elle ferma la porte et laissa sa nouvelle voisine chez elle.

Entendre la voix de Mathias était toujours un baume apaisant. L'effet était mutuel.

— *¿Como estás, mi amor?*

Ce furent ses premières paroles. Comment vas-tu, mon amour ? En espagnol. Il était toujours si affectueux, si généreux en mots d'amour pour elle ! Elle se dit que ce devait être cette tradition du romantisme allemand héritée de Goethe. Ou alors, c'est parce que quand on dit ce genre de mots dans une autre langue ils perdent leur charge émotionnelle. Mais Marina se trompait. Si Mathias lui disait « *te quiero* » ou « *te amo* » en espagnol, c'était parce qu'il trouvait cela plus joli à l'oreille qu'« *Ich liebe dich* ». Il le disait avec toute la sincérité et les sentiments qu'il éprouvait. Marina aimait l'entendre, mais elle, non, ces mots ne lui venaient jamais.

— Bien, bien, répondit-elle. Et toi, tu vas comment ?

Marina, nous l'avons dit, aimait comme n'importe quelle autre femme, mais le verbalisait rarement et il lui était bien plus facile de dire au revoir sur un « *Iloveyou* » prononcé à toute vitesse que de dire « je t'aime » en espagnol. Des mots qu'elle ne se rappelait pas avoir prononcés dans sa langue maternelle en quarante-cinq ans de vie.

Marina écouta le récit de Mathias sur l'horreur dont il était le témoin quotidien. Plus d'un million de personnes sans foyer. Les lignes téléphoniques étaient coupées, et depuis le Thuraya, ils disposaient de quelques minutes seulement.

— Marina, je ne peux pas parler longtemps. Je peux être là début juin. Qu'est-ce que tu en dis ? Attends-moi là. J'adorerais être avec toi en ce moment et qu'on puisse discuter tranquillement. J'arrive, deux minutes, dit-il à Siegfried, qui lui faisait signe depuis une Jeep. On vient me chercher, Marina. Comme tu voudras. Je te connais, je sais que tu n'as pas envie de venir en Haïti. Attends-moi ici. Je te rejoindrai en Espagne. Dis-moi.

— Mathias… Écoute, d'accord. Je t'attends ici.

— Je ne t'entends pas, Marina.

— Oui, je t'attends et comme ça, avec plus de temps, je pourrai peut-être en apprendre plus sur…

La communication s'interrompit. Marina resta avec le combiné collé à l'oreille, et la tonalité pour compagnie.

Elle retourna dans la demeure de l'ancienne boulangère, la peur au ventre, monta directement au deuxième étage et examina cette pièce qui servait à la fois de salon et de cuisine. Elle lui parut encore plus froide et dénuée de charme qu'auparavant. Le canapé, encore plus râpé. Le vieux buffet, encore plus sale. Elle regarda le sol de grès sur lequel elle marchait, si différent du parquet veiné couleur miel qui couinait à chaque pas de l'accueillante maison de sa voisine. Les façades en pierre des deux maisons étaient les mêmes, la disposition des pièces également. Les lucarnes et les fenêtres élargies de sa voisine éclairaient la maison.

Celle de María Dolores Molí, au contraire, était sombre.

Marina monta dans la chambre, un peu personnalisée par le pagne africain. Elle poussa le lourd lit métallique pour le placer face à la fenêtre, afin de pouvoir admirer au loin les montagnes et la mer dès qu'elle ouvrirait les yeux le matin. Elle contempla les poutres en pin qui descendaient en suivant l'inclinaison du toit. Elle retira ses chaussures et s'assit sur le lit, prenant ses genoux entre ses bras.

Encore une fois, pour une raison qu'elle ne parvenait pas à comprendre, dans la voix du vent qui tapait sur les volets, elle se sentit comme dans un cocon à l'intérieur de cette chambre. Bercée entre ses vieux murs délabrés.

*
* *

Anna entendit sa fille brailler pour exiger sa présence. Elle ouvrit un œil et sentit aussitôt le léger mal de tête dû au vin blanc de la soirée. Elle consulta le réveil sur sa table de nuit : 8 h 30 ! Elle s'efforça d'éviter de faire du bruit afin de ne pas réveiller Armando. Mais vu la dose d'anxiolytiques que son mari prenait depuis plusieurs semaines, il était peu probable qu'il l'entende.

Anna sortit de la chambre en chemise de nuit et se montra dans l'escalier.

— Ma puce, je me suis rendormie… donne-moi quelques minutes.

— Merde, maman ! Je t'attends dans la voiture.

Anna retourna dans sa chambre et observa Armando, qui émettait des soupirs entrecoupés, bouche ouverte. C'était difficile pour lui, la perte de pouvoir. Anna ne le vivait pas de manière aussi traumatique. Ils aimaient tous les deux l'argent. Qui ne l'aimait pas ? Bien sûr, Anna regrettait ses achats dans les boutiques de mode sans regarder le prix de rien. Acquérir les beaux vêtements de Cortana, une jeune créatrice majorquine qui l'avait habillée personnellement, arriver à être toujours la plus jolie lors de toutes les fêtes du Club Nautique. Elle avait également arrêté de se fournir en poudres Shiseido, en chaussures italiennes. Évidemment, les mois d'août passés à se dorer au soleil sur le yacht de trente mètres lui manqueraient. Mais ils vivaient toujours dans cette demeure du quartier de Son Vida, avec une vue magnifique sur la baie de Palma. Heureusement, cette maison était toujours au nom d'Anna et Marina. Anna savait profiter du soleil qui se levait chaque matin et des eaux de la Méditerranée qui baignaient sa vie. Quoi qu'il arrive, cela ne changerait jamais.

Son mari, en revanche, se transformait en un autre homme. Certains jours, irascible et fier, il sortait de la maison, déterminé à régler leur situation économique. D'autres, il déambulait dans la maison, en peignoir, tirant sur des Marlboro rouge et farfouillant sur l'ordinateur. Un matin, Anna l'avait vu ouvrir le peignoir pour se gratter l'entrejambe. Il avait coupé la veille ses cheveux blancs en broussaille. Il traînait les pieds jusqu'aux toilettes. Anna se souvint d'un récit biblique que leur avait lu la professeure de littérature de San Cayetano. L'histoire de Samson et Dalila. Samson, héros à la grande force physique, craint des Philistins et désiré par les plus belles femmes. Sa force résidait dans sa longue chevelure, secret qu'il avait toujours gardé jusqu'au jour où une belle Philistine nommée Dalila avait croisé son chemin. Elle avait réussi à le rendre amoureux et, fou d'elle, il lui avait dévoilé son secret. Cette nuit-là, quand Samson dormait, Dalila lui avait coupé sa chevelure et l'avait livrée aux Philistins. Armando, comme Samson, avait cessé d'être le mec puissant et admiré de tous ; il ressemblait à présent à un Samson défait et demandant grâce. Anna ressentit de la peine pour son mari. Malgré tout, elle éprouvait de la compassion pour lui. Ce qu'elle ne s'imaginait pas, c'était que le rôle féminin de cette histoire biblique existait également dans la vie d'Armando.

*

* *

— Si tu m'achetais une Mobylette, tu n'aurais pas besoin de te lever, lui signala Anita en réglant la radio de la BMW.

— Tu as eu tes notes ?

— J'ai assez pour m'en payer une d'occasion. C'est mon argent. Celui que vous m'avez donné pour Noël, et celui de grand-mère.

La première chanson qu'elle trouva était *Party in the USA*, de Miley Cyrus.

— Je peux pas m'encadrer cette fille, enchaîna Anita, s'intéressant à la chanteuse américaine plutôt qu'à la question de sa mère.

Elle chercha une autre station. Des informations en majorquin, du *reggaeton*, de la musique classique… Anita râla de nouveau et éteignit l'autoradio.

— Qu'est-ce que ça a donné, tes notes, ma chérie ? insista sa mère.

— Je comprends pas cette parano avec la Mobylette. Je roulerai prudemment, ça sera pas dangereux. Je peux être au collège en un quart d'heure.

— Tu as eu la moyenne en maths ?

— En un quart d'heure, maman, et tu n'aurais plus à faire le taxi toute la journée.

— Mais c'est avec plaisir, répliqua Anna en klaxonnant une voiture qui les avait dépassées de façon imprudente.

— Je suis un peu grande pour que tu m'emmènes au collège, tu sais.

— La Mobylette, c'est dangereux, ma chérie.

— Si on fonce et qu'on est imprudent.

Anna soupira et se tut. Elle n'avait pas envie d'une dispute de plus. *Mais qu'elle est grossière, ma fille…*

Autant me taire, sinon on va encore s'embrouiller, pensa Anna en se mordant la langue.

— J'ai eu la moyenne en castillan, bio, religion, latin et arts, commença Anita avant de regarder par la vitre. En sciences physiques et maths, c'est loupé.

— C'est pas possible, soupira Anna sans se fâcher, mais avec un certain désespoir quant aux échecs de sa fille.

Elle regarda Anita, toujours tournée de côté. C'était une adolescente étrange, mais elle accordait de l'importance à ses notes. Ou, plutôt, elle trouvait important de ne pas devoir repasser des matières, car le fait de devoir réétudier le même thème lui paraissait « trop chiant » et redoubler ne faisait pas partie de ses intentions.

— On ne va plus pouvoir payer de professeur particulier. Je ne sais pas comment on va faire. Je vais en parler avec ta prof principale.

— Non ! Surtout pas

Anita baissa la vitre.

— Je vois pas à quoi ça peut me servir de savoir ce qu'est une équation au second degré ou une racine carrée. Parce que, merde, maman, ça sert à quelque chose dans la vie, les racines carrées ?

Anna regarda sa fille, qui attendait une réponse. Elle était dépassée qu'Anita utilise autant de gros mots. Un par phrase ! Elle qui en employait si peu. Évidemment, dans des situations extrêmes, comme récemment, quand elle s'était retrouvée au bord de la route en panne de batterie…

— Eh bien, pas que je sache. Les gens que je connais ne les utilisent pas dans leur vie quotidienne.

Mais, à mon avis, elles doivent bien servir à quelque chose, et s'il te plaît surveille ton langage.

— Et tu m'expliques pourquoi je dois apprendre cette putain de table périodique des éléments ?

— À la Nasa, déclara Anna.

— Pardon ? fit Anita sans comprendre.

— À la Nasa, ils doivent utiliser les racines carrées, répondit Anna avec le plus grand sérieux.

— À la Nasa… répéta sa fille, hallucinant de constater combien sa mère était simple d'esprit.

— Oui, je pense que les astronomes… Tu sais, les plans de l'univers avec des lignes…

— Putain, maman, je suis sûre que tu fumes des pétards en cachette.

— Mais tu dis de ces choses ! Si j'avais parlé comme ça à ma mère… Je ne sais pas ce qu'elle m'aurait fait.

Anita était déstabilisée que sa mère n'élève jamais la voix. Bien que solitaire, Anita n'était pas sourde. Elle avait entendu d'autres élèves relater leurs disputes à grands cris avec leurs mères. La sienne haussait très rarement le ton, ce qui était déconcertant.

— Je peux essayer de t'aider en maths.

Anna le proposa sans conviction, car elle avait été elle-même une très mauvaise élève et n'avait jamais compris non plus à quoi servaient les équations qui remplissaient les tableaux noirs de San Cayetano.

— Toi ? s'alarma sa fille. Tu te plantes déjà dans le total des courses au supermarché !

Elles approchaient de la rue du collège. Anita vit quelques-unes de ses camarades de classe. Elle remarqua à quel point leurs jupes étaient courtes et, inconsciemment, masqua ses genoux de footballeuse sous sa jupe d'uniforme. Elle détestait s'attifer aussi nunuche depuis ses trois ans.

— Si ça t'intéresse, j'ai eu mention bien en allemand et très bien en anglais, ajouta-t-elle en ouvrant la portière.

Anna sourit en se garant en épi à quelques mètres de l'entrée.

— C'est très bien, ma chérie. Félicitations, lui dit-elle avec sincérité. Si tu veux, tu peux.

— Tu sais pourquoi, maman ?

À ce moment, dix camarades de classe passèrent à quelques mètres de la BMW. Aucune ne s'arrêta pour l'attendre. Elle les suivit du regard une seconde, puis se retourna vers sa mère.

— C'est le seul truc qui m'intéresse : étudier une langue pour décarrer de ce caillou où je suis née.

Anna regarda sa fille. Pour la première fois de sa vie, d'une manière différente. C'était la deuxième fois en peu de temps qu'elle affirmait vouloir quitter l'île, fuir pour toujours. Peut-être était-ce le fait d'avoir revu Antonio qui incita Anna à entendre d'une façon différente ce que lui disait sa fille. Elle ne vit plus une petite fille qui faisait un caprice. Elle ne vit plus une ado rebelle. Elle vit une femme exprimant un désir. Une personne à part entière, et non un prolongement de la vie de sa mère. Elle songea que si Anita avait l'occasion, à cet instant même, de prendre le *Lord Black* pour traverser l'Atlantique, elle le ferait les yeux fermés. Sans hésiter une seconde. Elle ne serait pas lâche comme elle-même l'avait été. Elle se rendit compte que sa fille était une femme bien distincte d'elle, sur tous les plans. Connaissait-elle véritablement Anita ?

Non en tant que progéniture, mais comme la femme qu'elle était ?

Voyant ses compagnes de classe passer comme si Anita n'existait pas, elle prit conscience du courage de sa fille. C'était peut-être le moment de la regarder comme une jeune femme de quinze ans dotée de ses propres aspirations. Une femme qu'il fallait commencer à respecter, et pas seulement à chérir et protéger ainsi qu'elle l'avait fait jusque-là. Une femme, oui, qui désirait partir.

— Si tu me promets que tu seras prudente, ma chérie, lui dit-elle, je n'ai pas les sous, mais avec ce que tu as de côté on va te chercher une Mobylette.

— Vraiment ? s'écria Anita, incrédule.

— Très prudente.

— Maman… J'essaierai de me rattraper en sciences… Quand le prof particulier m'explique à la maison, je comprends, mais quand c'est le moment de l'examen, je récolte 1.

Elle haussa les épaules, comme pour s'interroger elle-même.

— Je sais, ma chérie. Je sais que tu étudies. Allez, vas-y, ça va sonner.

Anita referma doucement la portière. Elle s'éloigna jusqu'à l'entrée. Anna attendait toujours qu'elle franchisse le seuil, non par peur qu'elle n'entre pas, mais par sécurité. Arrivée à la porte, pour la première fois de son adolescence, Anita se retourna vers sa mère, leva la main pour lui dire au revoir et lui adressa un petit sourire.

*

* *

Anna sortit son Nokia de son sac et s'assit sur la chaise longue en léopard. Elle entendit son mari tirer la chasse d'eau à l'étage. Peu assurée, elle chercha le numéro d'Antonio dans le répertoire de son téléphone et composa un message :

Salut, Antonio ! J'ai passé une très bonne soirée l'autre fois. Mais j'insiste, c'est moi qui aurais dû payer. Je t'écris parce que ma fille voudrait une Mobylette. Pas très chère, d'occasion. Si jamais vous avez un client du garage qui veut vendre la sienne. Merci... Bises.

Elle se relut et effaça le point d'exclamation. Trop puéril. Relut encore. Ce *Bises* était vraiment superflu. *Merci*, et point. Elle s'apprêta à envoyer, puis estima que c'était sec de terminer par un simple *Merci*. Elle tapa de nouveau *Bises*. C'était bien, comme ça. Elle réfléchit quelques secondes, puis ajouta : *À bientôt*. Elle soupira, effaça une fois de plus et remplaça par *Je t'embrasse*. Non, trop proche. Elle se dit que *Des bises* sonnerait mieux. Elle ajouta le *Des,* puis l'effaça. *Bises* tout court, c'était mieux. Les points de suspension non plus ne voulaient rien dire. Exit les points.

Entendant son mari sortir de la suite parentale, elle appuya sur *Envoyer*. Qu'avait-elle écrit ? *Bises*, *Des bises* ou *Je t'embrasse* ? Elle se relut. *Bises*.

Elle cacha son portable dans la poche de son jean et jeta un clin d'œil discret vers l'escalier. Le téléphone sonna. Il était à peu près impossible que le texto soit déjà parvenu à Antonio. Elle sortit l'appareil de sa poche. Le nom d'Antonio s'affichait pourtant à l'écran. Elle regarda de nouveau vers l'escalier. La voie était libre. *Allons, Anna, ce n'est rien, c'est un appel du garagiste. Que la voie soit libre ou pas, ça n'a aucune importance*, se tança-t-elle, essayant de se convaincre que ce n'était rien, même si son cœur battait la chamade.

— Allô, Antonio, dit-elle, calculant avec précision le ton de voix « ce-n'est-rien ».

Elle entra dans la cuisine et referma la porte.

— Oui, Anna. Je viens d'avoir ton message. J'ai deux clients qui cherchent à vendre leur Mobylette. J'en ai une de dix ans, une Yamaha à mille cinq cents euros, et une Vespino qui doit avoir vingt ans… à trois cents.

— Super. Et, tu les connais personnellement ? Ils sont fiables ?

— Oui, oui, ce sont des clients du garage. Ne t'en fais pas pour ça. S'ils n'étaient pas fiables je ne t'en parlerais pas.

— Alors parfait, j'en parle à ma fille et on voit comment on fait.

— D'accord. C'est toi qui me contacteras ?

— Oui, je te téléphonerai. Elle sort du collège à 17 heures, je lui demande et je t'appelle.

— C'est d'accord.

Ils restèrent cois quelques secondes. Aucun des deux n'avait envie de raccrocher. Aucune envie.

— Bon, alors… passe une bonne journée, dit Anna.

— Toi aussi, Anna. Moi aussi, j'ai passé une très bonne soirée.

Tous deux eurent envie de proposer un deuxième rendez-vous, mais aucun n'osa. Ils attendirent en silence.

— Bon, eh bien… conclut Anna. Je te rappelle plus tard pour concrétiser.

*
* *

— Marina !

— Bonjour, Laura. Tu vas bien ?

— Oui, et toi ? On m'a demandé aujourd'hui aux ressources humaines si j'avais de tes nouvelles.

— C'est pour ça que je t'appelle. Je vais rester ici jusqu'en septembre. Tu peux leur transmettre que je renonce à mon poste en Éthiopie. Pour le moment, précisa-t-elle, pas entièrement convaincue.

Marina lui raconta les événements de ces dernières semaines. Comment tout avait pris un tour inattendu. Laura, comme toujours, lut entre les lignes et remarqua un certain enthousiasme dans la façon dont Marina évoquait cette maison en pierre au milieu de la Tramontana. Son amie, comme elle le lui avait recommandé, retournait peut-être enfin à ses racines.

— Je comptais aller à Aldehuela del Rincón, dans la province de Soria, dans le village de mes parents, dit-elle, mais en fait j'étais plutôt pour un changement de décor.

— Viens, Laura, c'est avec plaisir. Il y a de la place dans la maison.

— Je serai là pour ton anniversaire. Ça marche ? On reste là deux semaines avec la miss… ce serait génial ! Marina, il y a un nouveau mec de la logistique qui me fait signe, il est très chauve et très gros, mais il me plaît bien… Il faut que j'aille à une réunion. Je te laisse.

— Me laisse pas comme ça, protesta Marina. Faut que tu me racontes…

— Je te raconterai au calme. Je t'aime, copine de moi !

— Je t'attends en août. Bises, répondit sa meilleure amie, douce et introvertie.

*
* *

Ce même jour, avant que le soleil ne se cache dans la mer, Anita avait déjà acheté sa Mobylette. Dès qu'elle l'avait récupérée au collège, Anna lui avait parlé des deux options proposées par un garagiste de Palma et lui avait fait promettre qu'elles essaieraient de revoir ensemble les maths, la physique et la chimie. Anita avait tout accepté, contre la Vespino à trois cents euros. Contre un peu plus de liberté.

Elles rentrèrent à la maison, où Anita prit dans sa chambre la moitié de ce qu'elle avait économisé. Anna appela Antonio, qui tarda à décrocher, mais à peine, et lui donna les coordonnées du vendeur de la Vespino.

Ce fut une conversation brève. Anna était face à sa fille, Antonio devant son chef. En un quart d'heure, elles étaient chez le vendeur et, vingt minutes plus tard, Anita suivait sa mère sur les routes. Mais où sa fille avait-elle donc appris à conduire un cyclomoteur ? Anna soupira. Il était clair qu'Anita lui cachait des choses. Mais elle-même n'avait-elle pas absolument tout dissimulé à sa mère ?

Fais confiance, Anna. Du calme. Ta fille commence à être une femme.

Ce soir-là, elles dînèrent ensemble dans la cuisine, tranquillement, comme elles ne l'avaient pas fait depuis bien longtemps. C'était le jour de repos d'Imelda qui, parfois, dormait chez une cousine. Anita effectua un exercice d'empathie auquel jamais sa mère n'avait pensé malgré tout le temps que son employée, qu'il leur faudrait sûrement congédier prochainement, avait passé sous leur toit.

— Tu t'imagines, maman, si tu m'avais laissée là avec ma grand-mère et que tu étais partie en… Russie, t'occuper de la fille de quelqu'un d'autre ?

Anna fut surprise par cette question et demeura pensive. Elle tenta de se figurer ce qu'elle aurait ressenti si, quatre ans après la naissance de sa fille, elle s'était vue contrainte de l'abandonner aux bras de sa belle-mère. L'horreur.

— C'est pour ces dames asiatiques qu'il faudrait dérouler le tapis rouge quand elles descendent de l'avion, conclut-elle en regardant sur la table de la cuisine la revue *¡Hola!* du mois précédent, qui présentait les plus belles tenues des Golden Globes 2010.

Elles passèrent d'Imelda à leur situation économique catastrophique.

— Ton père n'avait pas imaginé une seconde que Marina ne voudrait pas vendre. Moi non plus, je t'avoue. L'argent nous aurait tirés de la ruine. Mais ce moulin, comme cette maison, est à elle autant qu'à moi.

— Notre maison est aussi à elle ?

— Oui, ma puce. Cette maison, c'est mon père qui nous l'a laissée à toutes les deux. Voilà pourquoi on ne peut pas faire grand-chose pour vendre le moulin. Parce qu'il est à nous deux.

— Alors, dans ce cas, tu la gardes et elle prend la propriété de Valldemossa. Et tu vends celle-ci. Elle est trop grande pour nous trois, de toute façon.

— Sûrement pas, ma chérie. C'est la maison de ma grand-mère, de ma mère, de mon père. Elle sera pour toi plus tard.

— Maman… je sais que tu ne me prends pas au sérieux, mais je ne vais pas vivre à Majorque. C'est très clair dans ma tête. Faites ce que vous avez à faire.

Sa fille était tellement sûre d'elle concernant son avenir ! Anna la contempla presque avec admiration. À quatorze ans, pour sa part, elle était encore dans les jupes de maman. Elle s'habillait avec les vêtements que lui achetait sa mère, mangeait ce que lui préparait sa mère, sentait le parfum de sa mère et c'était encore sa mère qui lui brossait les cheveux tous les soirs. C'était un autre temps, mais, quand même, quelle différence entre ces deux relations !

— Ça ne te ferait pas de peine de quitter cette maison ? lui demanda-t-elle.

— À moi ? Aucune, répondit Anita en mettant son assiette dans l'évier.

Anna se sentait très en sécurité sous ce toit, même en sachant qu'il n'était pas synonyme de bonheur. À ce stade de sa vie, ça lui était égal. Non. Anna refusait de se défaire de la maison de famille. Elle ne se voyait dans aucun autre endroit. C'était sa maison. Son bocal.

À ce moment-là, la porte d'entrée s'ouvrit. Elles se regardèrent. Depuis que la vente du moulin destinée à éponger ses dettes avait été annulée, Armando était un homme imprévisible. Il pouvait entrer et dire bonjour tranquillement, tout comme il pouvait être d'une humeur de chien. Cette fois, il monta directement au premier étage, dans sa chambre.

— Je sais pas comment tu supportes ça, maman.

DEVOIR DE 3e, SAN CAYETANO, 3e TRIMESTRE

Formules

$$ax^2 + bx + c = 0$$

$$x = \frac{-b \pm \sqrt{b^2 - 4ac}}{2a}$$

Problème (2 points par question)

1. Un rectangle a un côté qui mesure le double de l'autre. Si on augmente la longueur de deux unités et qu'on diminue la largeur de deux unités, le rectangle obtenu aura une aire de 4 m² de plus que le premier rectangle.

2. Calculer la longueur des côtés d'un triangle isocèle sachant que son périmètre est de 55 cm et que le troisième côté mesure 5 cm de moins que l'un des côtés égaux.

Résoudre :

$$2 + (2x + 3)(x - 2) = (2x + 1)(x - 4) + 18$$

$$\frac{x - 3}{2x - 5} = \frac{3x + 1}{6x + 1}$$

$$\frac{1}{1 - x} = \frac{1}{x - x^2}$$

$$\sqrt{2}(x - 3)\left(x + \frac{1}{3}\right) = 0$$

$$x^2 - \sqrt{2x} - \sqrt{3} = 0$$

$$\frac{a - x}{a} = \frac{-2a}{x - a}$$

$$9a^2x^2 - 12ax - 12 = 0$$

Anna regarda l'énoncé du devoir de sa fille comme s'il s'agissait d'un message codé en araméen.

— Voyons, fit-elle en prenant un papier et un crayon, si un rectangle a un côté qui fait le double de l'autre…

Anna dessina un rectangle. Anita fit de même dans son carnet.

— Et qu'on augmente la longueur de deux unités…

Elle relut la phrase plus lentement. Elle traça un rectangle à la longueur deux fois plus importante. Elle attrapa la feuille.

— Tu es sûre qu'il faut suivre cette formule ?

— Ben, sûre, genre cent pour cent sûre, non, répondit Anita en avalant une bouchée de sandwich au jambon serrano.

Anna relut le problème encore une fois. Elle dessina. Elle relut. Quarante minutes passèrent environ sans qu'elles arrivent à trouver la solution à aucun des problèmes.

— J'en ai plein le cul des formules au second degré et des racines carrées.

— S'il te plaît, ma puce, ton langage !

— On réessaie.

Elles recommencèrent. Quand elles en furent à deux tentatives soldées par des échecs, le portable d'Anna signala un message. Elle regarda l'écran : Antonio. Elle le cacha et se leva de sa chaise. Le cœur battant à mille à l'heure, elle lut :

Maria del Mar Bonet donne un concert bientôt…
J'aimerais beaucoup que tu m'accompagnes.

*
* *

Les valises d'Imelda étaient dans l'entrée. Après quatorze ans dans la famille García Vega, ils allaient se passer de ses services. Elle avait fait ses adieux à Anita avant qu'elle parte au collège. Elle attendait, assise dans la cuisine, les yeux embués. Quitter l'Espagne lui faisait de la peine, surtout pour la patronne. Parce que, malgré la hiérarchie toujours présente entre elles, le vouvoiement qu'elles n'avaient pas abandonné, elles avaient de l'affection l'une pour l'autre. Employée et patronne s'étaient tenu compagnie quatorze longues années durant. Imelda avait partagé l'éducation d'Anita, les absences d'Armando, les maladies de l'une et de l'autre. En sortant, elle se rappela la fois où elle avait attrapé une bronchite aiguë qui l'avait clouée au lit trois semaines ; la patronne s'était occupée d'elle comme d'une sœur. Elle l'avait accompagnée chez le médecin, avait payé les médicaments de sa poche. Elle l'avait laissée appeler Manille depuis chez elle pour parler avec sa fille et ne pas avoir à descendre, comme chaque dernier jeudi du mois, au centre téléphonique du Pakistanais.

Imelda aurait pu chercher une autre maison, mais elle avait décidé de rentrer aux Philippines. À cinquante-cinq ans, elle désirait être enfin auprès de sa fille, qu'elle connaissait à peine, en réalité, mais à qui elle avait offert la meilleure éducation que pouvait avoir une petite fille de la banlieue de Manille. De plus, apothéose du sacrifice que se séparer d'elle l'année de ses quatre ans avait représenté, elle se réjouissait de la voir faire sa première rentrée à l'école d'infirmière de Manille, au prestigieux City College, où Imelda aurait aimé étudier.

Les patrons lui devaient trois mois et avaient promis de lui faire un virement bancaire dès qu'ils le pourraient. Elle leur faisait confiance. Ils n'avaient jamais manqué de la payer.

Le ferry partait à 13 heures pour Barcelone et, de là, elle se rendrait à l'aéroport El Prat, où elle prendrait, enfin et pour ne jamais revenir, un vol retour pour chez elle.

*

* *

La BMW accélérait, s'éloignant du quai de Peraires. Quatorze ans avec la même femme à son service. Anna éprouvait de la peine de voir partir la Philippine avec qui elle avait tant partagé de sa vie. Cuca, Xesca et les autres avaient l'habitude de changer d'employée tous les quatre ans. Elles disaient qu'après un certain temps dans une maison, elles prenaient leurs aises et devenaient brouillonnes et revendicatives. De plus, de jeunes Équatoriennes arrivaient sur l'île et travaillaient pour la moitié du salaire des Philippines. Comme elles n'avaient pas de papiers, les « engager » était bien meilleur marché. Toutefois, Anna n'avait jamais voulu se séparer d'Imelda. Elle préférait la déclarer et lui payer la Sécurité sociale, ce qui, évidemment, supposait un surcroît de frais. Cela lui était égal : elle voulait qu'elle reste avec elle et sa famille. Il était vrai qu'elle ne faisait plus la poussière de façon aussi méticuleuse qu'elle l'avait fait les premières années, et qu'elle nettoyait rarement les baies vitrées. Elle l'avait également surprise à se servir dans la petite monnaie d'Armando, mais elle n'y accordait aucune importance. Selon elle, cette femme asiatique faisait partie de sa famille et elle s'était habituée à sa présence à la maison et à ses manières silencieuses. À sa compagnie. À son sourire sincère et innocent. Elle essaya de calculer combien de temps cela lui prendrait de nettoyer leurs cinq cents mètres carrés. Ni elle ni sa fille ne rechigneraient à faire le ménage. Anita était indépendante, elle nettoyait sa chambre tous les jours, lavait ses vêtements et avait appris à cuisiner. Elle s'habituerait vite. Le problème, c'était Armando, qui n'avait jamais touché une casserole de sa vie. Il était passé du foyer de sa mère à celui d'Anna, et bientôt d'Imelda. Elle pensa aux monceaux de linge que cette dernière repassait avec soin. On repassait tout chez elle, y compris les sous-vêtements, les draps et les serviettes. Elle ressentit une énorme flemme à l'idée de le faire, et redouta les Tupperware de nourriture qui leur arriveraient à nouveau de la vieille pie.

Elle prit la direction de Valldemossa. Elle n'avait pas averti Marina de sa venue, mais avait envie de la voir. Cuca, Xesca et les femmes du club mangeaient ensemble, mais Anna n'en avait ni l'envie ni les moyens. Elle préférait aller voir sa petite sœur. Elle voulait lui raconter ses retrouvailles avec Antonio… *N'importe quoi*, se dit-elle. Il ne s'était rien passé entre eux. Elle voulait la revoir, rien de plus. Et peut-être Marina pourrait-elle venir à leur secours pour les affreux exercices de maths de sa fille. Elle se gara à l'entrée du village et se dirigea à pied vers la boulangerie, descendit vers la rue de la Rosa, vit le vieux moulin et, assises sur un banc de bois sous le soleil d'hiver, trois femmes avec un chien aux poils blancs allongé à leurs pieds. Elle ne tarda pas à distinguer sa sœur parmi elles.

— Désolée, vous mangez ? Je ne voulais pas vous déranger, dit-elle en s'approchant.

— Tu ne nous déranges pas du tout. Voici ma sœur, dit Marina à Catalina et Ursula. Il se passe quelque chose ?

— Rien d'important. Anita qui ne valide pas certaines matières. J'aurais besoin que tu l'aides, si tu as le temps. Je te raconterai après.

— *Seu amb noltros, que on mengen tres mengen quatre*[1]. Toi, tu comprends le majorquin, hein ? lui demanda Catalina en lui tendant sa main potelée enduite de restes de soubressade.

— Enchantée, lui dit Ursula en tendant la main à son tour. Excuse-moi de ne pas me lever, mais tu vois dans quel état de décrépitude je suis.

Tomeu, comme tous les ans à cette période, leur avait offert de la soubressade piquante après avoir tué le cochon, ce qui arrivait deux fois l'an à la ferme de son épouse. Elles étaient donc en train de tartiner leur pain cuit du matin de ce savoureux mélange de sang et de tripes.

Elles bavardèrent, essayant de comprendre ce qu'elles avaient raté dans leur premier essai pour confectionner le cake au citron. Elles avaient obtenu une masse pâteuse excessivement sucrée, qu'elles avaient jetée. Anna et Marina se rappelèrent que leur grand-mère Nerea ajoutait un ingrédient au gâteau,

1. « Assieds-toi avec nous, quand il y en a pour trois, il y en a pour quatre. »

parfois des amandes, certains jours de l'extrait de vanille, d'autres fois de la cannelle.

Catalina leur expliqua que Lola était une femme très méthodique et ordonnée, et à plus forte raison dans son métier ; si c'était cent grammes de sucre, c'était cent, pas un gramme de plus, pas un gramme de moins. Elles devaient être fidèles à la recette qu'elle avait écrite. Marina dressa l'oreille.

— C'était quelqu'un d'ordonné ?

Catalina hocha la tête.

— Trop, même. Avant de pétrir le pain ou de préparer la pâte à gâteau, elle alignait tous les ingrédients devant elle sur la table. Elle les regardait quelques secondes. On ne pouvait toucher à rien et il n'était pas permis de parler non plus, précisa Catalina avec une moue sympathique. *Per coure pa se necessita temps, amor i silenci*[1]. C'était sa phrase préférée. Moi, je me moquais d'elle, des fois. De 5 heures à 7 heures du matin, on passait les deux heures dans le silence absolu, les mains dans la farine. Pour Lola, pétrir, c'était comme… comme une religion.

Catalina croisa les mains sur ses genoux. Elle parlait plus qu'il ne le fallait, mais son amie lui manquait. Elles avaient passé tant d'années ensemble, dans la chaleur de Can Molí. Elle regarda vers le ciel et parla en pensée avec son amie morte. *Xerro massa, Lola. Però estigues tranquila, que no parlo més*[2].

Marina continua de la questionner, car cette information ne cadrait pas avec le bazar et le laisser-aller

1. « Pour faire le pain, il faut du temps, de l'amour et du silence. »

2. « Je parle trop, Lola. Mais sois tranquille, je ne dis plus rien. »

où elle avait trouvé la maison de Lola. Mais Catalina botta comme à son habitude en touche, lui racontant de petites anecdotes du village. Elle relata l'amour platonique du curé pour une vieille dame veuve de Valldemossa. L'horrible femme du Tomeu, qui nettoyait avec amertume derrière le comptoir du bar, et avec qui elle et Lola avaient toujours été en conflit, pour une broutille que Catalina refusa de révéler. L'énorme psoriasis de la coiffeuse, qui coupait les cheveux de tout le village, la terrible grippe qui avait frappé quatre-vingts pour cent des habitants de Valldemossa en 2008, les problèmes dus à l'absence de médecin dans le village. Il y avait seulement un centre médical ouvert le mardi et le jeudi, de 9 heures à 14 heures, pour de petits bobos. Si on avait un problème grave, il fallait aller aux hôpitaux de Palma.

— Si un jour vous avez besoin, je suis médecin.

— *Ets metge tu ?* Ne t'avise pas d'en parler au village, ou ils vont passer leur temps à réclamer tes services, l'avertit Catalina tout en soufflant de la buée sur ses lunettes avant de les nettoyer dans son tablier.

Ursula fit du café pour toutes les quatre et elles continuèrent les menus potins jusqu'à ce que le soleil se cache de nouveau et que le froid mette fin à cet agréable repas improvisé.

Les deux sœurs se retrouvèrent seules. Elles entrèrent dans la boulangerie puis montèrent dans la chambre. C'était, pour le moment, le lieu le plus accueillant de la maison.

— Comment tu vas ? lui demanda Anna pour commencer.

— Si on m'avait dit il y a cinq mois que je me retrouverais ici à pétrir du pain, je ne l'aurais pas cru.

Elles sourirent. Marina reprit :

— Anna, je pensais t'appeler. J'ai décidé de rester jusqu'à fin août. Mon compagnon va venir me rejoindre et…

Par réflexe, Anna se mordit la lèvre inférieure, effrayée par ce que cette décision impliquerait.

— Marina, tu nous avais parlé de début mars. Maintenant août. On a un autre acquéreur allemand intéressé, annonça-t-elle en se passant les mains sur le visage. Armando va péter un plomb.

Marina lança un regard sévère à sa sœur. Anna savait pertinemment ce qu'elle pensait, mais aucune des deux n'avait envie d'en parler.

— Hier, ma fille, qui est plus intelligente que moi, je crois, m'a suggéré que tu gardes cette propriété-ci et nous la maison. On n'est pas bien, Marina. On a besoin d'argent.

Marina déglutit. Cette proposition était d'une logique implacable, mais elle ne l'aimait pas. La maison de Son Vida était toujours à elle. La maison de son enfance. Celle où elle voulait tant retourner dans son adolescence. Ce toit, sous lequel elle n'avait pas vécu depuis plus de trente ans, faisait partie de son passé.

Elles restèrent silencieuses. Pour aucune des deux ce n'était une solution convaincante.

— Peut-être, oui. C'est logique, répondit Marina. On pourrait faire un partage des biens… mais tu voudrais vendre la maison ?

— Je sais pas. Mais on a vraiment besoin d'argent… Rien que de l'envisager, j'en ai les larmes aux yeux. Grand-mère Nerea l'avait achetée… quand ?

— Dans les années 1930.

— Ce serait peut-être une solution pour nous tirer de la ruine. Je n'en sais rien.

— Anna, c'est ta maison. Ton argent. L'ambition de ton mari l'a poussé à tout perdre. Lui. Pas toi.

— On nous a saisi la propriété de Magaluf. On a vendu le yacht. Je ne comprends pas ce qui s'est passé au Panama. Il s'est fait escroquer.

— C'est son problème. Je signerai si c'est vraiment ce que tu veux. Mais si tu vends, vous vous retrouverez sans rien. Et si j'accepte, ce sera pour toi, Anna. Parce que tu me le demandes, toi. Pas pour ton mari, ni pour son désastre financier.

Elles marchèrent jusqu'à l'entrée du village, Niebla sur les talons. Anna passa le bras autour des épaules de sa sœur. Marina la regarda avec affection et lui sourit. La chienne qui, du haut de ses soixante-dix ans, comptait ses pas, se plaça entre elles et manqua les faire tomber. Marina commençait à s'attacher à cet animal bête et vieillissant. Elles arrivèrent à la voiture.

— Anna, tu demanderas à Armando s'il a emporté quelque chose d'ici. C'est lui qui est venu le premier dans la maison. C'est étrange que je n'aie trouvé ni photos, ni factures, ni lettres. Et quand je suis arrivée tout était par terre.

— Je le ferai, lui promit sa sœur, pas très assurée, sachant pertinemment que son mari répondrait ce qu'il jugerait utile à ses besoins.

— Et dis-lui aussi que je veux voir la lettre écrite par María Dolores au notaire.

Avec son manque de scrupules, Armando fit rédiger par Curro en une semaine un acte notarié établissant le partage des biens des deux sœurs. La maison où ils vivaient valait sûrement le double de celle de

Valldemossa. Avec une immense tristesse face à l'être méprisable qui était le mari de sa sœur, Marina signa le renoncement à la maison de son enfance, devenant ainsi l'unique propriétaire de tous les biens de María Dolores Molí.

*
* *

Par la présente, je soussignée María Dolores Molí Carmona, manifeste ma volonté de faire un testament et désigne comme héritières de la totalité de mes biens Marina Vega de Vilallonga et Anna Vega de Vilallonga.

María Dolores Molí Carmona
À Palma de Majorque, le 10 janvier 1984

Marina laissa le papier sur le lit. Elle ouvrit le tiroir de la table de nuit pour en sortir le Moleskine, dont elle tira la recette du cake au citron et aux graines de coquelicot. Elle disposa les feuilles l'une à côté de l'autre. La signature et l'écriture appliquée de la recette étaient bien de la même personne. Cette information corroborait l'idée que la boulangère avait noté la recette inventée par son aïeule.

Elle relut le feuillet. Le nom de famille Molí était typiquement majorquin. Le deuxième nom de famille, Carmona, était plutôt du sud de l'Espagne. Elle se rappelait avoir vu une commune ainsi nommée du côté de Séville. Peut-être la mère de Lola était-elle andalouse.

Marina accorda toute sa concentration à cette brève lettre de trois lignes.

Elle fut surprise que son nom soit écrit avant celui de sa sœur. Toute sa vie, étant la plus jeune, elle avait été citée en second. Anna et Marina ceci, Anna et Marina cela. À San Cayetano, au catéchisme, au cours de couture, quand leurs parents ou leur grand-mère les appelaient ; c'était peut-être bête, mais cela retint son attention.

— 1984 ? fit-elle à voix haute.

María Dolores Molí était morte en janvier 2010, à soixante-trois ans. Si elle avait fait le testament à cette date, elle l'avait signé à l'âge de trente-sept ans. En 1984, Marina avait dix-neuf ans et Anna vingt et un.

— Pourquoi nous laisser tout ça vingt-six ans avant de mourir ? Qu'est-ce qui te relie à nous, Lola ? demanda Marina en regardant la mer par la fenêtre.

*

* *

Ursula et Marina lisaient attentivement la feuille jaunissante comprenant la recette du cake au citron qu'elles avaient tentée la veille.

— Je suis sûre que c'est à cause de la levure. Il nous faut de la levure chimique, celle qu'on a ne fait pas lever assez.

— Je pense qu'on l'a laissé trop longtemps au four… et qu'on a un peu trop insisté sur le sucre, dit Marina.

— *Avuis us ajudaré una mica…* Je vais vous aider, parce que c'est pas la faute des poules du Tomeu si vous ne savez pas compter.

Sans plus parler, elles entreprirent de fabriquer un gâteau délicat. Ursula râpa les zestes de citron tandis que Catalina battait les œufs et que Marina tamisait farine et levure. Elles mélangèrent les ingrédients petit à petit et, une fois la pâte homogène, chacune prit une poignée de graines de coquelicot, et elles les lancèrent en même temps, les regardant tomber… à la manière de Lola, comme si c'était vraiment un rituel.

Marina rompit le silence.

— Lola a signé le testament il y a vingt-six ans. Tu le savais, Cati ?

Celle-ci soupira et reprit une attitude ennuyée.

— Pourquoi tu ne la laisses pas reposer en paix ? demanda-t-elle sans oser regarder son interlocutrice dans les yeux.

Marina ne s'attendait pas à des paroles si dures et si directes. Catalina avait parlé la veille de son amie avec naturel.

— Si tu étais à ma place, tu ferais la même chose, répliqua Marina d'une voix conciliante.

— C'est vrai, Cati, appuya Ursula. Ce n'est pas tous les jours qu'il nous tombe du ciel une maison comme ça.

Catalina leva les yeux sur Marina et, d'une voix brisée, répondit :

— Je suis une femme de parole.

Elle attrapa un chiffon et sortit de la pièce.

Ursula regarda Marina en haussant les épaules. Il était clair que l'amie de María Dolores ne serait pas d'une grande aide, et d'après ses derniers mots elle se taisait alors qu'elle savait. Elles mirent le gâteau à cuire, et le sortirent un quart d'heure plus tôt que le jour précédent. Il semblait réussi. Elles le goûtèrent et le trouvèrent délicieux.

On entendit la voix du curé depuis la porte d'entrée.

— *Bon dia, Pare Jesús*, le salua Catalina en attrapant son pain brun et sa tranche de cake au citron.

À ce moment, la veuve entra et, comme chaque matin, tous deux rougirent et sur un « Au revoir, bon week-end », le curé se heurta à un marin d'eau douce à la porte de la boulangerie. Ensuite, ce fut Tomeu, qui prenait comme tous les matins cinquante pains pour les menus et sandwichs de son restaurant, avec, évidemment, sa tranche de cake au citron. La troisième cliente, la coiffeuse-esthéticienne affligée de psoriasis et ses cinq enfants. Pour eux, une baguette et un morceau de cake, qu'ils mangeraient tranquillement dans leur 4L sur la route de l'école de Sóller. Les enfants sortirent quasiment en même temps, et ce fut au tour du gendarme du village, qui fermait les yeux sur le nombre excessif de passagers qui montaient chaque jour dans la vieille Renault, fleur qui lui valait, tous les trois mois, une coupe au rasoir gratuite.

La coiffeuse ne faisait pas non plus payer Catalina pour sa coupe annuelle, car elle payait vingt centimes de moins que les autres, décision prise par Lola et Catalina, qui voyaient bien que cette pauvre femme et son brave camionneur de mari, qui passait plus de temps dans son semi-remorque sur les routes d'Europe que sur le canapé de son salon entouré de ses cinq enfants, ne bouclaient pas leurs fins de mois.

À 8 h 30, le maire, bâillant et de mauvaise humeur, parla comme d'habitude de ses gros problèmes d'insomnie. Il fut suivi de près par des fonctionnaires desœuvrés de la mairie, qui se répartissaient les vacances de Pâques, par plusieurs Catalina, quelques Tomeu, et ainsi passèrent les habitants jusqu'à 13 heures, heure à laquelle l'affluence diminuait.

Ce qui était curieux, c'était que s'ils étaient reconnaissants de profiter à nouveau du cake au citron, tous avaient une objection. Celui de Lola n'avait pas le même goût, il était un peu plus sucré, ou il y avait moins de citron, ou plus de graines de coquelicot, plus de farine ou un œuf de moins…

Les boulangères décidèrent de leurs horaires de travail. Elles commenceraient tous les matins ensemble à 5 heures pour la première fournée. Ursula les aiderait jusqu'à 11 heures. Catalina terminerait sa journée à 13 heures. La boulangère s'excusa, car elle avait essayé de faire venir l'un de ses huit frères pour qu'il vienne faire manger leur mère pendant cette semaine où Marina et Ursula apprenaient le métier, mais aucun n'avait le temps. Et Catalina avait décidé de ne plus rien demander, plutôt mourir, à ses insupportables belles-sœurs, à ses répugnants neveux, ni à ses gros mollassons de frères. Dans ces circonstances, Marina resterait donc seule jusqu'à 14 heures.

La boulangerie garderait ses horaires de toujours : du lundi au vendredi, de 7 heures à 14 heures en hiver et de 7 heures à 21 heures en été.

*

* *

La première fois que Marina se retrouva seule derrière le comptoir de Can Molí, quand la cloche du village sonna un coup et que Catalina quitta les lieux, elle ne put retenir un sourire.

Un facteur sans personnalité entra dans la boutique, salua froidement et ressortit. Marina avait enfin entre les mains la lettre du Service de la publicité foncière.

Au moment où elle s'apprêtait à l'ouvrir, Gabriel entra avec deux gobelets de café fumant.

— Bonjour Marina. Je te l'avais bien dit… C'est difficile d'arriver jusque dans ce village, mais une fois qu'on y est on n'en ressort plus.

Avec un sourire, il lui tendit le café qu'il lui avait acheté au bar de Tomeu. Il avait croisé Catalina en chemin, qui lui avait annoncé que Marina se retrouvait pour la première fois seule à tenir la boutique.

— Allez, viens. On va le prendre au soleil tant qu'il n'y a pas de clients, lui proposa-t-il en avalant une gorgée.

Ils s'assirent sur le petit banc appuyé à la façade. Niebla, comme toujours, était allongée près du seuil.

— L'action ne te manque pas ?

Marina resta pensive un instant.

— Un peu, j'avoue. Mais en fait je crois que j'ai bien fait de ralentir le rythme.

— Oui, il y a un moment dans la vie où on se rend compte qu'on a passé trop de temps à courir.

— Je ne sais pas si j'en suis là. Je ne crois pas, avoua Marina avec un sourire sincère. J'ai encore envie de courir. Je suis là pour savoir d'où me tombe ce cadeau.

— C'est un beau cadeau, reconnut Gabriel en regardant l'imposant moulin. J'ai toujours trouvé dommage que ce moulin ne soit pas réhabilité.

Ils eurent une conversation tranquille. Gabriel lui parla de ses deux fils, étudiants à l'université Complutense de Madrid, qui ne voulaient pas entendre parler de l'île.

— Ils rentreront bien quand ils auront cessé de courir, affirma-t-il, convaincu.

Marina évoqua son compagnon, sa profession. Sa sœur. Et, sans trop savoir comment, elle se retrouva à lui parler de la venue au monde de Naomi.

*

* *

SERVICE DE PUBLICITÉ FONCIÈRE
DE PALMA DE MAJORQUE

Date d'émission : vingt-quatre février deux mille dix

FICHE D'IMMEUBLE 134577782289

Pour l'information des usagers, il est rappelé que la délivrance des renseignements contenus dans cette fiche est soumise à l'art. 332 du Règlement hypothécaire, et que seul un certificat opposable aux tiers fait foi quant aux charges qui grèvent les biens immeubles, conformément à l'art. 225 de la loi hypothécaire.

———————— DÉSIGNATION DU BIEN ————————

Type de bien : RURAL.
Moulin à vent. Local commercial. Maison individuelle.
Rue : De la Rosa, numéro : 4.
Référence cadastrale : 3343409VK09845.
Superficie du bâti : maison 90 m², local commercial 70 m².

———————————— PROPRIÉTÉ ————————————

NOMS PROPRIÉTAIRES N° FISCAL VOLUME NUMÉRO FOLIO
María Dolores Molí Carmona (90 %) 2345908-P 12 1
Nerea Vega Arroyo (10 %) 56748932-L 4 59

—————— CHARGES ET HYPOTHÈQUES ——————

Néant

Marina lança son reste de tranche de pain à l'huile d'olive à Niebla qui, vieille mais rapide, l'attrapa au vol. Étourdie, la jeune femme relut le nom de sa grand-mère sur le document du Service de la publicité foncière. Sa grand-mère avait possédé dix pour cent de cette maison ? Cela lui parut plus qu'étrange. Dans ce cas, pourquoi sa famille n'avait-elle jamais entendu parler de cette boulangerie à Valldemossa ? Et pourquoi, à sa mort, ce pourcentage n'était-il pas passé à son fils Néstor ?

Marina soupira et, une seconde, son esprit retourna à la cuisine de Son Vida, où sa grand-mère adorée pétrissait le pain près d'elle et de sa sœur, tous les soirs. Mais… pourquoi ne pas leur avoir révélé qu'elle était propriétaire du dixième d'une boulangerie ? Pourquoi ne les avait-elle jamais emmenées à Valldemossa ?

Elle descendit l'escalier, le papier à la main. Niebla la suivit. Marina se rendit à la mairie, et la chienne l'attendit à la porte. Elle demanda à un employé plongé dans son journal si elle pouvait être reçue, et un quart d'heure plus tard elle était assise dans le bureau du maire.

— Alors, Marina. En quoi puis-je t'aider ?

Elle formula ses questions tout en lui montrant le papier :

— Je cherche à comprendre, monsieur le maire.

— Appelle-moi Tomeu, voyons.

— La dame qui apparaît au-dessous du nom de María Dolores Molí est ma grand-mère. Je n'en avais pas la moindre idée. Vous auriez peut-être l'historique de la propriété ? Je peux aussi retourner au Service de la publicité foncière. Mais pour ne pas perdre de temps, vous pourriez peut-être m'aider. Toute information que vous trouveriez, l'identité des acheteurs précédents… plus de renseignements. N'importe quoi.

— Oui, bien sûr que je peux t'aider. Mais ça me prendra bien deux semaines. L'employée en charge des archives est en congé. Je ne sais pas ce qu'ont les fonctionnaires de Valldemossa, ils tombent souvent malades.

*

* *

Pendant ces semaines d'attente, Marina poursuivit la routine quotidienne à la boulangerie. Chaque jour, elle en apprenait un peu plus sur l'art du bon pain. Par ailleurs, elle découvrit le plaisir des promenades solitaires, avec cette vieille chienne dont on pouvait désormais dire qu'elle était la sienne. Lors d'une de ces promenades, elle se rappela le savon que le curé avait passé à Catalina pour ne pas parvenir à retrouver le goût du cake au citron. Cette plainte était formulée par tout le village : ni Ursula, ni Catalina, ni elle n'avaient réussi, malgré trente jours ensemble, à reproduire la saveur délicieuse et unique du fameux gâteau auquel Lola les avait habitués. Elles avaient beau suivre la recette sur la feuille jaunie, impossible d'obtenir cette douceur, cette délicatesse, cette texture exquise. En outre, chaque habitant, dès la première bouchée, émettait une opinion intéressante sur le sujet : sorti trop tôt du four, trop de coquelicot, pas assez de coquelicot, pas assez de farine, trop de farine, trop de citron…

Comme sa vie avait changé en un mois !

Lola, je ne partirai pas d'ici avant de découvrir pourquoi tu m'as fait cadeau de ta vie. De ta maison. Et de tous ces gens sympas qui t'ont toujours accompagnée.

*
* *

La deuxième semaine de mars, une chute de neige inattendue recouvrit l'île d'un manteau blanc qui, en contraste avec le bleu de la mer, offrait un paysage insolite aux Majorquins et les envoya tous sur la plage en gros blouson et après-ski. Les cinq enfants de la coiffeuse firent un bonhomme de neige, carotte comprise, face à la Méditerranée.

Un après-midi où il neigeait toujours, la fille aînée de la coiffeuse entra dans la boulangerie, tout inquiète.

— Mon petit frère a pris froid en jouant dans la neige hier, il est très malade. Ma maman est au lit aussi, mais elle vous demande si vous pouvez venir un moment.

Marina monta quatre à quatre les marches menant à sa chambre, ouvrit la table de nuit pour y prendre le vieux stéthoscope de son père et redescendit l'escalier aussi vite que possible. Elles sortirent ensemble de la boutique.

La maison se situait dans la ruelle qui débouchait sur la rue de la Rosa. Les trois enfants du milieu, ceux de quatre, six et huit ans, étaient sur le canapé, en pyjama et absorbés par des dessins animés japonais doublés en catalan. Elles montèrent au premier et entrèrent dans la chambre de la coiffeuse, qui avait avec elle son petit aux yeux brillants en train de prendre un biberon de lait chaud emmitouflé dans de nombreuses couvertures.

Marina s'assit à côté de lui et lui toucha le front. Il était brûlant.

— Vous avez un thermomètre ?

— Il a le nez très pris, dit la coiffeuse. Il dit qu'il a froid, mais il est bouillant. Je lui ai déjà donné du paracétamol et le mucolytique que m'avait prescrit le Dr Hidalgo… mais ça ne baisse pas. Je devrais peut-être aller à Palma.

La fille aînée attrapa aussitôt le thermomètre dans un tiroir et l'agita. Elle le remit à la praticienne, qui le plaça sous l'aisselle du garçon. Elle prit la main de la mère et la posa sur le bras de son fils.

Elle défit les boutons du pyjama de l'enfant, qui ne se plaignait pas de son état.

Elle mit dans ses oreilles les embouts du stéthoscope et posa le pavillon sur la poitrine du petit patient. Il avait les poumons remplis de mucosités. Elle retira le thermomètre : 40,1 °C.

— Aidez-moi à le déshabiller, dit-elle à la coiffeuse. Va remplir la baignoire d'eau tiède, demanda-t-elle à la grande.

Marina et la mère ôtèrent le pyjama du petit, qui paraissait ailleurs et n'ouvrait pas la bouche.

— Nous ne nous sommes pas présentées, en fait. Je m'appelle Marina.

— Moi, Catalina, répondit la coiffeuse.

Évidemment, j'aurais dû m'en douter, se dit Marina en prenant vite le petit garçon dans ses bras.

— Et ce beau bébé, comment il s'appelle ?

— Tomeu.

Marina entra dans la salle de bains le petit dans les bras et, sans qu'il ait le temps de s'en rendre compte, l'immergea dans la baignoire. Il paniqua de sentir l'eau aussi fraîche par rapport à la température de son corps, pédala avec force et pleura en appelant sa maman. Marina le prit contre elle, se trempant elle aussi, l'enveloppa dans une serviette et le rendit à sa mère. Il ne se consola pas pour autant. Marina ordonna à l'aînée de changer les draps et de mettre un pyjama propre à son petit frère.

Le petit continuait de pleurer et sa mère lui remit le biberon dans la bouche.

— Arrêtez de lui donner ce biberon. Le lait produit du mucus.

— Pardon ?

— Le pédiatre ne vous l'a pas dit ?

— Ben non. Au contraire. Du lait entier chaud avec du miel. J'ai fait ça avec tous mes enfants…

Chaque médecin avait ses théories et, bien entendu, chacun était persuadé que sa pratique était la bonne. Depuis toute petite en effet elle aussi avait entendu que pour la gorge il fallait prendre du lait avec du miel. On lui en avait sûrement donné. Mais Marina disposait d'une chose dont bénéficiaient peu de ses confrères : l'expérience d'avoir exercé sur les cinq continents. Elle avait vu des médecins chinois soigner leurs patients grâce à des infusions de fleur de lotus, des chamans latino-américains améliorer la santé de leurs malades à l'aide d'une liane qui poussait dans la forêt vierge d'Amérique latine. Elle connaissait très bien la médecine traditionnelle africaine, qui utilisait les câpres, la caroube, les racines de baobab… et, bien entendu, elle connaissait les abus de médicaments en Occident, renforcés par les industries pharmaceutiques.

— Du thé. Vous auriez du thé vert ? demanda-t-elle à la dame.

— Du thé, au petit ? Non, j'en ai pas, mais je peux lui donner du café.

— Non, pas de café, du thé, répéta Marina.

— Je n'en ai pas.

— Alors de l'eau chaude. Faites-la bouillir, et quand elle est redescendue à une température convenable, vous la lui donnez avec une paille. L'eau chasse le mucus par le nez et par les intestins.

Elle avait appris cela des Tibétains qu'elle avait connus en Chine.

La fille aînée (qui s'appelait également Catalina, sans vouloir créer de confusion chez le lecteur) revint avec des draps propres et un pyjama frais. Sa mère, quoique sceptique vis-à-vis des remèdes de la boulangère-médecin, alla faire bouillir de l'eau à la cuisine, non sans avoir réprimandé ses trois autres enfants, qui demeuraient fascinés, à moins d'un mètre de l'écran, par un enfant japonais aux yeux exagérément ronds, qui traversait d'une lance le cœur d'un géant verdâtre vomissant des enfants vivants dévorés au cours de l'épisode précédent.

— Non mais vous allez éteindre cette télé ? Ça fait deux heures et quart que vous êtes devant ! Vous allez avoir les yeux carrés ! s'exclama-t-elle en remplissant une casserole d'eau du robinet.

Bien évidemment, les enfants n'écoutèrent pas. Il n'était pas sûr qu'ils l'aient seulement entendue.

À l'étage, la fille de neuf ans habillait son petit frère, qui avait cessé de pleurer et regardait Marina avec un air rancunier. Celle-ci enleva les draps et refit le lit. Le petit, qui craignait d'être remis à la doctoresse, s'accrocha au cou de sa sœur. Elle le mit sur le lit et le couvrit de nouveau avec l'arsenal de couvertures laissé sur une chaise.

— Non, ne le couvre qu'avec le drap. Sinon, sa température remontera.

Marina prit le thermomètre, leva le bras du bébé, qui pleurnicha, et le lui remit sous l'aisselle.

— Je veux simplement te soigner, lui expliqua-t-elle d'une voix douce.

— L'eau froid, non, répondit le petit, apeuré.

— Non, plus d'eau froide. Mais laisse-moi voir où en est ta fièvre.

La température avait baissé à 38. La mère revint avec un biberon d'eau chaude et s'assit à côté de son fils.

— Il faut que tu boives tout, annonça Marina avant de s'adresser à la mère. Beaucoup d'eau. Si la température remonte, venez me chercher. Humectez-lui le front avec des linges d'eau froide et attendons. Si ça remonte, je vous accompagnerai à l'hôpital. Je conduirai. Mais plus de lait : des biberons d'eau.

En tétant le biberon, le petit garçon sentit que son corps en était content, et il l'avala tout entier. Marina lui caressa la joue.

— Je reviens demain matin, et si maman me dit que tu as bu six verres, je t'apporte du cake au citron.

Le petit, sortant la tétine de sa bouche, répondit :

— Aco, mais un cake comme avant. Comme ceux de la Lola.

*
* *

La guérison du fils de la coiffeuse en deux jours grâce aux conseils de la boulangère généra un grand émoi dans le village. Marina avait en outre conseillé à la coiffeuse d'utiliser du gel d'aloe vera pour combattre son psoriasis. L'aloe vera, qui poussait dans plusieurs coins de Majorque, avait également fonctionné. La coiffeuse expliquait donc à tous ses clients les sages conseils en médecine naturelle que la boulangère-médecin lui avait donnés, la hissant presque au rang de magicienne.

Les habitants de Valldemossa venaient désormais tous les jours à Can Molí pour demander leur *pa moreno*, leur morceau de cake au citron, plus un conseil pour leurs maux.

Au maire, pour soulager ses insomnies, Marina conseilla de dîner sans pain ni charcuteries, mais de salades assaisonnées de bonne huile d'olive, et de prendre une infusion de pétales de coquelicot.

Pour aider la mère de Catalina (sa collègue), qui avait toujours les pieds enflés à cause d'une mauvaise circulation, elle disposa deux oreillers sous son matelas au niveau des pieds et lui offrit des sandales Birkenstock pour qu'elle sorte marcher trois fois par jour. Comme la majorité des personnes âgées du coin, la vieille dame avait les pieds engoncés dans des chaussures orthopédiques à lanières qui ne faisaient que l'empêcher de marcher et lui donnaient des cals. Chaussée de ses nouvelles sandales allemandes, elle ressortit enfin de chez elle, et les vieilles du village demandèrent les mêmes chaussures à leurs proches… Une semaine plus tard, elles faisaient de petits tours ensemble, se tenant toutes par le bras.

À Tomeu, elle prescrivit du thym pour combattre la goutte, du jus de citron sucré à la stévia pour faire baisser le niveau d'acide urique dans le sang et, bien sûr, l'arrêt des orgies quotidiennes de porc.

Au chauffeur de bus, des tisanes de feuilles d'eucalyptus pour réguler son diabète.

Tous les petits changements alimentaires qu'elle suggérait fonctionnaient au bout d'une semaine. L'humeur du maire s'améliora grâce aux huit heures de sommeil d'affilée que lui procurait l'infusion de cette fleur sauvage qui poussait sur l'île. Tomeu remarqua une légère amélioration grâce aux infusions de thym du matin, mais refusa de mettre fin à son addiction, car un petit déjeuner sans soubressade n'était pas un petit déjeuner, et continua donc de boiter toute sa vie. Les enfants du village qui jouaient au ballon sur cette même place découvrirent, eux, que venir nettoyer leurs plaies à la boulangerie avec de l'eau et du savon était beaucoup moins douloureux et tout aussi efficace que se faire inonder les genoux d'alcool ou d'eau oxygénée par leurs mères.

Marina profitait de chaque consultation pour poser des questions sur Lola. Mais, en bons Majorquins, ses patients étaient avares en paroles. Il n'en ressortit rien qu'elle ne sache déjà. Elle était simple. Très travailleuse. Toujours le sourire. La meilleure boulangère de la Tramontana.

— *Tenia uns ulls negres…, uns ulls que te tornaven boig*[1], alla jusqu'à avouer le Tomeu du bar.

Ce à quoi Marina ne s'attendait pas, c'est que ses conseils médicaux offensent le médecin en fonction qui venait à Valldemossa une fois par semaine. Le Dr

1. « Elle avait de ces yeux noirs… de ces yeux noirs qui te rendent fou. »

Hidalgo s'était entendu répéter par la coiffeuse que Marina lui avait déclaré : « La fièvre est bonne pour ton fils », et lui qui faisait une injection de cinq millilitres de paracétamol dès 37,5 °C avait qualifié la boulangère de « guérisseuse de bas étage ».

Après avoir appris quels étranges onguents et herbes elle préconisait, il avait affirmé au maire qu'elle mettait en péril la vie des habitants de Valldemossa, et que si les choses ne revenaient pas à la normale il demanderait à changer de dispensaire. C'était une crasse qu'on lui faisait, parce qu'il venait depuis dix ans, avait en tête le calendrier de vaccination des enfants, connaissait l'historique médical de tout le village, signait les ordonnances et pouvait diagnostiquer des maladies que l'autre, dans sa boulangerie, aurait été incapable d'identifier.

Le maire n'avait pas osé lui révéler que l'infusion de coquelicot recommandée par Marina l'envoyait au septième ciel et lui avait promis de résoudre ce problème avec la plus grande célérité.

Le matin même, tête basse et pain sous le bras, il pria Marina de sortir de la boutique pour parler un instant. Elle sortit, pensant qu'il allait lui remettre le document demandé.

— Tout d'abord, je voulais t'avertir que l'employée n'est toujours pas revenue. Maintenant, elle dit qu'elle a attrapé un rhume. Avec la neige…

— Tu as toujours des insomnies ?

— Non, tu penses, répondit le maire sans la regarder dans les yeux. Qui aurait cru qu'unè fleur sauvage qui pousse à côté de chez moi me changerait la vie ?

Le silence se fit et il s'éclaircit la voix.

— Comment te dire ça, maintenant… poursuivit-il en se grattant la nuque. Alors, en fait…

Marina haussa les sourcils en attendant.

— Alors, en fait… répéta-t-il, nerveux. Rien, c'est que le Dr Hidalgo est vexé.

— Pourquoi ? s'étonna Marina.

— Il a mal pris que tu nous prescrives des herbes. Il pense que ça contredit les indications qu'il donne aux patients.

— J'irai lui parler, ne t'en fais pas.

— Tu le connais ?

— Non, mais ce n'est pas grave, je me présenterai.

— Il a mauvais caractère.

— Pas moi, répondit Marina avec un sourire.

Dix minutes plus tard, après avoir demandé à Ursula de la remplacer, elle était devant le dispensaire de Valldemossa. Elle commencerait par présenter ses excuses, et si vraiment cela devait poser problème elle cesserait de conseiller les clients de la boulangerie. Elle toqua à la porte.

— Entrez !

Marina entra dans le cabinet du Dr Hidalgo.

On oublie les étudiants que l'on côtoie dans les amphis, les collègues de travail, les gens rencontrés à un repas chez des amis, mais jamais, jamais on n'oublie les personnes avec qui on a partagé son enfance. Mystérieusement, les connexions neuronales qui tissent le cerveau enfantin et se perpétuent dans la jeunesse sont capables de mémoriser la physionomie de ceux qui nous ont entourés au cours de l'étape initiale de notre vie. Bien qu'elle n'ait jamais revu l'élève couvert d'acné et dégingandé qui, une fois, face à un moulin de Palma, avait interprété le personnage de don Quichotte, Marina le reconnut à la seconde où elle franchit le seuil du cabinet.

— Miguel ?

— Marina ? Mais ça fait combien de temps ?

Surpris de la voir, il se leva.

— Trente et un ans… à peu près, répondit-elle en s'approchant de lui.

Ils s'embrassèrent sur les deux joues. Content de retrouver cette camarade de son enfance, le médecin lui prit le bras avec affection.

— Tu n'as pas changé, affirma-t-il avec un sourire sincère.

— Comment je pourrais ne pas avoir changé, voyons ?

— Moi, j'ai perdu mes tifs, dit-il en montrant sa calvitie avec une moue amusante.

Ils s'observèrent quelques secondes. D'une certaine manière, ils étaient tous les deux émus par cette rencontre.

— Alors, raconte. Comment est ta vie ? Tu habites ici ? Les dernières nouvelles qu'on avait eues de toi, c'est que tu étais partie dans un super pensionnat américain.

Marina confirma d'un signe de tête.

— Tu as rendu jalouse toute la classe. Les autres auraient payé pour partir avec toi. Surtout Cuca, qui a tout essayé pour convaincre ses parents… Tu te souviens de Cuca ?

— Oui. Elle est encore amie avec ma sœur.

— Ta sœur, par contre, je l'ai revue. Elle m'avait dit que tu étudiais la médecine à Perelman.

Il fit une moue admirative, car il savait que cette école faisait partie des meilleures facultés de médecine du monde, seule une élite parvenait à y être admise.

Tous, à San Cayetano, élèves comme professeurs, savaient que Marina était promise à un brillant avenir. Silencieuse, discrète en dépit de ses excellentes notes, sans attirer l'attention elle restait toujours la première de la classe.

— Quel plaisir de te voir… Alors, dis-moi, Marina. J'imagine que tu n'es pas venue pour me saluer. Je peux t'aider ?

Marina baissa les yeux un instant. Elle aurait préféré que le médecin en fonction soit un anonyme et non un copain. Même s'ils n'avaient pas été de grands amis, ils avaient partagé bien des heures dans les salles de classe entre trois et quatorze ans. Elle le regarda dans les yeux et, haussant les épaules, sourit :

— Je suis la guérisseuse de bas étage.

*

* *

Llevant, xaloc i migjorn,
llebeig, ponent i mestral,
tramuntana i gregal.
Vet aquí es vuit vents del món.

Una dona marinera
sempre mira d'on ve es vent,
tan si es llevant com ponent
es bon temps sempre l'espera[1] .

1. « Levant, sirocco, midi/garbi, ponant, mistral/tramontane et gregal./Tels sont les huit vents du monde./Une femme marin/ regarde toujours d'où vient le vent,/Levant comme ponant/Et attend toujours le beau temps. »

Les derniers vers arrivèrent. Cette vieille chanson de marin qu'ils avaient tant de fois entonnée ensemble affalés sur les plages en partageant les écouteurs d'un Walkman. Tout comme on n'oublie pas le visage des personnes avec qui on passe sa jeunesse, on n'oublie pas non plus les chansons qu'on a écoutées à cette période. Antonio approcha sa main de celle d'Anna et, sans certitude, la frôla. Elle répondit à son geste, l'invitant à lui prendre la main, et ensemble, le regard fixé sur la scène, ils accompagnèrent Maria del Mar Bonet, mot après mot, dans la dernière strophe :

Qui s'enamora no es cansa
si viu emb l'opinió
que després d'una maror
sol venir una bonança[1].

*
* *

Le maire finit par apporter à Marina le document retraçant l'historique de la propriété. On y disait que le moulin avait été construit en 1492, et la maison abritant la boulangerie quatre ans plus tard. Ces papiers attestaient que, depuis le début, boulangerie et moulin étaient passés de génération en génération dans la famille Molí. La demeure n'avait jamais appartenu à une autre famille que celle de María Dolores. Que

1. « Qui tombe amoureux ne se lasse pas/s'il vit dans l'idée/qu'après la houle vient le calme. »

Nerea Vega possède dix pour cent de l'ensemble était complètement illogique.

— La seule idée qui me vient, c'est que quand Lola a hérité elle n'ait pas pu faire face aux frais de succession, qui sont justement d'environ dix pour cent à Majorque, et qu'elle ait demandé de l'argent à ta grand-mère.

Allez savoir… Seules Nerea et Lola connaissaient la vérité, ainsi, bien sûr, que Catalina, qui ne comptait pas lâcher le morceau.

Marina continua de poser subtilement des questions aux habitants. La veuve dont le curé était amoureux lui raconta quelque chose qui la surprit : Lola avait été *bailaora de ball de bot*[1] et, quand elle avait perdu son mari, Lola s'était escrimée à lui apprendre à danser, parce que selon elle danse et chant soulageaient les peines. Par association d'idées, Marina avait toujours imaginé Lola dotée du physique d'une myope corpulente, à l'image de Catalina. Et elle avait du mal à s'imaginer la veuve sauter, bras en l'air, au cœur d'un cercle d'hommes et de femmes. Quant au reste des habitants, il n'était pas prolixe en informations : « Ah, elle était souriante, ah, très travailleuse, ah, la meilleure boulangère des Baléares… » Rien qui l'aide à découvrir le pourquoi du comment.

— *No la deixaràs en pau, eh ?* grogna Cati un beau matin.

---

1. Danse traditionnelle de Majorque, à mi-chemin entre la *jota* aragonaise et le boléro majorquin. Elle se pratique en cercle. À l'origine, la *bailaora* menait et improvisait, imitée par les autres. Le *parado*, orchestre folklorique de Valldemossa, remonte à cinq siècles. *(N. d. A.)*

— Non, Catalina. Je ne la laisserai pas en paix, traduisit Marina, qui comprenait désormais à peu près tout.

— Elle s'est occupée de ta grand-mère, Mme Nerea. À quinze ans, Lola a été envoyée au service de la maison Vega de Vilallonga… Ta maison.

— Et qu'y a-t-il de mal à ce que Lola ait été au service de ma grand-mère ? Pourquoi m'as-tu caché ça, Catalina ? Ma grand-mère devait beaucoup l'aimer. Elle a réglé l'impôt de succession de cette propriété. Ça représente beaucoup d'argent.

— Je ne sais pas si elles s'aimaient ou pas. Je t'ai raconté tout ce que je sais, répliqua Catalina en mettant en vitrine une fournée de pain brun. Maintenant, je t'en prie, arrête de farfouiller.

Ainsi passaient les jours, à pétrir le matin et se perdre en promenades l'après-midi avec sa chienne dans les montagnes alentour. Par ailleurs, Marina, qui était une scientifique et n'était guère allée au-delà des livres obligatoires dans son cursus scolaire et sa spécialité, commença à goûter au plaisir de la lecture. Ursula sut l'initier peu à peu, lui laissant des romans et biographies de ses modèles, dont elle avait appris et continuait à apprendre. D'abord *Jane Eyre*, de Charlotte Brontë, *L'Amant*, de Marguerite Duras, *La Maison aux esprits*, d'Isabel Allende, *Chocolat amer*, de Laura Esquivel, et un qui allait lui plaire à coup sûr : *Mujer en guerra*, de Maruja Torres.

Les semaines passèrent, tranquillement, entre farine et littérature, alors que se forgeait une belle amitié entre ces trois femmes solitaires perdues dans la Tramontana.

Peu après s'être entretenue avec le maire, Marina appela Anna pour l'informer de cette nouvelle découverte : les dix pour cent appartenant à leur grand-mère. Fidèle à elle-même, Anna n'y accorda pas une grande importance. Avant de raccrocher, elle promit de passer à Valldemossa dans la semaine avec Anita. Elles pourraient peut-être commencer des cours particuliers de maths et de chimie.

*
* *

Anna et Antonio s'écrivirent quelques SMS. Il faisait des allusions subtiles au fait de se revoir ; elle, réprimant ses désirs les plus profonds, faisait des réponses douces, peut-être un peu plus osées qu'elle n'aurait dû. Mais rien de plus, car elle était une femme mariée et Majorque une toute petite île.

Anita prit au sérieux ses cours particuliers. Elle arrivait au dernier trimestre et, si elle parvenait à avoir la moyenne dans toutes les matières, ce serait la première fois en quatre ans qu'elle passerait l'été entier sans devoirs, sans avoir à ouvrir un livre ni à déchiffrer un problème de maths, et cette idée l'apaisait. Même si elle pensait cette perspective quasiment inatteignable, elle faisait des efforts pour la rendre possible. Anita avait apprécié ce nouveau membre de la famille dès le premier instant. Un détail l'avait incitée à la voir avec d'autres yeux : Marina était la seule personne au monde qui l'appelait par son prénom plutôt que par ce nunuche « Anita » dont ses parents l'avaient affublée depuis le début. Les professeurs, les camarades de classe, l'équipe de natation, la grand-mère paternelle, les amies du Club Nautique de sa mère avaient suivi. Elle détestait ce surnom de fillette douce et sans défense.

Un samedi où, comme tous les samedis, Anita n'avait rien à faire, elle prit sa Vespino et se rendit à Valldemossa. Marina eut la surprise de la voir débarquer à 9 heures du matin. Anita avait besoin d'un lieu où étudier tranquille toute la journée, elle promit de ne pas déranger et monta à l'étage. Pendant que Catalina, Ursula et Marina s'occupaient du pain, elle se plongea dans les opérations tordues, fractions, aires et volumes qui ne lui serviraient absolument à rien dans sa vie, mais étaient si importants pour une étrange enquête appelée Programme International du Suivi des Acquis.

Un samedi se déroula de cette façon, puis un autre, un autre encore. Le soir, tante et nièce partaient promener la chienne. Anita écoutait Marina lui raconter cette passionnante vie d'humanitaire et commença à ressentir une profonde admiration pour elle. Sa tante, elle, percevait son envie de prendre son envol, de se sentir libre, de quitter le lopin de terre où elle était née, pour être elle-même… et, sans rien forcer, progressivement, elles rattrapèrent les quatorze années perdues.

Un samedi de la fin mai, Anna décida d'accompagner Anita pour remercier sa sœur de l'aide qu'elle apportait à sa fille. Elle vint une fois, mais les jours suivants Anita insista pour y retourner seule, prétextant qu'Anna les distrairait et qu'elle avait beaucoup de choses à se faire expliquer. Cette boulangerie commençait à devenir l'espace d'Anita, ce que sa mère comprenait et respectait.

Bien que la relation entre mère et fille se soit améliorée, Anita demeurait imprévisible. Parfois, les repas avaient lieu dans un silence relatif, mais dans le calme. Certains jours, au moindre refus, elle claquait la porte et s'enfermait dans sa chambre ou, pire, prenait sa Mobylette et partait pendant des heures… Les hormones incontrôlées de l'adolescence.

— Je ne reste qu'une heure, Anita, avait promis Anna ce jour-là. Ensuite, je repartirai.

Après un « Mais merde, maman », Anita était montée sur sa Vespino, suivie par sa mère en BMW.

— Ça me fait plaisir de te voir, dit Marina en voyant entrer sa sœur. Où étais-tu passée ?

Elles s'embrassèrent et Anita attrapa une tranche de cake au citron avant de monter en râlant vers la chambre. À la brièveté du salut de sa nièce, Marina supposa qu'elles avaient dû se disputer. Elles la suivirent. Anita prépara du café. Anna observa l'espace, qui ne comportait rien de notable. Le canapé rayé, le buffet encombré… comme la première fois qu'elle l'avait vu. Étrange que Marina n'ait pas décoré un minimum, ni ajouté quoi que ce soit. Elle était là depuis presque quatre mois.

Elles attendirent que le café passe, puis Anna proposa qu'elles le prennent sur le banc devant la boulangerie, afin de ne pas déranger Anita. Les deux sœurs descendirent, et Anna s'excusa de ne pas être passée à Valldemossa. Elle n'était pas revenue depuis le premier cours particulier de sa fille, pour éviter de s'opposer à ses envies d'indépendance.

Elle lui raconta également, presque avec fierté, la confrontation qu'elle avait eue avec Armando quand elle lui avait annoncé qu'elle refusait de vendre la maison de Son Vida. Elle s'était armée de courage pour la première fois de sa vie d'épouse. Certes, Curro leur avait déjà dit à tous les deux que ce n'était pas une bonne affaire de vendre. Ils n'épongeraient qu'une partie de la dette et devraient payer un loyer. Cette maison ne courait pas de risques parce qu'elle n'était pas au nom d'Armando. Elle ne pouvait donc être saisie. Anna révéla à Marina que son mari avait une petite somme d'argent sale dans une banque suisse, sur laquelle il prélevait, mois après mois, ses dépenses mensuelles. Afin de ne pas avoir à le déclarer à la douane ainsi que l'exige la loi espagnole, il ne passait que dix mille euros en liquide. Elle lui raconta qu'Armando était arrivé à un tel degré de paranoïa que, pour éviter d'éveiller les soupçons dans les aéroports, il prenait l'avion pour Genève avec différentes compagnies aériennes. De plus, pour passer inaperçu, il insistait pour qu'elle voyage avec lui. Il avait déjà réservé un vol pour juin.

— Vous allez tous les deux terminer en prison, signala Marina.

Anna n'était pas inquiète à ce sujet. Une grande partie de l'élite majorquine avait des comptes à la HSBC de Genève. Ils avaient voyagé plusieurs fois avec Cuca et Curro, Xesca et son mari et, chaque fois, ils avaient croisé des politiciens et chefs d'entreprise de toute l'Espagne. Tous se rendaient en Suisse pour la même raison.

— Tu sais ce qui est le plus bizarre, Marina ? C'est de voir mon mari ranger son Narcisse bouffi d'orgueil pour se transformer en loque humaine rongée par la défaite. Au début, il a beaucoup mangé et il grossissait, mais maintenant il fume de stress, et il est maigre et vieux.

— Je ne comprendrai jamais pourquoi tu restes avec lui.

— Je ne vais pas le laisser tomber maintenant. Et puis de quoi je vivrais, moi ? fit observer Anna avec résignation.

Marina poussa un soupir. Elle ne la comprendrait jamais.

Elles remontèrent au premier, où Anita était toujours aux prises avec la table périodique des éléments.

— Tu vas réussir dans toutes les matières, Ana, tu verras, lui dit Marina en s'asseyant à côté d'elle.

Anna s'installa en face et renchérit :

— Oui, Anita, tu vas tout réussir. J'en suis sûre. Elle n'avait jamais autant travaillé.

Fière et encourageante, elle voulut caresser la joue de sa fille, qui écarta brusquement son visage. Marina fit mine de ne pas remarquer cette hostilité, mais ce geste, si infime, lui parut cruel. Mortifiée, Anna baissa le regard. Elle était habituée à ces rebuffades mais ne parvenait pas à comprendre l'adolescence. Elle avait beau avoir lu plusieurs articles sur les sautes d'humeur à cette période, le caractère de sa fille lui rendait les choses désagréables et difficiles.

— Je vous laisse, alors. Travaillez bien, dit-elle en se relevant.

Quand elle disparut derrière la porte, tante et nièce se fixèrent. Elles n'eurent pas besoin de parler. Anita remarqua la déception dans les yeux de Marina : elle ne s'attendait pas à ce que sa nièce puisse avoir une attitude aussi blessante envers Anna. Elle ne mesurait pas sa chance d'avoir Anna pour mère. Une mère généreuse, qui se préoccupait d'elle, prenait soin d'elle et l'aimait par-dessus tout. Bien sûr, elle était un peu bébête, un peu naïve, mais c'était une bonne mère.

— Devant moi, Ana, tu ne te montreras pas aussi cruelle avec ta mère. Pas sous mon toit.

*
* *

Il y avait une personne dans le village avec qui Marina n'avait jamais parlé : Josefa, l'épouse de Tomeu. Elle passait la journée à servir des petits déjeuners et des déjeuners au bar avec son mari, et l'après-midi des cafés arrosés aux vieux qui jouaient aux dominos. En quatre mois, elle n'avait jamais mis les pieds dans la boulangerie. Catalina avait parlé d'elle avec mépris une fois. Mais, comme à son habitude, elle avait refusé d'aller au fond de sa pensée. Marina l'avait déjà croisée à l'épicerie. Josefa l'avait dévisagée avec une certaine arrogance, sans se présenter. À sa façon de traiter la caissière, Marina en avait conclu qu'elle était sèche et farouche. Elle devait avoir le même âge que Catalina. Marina avait tout planifié et savait qu'elle serait seule, car Tomeu faisait la sieste de 15 h 45 à 16 h 45. Elle entra dans le bar. Il n'y avait aucun client, seulement la patronne, qui nettoyait les tables. Marina s'assit au comptoir.

— Vous me donnez un café, s'il vous plaît ?

Josefa alla à la machine sans lui adresser la parole. Quand elle revint avec la tasse, Marina se présenta.

— Josefa, répondit l'autre sans s'attarder. Du sucre ?

— Oui, s'il vous plaît.

La tenancière lui tendit un petit sucre. Marina le déballa et le plongea dans le café. Elle tourna la cuillère, tout en se demandant comment aborder cette dame.

— Vous… vous connaissiez Lola ?

Josefa la regarda sans aménité.

— Le village est petit, dit-elle en attrapant un torchon. Bien sûr que je la connaissais.

Elle continua de nettoyer le comptoir. Marina sirota son breuvage sans la relancer. Elle avait appris cette technique de Laura. Attendre que l'interlocuteur parle le premier.

— À chaque porc vient la Saint-Martin.

Marina s'étrangla avec son café.

— Josefa, mais… Comment vous pouvez dire une chose pareille ? C'est dur, la réprimanda-t-elle en prenant une serviette pour la porter à sa bouche.

— T'essaies de savoir qui c'était, non ? rétorqua Josefa sans douceur. Une *forastera*[1] dévergondée, une femme facile !

Elle releva les yeux et les fixa sur Marina.

— Vous savez ce que j'en dis ? Qu'on serait plus tranquilles si la boulangerie avait fermé. Elle a demandé de l'argent au Tomeu. Je lui ai pas permis de lui donner un centime. Allez savoir comment elle l'a trouvé.

---

1. *Forastero* s'utilise de manière familière pour désigner les Espagnols qui vivent à Majorque, mais ne sont pas nés sur l'île. Parfois péjoratif. *(N. d. A.)* Couramment employé pour désigner la personne qui n'est pas du coin, contrairement à *extranjero*, qui s'applique seulement à un étranger venu d'un autre pays. *(N. d. T.)*

— *Què has de dir tu ! Xerres massa, Josefa. Calla, collons. No saps res*[1] *!* s'écria Tomeu avec colère en entrant par la porte de derrière.

— *A mi no em cridis, Tomeu. Jo només dic lo que me demanen*[2], répondit sa femme, sérieuse, en disparaissant par la même porte.

Étourdie, Marina paya et sortit du bar. Cette information ne correspondait pas à l'image qu'elle s'était faite de Lola.

Elle retourna à la boulangerie et trouva Ursula assise sur le banc de devant.

— J'ai enfin nettoyé les étagères. J'ai quelque chose à te faire voir, déclara-t-elle en lui faisant signe de s'asseoir avant de lui tendre une revue.

Marina prit place à côté d'elle et s'empara du magazine. Sur la couverture, un mannequin asiatique entouré de caractères japonais. Cette revue, Catalina lui en avait parlé des mois plus tôt. Pressée, elle tourna les pages, cherchant le visage de María Dolores Molí. Elle trouva la photo de Catalina en train de pétrir du pain juste à côté d'une femme vigoureuse, jolie, à la peau mate, de constitution robuste : Lola. Elle l'examina avec attention. En silence. Sur l'image, elle devait avoir la cinquantaine. Elle avait les cheveux très noirs, en chignon bas. Des courbes généreuses. Elle portait un tee-shirt échancré qui montrait une poitrine très avantageuse. Ses yeux noirs étaient intenses, accentués par du Rimmel et un

1. « Qu'est-ce que tu vas raconter ? Tu parles trop, Josefa. Tais-toi, nom de nom. Tu ne sais rien. »

2. « Ne me crie pas dessus, Tomeu. Je ne fais que répondre à ce qu'on me demande. »

trait de crayon. Elle avait une beauté racée, un peu gitane. Méridionale.

Marina regarda son visage en détail. Quelle idée fausse elle s'était faite d'elle ! Tomeu lui avait pourtant dit qu'elle avait des yeux noirs qui rendaient fou. Approchant le magazine, elle s'intéressa à son sourire.

Cette femme était sans conteste, comme on l'appelait par le passé, la belle Lola.

6

LA TRIBU OU LE PAIN PERDU DE SANTA TERESA

Pain perdu de santa Teresa

INGRÉDIENTS :

1 baguette de la veille
½ verre de vin rouge
1 l de lait
2 bâtons de cannelle
3 œufs
3 cuillerées de sucre
Huile d'olive vierge

PRÉPARATION :

Faire chauffer le lait avec les bâtons de cannelle et le sucre. Une fois qu'il est prêt, retirer la cannelle et ajouter le vin. Couper la baguette en tranches de 1 centimètre. Faire tremper le pain dans le mélange au lait. Battre les œufs, puis en imbiber les tranches. Ensuite, les faire frire avec une huile d'olive vierge de qualité.

De : mathiasschneider@gmail.com
Le 30 mai 2010 (hier)
À : marinavega@gmail.com

J'ai un billet pour l'Espagne. J'arrive le 15 juin. Siegfried aimerait te rendre visite pour ton anniversaire et demande si tu pourrais le loger. Je resterai à Majorque jusqu'en septembre, j'ai déjà prévenu MSF. Je ne sais pas comment ils vont reconstruire Haïti, ça va prendre des années… Je te raconte tout à mon retour. Connexion limitée, comme d'habitude.

J'ai envie de dormir contre toi,

Mathias

*
* *

L'avion de Mathias atterrissait à 22 heures. Marina se regarda nue dans le miroir de l'armoire. Ses cheveux lâchés lui arrivaient au coccyx. Samala en avait taillé les pointes en Éthiopie quelques jours avant la naissance de Naomi. Elle observa ses jambes, ses aisselles… Elle ressemblait à une hippie de Woodstock. Elle savait que c'était complètement égal à Mathias, et bien entendu il l'avait déjà vue dans un pire état. Elle se fit une tresse, sauta dans un jean et se dirigea vers le salon de coiffure et d'esthétique.

La coiffeuse fut ravie de la voir entrer pour la première fois dans sa boutique.

— Un instant, lui dit-elle en sortant son agenda.

Elle appela le policier pour décaler sa coupe au rasoir, consulta de nouveau l'agenda et composa le numéro de la veuve pour annuler sa teinture.

— Comme j'avais envie de rafraîchir cette chevelure, avoua-t-elle en affublant Marina d'un peignoir rose.

Elle lui lava les cheveux avec un shampooing au parfum fruité, puis lui coupa les pointes. Elle l'épila de haut en bas. (Elle voulut même lui faire le maillot brésilien, mais Marina refusa avec énergie.) Elle la persuada de se laisser épiler légèrement les sourcils. Marina ne les avait jamais touchés de sa vie, mais elle n'y vit pas d'inconvénient et accepta. Quand la coiffeuse voulut la maquiller, en revanche, elle refusa.

— Allons, ton mari adorera. Manolo aime beaucoup que je me maquille et ça lui plaît que je me mette du rouge carmin sur les lèves, je te dis pas ! Et les ongles assortis…, ajouta-t-elle avec un clin d'œil.

Mais Manolo, son cher camionneur et père de ses cinq enfants, n'avait rien à voir avec Mathias. La coiffeuse agita un vernis à ongles baptisé *Rouge Noir*.

— Au moins les ongles !

Marina lui rappela très poliment que les boulangères ne pouvaient pas se vernir les ongles, mais son interlocutrice était tellement enthousiaste qu'elle la laissa lui vernir ceux des pieds.

— Cheveux lâchés.

— Non, une tresse basse, comme d'habitude.

La coiffeuse refusa de la faire payer. Dans la rue, Marina croisa Gabriel, sorti à la recherche d'un groupe de Japonais qui devaient loger dans son hôtel.

— *You should take a photo now*, leur dit-il en désignant Marina. *This is the typical beautiful spanish woman*[1].

Marina lui adressa une moue comique, moment dont profitèrent les Japonais pour braquer l'objectif sur elle.

*

* *

Ils firent l'amour lentement, immergés dans la pensée de l'autre. Mathias connaissait le corps de Marina comme le sien, et il la caressa sans se presser, l'attendant pour qu'ils arrivent ensemble à la fin. Elle gardait les yeux fermés, savourant le plaisir après tant de mois. Il approcha les lèvres de sa bouche et, tout bas, lui dit :

— *Te quiero.*

Ich liebe dich auch, Mathias.

Presque vingt-quatre heures de vol depuis l'Amérique latine, en comprenant les escales aux aéroports de Miami, Francfort et Madrid. Enfin, il se coucha sur la poitrine de sa compagne et s'endormit.

*

* *

Il lui suffit d'ouvrir les volets pour tomber amoureux de Majorque. Marina s'était levée à 5 heures,

1. « Vous devriez prendre une photo maintenant. C'est la beauté espagnole classique. »

comme toujours. Elle s'était habillée discrètement, essayant de ne pas le réveiller, et était descendue se mettre à l'ouvrage.

Mathias quitta le lit à 14 heures. Il se dirigea vers la fenêtre dans la pénombre et en laissant entrer la lumière reçut de plein fouet la beauté du paysage, le paisible soleil estival, la brise qui arrivait en douceur depuis la mer, et le vert des montagnes, le tout accompagné du chant permanent des cigales, qui revenaient au mois de juin. Pour la première fois cette année, il n'était pas pressé. Il s'assit sur le rebord de la fenêtre, laissant l'île l'imprégner. Sans le vouloir, son esprit repartit en Haïti. Revenir en Occident était toujours un synonyme de paix et de repos, mais il était impossible de couper net avec ce qu'il avait laissé derrière lui. Il repensa aux centaines de personnes qui continueraient pendant des années à essayer, seulement essayer de survivre dans ce monde étrange…

Il observa la chambre où ils avaient passé la nuit : les murs jaunis, les vieux meubles. En arrivant, il avait regardé la cuisine, qui tenait aussi lieu de séjour, froide et sans charme. Les sacs de vêtements de la défunte boulangère étaient restés dans le cellier… Sa compagne était ainsi.

Mathias s'habilla et descendit. Marina était seule au pétrin, à mélanger de la farine et de l'eau. De dos, elle ne l'entendit pas arriver. Il s'approcha et l'entoura de ses bras. Elle se retourna vers lui et, sans cesser son ouvrage, l'embrassa. Mathias posa les mains sur les siennes.

— Marina, cet endroit est… magnifique, dit-il en déposant un baiser sur sa joue.

— Il faut bien utiliser les articulations des doigts, amalgamer petit à petit.

— Montre-moi.

Ils pétrirent ensemble en silence. Il glissa les doigts entre les mains de Marina, les remplissant de farine et d'eau. Puis les baisers sur la tempe, dans le cou, sur l'épaule… et ils pétrirent encore un peu, fermant les yeux et se laissant porter.

Ensemble, ils entreprirent de brûler les bûches de chêne vert et d'amandier. Marina jeta l'allumette dessus. Au bout de cinq minutes, une flamme immense s'élevait. L'image du four enflammé faisait toujours forte impression la première fois, et Mathias resta absorbé devant pendant que Marina préparait le cake au citron.

— Je me suis dit… commença-t-il. Il faudra que je fasse quelque chose pendant tout ce temps. Je ne me vois pas aller à la plage toute la journée, allongé sans rien faire.

C'était vrai. Quand ils rentraient à Berlin chez ses parents, toute occupation était bonne pour Mathias, réparer un grille-pain, déloger des termites d'un vieux bahut de sa mère, aider son frère à monter les meubles de sa nouvelle maison de divorcé, et même assembler des Lego avec son neveu. Tout ce qui se présentait. Marina ne l'avait jamais vu devant la télé ni lire tranquillement sur le canapé, mais elle n'avait pas pour autant imaginé qu'il refuserait de lézarder sur la plage comme le faisaient ses compatriotes sur toute l'île.

— Tu peux nous aider à la boulangerie. D'ici peu, Majorque va se remplir de touristes et on devra faire le double de ce qu'on enfourne aujourd'hui.

— Tu sais ce que je me disais ? Que si ça ne te dérange pas je pourrais arranger la maison pour quand Laura et Siegfried seront là. Je peux ?

— Mathias, tu peux faire ce que tu veux, répondit-elle avant de l'embrasser.

Ils enfournèrent le pain et le cake au citron, tandis que Mathias lançait des idées de travaux dans la maison. Il trouvait que le cellier n'avait aucun sens, que cet espace pouvait servir de bureau ou de chambre supplémentaire, en transférant les affaires indispensables dans le buffet de la cuisine, qui était plein de bric-à-brac inutile. Ou encore se débarrasser aussi du buffet, qui occupait trop d'espace. Les murs blancs rendraient bien avec les poutres en bois…

Tomeu entra pour venir chercher les pains de l'après-midi.

— *Bon dia.*

Marina lui présenta Mathias.

— Catalina m'avait dit que ton mari arrivait, dit Tomeu.

— Mon compagnon, précisa Marina.

— Comment, compagnon ? Collègue, tu veux dire ?

— Oui, aussi… *és el meu novio, si.*

— Ah, vous n'êtes pas mariés.

— Non, on n'est pas mariés.

Tomeu donna quelques coups un peu secs mais aimables sur le bras de Mathias, et il éleva la voix pour s'adresser à lui :

— Eh bien, jeune homme, bienvenue à Valldemossa.

Tomeu, comme Catalina, faisait partie de ceux qui estimaient que s'ils parlaient espagnol assez fort, les étrangers pouvaient comprendre.

La coiffeuse entra dans la boutique, plus par curiosité qu'autre chose.

— Mais c'est pas vrai, c'est pas vrai ! s'exclama-t-elle en jetant un regard discret vers Mathias. C'est lui, ton mari ? Il ne comprend pas l'espagnol, c'est ça ?

— Pas beaucoup, répondit Marina.

— C'est un canon ! lui glissa-t-elle.

La sympathique coiffeuse s'approcha ensuite de Mathias pour se présenter, haussant également de trois tons le volume de sa voix. Elle s'adressa de nouveau à Marina.

— Imagine-toi le Manolo à côté de cet homme. Le tien doit faire au moins deux têtes de plus que lui. Ces histoires de *latin lover*, c'est surfait.

Marina sourit. Elle dut également lui préciser qu'ils n'étaient pas mariés. Le maire arriva, il fallut réexpliquer, et la quatrième fois, voyant que dans un village être en union libre ne passait pas, ils cessèrent de s'expliquer et firent comme s'ils étaient mari et femme.

— Mathias, je monte un peu dans la chambre. Tu peux rester là si jamais un client arrive ? C'est un euro le pain brun. Et ce gâteau, c'est cadeau de la maison pour les habitués.

Elle alla se changer et remarqua qu'elle commençait cette semaine pourrie à laquelle toutes les femmes du monde ont droit une fois par mois. Un jour, dans un camp de réfugiés au Soudan, par 41 °C, en ressentant la douleur aux ovaires qui précédait la menstruation, elle avait calculé que toutes les femmes avaient leurs règles mille neuf cent vingt jours dans leur vie, et avait trouvé ça totalement absurde.

Mathias s'assit sur un tabouret en attendant qu'un client entre. Peu après apparut le curé.

— *Bon dia.*

— *Bon dia*, répéta Mathias.

— Toi être mari de Marina ?

(Le curé faisait partie de ceux qui estimaient que si on crie en omettant de conjuguer les verbes, les étrangers comprenaient mieux.)

Mathias vint derrière le comptoir.

— Oui, moi être mari de Marina, répondit-il en lui tendant la main. Enchanté, monsieur.

— Moi vouloir *pa moreno* et un peu de cake au citron.

Mathias prit le cake avec des pinces et l'enveloppa dans du papier. Il le remit au curé, qui dit au revoir aimablement. À peine eut-il saisi la tranche que, comme d'habitude, il goûta aussitôt le gâteau. Il n'était pas sorti de la boulangerie que, sans croire au goût que percevaient ses papilles, il se retourna vers Mathias.

— Hmm…

Il avala une deuxième bouchée, mâcha lentement en poussant des soupirs de plaisir et sourit à Mathias qui, les yeux ronds, observait le curé espagnol en train d'émettre des sons étranges.

— Oui, enfin, cette fois, c'est ça, marmonna-t-il pour lui-même avant de parler plus fort. L'authentique saveur du cake au citron et aux graines de coquelicot.

Il sortit sans redire au revoir. Quand Marina descendit, Mathias lui dit :

— C'est un type bizarre, ce curé, non ?

— Il est amoureux d'une veuve.

Ils sortirent s'asseoir sur le petit banc en façade. Niebla, couchée dessous, se releva et remua la queue pour recevoir les premières caresses du nouvel occupant de la maison. Mathias contempla son aimée, puis les montagnes et la mer au loin. Il enlaça les épaules de Marina. Elle lui prit la main et il la regarda dans les yeux. Il approcha ses lèvres.

— Tu m'as tellement manqué…

La voix de stentor de sa nièce rompit ce moment d'intimité dans le couple. Anita, qui arrivait avec Anna, courut vers sa tante. Marina, un peu étonnée, se leva et Anita se jeta sur elle.

— J'ai tout réussi, tatie ! Juste la moyenne, mais j'ai tout eu !

Anna, derrière elle, la remercia tout bas.

— C'est toi qui y es arrivée toute seule, Ana. Moi, je me suis limitée à t'expliquer.

— Non, tatie. Sans toi, je n'y serais jamais arrivée. Merci beaucoup !

Anita regarda sa mère et lui sourit, plus pour que Marina le voie que pour elle-même, mais elle fit cet effort. Elle s'approcha de sa mère et, comme elle ne l'avait pas fait depuis plusieurs années, elle l'embrassa.

*

* *

Accompagné d'Anita, Mathias se rendit au rayon bricolage d'Auchan, à la recherche du matériel nécessaire pour transformer cette maison sombre dont avait hérité Marina en un lieu plus accueillant. Peinture, bacs, rouleaux, adhésif de masquage, pinceaux, enduit…

Les deux sœurs restèrent à la boulangerie.

— Je veux te montrer quelque chose. Viens en haut.

Elles montèrent dans la chambre. Anna s'assit sur le lit et Marina ouvrit le tiroir de la table de nuit, où elle gardait la revue japonaise.

— C'est elle.

Anna la regarda avec attention.

— Quand cette dame est venue travailler pour papa et maman, elle avait quinze ans. Si je savais exactement combien de temps elle est restée dans la maison… mais Catalina ne veut pas me raconter, expliqua Marina en rejoignant sa sœur pour examiner la photo. Son visage ne te dit rien ? Moi… elle me dit vaguement quelque chose.

— Je n'ai jamais vu cette dame de ma vie, répondit Anna.

Elles étaient encore devant l'image quand le portable d'Anna bipa. Elle passa la revue à Marina, qui scruta de nouveau les traits de María Dolores Molí.

Anna ouvrit son sac. Sur l'écran de son portable, le nom d'Antonio s'affichait.

> *On m'a engagé pour naviguer vers la Grèce. Je ne serai pas là en juillet-août. Quand je reviendrai en septembre, Anna, je ne veux plus de messages, je viendrai te chercher…*

Pourquoi un simple SMS de trente mots parvenait-il à agiter son âme de cette manière ? À chaque message d'Antonio elle avait l'impression qu'un objet lui traversait le corps et la remplissait de petites gouttes de plaisir. Cela commençait par la poitrine, descendait vers le ventre, jusqu'à son sexe… C'étaient seulement des mots. Elle respira profondément, s'efforçant de chasser la sensation qui l'envahissait. Elle était fâchée contre elle-même et son manque de contrôle.

— Anna, tu te sens bien ?

*
* *

— Il faut appeler le fournisseur de farine. On arrive au bout. Cet été, il va nous falloir deux fois plus de sacs, déclara Catalina.

— Et il faut appeler où ?

— Lola avait un dossier rouge grenat, très vieux, sur sa table de nuit, avec les numéros de téléphone de tous les fournisseurs.

— Il n'y a jamais eu de dossier là. Ni aucun papier. Jamais, répondit Marina.

— Alors il doit être dans le buffet.

— Il n'y a jamais rien eu dans le buffet.

— Aussi bien, ton mari, avec tout ce qu'il jette, il l'a mis à la poubelle.

— On n'a encore rien jeté. Tout est dans des sacs dans le cellier, mais il n'y a pas de papiers.

Marina avait la certitude que, dans cette maison, il n'y avait ni vieux dossier grenat, ni répertoires, ni carnets, ni photos, ni factures. Mais elle n'allait pas laisser passer l'occasion d'essayer de vérifier autre chose, même de peu d'importance.

— Viens, on va chercher ensemble, lui dit-elle en montant l'escalier.

Catalina la suivit. Au premier étage, Niebla s'approcha de la boulangère et agitant la queue. Mathias lavait les bols du petit déjeuner dans l'évier.

— *Ay quins records*[1], fit Catalina avec nostalgie, soupirant de voir la cuisine de sa vieille amie.

— *Bon dia*, Cati, la salua Mathias en majorquin tout en essuyant les verres.

— *Bon dia*, Mathias. Toi bien dormi aujourd'hui, eh ? On dort bien à Valldemossa, pas vrai, beau gosse ? cria Catalina.

— Oui. Beau gosse dormir très bien aujourd'hui, répondit Mathias en prenant le balai.

— Mais comme ils se rendent utiles, ces Allemands, s'émerveilla Catalina en se retournant vers Marina. Tout calme, là, avec le tampon à récurer, le balai et le produit. Comme si ça allait de soi…

Mathias regarda Marina pour qu'elle fasse l'interprète. Les mots « utile » et « tampon » ne lui disaient rien. Elle lui répondit par une moue signifiant : « Rien d'important. »

— Les hommes majorquins, le mot « balai », oui, ça peut leur dire quelque chose, mais le tampon vert… C'est là qu'elle gardait les factures, poursuivit Catalina en ouvrant le tiroir du buffet, qui était vide.

— Il n'y a jamais rien eu là-dedans, je t'ai déjà dit. Des serviettes sens dessus dessous.

Étonnée, Catalina suivit Marina vers la chambre.

Elle ouvrit le tiroir de la table de nuit. Dedans, le stéthoscope et le carnet Moleskine.

— C'était là qu'elle mettait le dossier.

— Et il y avait autre chose ?

Catalina haussa les sourcils. Son amie, têtue comme pas deux, revenait à l'attaque.

1. « Ah, quels souvenirs. »

— Elle avait un petit album avec des photos de famille et d'autres de la fête de la Beata[1]. C'était l'une des danseuses principales et le comité des fêtes prenait toujours des photos.

Catalina attendit quelques secondes, pensive.

— Moi non plus, je ne comprends pas que tout ait disparu. Parce que Lola est partie d'un coup. Elle ne s'attendait pas à mourir. Quand je lui ai dit au revoir, elle était très bien. Le lendemain, Niebla est venue aboyer à ma porte… on est venus en courant et on l'a trouvée sereine, les yeux ouverts. Et rien… Quelqu'un a dû venir. Pose la question à ta sœur. Enfin, ça revient au même. J'ai le numéro du fournisseur chez moi. Je l'appellerai cet après-midi.

Elles redescendirent au premier. Mathias sortait des sacs-poubelle.

Catalina vit le fin cardigan que son amie portait les nuits d'été quand, parfois, s'étant perdue en chemin, la tramontane passait par Valldemossa.

— Ça ne te dérange pas si je le prends ? demanda-t-elle en le sortant du sac.

— Garde tout ce que tu veux, Cati.

Elle ne voulut rien emporter d'autre et observa, peinée, Mathias qui s'éloignait dans la rue avec sept sacs-poubelle remplis de poêles, marmites, vieux bibelots, hauts, jupes et espadrilles… des sacs remplis de la vie de Lola.

1. Fête traditionnelle célébrée le 28 juillet à Valldemossa, en hommage à sainte Catalina Tomás, religieuse et écrivaine, née au début du XVIe siècle dans cette localité. Le village entier, en tenue traditionnelle, danse, chante et défile dans des chars enrubannés pleins d'enfants, en hommage à la sainte. *(N. d. A.)*

*
* *

Marina et Mathias passèrent à Ikea acheter un canapé-lit, une armoire et deux lampadaires pour la chambre où dormiraient Laura et sa fille, plus un futon pour Siegfried.

Mathias se mit aussitôt à la tâche, suivant avec précision les notices où un pantin souriant muni d'une clé anglaise accompagnait les indications. Six heures plus tard, après avoir plusieurs fois envoyé au diable celle qui avait donné naissance aux Suédois, il avait terminé le montage de l'armoire et du canapé dans la chambre d'amis.

— Je suis claqué, déclara-t-il en s'étendant sur le canapé à 23 heures.

— Mais tu ne te reposes pas une seconde. Mathias, je ne sais pas si ça vaut le coup d'en faire autant pour cette maison, vraiment.

— On ne pouvait pas les laisser dormir dans le cellier sans donner un coup de peinture et mettre un lit valable. De toute façon, tu la vendras mieux dans cet état.

— C'est sûr.

— Ce qu'on est bien, ici, fit Mathias en lui prenant la main.

— Je me suis sentie bien dès mon arrivée. À peine sortie du taxi. Ce village a quelque chose de spécial. Tu sais, je n'arrête pas de repenser à ce dossier. Je suis sûre que c'est Armando qui l'a emporté.

— Quand Siegfried sera là, on pourra lui faire une petite frayeur, suggéra Mathias en jouant le gros dur avec un sourire moqueur. Comment on dit *Arsehloch* ?

— « Connard », traduisit Marina sans réfléchir. Je sais qu'il y a autre chose, Mathias, et lui doit le savoir. Ces murs renferment quelque chose qui m'échappe. Il est clair que Lola a eu besoin d'argent pour payer les droits de succession. Qu'elle en a demandé à Tomeu, et, d'après ce que j'ai déduit de ce que m'a dit sa femme, à d'autres personnes de Valldemossa. Et puis ma grand-mère est arrivée. Mais c'est curieux.

— Ce n'est pas curieux qu'une femme comme ta grand-mère, qui avait de l'argent, ait aidé son infirmière. Ou son aide-soignante, ou n'importe. Il y a bien des millionnaires qui déshéritent leurs enfants pour tout laisser à Médecins Sans Frontières, non ? Ou qui lèguent leurs biens à la gentille jeune fille qui a pris soin d'eux pendant les dernières années de leur vie. Nerea a aidé Lola. Et, en plus, elle ne lui a pas donné l'argent, vu qu'elle est devenue copropriétaire.

Marina ne répondit pas. Il était clair qu'elle devait se confronter à son beau-frère et vérifier s'il avait pris quelque chose. Elle seule.

— En tout cas, continua Mathias, cette gentille dame t'a laissé un cadeau merveilleux. Après seulement deux jours ici, je peux comprendre pourquoi les Allemands sont en train de coloniser votre île. Ce n'est pas un mauvais endroit pour prendre sa retraite.

Marina éclata de rire. Mathias se retourna vers elle pour l'embrasser. Il lui caressa le visage, puis s'empara de nouveau de ses lèvres. Entre baisers et caresses, elle plaisanta en s'imaginant Mathias et Siegfried en train de mettre une raclée au Flavio Briatore de sa famille. Il rit avec elle et l'embrassa de nouveau, commença à défaire sa tresse…

— Tu n'étais pas crevé ?

*
* *

Durant la première semaine de juillet, une vague de touristes s'abattit sur Majorque. Quand ils abandonnaient les plages à la tombée de la nuit, ils se promenaient en tongs d'un pas léthargique dans les rues de Valldemossa, achetant de l'artisanat, des figurines de danseuses andalouses made in China, des liqueurs d'herbes majorquines, des bracelets en laine et des cendriers aux inscriptions du style *Passion for Mallorca*. Sans oublier la visite obligatoire à la Cartuja, le nid d'amour de Chopin et de son arrogante George Sand, ni la dernière étape pour se reposer : la boulangerie Can Molí. Mathias fabriqua des bancs en bûches où ils purent s'asseoir pour savourer leur *coca de patata*, leur *trempó* et, parfois, un petit morceau de cake au citron, lorsqu'il prenait à Catalina l'envie de leur en offrir. Peut-être le lecteur s'imagine-t-il que les boulangères avaient enfin trouvé la recette du cake au citron ? Rien de cela. Au grand désespoir de Marina, le curé et le reste du village se remirent à se plaindre du goût du gâteau dès le lendemain…

On manquait de main-d'œuvre à Can Molí. Marina demanda à sa nièce si elle voulait gagner un salaire. Le jour suivant, la jeune fille arriva, ponctuelle, à 5 heures du matin à la porte de la boulangerie. En lui montrant comment pétrir le pain, Ursula lui parla de Pippa, sa nièce de quinze ans, qui arrivait le lendemain et travaillerait aussi là le matin.

— Je pense que vous vous entendrez bien, lui dit la vieille Argentine.

Anita savait qu'elle ne s'entendait bien avec personne et ne fit preuve d'aucune curiosité pour en savoir davantage.

Le lendemain, comme l'avait annoncé sa grand-mère, la deuxième mitronne arriva : Pippa, amazone rousse dont les cheveux lui tombaient dans le dos, robuste, un mètre quatre-vingt-cinq, le même regard clair que son aïeule.

— *Hi ha molta feina avui, jov.* Il y a beaucoup de travail aujourd'hui, jeune fille, traduisit Catalina en élevant la voix et en lui donnant un tablier.

— Ana, tu lui expliques comment tout fonctionne ? proposa Ursula. Comme ça, c'est bien, tu pratiques ton allemand et elle son espagnol.

Pippa regarda Anita, puis sa grand-mère. Elle avait à moitié compris ce qui se disait et, devant le manque d'enthousiasme d'Anita, elle dit :

— *Oma, bitte. Lass sie in Ruhe*[1].

— *Oma*, c'est mamie, c'est ça ? demanda Anita.

Pippa acquiesça avec un sourire.

— Prends une raclette et fais comme moi. *Mach wie ich mache*, lui dit Anita en coupant des tronçons de pâte et en formant des boules dans ses mains.

Ce mélange hispano-allemand issu de la bouche de cette fille bien bâtie et de son âge plut à Pippa, qui sourit et imita Anita. À partir de cet instant, elle n'eut plus un regard pour sa grand-mère de tout l'été. Les adolescents sont étranges. Si vous leur proposez quelque chose, ils vous marmonneront un refus. Si la même suggestion vient d'un autre ado, dans la plupart des cas ils trouveront l'idée géniale.

1. « Mamie, s'il te plaît. Laisse-la tranquille. »

*
* *

La maison sentait le tabac. Les rideaux étaient tirés pour occulter le soleil. Le vent soufflait à peine. La demeure de son enfance parut plus sombre que jamais à Marina. Elle suivit Anna à l'intérieur.

— Qu'est-ce qu'il y a, Marina ? Pourquoi tu es venue sans prévenir ? Pourquoi tu veux parler à Armando ? Il est en haut. Je vais lui dire de descendre, proposa Anna, la voix tremblante, craignant le pire.

— Oui, je veux bien.

Anna monta l'escalier rapidement, sans parvenir à cacher sa nervosité. Pourquoi Marina n'avait-elle pas appelé avant de venir ?

Sa sœur s'assit sur le canapé. Elle n'avait pas voulu avertir Anna parce qu'elle préférait prendre Armando par surprise et jauger sa réaction. Elle examina le salon, reconnaissant la décoration chargée et rococo de sa mère. Sa sœur était vraiment un prolongement d'Ana de Vilallonga… en version généreuse. Sur la cheminée trônait toujours la photo d'Anna posant à la Lady Di, recevant le baiser de son jeune vainqueur. Elle regarda le secrétaire, le sol froid en marbre. Elle se dit qu'elle avait bien fait de donner sa part à sa sœur. Cette maison n'avait plus rien à voir avec elle.

Armando descendit d'un pas pesant, une Marlboro aux lèvres. Marina se tourna vers lui. Anna lui avait déjà dit que son mari était en mauvais état, mais en le voyant elle eut l'impression qu'il avait vieilli de dix ans en quelques mois. Anna le suivait, invisible.

— Bonjour, Marina.

— Bonjour, Armando.

Aucun des deux ne fit mine de vouloir embrasser l'autre.

— Je suis occupé, qu'y a-t-il ? demanda-t-il peu amène.

— Tu as été le premier à entrer dans la maison, pas vrai ?

Armando hocha la tête sans prononcer un mot.

— Quelqu'un d'autre y est allé ?

— Moi. Le lendemain, répondit Anna d'une voix hésitante.

— Je sais qu'il y avait un dossier contenant des factures et plusieurs albums photo.

— Je n'ai rien pris. Je l'ai déjà dit à Anna, lui assura Armando d'un ton catégorique.

— Tu es sûr ?

Armando se remit à acquiescer tout en gardant le silence. Marina sentit une oppression dans sa poitrine. Elle rougit. Elle devait aller à la confrontation. S'armant de courage, elle décida de se montrer directe.

— Tu mens, Armando.

Marina connaissait bien le regard de son beau-frère. La colère monta en quelques secondes dans ses yeux.

— Quand on te dit non, c'est non. Tu sais ce qui t'arrive, Marina ? Tu te crois très maligne. Madame est docteur, diplômée en Amérique et, au fond, ma petite, tu es une malheureuse qui n'a pas de vie. On t'a envoyée bien loin à quatorze ans… pour que tu arrêtes de gêner. Tu gênes, Marina.

Après un bref sourire, il enfonça le clou :

— La preuve, même ta propre mère ne te supportait pas.

Ce coup bas, Marina ne s'y attendait pas et ne sut comment y répondre. Elle sentit ses yeux s'emplir de larmes. Elle les retint comme elle le put, sous le regard de défi d'Armando. Cependant, pour la première fois en vingt-cinq ans de mariage, son invisible sœur réagit :

— Comment peux-tu être aussi cruel ?

— Te mêle pas de ça.

— Mais si, je m'en mêle. Si tu as pris quelque chose, sois sympa et dis-le. Tout ce qu'il y avait dans cette maison lui appartient.

— Fichez-moi la paix, cracha-t-il avec mépris avant de faire demi-tour et de quitter la pièce.

*
* *

Marina ne souhaita pas répéter à Mathias les paroles exactes de son beau-frère, mais elle lui raconta une partie de l'entrevue et, à son agitation, il comprit que ce n'avait pas été une conversation agréable. Après quelques insultes en allemand à cet homme qu'il n'avait jamais vu de sa vie et qu'il désirait ne jamais rencontrer, Mathias lui conseilla de cesser les recherches. Si au bout de sept mois elle n'avait pas trouvé, mieux valait arrêter de tourner la question en tous sens.

— Lola a voulu remercier ta grand-mère pour l'argent qu'elle lui avait apporté. Comme Nerea était morte, elle vous l'a laissée à vous deux. C'est tout, Marina. Mon amour, tu es obsédée par cette histoire. Oublie.

Ursula les appela depuis la rue. Mathias se montra à la fenêtre. Anna au téléphone ! Marina sortit sans enthousiasme. Sa sœur aînée, éperdue, pleura en lui demandant pardon. Encore une fois.

*
* *

Laura et sa fille arrivèrent et s'installèrent dans la nouvelle chambre. Quelques heures plus tard, les cinq enfants de la coiffeuse passèrent la chercher pour l'emmener aux jardins de la Caruja, où elle passa le mois d'août à jouer à cache-cache, à cheval-fondu et à lancer des ballons d'eau.

Siegfried loua une Jeep à l'aéroport de Palma et arriva à Valldemossa tel Indiana Jones, avec un chapeau en cuir orné d'une plume, décidé à dénicher les plages inconnues de l'île. Il en restait peu, mais il les trouva. De bonnes paellas, du bon vin, la Méditerranée et le soleil, il ne manquait rien à cette famille d'amis qu'avait Marina.

Un matin d'août, Anna monta derrière sa fille sur la Vespino. La BMW était de nouveau chez le garagiste. En arrivant à la boulangerie, Anita se mit au travail avec Pippa et Anna monta voir sa sœur.

En entrant, elle observa les pittoresques amis de Marina, qui n'avaient rien à voir avec les siens. Mathias, rasé cette fois, les cheveux mouillés, vêtu d'un pagne africain de la taille aux pieds, torse nu, caressait les cheveux de Marina. Ils riaient et parlaient anglais avec leur extravagante famille : Laura et un type blond négligé, au chapeau affreux et qui avait sur les genoux une petite qui devait être la fille de la Barcelonaise, une fillette très blonde, couverte de Nutella, avec deux couettes trop hautes et à qui le blond au chapeau vernissait les ongles d'une couleur rose offerte par la fille de la coiffeuse. Étalée dans un coin, Niebla. Comme leurs vies étaient différentes…

Dans cette petite maison en pierre perdue au milieu des montagnes, tout semblait en vie. À quelques kilomètres, dans sa demeure de marbre, tout semblait mort.

Niebla aboya. Marina aperçut sa sœur et se leva avec le sourire. Elle la présenta à ses amis. Ils terminaient le petit déjeuner. La fille de Laura demandait à aller à la plage. Ils partirent tous dans la Jeep à la plage d'Es Trenc, laissant seules les deux sœurs.

— Comment vas-tu ?

— Je pétris toute la journée, et avec ces amis bruyants…

— Je suis vraiment désolée pour…

— C'est bon, Anna, la coupa Marina, qui n'avait pas envie de se rappeler l'épisode avec son beau-frère. N'y pensons plus, s'il te plaît.

— D'accord. Pardon.

Anna regarda la maison, qu'elle trouva changée. Pleine, gaie. Les volets étaient ouverts, laissant entrer une brise agréable. Un nouveau tissu africain rapporté par Laura couvrait le canapé. Des livres pour enfants et des peintures étaient posés sur le plan de travail, quatre paires de chaussures pointure 46, du tabac en vrac…

— Ça rend bien, la maison.

— Tu trouves ? dit Marina sans croire une seconde aux paroles de sa sœur et en regardant sa cuisine-salon complètement en désordre.

— Marina, je voulais encore te remercier.

Celle-ci vint s'asseoir à côté d'Anna.

— Tu n'as à me remercier pour rien.

— Ça va te paraître bête, mais Anita est tellement changée depuis qu'elle vient ici. En caractère, en façon de s'habiller. Je ne sais pas ce que tu as pu lui raconter…

— Anna, je l'ai écoutée, rien de plus.

— Elle m'a demandé de l'emmener chez ma coiffeuse et de l'accompagner pour acheter des fringues. Il y a un an, c'était impensable… Maintenant, depuis qu'elle vient ici, elle porte des vêtements un peu plus féminins. Bon, un peu.

Elle sourit et haussa les épaules.

— Ce n'est pas grâce à moi, objecta Marina.

Avec un sourire, elle montra sa tenue pratique et quotidienne d'humanitaire : short et tee-shirt blanc.

Anna rit. Mais c'était vrai, sa fille se transformait. Si Anita gardait les larges pantalons de chez Auchan pour couvrir ses cuisses musclées et continuait de comprimer cette poitrine qu'elle détestait dans des soutiens-gorge de sport, à présent, au lieu de tee-shirts amples au ras du cou, elle portait des débardeurs. De plus, elle avait découvert cet été devant le miroir les beaux yeux noisette hérités de son grand-père Néstor, qu'avaient aussi sa mère et sa tante ; elle avait mis sa frange de côté et, pour la première fois, s'était trouvée jolie.

— Mes copines du Club Nautique, Cuca et compagnie, me racontent que leurs filles se réveillent à l'heure du repas, qu'elles veulent juste sortir et qu'elles n'arrêtent pas de demander de l'argent. La fille de Cuca, toute jolie qu'elle paraisse, a fait un coma éthylique la semaine dernière et ils se sont retrouvés à l'hôpital.

Anna regarda par terre. Il était difficile d'être sincère.

— Anita a toujours été la fille bizarre. Le garçon manqué. Je l'ai entendu dire dans mon dos. Et, pour la première fois depuis toutes les années que j'ai passées à éduquer ma fille, je suis toute fière de lancer à mes amies qu'elle travaille de sa propre initiative la semaine entière et qu'elle ne me demande plus un centime depuis un an. Elles sont limite jalouses.

Anna regarda sa sœur avec tendresse avant de conclure :

— Et tout ça, c'est grâce à toi.

Marina lui prit la main.

— Tu es une mère géniale et ta fille est aussi géniale que toi. Je n'ai rien fait.

— S'il te plaît, Marina, si je peux faire quelque chose pour toi, dis-le-moi.

— Je n'y manquerai pas. Allez… dit-elle en se relevant, sans lui lâcher la main. Je veux que tu voies comment ça tourne, tout ça. C'est toi qui avais le don pour être boulangère, pas moi. C'est ce que disait grand-mère.

Elles entrèrent dans le fournil, où se trouvaient la vieille Argentine, Pippa, Cati et Anita mortes de chaleur en train de travailler. Le thermomètre affichait 39 °C et les bûches d'olivier dans le four semblaient chauffer plus fort que jamais.

Ursula se disputait avec sa nièce, en allemand évidemment, et personne ne comprenait rien, même si on devinait que la cohabitation au quotidien entre ces deux rousses au fort caractère que soixante-dix ans séparaient ne devait pas être facile tous les jours. Elles vivaient sous le même toit depuis plus d'un mois.

— Anna, tu restes pour nous aider aujourd'hui ? demanda Ursula de manière inattendue.

— Euh, je venais regarder, répondit Anna prise de court.

— Regarder, quelle idée ! Au boulot ! lui ordonna l'Argentine avec un clin d'œil.

Ursula savait parfaitement que cette histoire d'amour entre sœurs, tronquée par le destin, pesait à Marina autant qu'à Anna. C'était peut-être le jour où tout allait vraiment commencer à changer. Mais ce que souhaitait vraiment Ursula, c'était perdre de vue sa petite-fille.

— Vous savez quoi ? Vous devriez aller à la plage, dit-elle à Pippa et Anita. On a des remplaçantes. Je vous donne un jour de congé à toutes les deux. Parce que… *Che !* J'en ai ma claque.

— *Che !* Ne me mêle pas à ça, répliqua Anita en imitant comiquement son accent.

— Si, je t'y mêle aussi. Dehors, toutes les deux !

Anita retira son tablier et le passa autour du cou de sa mère. Suivant prestement sa congénère allemande, elle sortit de la pièce.

Elles entrèrent dans la maison d'Ursula et montèrent dans la chambre de Pippa, qui ressemblait à une jungle avec des vêtements jetés par terre, des verres vides et des bandes dessinées. Le motif des disputes avec sa grand-mère devint évident pour Anita. Elles revêtirent leurs maillots de bain. Pippa attrapa les habits laissés par terre et en fit un gros ballot entre ses bras.

— Tu m'ouvres l'armoire, Ana ?

Le ballot fut introduit sans cérémonie dans l'armoire. Sa grand-mère ne le verrait plus au sol et serait contente. Elle attrapa les cinq verres et elles sortirent. Avant de refermer la porte, Pippa regarda la chambre un peu mieux rangée : les BD étaient toujours par terre à côté du lit, alors d'un coup de pied, elle les enterra dessous.

— C'est bon, on y va !

Comme tous les après-midi quand elles sortaient de la boulangerie les mains encore enfarinées, elles montèrent sur la Vespino pour vivre leur vie. Elles cherchaient les plages, escaladaient les rochers, s'y cachaient. Elles se moquaient souvent d'autres adolescentes maniérées qui déplaçaient leurs mèches de cheveux. Elles écoutaient Patti Smith, Janis Joplin, Nina Simone… Elles laissaient filer les heures près de la Méditerranée et dedans. Pippa passa ces deux mois à essayer d'apprendre la nage papillon. Anita lui répétait patiemment :

— Les bras, les jambes et la respiration, entrée dans l'eau, ondulation, traction, poussée.

Pippa s'étouffait entre ses essais et ses fous rires. Car, avant tout, elles riaient beaucoup ensemble. Un rire insouciant qu'Anita n'avait jamais connu. Et, au fil des jours, un étrange sentiment lui vint pour la rousse allemande, en même temps qu'elle cessait de fuir le miroir et se plaisait un peu plus à elle-même. Pourtant, malgré la sensation de bien-être qu'elle éprouvait la nuit, seule dans sa chambre, Anita se sentait confuse. Allongée dans son lit, les mains sous la nuque, elle se demandait si les autres filles du collège éprouvaient aussi ce sentiment entre elles. Parce que c'était un beau sentiment mêlé au désir d'être toute la journée ensemble.

Cette nuit-là, Anita l'emmena dans une petite crique vierge perdue à l'extrême sud de la Tramontana. Elles marchèrent presque trois quarts d'heure avant d'arriver à la *cala* En Basset, un coin secret protégé par des falaises que seuls les Majorquins connaissaient. Il était plus de 23 heures. L'endroit était désert. En arrivant, Pippa ôta ses vêtements et son maillot pour courir nue jusqu'à la mer. Anita la regarda. Un peu honteuse, elle profita néanmoins de l'obscurité pour imiter son amie. Pippa plongeait comme une sirène avec ses cheveux roux qui lui couvraient la poitrine… très belle image. Elle se redressa. L'eau lui arrivait à la taille. Elle regarda vers le ciel et dansa nue en jouant avec l'eau. Anita, toujours immergée, l'admirait.

— Si seulement je pouvais rester là toute l'année ! Qu'est-ce qu'il me manque en hiver ce paradis !

— Je t'assure que si tu habitais ici tu dirais pas ça.

— Ben qu'est-ce qu'il te faut de plus ? Le soleil, la mer, de la bouffe super bonne, ce paysage… dit Pippa en désignant l'imposante falaise au-dessus d'elles.

— Je déteste cette île. Si je pouvais partir demain, je le ferais.

— Qu'est-ce qu'il te faut de plus ? répéta Pippa, qui savait déjà quel rejet ressentait son amie espagnole envers son propre pays.

— Je sais pas… Ce sont les gens qui vivent ici, je suppose. Je les trouve tous pareils. Sur le même modèle. Des villageois friqués… des gros snobs, fit Anita en faisant claquer ses lèvres avec dégoût.

— Tous ? Les huit cent mille ? Sérieux ?

Anita sourit légèrement. Elle était du genre à généraliser.

— Il faut sans doute vivre ici toute l'année pour comprendre. Je me sens montrée du doigt ici. Une bête curieuse. Différente.

— Et qu'est-ce qu'il y a de mal à être différent, Ana ? C'est plutôt bien.

— En Allemagne, peut-être. Sur ce putain de caillou, non.

Comme d'habitude, cette conversation avait lieu dans un mélange d'allemand, d'espagnol et d'anglais. À l'issue de cet été ensemble, elles possédaient un code grâce auquel elles se comprenaient à la perfection. Pippa s'approcha d'elle en remarquant sa tristesse, lui prit la main et la fit sortir de l'eau. Anita baissa les yeux, intimidée, mais se redressa. Elle se sentit comme elle était, nue. Nue pour la première fois devant quelqu'un d'autre.

— Tu pourrais venir me voir à Heidelberg. C'est une très jolie ville et il ne fait pas aussi froid que dans le reste de l'Allemagne.

— Ah, oui !

— Tu ne me dis pas que tu viendras pour ensuite me laisser tomber.

— Je viendrai. Promis.

— Il y a un truc qui s'appelle Cave 54. Là-bas, tout le monde est bizarre, tu te sentiras bien. C'est un sous-sol avec des étudiants et des marginaux, ils mettent de la super musique. Tu adoreras, j'en suis sûre. J'ai une copine qui falsifie les cartes d'identité, parce qu'il faut avoir dix-huit ans. J'en ai une. Je t'en ferai faire une autre, OK ?

Elles s'éloignèrent en planifiant tout ce qu'elles pourraient faire lors de ce futur voyage dans le sud de l'Allemagne. Elles arrivèrent sur la plage et s'assirent sur les petits cailloux. Pippa prit ses genoux entre ses bras et Ana fit de même. Elles gardèrent le silence, seules, toutes les deux, avec la lune et le va-et-vient des vagues. Pippa s'allongea en prenant la main de son amie, qui suivit. La jeune rousse roula sur le côté pour s'approcher d'Anita. Elles se regardèrent timidement. Pippa lui replaça une mèche de cheveux derrière l'oreille. Anita sentit un chatouillis monter dans son corps. Pippa s'approcha encore et, hésitante, avança ses lèvres vers les siennes. Anita recula une seconde et la vit, paisible, fermer les yeux et pousser un soupir tranquille. Elle l'embrassa, une fois, une autre, et encore, puis Anita ouvrit la bouche et leurs langues se frôlèrent, timides, les cheveux roux de Pippa se déversèrent sur la poitrine de son amie espagnole et, pendant que les vaguelettes de la crique venaient s'écraser en douceur contre leurs corps virginaux, elles firent l'amour lentement.

*
* *

— Ma fille passe déjà la journée avec elle. Et maintenant toi.

— Et qu'est-ce que ça peut te faire ?

— Ça ne me plaît pas. Vous êtes ma famille. Pas la sienne.

— On est seules tout le temps, Armando.

— Et c'est reparti, les complaintes… Je ne veux pas que tu y ailles.

— Ses amis lui ont organisé un dîner. C'est son anniversaire.

— Et je suis invité ?

— Toi, tu as envie de disputes.

— Anita y va aussi ?

— Oui, Anita y sera aussi. Elle est déjà là-bas.

— Et puis quoi, encore !

*
* *

Quand le soleil se coucha, Mathias et Siegfried sortirent le pétrin dans la rue. Anita et Pippa étendirent dessus une grande nappe de lin blanc. Anna plaça deux vases contenant d'énormes coquelicots qu'elle avait ramassés l'après-midi même dans le champ de blé au bord de la route de Valldemossa. Celui dans lequel, trente ans plus tôt, elle courait avec sa sœur face à l'objectif de leur père.

— *Quants som, vint, trenta*[1]? s'interrogeaient Catalina et la veuve en mettant le couvert.

Après une dispute avec sa femme qui, évidemment, n'avait pas été invitée par Catalina, Tomeu avait pris en charge le barbecue et le charbon de bois. Ursula était tout heureuse à la perspective d'un *asado* à l'argentine. Il y avait des années qu'elle n'en avait pas préparé, et elle avait donc proposé de s'occuper de la viande. Le Dr Hidalgo et sa femme, également ex-élève de San Cayetano, préparèrent un *tumbet*, plat typiquement majorquin à base de légumes coupés fin, qui constitueraient un bon accompagnement. Le curé promit de surprendre avec le dessert. Le maire vint avec sa guitare et des fines herbes locales. La coiffeuse avec ses cinq enfants et son mari, qui, enfin, allait garer son camion pour trois semaines, apportait, pour ne pas déranger, un gratin de pâtes pour les petits. Gabriel et Isabel fournirent le vin, beaucoup trop de vin.

Tous s'étaient habillés pour l'occasion. Catalina d'un ample jupon d'été et du cardigan rouge de son

1. « Combien on est, vingt, trente ? »

amie, un peu juste sur elle. Ursula, élégante comme elle l'était, dans une robe noire simple, avec de petites boucles d'émeraude aux oreilles. Mathias et Siegfried en jean et tee-shirt blancs. Anita emprunta des vêtements à Pippa. Les hommes majorquins avaient revêtu bermuda et chemise blanche.

Marina passa la tête par la fenêtre de sa chambre. La nuit était tombée et les lampadaires orangés éclairaient la rue. Elle regarda en silence ses amis et voisins. Tomeu se chamaillait avec Ursula, qui voulait mettre sa hampe de bœuf à griller. Siegfried et Mathias s'efforçaient de communiquer, gestes à l'appui, avec le maire et Gabriel. Catalina, Isabel et la veuve, assises sur des chaises, regardaient les enfants décorer les pavés de la rue avec des craies de couleur ramenées des Pays-Bas par leur père. Pippa et Anita consultaient l'écran de leurs portables entre deux rires. La coiffeuse-esthéticienne prenait la main de Laura, examinait ses ongles et secouait la tête… Marina sourit.

— Et toi, qu'est-ce que tu vas mettre ? lui demanda Anna en entrant dans la chambre.

— Je… Je n'ai rien de spécial, comme tous les jours, répondit-elle sans y accorder d'importance particulière.

— Bon, écoute. Ta petite sœur, qui te connaît bien, a fait un tour chez Zara ce matin.

— Oh, Anna, tu n'avais pas…

Anna ouvrit le sac qu'elle avait à la main et en sortit une longue robe rouge toute simple. Très belle, mais Marina fut surprise par ce choix, qui n'était pas son style. Elle n'avait pas le souvenir d'avoir mis une robe depuis la remise de diplôme de Perelman. Quand elle devait être élégante, c'est-à-dire uniquement pour

Noël chez les parents de Mathias, elle portait un pantalon noir avec une chemise blanche.

— Fais-moi confiance, lui conseilla Anna en remarquant son expression.

Marina se déshabilla sans être sûre du tout de cette tenue. Elle se regarda et Anna sourit devant le résultat. Marina ouvrit l'armoire pour se voir dans le miroir qu'elle avait accroché à l'intérieur. Elle se sentit différente.

— Assieds-toi, lui demanda Anna en plaçant la chaise en osier face au miroir.

Marina obéit sans cesser de contempler son reflet. Anna ouvrit son sac pour en sortir sa trousse à maquillage.

— Juste les yeux, lui dit Marina.

— Oh, mais je sais bien, Miss Lourdingue !

Elle suivit d'un trait de crayon la paupière du haut, puis celle du bas, et appliqua un peu de mascara sur les cils. Elle vint derrière Marina, afin qu'elles se reflètent toutes les deux dans le miroir. Elle lui défit sa tresse.

— Aujourd'hui, c'est cheveux lâchés, Marina.

Elle sortit une brosse et les lui lissa avec soin, sans se presser.

Dans le miroir, Marina observa sa grande sœur qui, du haut de ses quasi cinquante ans, la peignait comme dans leur enfance… Elle fut émue de voir les mains d'Anna s'emmêler dans ses cheveux.

Elle sortit de la boulangerie. Sa longue chevelure noire tombait sur sa peau brune, qui contrastait avec le rouge de la robe.

Les invités se turent en l'apercevant. Mathias découvrit sa femme plus femme que jamais. Car, à quarante-six ans, à l'intérieur comme à l'extérieur, Marina était une femme tout simplement magnifique.

Ce fut un festival de hampe, de côtelettes, de hauts de côtes et de *boutifarres* déraisonnable et délicieux accompagné de vin de l'île. Les enfants, qui terminèrent les premiers, enlevèrent leurs tee-shirts et jouèrent à se maquiller visage et corps avec les craies, aidés de Pippa et d'Anita. Le curé, qu'Ursula avait stratégiquement assis à côté de la veuve, faisait timidement l'éloge du style de la dame au *ball de bot*. Laura et la coiffeuse se plongèrent dans une conversation sur les coupes budgétaires dans l'éducation et le trilinguisme dans les classes. Pour Siegfried et le maire, c'était Rafael Nadal ou Boris Becker, Michael Schumacher ou Fernando Alonso. Mathias dessinait sur une serviette en papier la silhouette du moulin sous le regard attentif de Gabriel. Isabel remplissait sans relâche les verres de vin.

Une fois le repas terminé, le curé ordonna à tous de s'asseoir et entra avec Catalina dans la boulangerie. Il voulait se charger personnellement du dessert, à base de pain, de lait, de vin et de cannelle, spécialité de sa pauvre mère, qui elle aussi avait été veuve jeune et le faisait tous les dimanches afin de ne pas gaspiller le pain dur de la semaine. Ils posèrent quarante-six bougies sur les quarante-six tranches de pain perdu et sortirent en chantant *Joyeux anniversaire*, suivis par les invités. Marina fit un vœu, souffla ses bougies et le curé, comme il l'avait prévu, répartit ce délice entre les invités comme s'il s'agissait d'une hostie consacrée. Il les bénit un à un et remercia le Seigneur pour cette famille d'amis qu'on lui avait donnée sans qu'il la réclame.

Ursula dit à Tomeu de déboucher le champagne et fit tinter plusieurs fois sa fourchette contre le pied de son verre. Les invités se turent.

— Je voudrais porter un toast à Marina, dit-elle en se levant de sa chaise. Merci de nous avoir tous réunis cet été dans cette rue de ce petit village insulaire… Je dois te dire, chère amie, que c'est un plaisir de te connaître et que je suis très heureuse que Lola t'ait laissé cette propriété. Je te le dis avec toute la sincérité d'une vieille Germano-Argentine de quatre-vingts ans.

Marina sourit des jolis mots de sa voisine, pendant que les invités entrechoquaient leurs verres et demandaient un discours.

La timidité ne l'avait toujours pas quittée, mais elle se leva.

— Quant à moi, je voudrais porter un toast à Lola, dit-elle en prenant sa flûte de champagne. Parce que c'est elle qui nous a réunis ici aujourd'hui. Elle m'a fait cadeau de sa maison, de sa boulangerie… et de ses amis.

Marina sourit en regardant la partie majorquine de la tablée.

— Sa vie. Grâce à Lola, j'ai aussi retrouvé ma sœur, Anna, et ma nièce.

Elle leva sa flûte vers elles. Anna en eut les larmes aux yeux et Anita rougit.

— Et c'est grâce à Lola également que je passe un été merveilleux, comme je n'en avais jamais eu de ma vie, avec mes bons amis Siegfried et Laura et… aux côtés de mon mari, conclut-elle avec un regard pour Mathias.

De façon inattendue, pendant qu'on trinquait, Catalina se mit à pleurer.

— *Ai, Catalina, com l'enyores.*

— *I tu, Tomeu, què..., tu l'enyores més que ningú... Brindem, que no vull plorar*[1], dit-elle en ôtant ses lunettes et en essuyant une larme sur sa joue.

— Marina, c'est pour toi, déclara le Tomeu du bar, en achevant son cinquième verre de vin avant de demander en haussant la voix à Tomeu, le maire : *Tomeu, fota-li a la guitarra. Ja saps quina*[2].

Le maire accorda son instrument et les premières notes d'une vieille habanera résonnèrent. Tous les Majorquins présents la reconnurent aussitôt. Tomeu passa le bras sur celui de son amie Catalina, qui séchait ses larmes avec sa serviette.

— *Començo ho i seguiu la tornada*[3], vociféra Tomeu.

Il se racla la gorge, attendant la guitare et, sans aucune honte grâce aux cinq verres de vin, se lança en espagnol :

Después de un año de no ver tierra
porque la guerra me lo impidió
me fui al puerto donde se hallaba
la que adoraba mi corazón.
Cuando en la playa... la bella Lola
su larga cola luciendo va
los marineros se vuelven locos
y hasta el piloto pierde el compás[4].

---

1. « Ah, Catalina, comme elle te manque. – Et toi, Tomeu... elle te manque plus à toi qu'à personne... Trinquons, je ne veux pas pleurer. »

2. « Tomeu, donne-lui la guitare. Tu sais laquelle. »

3. « Je commence, et vous me suivez pour le refrain. »

4. « Après un an sans voir la terre/parce que m'en a empêché la guerre/je suis allé au port où se trouvait/celle qui dans mon cœur

La coiffeuse, son mari, Cati, Ursula, le curé, sa veuve bien-aimée, Anna, Anita, Gabriel et Isabel se joignirent à Tomeu pour chanter ensemble cette vieille chanson de marin. Siegfried, un coquelicot sur l'oreille, tapa dans ses mains en essayant de suivre le rythme, la fille de Laura sur les genoux.

Ay, qué placer sentía yo
cuando en la playa sacó el pañuelo y me saludó.
Luego después se acercó a mí,
me dio un abrazo y en aquel acto creí morir.
Mi bella Lola, qué hago yo aquí sin ti[1]*…*

Ils rirent tous de la dernière phrase inventée par Tomeu, et la chanson recommença. Les cinq enfants majorquins, avec leurs petits corps hâlés couverts de peintures de guerre, coururent vers le maire comme de petits singes pour danser autour de lui…

Marina sourit, reconnaissante de cet anniversaire inespéré. Il lui paraissait impossible que ces personnes qui chantaient devant elle soient apparues dans sa vie sept mois plus tôt seulement. Alors que cette pensée lui traversait l'esprit, Mathias vint lui enlacer les épaules et lui murmura à l'oreille :

— J'ai envie d'appartenir à cette tribu.

restait./Quand sur la plage… la belle Lola/montre sa longue queue-de-cheval/Les marins deviennent fous/et même le capitaine perd la boussole. »

1. « Ah, le plaisir que j'éprouvais/quand sur la plage elle sortit son mouchoir pour me saluer./Ensuite elle s'approcha de moi,/ me serra dans ses bras, et je crus mourir./Ma belle Lola, que fais-je ici sans toi… »

*

* *

Français	Allemand	Majorquin
tampon à récurer	Topfleratzen	fregall
connard	Arschloch	cabró
étranger (inconnu, venant d'ailleurs)	Fremder	foraster
étranger (d'autre pays)	Ausländer	extranjer
étreinte, accolade	Umarmung	abraçada
citron	Zitrone	llimona
coquelicot	Mohn	rosella
toast	Toast	brindis
vin	Wein	vi
chanson de marin	Seemanslied	canço marinera
village	Dorf	poble
avoir la nostalgie de	Sehnsucht/vermissen	enyorança
tribu	Stamm	tribu

*

* *

— Marina, il faut qu'on se décide.
— Tu sais où je veux aller, Mathias.
— Je ne veux pas retourner en Éthiopie.

— Je sais. Mais moi, j'ai besoin de dire au revoir à ce pays. Il y a une vacation de trois mois dans un projet maternel et infantile à Addis-Abeba.

— Tu as regardé sans moi, répondit Mathias avec déception.

— Laura m'en a parlé avant de partir.

— Ils ont besoin de monde sur le projet au Pakistan.

— Toi aussi, tu as regardé sans moi, conclut Marina avec douceur.

Mathias poussa un soupir. Ils avaient eu cette conversation plusieurs fois. Marina était consciente que, comme elle, Mathias exerçait son métier par vocation et s'y consacrait pleinement. Mais, à trente-cinq ans, il avait encore le besoin de voir, de connaître et de palper le monde. Leur relation était basée sur l'amour et le respect mutuel. Il avait accepté de rester avec elle deux ans en Éthiopie. C'était peut-être à elle de céder. Marina lui caressa la joue en silence, prenant conscience que ces dix ans qui les séparaient commençaient sans doute à peser.

— Trois mois, Mathias. Jusqu'à décembre. J'ai besoin de faire mes adieux à l'Éthiopie. Je suis partie en croyant que je serais de retour une semaine plus tard et… je sens que je dois clore mon cycle là-bas.

Mathias ne répondit pas.

— À Noël, on ira à Berlin, comme tous les ans, et on choisira une autre destination, ajouta-t-elle.

— Trois mois, dit alors Mathias avec sérieux.

Elle vint l'embrasser et s'appuya contre lui.

— Tu as décidé de ce que tu vas faire de cette maison ? demanda-t-il.

— Tu vivrais vraiment ici ?

— Je t'ai dit hier que oui. J'aime bien ce village, Majorque, les gens, répondit Mathias sans enthousiasme débordant.

— Si on vendait, on pourrait acheter un immense loft dans Prenzlauer Berg.

— Ne me le rappelle pas, Marina. On a laissé filer un appart génial.

Ils avaient été sur le point d'acquérir un loft dans ce quartier berlinois qu'ils adoraient tous les deux. C'était quelque chose dont Mathias rêvait. Leur maison à eux. Un mois d'août, les parents de Mathias étaient partis pour la Thaïlande et le couple s'était installé un mois dans la capitale allemande. Ç'avaient été des semaines tranquilles, ils avaient profité d'une intimité qu'ils n'avaient pas connue auparavant. Comme deux Berlinois parmi d'autres, ils s'étaient immiscés dans ce mois chaud où la ville allemande sort dans ses immenses parcs sur ses vieux vélos et s'établit dans les *Biergarten* au bord du fleuve qui serpente dans la ville. Ils avaient retrouvé quasiment tous les jours des amis de l'école Waldorf, que Mathias avait fréquentée toute sa jeunesse, et des collègues de la fac de médecine. Certains soirs, ils restaient à l'appartement et dînaient tranquillement sur la terrasse. Ils avaient fait l'amour presque tous les soirs, lentement, entièrement tournés l'un vers l'autre. Certaines nuits, avec le frère de Mathias et sa nouvelle petite amie turque, ils avaient apprécié des concerts dans des bâtiments couverts de graffitis dispersés dans la grande ville… À leur retour en Afrique, sur le vol pour Addis-Abeba, Marina avait dit à Mathias qu'elle adorait Berlin, à quoi il avait répondu :

— Si tu veux, on peut acheter un appart ensemble, pour notre vie, pour toujours.

Marina avait répondu par un sourire ténu. Peut-être. Son Ithaque, son foyer. Le foyer qu'elle n'avait pas, elle pouvait le créer à Berlin, avec Mathias. En arrivant en Afrique, le premier dimanche qu'ils avaient eu de libre, ils s'étaient assis devant l'ordinateur du siège et avaient recherché des agences immobilières. Lorsqu'ils étaient tombés sur le loft dans Prenzlauer Berg, ils avaient envoyé le frère de Mathias le visiter. C'était un grand appartement, aux plafonds hauts et aux grandes fenêtres. Mathias s'était décidé tout de suite, mais Marina avait freiné cette première tentative de trouver un foyer. Bientôt, d'autres appartements étaient apparus. Pas aussi beaux que le premier, mais relativement intéressants. Marina leur trouva des défauts. Ils arrivèrent à visiter un studio dans le quartier d'El Born à Barcelone, que leur avait trouvé Laura. Non plus. Et, ainsi, cette idée romantique de trouver ensemble un endroit à eux dans le monde s'était effacée peu à peu.

— Que je vende ou pas, je veux bien régler le sujet de la boulangerie. Il y aurait peut-être une manière de vendre la propriété en permettant à Cati de garder son travail. Dans tous les cas, jusqu'à décembre, elle ne pourra pas y arriver toute seule. Ma nièce retourne au lycée la semaine prochaine. Ursula dit qu'elle pourra continuer à venir tous les matins, mais son arthrite empire de jour en jour.

— Et Anna ?

— Anna n'a jamais travaillé de sa vie. Je sais pas… C'est vrai que ma grand-mère lui disait toujours qu'elle ferait une bonne boulangère… Je peux lui proposer.

— J'ai une autre idée. Si on disait à mes parents qu'au lieu de fêter Noël par –20 °C ils pourraient venir ici ?

— Si tu veux, mais ils seront d'accord ?

— Ils seront ravis de quitter le froid. Mon frère pourrait venir aussi, qui sait. En tout cas, sa copine est enceinte. Je ne le comprends pas, mon frère. Alors qu'il a déjà du mal avec un enfant…

Mathias éteignit la lumière de la chambre, ferma les yeux et enlaça la taille de Marina.

— Vraiment, tu vivrais ici toute ta vie ? lui demanda-t-elle. Pense que si on vend on peut aussi acheter quelque chose de plus petit ici et un appartement à Berlin. Deux millions d'euros c'est beaucoup.

Marina cessa de parler en attendant qu'il réponde, mais il ne le fit pas.

— Je ne sais pas trop ce que je dis, en fait. Bon, mon amour, arrête, bougonna-t-il un peu à contrecœur. Il vaut mieux que tu te mettes au clair, et on décidera ensuite.

Ces paroles méfiantes de la part de Mathias resserraient un nœud de problèmes irrésolus dans leur couple. Deux ans plus tôt, un quart d'heure après avoir annulé l'achat du studio de Barcelone, Mathias avait demandé à Laura pourquoi Marina trouvait des problèmes à tous les appartements qu'ils visitaient et évitait toujours qu'ils trouvent un foyer ensemble. Afin de l'aider à comprendre sa femme, Laura lui avait répondu :

— Quand on te vire de chez toi à quatorze ans, tu passes ta vie à chercher l'endroit qu'on t'a volé. Un endroit qui n'existe plus.

7

MA VIE SANS TOI ET UN MORCEAU DE PAIN

Pain simple sans pétrissage

INGRÉDIENTS :

500 g de farine blé

300 ml d'eau

5 g de levure sèche

3 g de sel

10 ml d'huile d'olive

PRÉPARATION :

Verser tous les ingrédients dans un saladier et bien les mélanger à la spatule. Couvrir avec un torchon et laisser reposer toute la nuit. Si la pâte est un peu liquide lorsqu'on retire le torchon, ajouter de la farine selon l'intuition, jusqu'à trouver la texture idoine. Plier plusieurs fois et donner la forme que l'on désire. Préchauffer le four et y enfourner la pâte pendant 40 minutes à 220 °C. Sortir du four et retourner le pain de manière à ce que la partie inférieure se retrouve en haut et laisser cuire encore 10 minutes. En sortant le pain, donner de petits coups dessus. Si le son est creux, le pain est cuit.

Kaleb les attendait, bras ouverts, à l'aéroport. En les voyant sortir, il s'élança vers eux. Il avait toujours un mot aimable pour ses humanitaires préférés. Il ne laissa pas Marina porter son sac à dos. Il le lui enleva des épaules et tous trois se dirigèrent vers la voiture. Il les mit très vite au courant de tout. Aritz et Ona étaient retournés à Mundaka, Manolo et la Française maniérée avaient partagé une chambre pendant les trois mois qu'ils avaient passés à la maison de MSF. Samala était grand-mère pour la dixième fois… Marina regardait à travers la vitre poussiéreuse de la Jeep la fourmillante Addis-Abeba, ce paysage coloré qu'elle connaissait si bien. Elle avait réalisé le trajet inverse neuf mois plus tôt avec un bébé dans les bras. Comment allait Naomi ? Peut-être avait-elle eu de la chance et se trouvait-elle dans les bras d'une mère adoptive. Peut-être pas.

*

* *

— *Arribes tard*[1], déclara Catalina en jetant une allumette sur le bois d'amandier dans le four.

Anna regarda sa montre, qui affichait 5 h 31. Sans répondre, elle se contenta d'enfiler le tablier. Il avait été difficile de convaincre Armando de la laisser aller travailler à la boulangerie, étant donné que celle-ci appartenait à sa sœur. Armando avait menacé de lui retirer son virement mensuel, qu'il avait déjà réduit à cinq cents euros. Si elle commençait à gagner un salaire, il n'avait plus de raison de lui donner encore

1. « Tu es en retard. »

de l'argent. Anna s'était de nouveau armée de courage.

— Fais comme tu l'estimes juste, Armando. Ça m'est égal, mais je n'ai pas l'intention de retourner en Suisse.

Sur ces mots, Anna était sortie de chez elle pour entamer, à presque cinquante ans, son premier travail.

— Arrête un peu, Cati, lança Ursula en entrant dans le fournil.

Et ce fut la routine de toujours, pétrir, laisser fermenter, enfourner…

On était en septembre et la boulangerie revenait peu à peu à la tranquillité et aux horaires d'hiver, de 8 à 14 heures. La cloche de l'église sonna un coup.

— Tu es sûre que tu peux t'en tirer seule ? demanda Catalina à Anna avec humeur.

— Fais-moi confiance, voyons. Je sais compter.

Catalina sortit, non sans marmonner en majorquin. Elle préférait Marina.

Restée seule aux commandes de la boutique, Anna ne put s'empêcher de sourire. Elle ne pensait pas spécialement à la responsabilité d'un travail qui lui incombait pour la première fois de sa vie, mais remarquait surtout qu'elle se sentait bien. Tout simplement. Elle nettoya l'intérieur du four à bois avec la minutie dont avait fait preuve Catalina. Quand elle eut terminé le ménage dans le fournil, elle alla s'asseoir sur le banc extérieur. Niebla, comme à son habitude, était étalée au soleil. Ursula l'avait reprise sous son aile. La chienne se leva et posa le museau sur le banc de pierre. Anna regarda ce vieil animal un peu baveux et, malgré un certain dégoût, lui caressa l'oreille du bout de l'index.

*

* *

Marina ne se souvenait plus à quel point les journées passaient vite en Afrique. Le travail était tellement intense qu'il submergeait tout ; les heures passaient comme des secondes. Elle pouvait s'occuper de cent femmes et enfants par jour. Malgré des journées de neuf heures, elle était incapable de rentrer sans avoir vu tous les patients. Certaines femmes avaient attendu sans se plaindre jusqu'à 18 heures en faisant les cent pas avec leurs enfants. Les nuits où elle dormait peu recommencèrent, à chercher des solutions impossibles à la maladie de son cher peuple éthiopien.

Au bout de sept jours arriva le dimanche, son premier jour de repos.

*

* *

— Ce n'est pas le chemin de l'orphelinat ? demanda Marina en regardant les champs de céréales qu'il lui semblait avoir déjà vus.

— Si, je crois.

— Naomi y est peut-être toujours.

— On y va, si tu veux.

Elle et Mathias marchèrent cinq minutes jusqu'à trouver le bâtiment rose où ils avaient laissé la petite. Ils s'approchèrent de la porte d'entrée. Comme l'autre fois, elle était entrouverte. Marina toqua, puis se montra à l'intérieur.

— *Ëndemën aderu*, dit-elle en haussant la voix.

Aussitôt, la femme aux yeux bons s'approcha avec un nouveau-né à qui elle donnait le biberon.

— Bonjour, répondit-elle en anglais.

Marina la reconnut.

— Vous vous souvenez de nous ?

L'Éthiopienne les observa en silence. Les Blancs qui venaient à l'orphelinat n'étaient pas nombreux. Les parents adoptifs venaient chercher leurs enfants dans les maisons d'accueil de l'État.

— Oui, je me souviens. C'est vous qui avez amené Naomi, non ?

— Oui.

Le bébé se mit à pleurer.

— Elle est encore là ?

— Oui. Là où vous l'avez laissée. Dans le même lit. Allez la voir. Je vais essayer d'endormir ce bébé qui vient d'arriver.

Marina et Mathias avancèrent dans l'étroit couloir. Dans les salles, plusieurs aides-soignantes donnaient des biberons aux orphelins. Marina eut le désir inconscient que Naomi la reconnaisse et se dirigea vers le berceau métallique.

Assise, les mains serrées sur les barreaux en fer, Naomi regardait vers la porte, par où entrait la lumière.

— Bonjour, la belle, dit Marina avec douceur en s'approchant d'elle.

Naomi ne leva pas les yeux, ne bougea pas. Elle gardait le regard fixé sur les rayons de soleil qui arrivaient par la porte. Marina tendit les bras vers elle et la sortit du lit.

— Bonjour, Naomi, répéta-t-elle d'une voix douce.

La fillette remonta les jambes autour de la taille de Marina. Silencieuse, sans aucun bruit. Sans la regarder.

— *Hallo, schönes Mädchen*[1], lui dit Mathias en lui caressant la joue.

Chacun continua de lui parler dans sa langue, comme ils l'avaient fait quand elle était entrée dans leur vie. Mais Naomi ne semblait réagir à aucune de leurs paroles. Elle ne les regardait pas, restait sans expression. Rien.

L'aide-soignante passa derrière eux.

— Vous voulez lui donner le biberon ?

— Oh oui, ça me plairait beaucoup.

La femme leur donna l'un des quatre biberons qu'elle portait.

— Je peux le lui donner dehors ?

Ils sortirent tous les trois et s'assirent sur un banc métallique situé en face de l'entrée. Naomi ouvrit sa petite bouche dans l'attente de la dose de lait à laquelle elle avait droit tous les matins. Sans croiser un instant le regard de Marina, même quand celle-ci lui introduisit la tétine dans la bouche. Elle but son lait lentement, car elle avait appris à le faire sans se presser. Ce n'était pas seulement de nourriture que son corps avait besoin, mais aussi des quelques minutes par jour où un autre être humain la touchait. C'est pourquoi inconsciemment elle avait appris à téter lentement : parce que jusqu'au prochain repas c'étaient les barreaux de son lit qui l'attendaient.

— Naomi, lui chuchota Marina.

— C'est bizarre qu'elle ne réagisse pas. Elle n'entend peut-être pas ? s'interrogea Mathias.

---

1. « Bonjour, jolie jeune fille. »

Si, elle entendait, et ce n'était pas étrange. Personne ne regardait ces enfants et ils ne regardaient personne. Les femmes qui s'occupaient d'eux ne pouvaient leur consacrer le temps qu'elles auraient voulu et leur donnaient le biberon comme une nécessité vitale, sans la disponibilité et l'affection dont ont besoin tous les êtres humains en grandissant.

— Je vais me promener un peu avec elle. Ça ne te dérange pas que j'y aille seule ? demanda Marina à Mathias.

Elle se leva et prit la petite contre sa poitrine. Elle lui tapota le dos pour qu'elle fasse son rot, puis partit marcher sur le chemin par lequel ils étaient arrivés. Naomi ne s'était sans doute jamais éloignée autant des portes de l'orphelinat. Marina remarqua qu'elle appuyait sa petite tête contre son épaule et elle continua de marcher jusqu'à arriver au champ. Elle s'arrêta et se rappela les paroles de Laura : les enfants, même ceux qui viennent de naître, doivent entendre la voix et le ton doux d'un adulte. Ils s'accoutument à ce timbre de voix et l'entendre tout le temps leur procure sécurité et bien-être. Il faut leur parler de tout.

— Tu sais, Naomi, là où je suis née, à Majorque, on a aussi des champs, comme celui qui est devant nous, mais ne sont pas des champs de *teff*, c'est du blé. Et parfois, à côté du blé, il y a des fleurs rouges magnifiques, sauvages qui naissent. Elles sont d'un rouge très vif : ça s'appelle les coquelicots.

Elle sentit bouger Naomi. Elle devait changer de position. Marina l'appuya sur sa hanche et le bébé accrocha ses jambes à la taille de celle qui la portait, mais ne lui offrit pas son regard.

— Naomi, regarde-moi, ma puce, s'il te plaît.

Elle avait peut-être peur ? Mais elle n'en avait pas l'air. Si seulement Marina avait pu savoir ce qui arrivait à ce bébé de neuf mois qui lui semblait le plus triste qu'elle ait jamais vu. Elle ne savait plus quoi dire. Elle se sentait simplement envahie par une peine immense. Il commençait à faire nuit, peut-être valait-il mieux la laisser endormie dans son lit. Marina marcha lentement tout en lui murmurant à l'oreille, comme elle l'avait fait dans le désert de l'Afar :

— *A la nanita nana, nanita ella...*

Pour la première fois, Naomi leva la tête et la regarda, reconnaissant cette mélodie qu'elle avait entendue les premiers jours de sa vie. Ses yeux marron s'emplirent de tristesse et, comme elle avait appris à le faire neuf mois durant, elle se mit à pleurer en silence.

*

* *

Le lundi, Anna se présenta à 5 h 15. Elle ouvrit la porte de la boulangerie et se dirigea vers le fournil. Ce jour-là, c'est elle qui devait introduire les branches d'olivier et les bûches de chêne vert et d'amandier dans le four. Elle démarra le feu. Catalina arriva à 5 h 30 précises. Elle fut étonnée que tout soit déjà lancé, mais s'abstint de tout commentaire. Anna esquissa une moue amusée et, après avoir salué cordialement la grincheuse, elle commença à pétrir pour sa deuxième semaine de boulangère. Elle connaissait déjà les noms des habitants du village, du curé, du maire, de la coiffeuse-esthéticienne et de ses cinq enfants... Tous regrettaient Marina et ses sages conseils qui, assuraient-ils, avaient amélioré la santé de toute la Tramontana. Et, comme toujours, Anna se sentit fière d'être la sœur de cette femme louée de tous.

Catalina partit à 13 heures. Comme à l'accoutumée, en la voyant s'éloigner dans la ruelle, Niebla entra dans la boulangerie. Anna lui ordonna gentiment de sortir en lui donnant un morceau de pain dur. Aussitôt, elles devinrent amies. Anna retourna au fournil et allait se mettre au ménage quand elle entendit la porte de la pièce se refermer. Surprise, elle essuya ses mains pleines de farine sur son tablier et alla voir à la boutique. Alors, elle oublia les trente ans qu'ils avaient perdus l'un sans l'autre.

Antonio se dirigea vers elle ; de ses mains robustes, il s'empara de son visage et, sans attendre son approbation, l'embrassa avec brutalité. Il l'assit sur la table à pétrin et lui ôta son tablier.

— Antonio, je…

— Ne dis rien, lui recommanda-t-il à voix basse tout en dégrafant son soutien-gorge.

Ils s'embrassèrent avec passion. Antonio s'arrêta et observa le désir dans les yeux d'Anna. Elle les baissa timidement, sans savoir quoi dire, puis les ferma et le laissa s'emparer de ses lèvres, prendre les rênes… De son côté, elle n'osait pas. Il l'embrassa dans le cou, sur les épaules, entreprit de lécher sa poitrine, faisant s'ériger ses petits tétons comme la première fois qu'il les avait touchés. Ses seins opérés le firent sourire, rien de plus. Il était en érection, mais il attendit. Anna, les sens en émoi, sentait son cœur battre trop fort. Antonio lui caressa les cuisses tout en soulevant sa jupe. Il l'allongea sur la table encore pleine de farine et, doucement, lui releva les jambes. Il lui laissa sa culotte et lui caressa les plis de l'aine. Anna gémissait tout bas, les yeux toujours clos. Savoir qu'il la regardait lui procurait un étrange sentiment, de plaisir et de gêne, mais elle souhaitait tant se laisser aller… Le désir avait à présent pris possession du plus profond de son être. Antonio déposa des baisers sur ses genoux, lécha l'intérieur de ses cuisses pour arriver progressivement jusqu'à son sexe. Il joua avec ses dessous, de la langue et des mains, la mettant dans un état de plus en plus fébrile. Il s'interrompait, tranquillement… et elle cessait de soupirer ; puis il reprenait, encore et encore. Anna se cambra, reconnaissant la venue du plaisir.

— Et toi ? demanda-t-elle doucement.

Sans répondre, Antonio lui ôta ses sous-vêtements et vit son sexe humide, qui en demandait davantage. Il en approcha sa langue, écoutant les geignements ravis d'Anna avec l'envie d'exploser. Antonio se releva. La contempla, nue face à lui pour la première fois. Il déboutonna son pantalon et la ramena au plus près de son sexe et, avec le désir refoulé de toute une vie, la pénétra. Anna poussa un râle de volupté et, s'aidant de ses mains, se redressa pour prendre dans ses bras cet homme qu'elle avait tant aimé et dont elle allait, elle le sentait, retomber amoureuse.

— J'ai tellement rêvé de ce moment, lui murmura Antonio à l'oreille tout en lui caressant le dos. Anna, regarde-moi, s'il te plaît.

C'est ce qu'elle fit et Antonio revint en elle, avec douceur cette fois.

— Je ne t'ai jamais oubliée, Anna.

Elle baissa les yeux un instant. Il lui caressa le visage, l'embrassa.

— Regarde-moi, Anna. Jamais.

— Moi non plus, je n…

Il l’embrassa sans la laisser terminer. Ils s’étaient désirés tant d’années, s’étaient attendus patiemment, parce qu’aucun des deux ne pensait que cet amour s’achèverait avec la jeunesse. L’un comme l’autre, tandis que le passage obligatoire des années avait lieu dans leur vie, avaient envisagé ces retrouvailles. Tous deux les avaient vues comme un rêve impossible. Peut-être Anna plus qu’Antonio. Mais lui, les rares fois où il était retourné sur l’île, avait imaginé de quelle manière se déroulerait cette rencontre si elle avait lieu un jour. Ce n’était pas le désamour qui les avait séparés, mais le destin.

Antonio, toujours plus proche de la fin, ferma les yeux et s’efforça d’attendre Anna, mais ne le put. La serrant avec force, il explosa. Éprouvant encore les dernières secousses du plaisir, il se retira, embrassa sa bien-aimée sur la bouche, dans le cou, l’allongea de nouveau avec délicatesse sur la table, déposa des baisers sur son ventre et redescendit généreusement vers son sexe.

*

* *

— Je ne vais pas la laisser là, Mathias. Je ne peux pas. Je n’ai pas dormi de la nuit. Je ne peux pas.

— Calme-toi, Marina. Qu’est-ce que tu veux dire ?

Mathias, encore sous les draps, se frotta les yeux et consulta sa montre.

Marina s’assit à côté de lui, un thé chaud à la main. Il était 5 heures du matin. Elle avait attendu jusque-là pour le réveiller.

— Je… soupira-t-elle. Je n'ai jamais éprouvé le besoin d'être mère. On en a déjà parlé. Jamais, Mathias, et j'ai quarante-six ans. Mais je sens que cette enfant fait partie de moi. Je culpabilise de l'avoir amenée dans cette merde de monde où on vit.

Mathias se redressa sans vouloir comprendre ce que Marina lui disait.

— Ne dis pas ça.

— Mais c'est vrai. Quel genre d'existence l'attend ? Hier, je serais restée avec elle toute la nuit… Je l'aurais ramenée ici. Quand je l'ai laissée endormie dans le lit, je me suis sentie trop mal. Elle serait mieux morte dans les bras de sa mère. Combien de milliers d'orphelins compte ce pays ? Et combien y en aura-t-il encore ? C'est tellement difficile d'arrêter ça ? Je ne vais pas la laisser ici.

— Mais, Marina, qu'est-ce que tu veux faire ?

— Je ne sais pas, Mathias… L'adopter.

— L'adopter ? répéta Mathias, alarmé.

Marina soutint son regard.

— Oui.

Mathias se leva. Il mit un moment à répondre.

— Je ne comprends pas et je ne sais pas quoi te dire.

— Mais je ne te demande rien.

— OK, Marina, mais nous sommes un couple. Et du jour au lendemain tu me proposes quelque chose que je ne veux pas.

Mathias la regarda. Elle avait besoin qu'il la prenne dans ses bras, même si elle n'en disait rien, et il la connaissait si bien qu'il le savait. Même s'il n'était absolument pas en accord avec ce qu'elle disait, il la serra contre lui.

Protégée par les bras de Mathias, Marina s'effondra et se mit à pleurer, sans vraiment comprendre pourquoi.

— Mais on a vu des milliers d'enfants vivre dans des conditions bien pires. Qu'est-ce qui t'arrive ? lui demanda-t-il en séchant ses larmes.

— Pires, peut-être, mais ils n'étaient pas aussi seuls. Je ne sais pas ce qui m'arrive, Mathias. C'est peut-être… Je sais pas.

Elle n'osait pas lui avouer la raison. Elle se sentait honteuse, égoïste… Elle se rappelait la solitude qu'elle avait connue à l'adolescence. Seule, à pleurer en silence à huit mille kilomètres de sa famille. Elle avait été déchirée de quitter pour toujours les gens qu'elle aimait, mais au moins ses quatorze premières années avaient été pleines des caresses de sa grand-mère, des câlins de son père et de la compagnie de sa sœur. Il lui avait manqué l'amour de sa mère, certes, mais malgré le poids de ce manque, la valise invisible qu'elle transportait dans son cœur dans tous les pays où elle voyageait restait remplie du souvenir de ces années dans les bras de ces trois personnes. Et penser que cette petite fille qu'elle avait mise au monde n'aurait rien par sa faute, pas même ces quatorze ans à être dorlotée, lui brisait le cœur.

Tous les jours, jusqu'en décembre, elle alla lui donner le dernier biberon. Elle commençait sa journée de travail à 7 heures du matin et, à 16 heures, Kaleb, qui vivait près de l'orphelinat, arrivait pour l'emmener là-bas. Elle parlait avec les employées, enchantées d'avoir une personne de plus avec l'accord du fonctionnaire qui gérait l'établissement et que Marina vit seulement trois fois en trois mois.

C'était un type maigrichon d'âge moyen, fier et éduqué, qui se contenta de faciliter la venue de la praticienne européenne qui venait aider en fin de journée. Il lui expliqua le processus d'adoption qu'elle devait mener à bien. Compliqué si on était une Européenne, car il fallait effectuer toutes les démarches depuis l'Espagne. Mathias accompagnait Marina le dimanche, sans prendre réellement au sérieux les désirs de sa compagne.

Au bout de deux jours, Naomi reconnaissait déjà Marina et la regardait dès qu'elle entendait sa voix. Après une semaine, elle levait ses petites mains et poussait sur ses jambes pour être sortie du lit. Deux semaines plus tard, elle pleurait quand Marina la laissait dans le lit, alors Marina revenait la prendre dans ses bras et la promener, de nouveau, sur le chemin de terre en direction des champs…

*
* *

Amants. Dissimuler cette relation ne posa pas de difficultés. Ils disposaient de l'appartement au-dessus de la boulangerie, et Marina ne reviendrait pas avant fin décembre. Tous les jours, Antonio quittait le garage à 13 h 59, avec son casque et, à plein régime, à 14 h 15 il était à Valldemossa, après avoir salué le policier du village, également motard, qui évitait de remarquer ses excès de vitesse. Ici, on donnait des amendes aux étrangers, point. Anna tenait toujours le repas prêt. Ils mangeaient sereinement, quand Antonio le voulait, bien sûr. Car Antonio était toujours l'étalon de ses dix-neuf ans. Eh oui. Comment le décrire sans paraître vulgaire ? C'était un obsédé, mais dans le bon sens du terme. Il faisait partie de ces hommes qui, pendant que tu manges tranquillement ta pomme pour le dessert, passent la main dans ton décolleté sans préambule, s'emparent de tes seins, te soulèvent de ta chaise, te collent contre le mur tout en te dévorant la bouche, arrachent tes dessous de la manière la plus sauvage qui soit et t'empalent avec application. Sans penser uniquement à eux, bien sûr. Ils bossent pour que ce sexe sauvage t'excite autant qu'eux. Comme ce qu'il avait fait le premier jour sur le pétrin couvert de farine, mais en montant d'un cran chaque fois. Ils avaient cassé deux assiettes, une bouteille de vin et la fenêtre n'était pas passée loin…

Tromper Armando ne fut pas compliqué. Anna prétendit rester à la boulangerie pour préparer la pâte à pain du lendemain, la fermentation étant importante, elle devait la surveiller. Armando se fichait bien de tous ces détails.

Septembre, octobre, novembre, décembre… Ce furent les mois les plus réels, les plus formidables et les plus passionnés de toute la vie d'Anna. Sans aucun doute.

Le 22 décembre, Marina et Mathias revenaient…

— Et maintenant, Anna ? Je vais rester un mois sans te voir ? Qu'est-ce que tu vas faire pour les fêtes ? Manger les raisins à chaque coup de minuit avec ton mari, comme si de rien n'était, et lui souhaiter une bonne année 2011 ? Ça me les brise, Anna.

Anna ne répondit pas. Jusque-là, ils avaient plutôt évité le sujet et passaient leur temps dans cette maison comme s'ils étaient un couple normal.

— Tu couches avec lui ?

Anna se fit violence pour répondre. Ils venaient de faire l'amour. Ce n'était pas le moment de poser ce genre de questions.

— Non, Antonio. Je ne couche pas avec mon mari. Je te l'ai déjà dit. Jamais, déclara-t-elle sincèrement en le regardant dans des yeux, et pour la première fois elle lui trouva un air peu sûr de lui.

Elle ne mentait pas. Il y avait eu cette tentative qui avait duré un mois ou deux et avait eu le résultat inverse. Contrairement à ce qu'elle avait espéré, Anna ne s'était pas sentie plus proche d'Armando, mais avait commencé à éprouver pour lui de la répulsion. Ensuite, ça ne s'était pas reproduit.

— Ça fait des années que je ne couche plus avec lui. Crois-moi, s'il te plaît.

Antonio la croyait mais, à mesure que leur relation avançait, le simple fait que son mari partage le lit d'Anna le dérangeait.

— Je veux… je veux être tout le temps avec toi, Anna.

Ils gardèrent le silence. Anna désirait cela autant que lui, mais comment faire ? Il n'y avait pas seulement Armando, mais aussi Anita. Anita et sa quête d'identité, car depuis qu'elle avait repris les cours elle était redevenue l'adolescente taciturne et solitaire de toujours. Certains jours ça allait, d'autres non, certains jours elle s'isolait, d'autres elle criait, d'autres elle se confiait.

— Qu'est-ce que je fais, Antonio ? Je vire mon mari de chez moi alors qu'en ce moment il a pas un radis et tu viens vivre avec nous ?

— Viens habiter à S'Estaca avec moi. Je sais que ma maison est petite et humide… mais elle suffit.

— Et ma fille ? C'est une grande bringue qui me dépasse d'une tête… Elle ne viendra pas vivre avec nous. Elle refuserait.

— Tout ce que je sais, c'est que je ne veux pas continuer à cacher ma relation avec toi. Je ne veux pas, Anna. On n'a plus l'âge tous les deux. Et autre chose : il faut que tu apprennes à être toi-même. À prendre tes propres décisions. À ne pas avoir peur du qu'en-dira-t-on. Qu'est-ce que t'en as à battre de ce que pensent tes copines du Club Nautique ? lui asséna Antonio un peu durement, sans pour autant crier.

Anna ne savait comment répondre à tout cela. Antonio avait raison ; sauver les apparences était quelque chose qu'elle avait appris à faire depuis toute petite.

— Excuse-moi, je ne voulais pas dire ça, ajouta-t-il en se rapprochant d'elle et en posant un baiser sur ses lèvres. Mais réfléchis-y, s'il te plaît. Ce que je te propose n'est pas facile pour toi, je sais que Noël arrive et qu'il faut être avec sa famille. Moi aussi je dois voir mes cousins et leurs enfants, mes oncles et tantes, et il y a les repas, les cadeaux… comme tout le monde. Si ma fille était là, moi aussi je voudrais passer les fêtes avec elle, mais Anna, insista-t-il en l'embrassant, même si c'est un rêve difficile qu'on vit, je voudrais qu'on commence par passer la fin d'année ensemble à S'Estaca, à la fête qui a lieu tous les ans, avec mes amis, mes voisins. Qu'on dorme ensemble chez moi pour la première fois, sans nous presser et sans nous cacher. Le lendemain, on fait griller des sardines fraîches au brasero. Après tout, on le mérite, Anna, tu ne crois pas ?

*
* *

— Cuca et Curro prévoient de faire le réveillon chez eux, annonça Armando le 25 décembre pendant le repas de Noël, tout en découpant un morceau de dinde.

Anna ne répondit pas. Son mari n'attendait d'ailleurs pas de réponse. Ils s'y rendraient, tout simplement.

— Ta valise est prête ? demanda-t-elle à Anita.

— Oui, répondit sa fille en souriant. Papa, il me faudrait un peu d'argent.

— Ben y en a pas, lâcha-t-il sans la regarder.

— Ne t'inquiète pas, la rassura sa mère, moi, j'en ai un peu. On a voyagé avec ton père, mais on n'est jamais allés en Allemagne.

— D'après Pippa, Heidelberg est une des plus belles villes de tout le pays.

— Je suis fière de toi. À ton âge, je n'osais pas aller plus loin que le coin de la rue, déclara Anna en lui caressant les cheveux. Ça te va bien, cette coupe.

*
* *

Le premier geste de Marina à son retour dans sa chambre de Valldemossa consista à poser sur sa table de nuit une photo encadrée que Kaleb avait prise d'eux trois : Mathias la tenait par l'épaule et elle avait Naomi sur les genoux.

Les parents de Mathias, son frère et sa copine turque enceinte et le fils qu'il avait de son ex-femme vinrent depuis Berlin le 26 décembre pour séjourner à Valldemossa jusqu'au 6 janvier. Les parents de Mathias logèrent à l'hôtel de Gabriel et Isabel et son frère, sa fiancée et son neveu, dans le cellier reconverti en chambre.

Ce fut un mois de décembre paisible où on vit le soleil tous les jours et où la température ne descendit pas au-dessous de 12 °C. La famille de Mathias se faisait une joie de célébrer l'arrivée de la nouvelle année en participant à la tradition espagnole du raisin à minuit. Au début, ils avaient pensé le fêter à la maison, mais Marina estima qu'ils passeraient un bien meilleur moment au bar de Tomeu, avec tous les habitants du village, à engouffrer leurs douze grains de raisin devant la télé au rythme des coups de la Puerta del Sol de Madrid, après avoir passé les minutes précédentes comme toutes les familles espagnoles : à débattre pour savoir si on allait peler les grains ou pas ; « moi je les aime avec la peau, là c'est la pub la plus chère de l'année, il est moins le quart, non pas encore, taisez-vous les enfants, c'est pas vrai, on va pas entendre la cloche… »

Le 31 décembre est toujours mieux à vivre entre amis, ou évidemment avec le véritable amour de sa vie. Et le réveillon arriva, ainsi que la fête de Cuca et Curro.

Armando faisait son nœud de cravate. Anna revêtit une robe noire près du corps, au grand décolleté dans le dos, achetée chez Cortana. Elle avait quelques années mais paraissait neuve et lui faisait une belle silhouette. Elle s'enferma dans la salle de bains, où elle se regarda dans le miroir en inspirant. Antonio l'attendait une heure plus tard au rond-point de Palma et ils iraient à S'Estaca.

Elle n'avait pas osé avertir son mari qu'elle n'assisterait pas à la fête de leurs amis. Elle s'était dit qu'il vaudrait mieux attendre la dernière minute. Pendant la semaine, elle avait cherché mille mensonges à raconter à Armando, puis elle avait trouvé le meilleur.

— Anna, on y va, on va être en retard, lança Armando en frappant à la porte.

Anna se retourna, le cœur battant. C'était une chose de dissimuler par omission une relation, et une autre de mentir. Elle ouvrit et eut un sourire forcé pour son mari. Armando prit les clés de la voiture et ils sortirent ensemble de la suite parentale. Ils descendirent. Armando éteignait les lumières derrière eux. Ils prirent leurs manteaux et les posèrent sur leurs épaules.

— On va prendre ta voiture, c'est mieux. Il va y avoir des contrôles à tous les coins de rue.

— Armando.

Il regarda son épouse.

— Je ne vais pas y aller.

— Comment ça ? Tu ne vas pas aller où ?

— Au réveillon de Cuca et Curro.

— Mais qu'est-ce que tu racontes ? fit Armando d'un ton méprisant.

— Je vais passer le réveillon avec ma sœur à Valldemossa.

— Quoi ?

— Oui. Elle m'a invitée et… tu peux venir si tu veux, balbutia Anna en baissant les yeux.

Armando rit avec ironie.

— Ne dis pas de conneries et monte dans la voiture.

— Je savais que tu t'énerverais et… elle m'a proposé ça hier. C'est pour ça que je ne t'ai rien dit avant.

— Anna, écoute. Tu viens à la fête, et après le raisin tu vas où tu veux, lui dit-il en élevant la voix.

— Non. Je suis désolée, lui répondit Anna tout bas.

— Anna, s'il te plaît, monte dans la voiture, lui ordonna-t-il d'un ton coupant.

Armando ouvrit les portières. Anna ne le suivit pas.

— Anna, monte.

— D'accord. Mais je pars après le raisin. On prend les deux voitures, répondit Anna en prenant les clés de la BMW dans son sac.

— On prend les deux bagnoles et ensuite on verra bien si tu t'en vas, dit Armando en entrant dans sa voiture et en la refermant à grand bruit.

Anna se mit au volant de la sienne avec nervosité. Elle suivit son mari en se détestant elle-même. Ils arrivèrent à la vaste demeure de Cuca et Curro. Plus de vingt véhicules étaient garés dans le jardin.

La façade de la maison était décorée d'écriteaux au néon rouge souhaitant *Happy New Year* en anglais.

Armando se gara et descendit de voiture. Anna rangea sa voiture derrière. Elle éteignit les phares. Elle regarda son époux saluer Xesca et son mari, ils étaient avec le prof de yoga de Cuca accompagné de sa nouvelle copine, une jeune étrangère indolente vêtue d'un sari orange qu'il lui sembla reconnaître.

Anna mit la main sur le contact, prête à retirer la clé. Antonio devait déjà l'attendre au rond-point. Elle ressentit de la colère contre elle-même. Elle ragea de s'être montrée lâche, comme elle l'avait été toute sa vie. Elle reporta le regard sur son mari. Il faisait de grands gestes et souriait trop, tentant de masquer son anxiété, pourtant bien connue dans toute l'île. Armando et Xesca lui firent signe de sortir de voiture. Elle vit alors la fausseté dans le sourire de son mari et l'hypocrisie dans le geste de son amie.

« Après tout ce qui nous est arrivé, on le mérite, Anna. Tu ne crois pas ? »

Les paroles d'Antonio martelaient sa tête.

Elle enclencha la marche arrière et, avec un soupir, appuya sur l'accélérateur. Dans un crissement de pneus, elle tourna le volant sans hésitation et quitta la propriété de ses amis. Antonio l'attendait depuis un quart d'heure. Elle accéléra autant qu'elle le pouvait pour déboucher sur la plaza España, où ils avaient rendez-vous. Elle l'aperçut, sur sa moto, en train de consulter sa montre. Quand elle klaxonna, il se redressa avec un sourire. Elle gara la BMW derrière le deux-roues. Sans éteindre les phares, elle sortit de la voiture, laissant la porte ouverte, et elle s'élança vers lui. Et cette fois, ce fut elle qui le dévora, se fichant bien du regard des autres.

*

* *

— Marina, je ne veux pas être père. Je ne le sens pas. Et encore moins d'un bébé qui n'est pas de moi, se confia Mathias. Je me sens trop bête d'être sincère, parce que je sais que ce n'est pas de toi qu'on parle, mais de Naomi. Mais je dois être honnête. Je ne veux pas. Je suis désolé.

Marina avait appelé l'institut majorquin des Affaires sociales pour s'informer sur les étapes d'une adoption internationale. Elle s'était inscrite à une réunion explicative qui devait avoir lieu mi-janvier à Palma.

— Qu'est-ce que je fais, je reste ici à Majorque et je t'accompagne à la réunion sur l'adoption ? Je ne vais pas être heureux comme ça. Non. Moi, j'aime notre vie, Marina. J'aime mon métier. Et je le trouve incompatible avec le fait d'élever un enfant. Tu es vraiment décidée ? Tu vas quitter MSF ?

Marina acquiesça. Elle avait pris sa décision. C'était la plus grande certitude qu'elle avait eue de toute sa vie. Et, en ce moment, au lieu d'être à Majorque à passer les fêtes avec ses amis de Valldemossa et la famille de Mathias, l'endroit où elle aurait vraiment souhaité être était cet orphelinat décrépit, avec Naomi.

C'était la première crise dans leur couple et il n'y avait guère de solution. Ils formaient une bonne équipe. Ils s'aimaient et se respectaient. Mais la vie les mettait à l'épreuve pour la première fois. Après avoir longuement parlé, ils résolurent de poursuivre leur relation. Toutefois, Mathias continuerait d'être humanitaire tandis que Marina entamerait en tant que mère célibataire les démarches d'adoption de cette enfant éthiopienne à qui elle avait donné la vie.

*
* *

Anna ouvrit les yeux. Antonio était encore endormi, et ni le soleil du matin dans la petite maison de pêcheur ni le son des vagues qui s'écrasaient à quelques mètres de là ne le dérangeaient. Elle resta à le contempler… amoureusement.

Son sac était par terre. Elle en sortit son portable, qu'elle avait laissé sur silencieux. De son mari, rien, seulement un message d'Anita :

Bonne année, maman. Merci de m'avoir laissée partir en Allemagne. J'adore ce pays. Je t'aime très fort.

Je t'aime très fort. C'est ce que lui avait écrit sa fille. Elle ne lui avait jamais dit ces mots, et ce fut un beau cadeau pour son premier de l'An.

Les bras d'Antonio entourèrent son corps.

— Tu ne t'échapperas jamais d'ici, la menaça-t-il avec tendresse.

Il l'embrassa dans le dos. Il bandait comme un âne (sans vouloir être vulgaire, mais ne nous leurrons pas, c'était l'état naturel d'Antonio).

— Aujourd'hui, c'est moi qui commande, décréta Anna d'un ton caressant, se tournant vers lui et déposant un baiser sur sa bouche. On va le faire lentement… J'aime aussi comme ça.

Et ce premier jour du premier mois de 2011, ils firent l'amour lentement, se désirèrent, s'étreignirent et se regardèrent dans les yeux tout en s'aimant chaque seconde un peu plus, et ils se jurèrent un amour éternel…

Néanmoins, la vie n'est pas comme on veut qu'elle soit mais comme elle est, et parfois la vie peut être une chienne. C'est ce jour-là qu'Antonio, en jouant avec les seins d'Anna, tomba sur le petit bout de mort qui l'emporterait pour toujours un an plus tard.

*
* *

La réunion d'information sur l'adoption se tenait à l'institut majorquin des Affaires sociales, situé dans le même édifice que le Service de la publicité foncière. Marina y avança d'un pas décidé, carte d'identité en main, qu'elle montra au vigile toujours aussi ahuri.

Dans le petit hall d'entrée attendaient un couple quelconque et une femme seule, dont la tristesse transpirait par chaque pore. Marina les salua brièvement et un murmure de bienvenue conjoint se fit entendre, mais chacun évita de croiser son regard.

Une fonctionnaire apparut et se présenta rapidement avant de les conduire à une salle exiguë et fonctionnelle comportant dix tables individuelles disposées en cercle, un tableau blanc, un bureau ministre et un projecteur.

Elle s'appelait Marta. Psychologue et pédagogue, elle était chargée depuis dix ans des adoptions à l'Imas, institut majorquin des Affaires sociales. Elle les accompagnerait dans ce qui serait, elle les prévint dès la première minute, une procédure très longue.

L'intervention qu'elle s'apprêtait à faire, elle l'avait répétée une centaine de fois depuis qu'elle travaillait pour la mairie de Palma. Sans oublier d'être aimable, elle se montra claire et brève. Elle s'approcha du tableau et écrivit :

— Adoption internationale
— Adoption nationale
— Adoption d'un enfant aux besoins spécifiques

Elle leur expliqua qu'il s'agissait de trois processus très différents, et demanda aux familles vers quel type elles souhaitaient s'orienter. Le couple quelconque voulait adopter un bébé à l'étranger, en Chine de préférence, expliqua la femme. La mère célibataire bien en chair précisa qu'elle ne voyait pas d'inconvénient à avoir un enfant souffrant d'un handicap, et se situait dans la troisième catégorie. Marina, sans donner d'explications sur sa relation avec Naomi, annonça qu'elle allait adopter en Éthiopie.

— Si vous êtes sûrs que vous voulez adopter en Éthiopie ou en Chine, vous pouvez inscrire uniquement un pays. Mais vous pouvez en choisir deux. Personnellement, je vous conseille d'en mentionner deux.

Marta regarda la femme mariée et poursuivit :

— Le gouvernement chinois est confronté à une génération sans femmes… celles qui ont été données à l'adoption en masse il y a dix ans, et il a mis fin aux facilités de ces moments-là.

Marta poursuivit en évoquant quelques-uns des vingt-quatre pays qui avaient une convention d'adoption avec l'Espagne. Le processus d'adoption d'un enfant chinois était très différent de celui à suivre pour un enfant éthiopien.

Elle reprit le feutre et écrivit au tableau :

Documents à fournir :

Demande d'adoption
Choix du pays
Photocopie du dernier bulletin de salaire
Déclaration de revenus
État de santé physique et psychique
Casier judiciaire (ministère de la Justice de Palma).

Quand Marta posa le point final à côté du casier judiciaire, Marina et les autres furent surpris.

Mais personne n'osa poser de questions et chacun attendit les explications de la psychologue.

Marta reprit dans l'ordre les points inscrits au tableau. Elle les informa du niveau économique minimum exigé par le gouvernement espagnol pour adopter : les couples sans enfants devaient gagner vingt-quatre mille euros par an, ceux ayant déjà un enfant vingt-huit mille euros, et déjà deux enfants, trente-deux mille euros net. Quant aux familles monoparentales, elles avaient un seuil à dix-huit mille euros. Marina, qui dépassait le seuil, respira.

Il leur faudrait se rendre à la Sécurité sociale pour un bilan complet. Enfin, pour le casier judiciaire, ils devraient s'adresser au ministère de la Justice de Palma et demander le formulaire n° 790. Personne n'avait de question. Tous obéiraient, point. S'il fallait certifier qu'on n'était pas un criminel, eh bien, on le ferait.

— Une fois que vous m'aurez remis tous les documents, nous commencerons le cours en groupe pour parents adoptants. Ensuite, nous passerons à la formation individuelle, puis à un dernier entretien personnel chez vous, où vous accueillerez votre enfant. Lorsque les cours seront terminés, on émettra ce qui s'appelle un agrément. Tout ce processus dure environ neuf mois.

Marta but de l'eau dans une petite bouteille.

— Si l'équipe psychosociale majorquine vous considère aptes à l'adoption…

Marta s'interrompit un instant, sachant que les informations qui allaient suivre représenteraient un coup dur pour les quatre personnes qui se tenaient face à elle.

— Une fois que vous serez en possession de votre agrément… vous devrez attendre deux à neuf ans pour accueillir votre enfant chez vous.

Marina ressentit un coup au cœur. Elle ne regarda pas les autres, mais elle était sûre que tous ressentaient une angoisse aussi profonde qu'elle. Deux à neuf ans ? Ce délai n'avait aucun sens. Avec un peu de chance, Naomi arriverait à Majorque en 2014. Que ferait la petite fille tout ce temps dans cet orphelinat sordide ? Le choc s'ajoutait à la tristesse.

— Je dois être honnête avec vous. Je ne peux pas vous faire marcher, ajouta aimablement Marta avant de leur distribuer une enveloppe en papier kraft. Vous trouverez ici le formulaire de demande et les autres documents dont nous avons besoin avant que vous entamiez la démarche d'adoption.

Une minute avant 16 heures, elle prit congé et partit à vive allure vers la porte. Elle devait récupérer sa fille biologique à la crèche vingt minutes plus tard. Marta entra à la hâte dans l'ascenseur, malheureusement c'était le moment où le vigile au gilet orange et à la tête d'ahuri en sortait, buvant son café dans un gobelet. Le choc entre les deux fonctionnaires projeta le café sur la veste de tailleur de Marta, qui dévisagea le vigile avec une expression assassine avant de lui asséner d'une voix neutre :

— *Tu ets imbècil o què ? Has vist quina tac m'has fet*[1] *!!*

*

* *

1. « Tu es idiot, ou quoi ? Regarde la tache que tu m'as faite !! »

Marina s'assit sur le lit et arrangea les coussins. Elle ouvrit l'enveloppe marron remise par la psy et en sortit les cent feuilles qu'elle contenait. La première d'entre elles annonçait :

DEMANDE D'ADOPTION INTERNATIONALE
Pays 1 : ________
Pays 2 : ________

Elle se rappela le conseil de Marta d'indiquer plusieurs pays d'adoption.

Sur une autre feuille figurait la liste par ordre alphabétique des vingt-six pays ayant signé une convention d'adoption avec l'Espagne : Bolivie, Bulgarie, Brésil, Chine, Colombie, Côte d'Ivoire, Équateur, Éthiopie, Honduras, Inde, Kazakhstan, Madagascar, Mali, Mexique, Nicaragua, Pérou, Philippines, Pologne, République dominicaine, Roumanie, Russie, Salvador, Sénégal, Sri Lanka, Thaïlande, Vietnam.

Elle examina les exigences de chaque pays. Tous ne permettaient pas l'adoption par une mère célibataire. En tant que famille monoparentale, elle pouvait adopter en Russie, en Chine, au Pérou. Elle cessa de regarder la liste. À quoi bon ? Elle n'avait le désir d'être la mère que de cette petite fille qu'elle avait amenée au monde.

Elle saisit un stylo-bille et écrivit :

DEMANDE D'ADOPTION INTERNATIONALE
Pays 1 : Éthiopie
Pays 2 : x

Sur la dernière feuille agrafée, on détaillait le montant à régler au pays d'origine. Pour adopter un enfant russe, il fallait remettre au gouvernement russe trente mille euros. Pour un enfant chinois, cinq mille. Les pays latino-américains oscillaient entre sept mille et neuf mille euros. Marina devrait payer dix mille euros à l'Éthiopie. Cher, abordable. Les qualificatifs qui résonnèrent dans son esprit lui parurent obscènes. Mais, en définitive, la réalité était crue : il était trois fois plus coûteux d'adopter un enfant russe qu'un enfant éthiopien, et six fois plus qu'un Chinois.

Elle finit de remplir les papiers et les rangea dans l'enveloppe, qu'elle posa sur le carnet Moleskine et le stéthoscope dans le tiroir de la table de nuit.

Elle s'allongea dans le lit sous les couvertures en laine de Lola, éteignit la lampe de chevet et regarda par la fenêtre. Un cirrus passait devant la lune. Deux à neuf ans, repensa-t-elle. Alors qu'il lui serait si facile de prendre un vol pour Addis-Abeba et, en trois jours, d'avoir Naomi dans les bras.

*
* *

Le compresseur appuya sur le sein droit. La prothèse en silicone gênait la visibilité sur la glande mammaire. L'infirmière baissa la pression. Elle replaça les seins en les étirant comme si elle voulait les arracher, puis le compresseur redescendit. Anna souffrait.

— Retenez votre respiration, s'il vous plaît.

*
* *

Marina entra dans le détachement territorial du ministère de la Justice de Palma. Huit fonctionnaires pianotaient devant leur écran. Seul l'un d'eux s'occupait d'un citoyen. Marina s'approcha du policier assis derrière un comptoir.

— Bonjour, il me faudrait…

Inconsciemment, elle baissa la voix avant de terminer :

— … mon casier judiciaire.

— Votre carte d'identité, s'il vous plaît.

Marina la sortit de son sac et la lui tendit.

L'agent tapa sur son clavier puis lui donna un petit papier comportant un numéro imprimé.

— Je vous laisse patienter dans la salle.

Marina s'assit dans la salle d'attente. Une seconde plus tard, son numéro s'afficha. Elle s'assit face à une policière à qui elle exposa brièvement son histoire. Son interlocutrice pianota sur son ordinateur et lut en silence.

— On me dit ici que vous avez résidé aux États-Unis pendant une période de quinze ans.

— C'est vrai.

— Alors vous devrez vous adresser à l'ambassade américaine à Madrid pour leur demander de nous envoyer votre casier de ces années-là. D'ici, nous ne pouvons rien faire.

*

* *

Seule dans le fournil, Marina essuyait les dernières traces de farine. Elle se sentait gênée, excédée par ce qu'elle commençait à considérer comme une procédure absurde ; elle devait aller jusqu'à Madrid… Le processus d'adoption n'était pas même entamé qu'elle s'impatientait déjà. Que signifiaient tous ces papiers ? Non seulement on voulait son casier, mais on lui demandait également un bilan psychiatrique, la liste des maladies qu'elle avait eues dans sa vie, la somme qu'elle avait sur son compte en banque… On posait toutes ces questions aux mères qui concevaient un enfant naturellement, peut-être ? En tant qu'obstétricienne, elle pouvait certifier avoir sorti des enfants du ventre de femmes totalement inaptes à la maternité. Elle ne s'attendait pas à cette intrusion dans sa vie. Elle ne s'était pas imaginé à quel point l'équipe de l'institut majorquin des Affaires sociales envahirait son intimité pour s'assurer de remettre Naomi entre de bonnes mains.

— Il y a quelqu'un ? cria-t-on à la porte d'entrée.

— Anna ?

Elles avaient parlé au téléphone le 2 janvier. Anna avait appelé chez Ursula pour souhaiter une bonne année 2011 à sa sœur, et elles avaient passé une demi-heure à papoter. Cette fois, c'est Marina qui ne cessa de parler de sa maternité à venir et de son projet de, peut-être, rester vivre à Majorque.

Anna entra dans la salle et Marina vint l'embrasser.

— Anita est rentrée ?

— Oui. Elle fait déjà des plans pour partir à Berlin tout l'été et perfectionner son allemand. Elle est revenue avec des idées complètement loufoques… Elle voudrait être DJ, et en Allemagne on peut faire des études d'ingénieur du son. Elle en parle à longueur de journée, raconta Anna en haussant les sourcils. Tu t'imagines si on avait dit à maman qu'on voulait étudier pour passer des disques en boîte ?

— Non, j'ai du mal ! répondit Marina en remarquant que sa sœur parlait vite et plus que d'habitude. Sinon, ça va ?

— Tu veux bien qu'on monte parler tranquillement ?

Anna fut contente de revoir le salon. Elles s'assirent sur le canapé.

— Dis-moi, demanda Marina, inquiète.

Anna sortit les mammographies de son sac. Marina comprit aussitôt de quoi il s'agissait et se sentit chamboulée.

— Je passe une biopsie après-demain.

Marina prit les résultats d'examen et vit aussitôt la masse blanche.

— Ça peut être un kyste. Rassure-toi. Attends d'avoir les résultats.

Elle regarda sa sœur aînée. Il en avait toujours été ainsi dans leur relation et elle comprit ce que lui demandait Anna sans un mot : « S'il m'arrive quelque chose, occupe-toi de moi, s'il te plaît. »

— Ce n'est peut-être rien, Anna. Reste calme. Attends de savoir.

— *Hello !* cria une voix masculine depuis la boulangerie.

Marina regarda l'heure.

— 14 h 05. La boulangerie est fermée, on n'est pas obligées de descendre.

— *Hello!!! Anyone here ? Loula!!! Cata!!! Houla, hola. Are you there ?*

— On y va, répondit Anna. De toute façon, y a rien de plus à dire. Je vais l'accueillir. La boulangerie me manque… et les étrangers me font toujours rire.

— Tu n'as qu'à nous aider, alors. Je ne t'ai jamais dit d'arrêter de venir.

Elles se levèrent toutes les deux. Marina lui enlaça l'épaule.

— Je suis là pour tout. Mais ne te torture pas avant les résultats.

— Merci, Marina.

Anna baissa le regard encore une fois.

— *Hello!!! Anyone there ? Meuriya Douloures!!! Catalaïna!!!! Houla, houla. Are you there ?*

— Lourdaud américain de la côte Est, annonça Marina en reconnaissant l'accent.

Lorsqu'elles aperçurent l'Américain, elles restèrent sans voix. Stupéfaites. Hébétées. Abasourdies, elles rougirent en chœur.

— *Houla, amigas*, je cherche Loula et Catalaïna. Les dames travail plous ici ? demanda le héros de *Basic Instinct* aux deux sœurs.

Elles mirent un moment à réagir. En cet instant, la seule chose que voyaient les sœurs Vega de Vilallonga, c'était cet inspecteur de police dévorant des yeux Sharon Stone assise dans une salle d'interrogatoire et qui ouvrait les jambes devant lui sans culotte.

Anna avala sa salive et oublia un temps la mammographie.

— María Dolores est décédée, finit par répondre Marina.

— *I'm sorry*, répondit l'autre, surpris. Moi rien savoir. Loula était jeune. Vous les filles de Loula ? Filles de Catalaïna ?

— Non, non, nous ne sommes pas leurs filles.

Anna demeurait captivée par le sex-symbol de sa jeunesse. Toute l'île était au courant que Michael Douglas et Diandra, sa première femme, passaient les étés dans une demeure de S'Estaca. Majorque tout entière avait eu vent de leur divorce amical, de l'arrivée de Catherine dans la vie de Michael, de la jalousie de Catherine et de la fin de la bonne entente avec Diandra (quelle bêtise de partager cette maison de vacances avec son ex-femme). Tout le monde connaissait plus ou moins par cœur ces potins, mais quasiment aucun Majorquin n'avait réussi à voir Michael Douglas. On ignorait comment, mais il s'arrangeait pour passer inaperçu les mois où il s'installait à S'Estaca.

— On peut vous aider ? osa demander Anna dans un accès de vaillance.

— Moi veux *pa moreno* et moi client ami Lola, un peu cake au citron, et… comment dit-on *poppy seeds ?* Oh, yeah, je crois… *coquericot*, s'il vous plaît, dit Michael.

Anna saisit des pinces, se retourna et attrapa une baguette sur un plateau. Marina l'imita et, avec d'autres pinces, prit une tranche de cake au citron. Tournant le dos toutes les deux à Michael, elles échangèrent un regard. Anna tira la langue et se la passa comiquement sur les lèvres. Marina sourit. Elles se retournèrent ensemble et lui remirent sa commande enveloppée dans du papier.

Michael laissa les deux euros, déballa le cake et goûta une bouchée. Il mâcha lentement, cherchant la saveur de tous les étés… Elles le regardèrent avec espoir.

— Le goût du cake citron est pas le même, déclara-t-il en prenant une autre bouchée.

Il leur décocha un sourire séducteur puis sortit de la boutique. Se souvenant d'un peu d'espagnol appris grâce à son ami Arnold Schwarzenegger dans *Terminator 2*, il lança :

— *Hasta la vista, babies*.

*
* *

Marina essaya de se faire envoyer les documents nécessaires par l'ambassade, mais il n'y eut pas moyen. Une semaine plus tard, elle prit un vol pour l'aéroport de Barajas et, à Madrid, partit pour l'ambassade. Rendez-vous préalable avec le secrétaire de l'ambassadeur. Un mois perdu à attendre le maudit papier américain qui certifiait qu'elle n'était pas une criminelle. Pendant ce mois, elle avait rassemblé ses dernières déclarations de revenus, son titre de propriété pour un moulin à vent, une maison et un local commercial à Valldemossa, ainsi qu'un document de la banque mentionnant ses revenus annuels et son dernier salaire. Elle effectua un bilan de santé à la Sécurité sociale et se rendit chez le psychiatre recommandé par l'institut majorquin des Affaires sociales, à Son Dureta, pour certifier qu'elle était une personne psychologiquement stable.

Après un mois à rassembler tout le nécessaire pour les papiers, elle les glissa dans l'enveloppe qu'on lui avait donnée le jour de la réunion et les porta au Consell Balear.

Plus qu'à attendre, encore une fois.

De : marinavega@gmail.com
Le 27 janvier 2011
À : mathiasschneider@gmail.com

Coucou Mathias,

Je t'écris depuis l'ordinateur de la maison ! La semaine dernière, je suis allée en centre-ville avec la femme de Gabriel, et on a acheté un énorme ordi fixe. Ce matin, la compagnie du téléphone est passée et : +(34) 971 456 723. Appelle dès que tu pourras, s'il te plaît.
Comment vas-tu ? Raconte-moi le projet en Palestine. Ona et Aritz sont toujours avec toi ? Ici, rien n'a changé. Les baguettes, le cake au citron, les graines de coquelicot… On fait des promenades avec Ursula. Niebla y voit de moins en moins, hier elle s'est cognée à un lampadaire, la pauvre. Je crois que je vais devoir l'emmener chez le vétérinaire.
Je ne sais pas pourquoi, Mathias, mais je te sens loin de moi. Plus loin que jamais. Ça va représenter une éternité d'attendre jusqu'à juillet pour te voir.

I love you,

Marina

*
* *

Anna s'assit face à la mer. Au coucher de soleil. Seule. Il y avait un peu moins d'une heure que l'oncologue lui avait confirmé les résultats alarmants de la biopsie. Le vent soufflait avec force, projetant ses cheveux sur son visage. Elle les ramena derrière ses oreilles avec un frisson. Elle resserra son cardigan sur sa poitrine et contempla les vagues que formait la Méditerranée.

Son portable sonna. Elle l'attrapa dans son sac et vit le nom d'Antonio. Elle ne décrocha pas.

Elle ne pensait qu'à sa fille de quinze ans. Elle s'imagina le quotidien d'Armando et Anita sans elle. Les vit à la table du dîner, tête basse, échangeant à peine deux mots. Elle se dit que sa belle-mère finirait sûrement par s'installer chez elle, et qu'ils dîneraient tous les trois chaque soir. Cette photographie imaginaire l'emplit d'angoisse. Elle avait supporté assez longtemps la mère de son mari et ne voulait pas que sa fille en hérite. Elle ne pouvait permettre que cela arrive.

Elle envisagea une éventualité bien pire : et si Armando, à sa mort, décidait de vendre sa maison pour rembourser en partie ses dettes, comme il le souhaitait ? Ils loueraient un appartement ? Non. Armando ne se retrancherait pas dans un appartement avec leur fille ado. Il ne saurait pas s'y prendre. Cette solution était inenvisageable. Anna comprit que, si un jour Armando vendait la maison, Anita irait vivre avec sa grand-mère et lui, allez savoir où il partirait… Ou peut-être se retrouveraient-ils tous les trois chez elle. L'anxiété montait chaque seconde un peu plus. Elle respira profondément. *Le cancer, ça se guérit, Anna. Détends-toi. Respire. Attends. Attendre quoi, Anna ? D'être morte ? Tu as vécu la vie souhaitée par les autres. La vie que voulait ta maman, Ana de Vilallonga. La vie que voulait ton mari, Armando García. La vie que voulait ta belle-mère. Quelle décision, quelle décision véritable as-tu prise ?*

Et, tout en se reprochant mentalement ce qu'elle n'avait pas fait, à presque cinquante ans et avec un cancer qui lui tombait dessus, Anna sut, enfin, ce qu'elle devait faire.

*
* *

— Respect de l'origine de l'enfant adopté. De la famille biologique. De la culture d'origine. Respect de l'ethnie, répétait Marta comme une litanie.

Marina soupira en l'écoutant.

— Notre priorité, c'est eux et non vous. Et une adoption ne peut signifier remplir un vide dans votre vie. Je sais que vous désirez tous être parents, mais avant ça il y a un enfant qui a besoin d'une famille appropriée et doit devenir un adulte sain.

Marta prit son gobelet et but son café. Elle avait peu dormi cette nuit-là. Sa fille avait une bronchite aiguë.

— Quoi qu'il arrive, ce sont vos enfants pour la vie. Pour toute la vie. On nous ramène des enfants. Plus que vous ne croyez, insista-t-elle pour justifier son ton incisif. Dans tous les cas, ça reste votre enfant et nous devons être sûrs que vous êtes capables de vous en occuper.

Les quatre auditeurs oscillaient entre gêne et vexation. Aucun d'eux ne se pensait capable de rendre un enfant. Comme si Marta avait pu lire dans leurs pensées, elle leur répondit :

— Il y a des ados qu'on aurait bien envie de retourner au magasin, et on ne le fait pas… Eh bien, pour les enfants adoptés, c'est pareil. Ça arrive, surtout à cet âge, qu'on nous les ramène ici, oui, dans ce bâtiment même. Pour le dernier, le père nous a dit : « Vous nous l'avez donné mauvais. » Et il l'avait eu à trois ans. C'est un enfant russe qui a seize ans à l'heure actuelle. Il vit en maison d'accueil. Et j'avais émis un avis favorable pour l'agrément de ce couple.

Marina eut la sensation que la psy essayait de les effrayer et d'éveiller des doutes sur ce désir si noble qu'avaient toutes les personnes présentes dans cette salle froide de l'Imas. Chaque phrase de cette dame faisait subtilement mal.

Après l'intervention, ce fut la projection d'un documentaire où les adultes qui avaient été adoptés donnaient leur vision de la procédure d'adoption. Pour la majorité, ils expliquaient sans problème leur situation d'enfants adoptés, mais d'autres reprochaient un peu à leurs parents leur attitude passive vis-à-vis de leur pays d'origine. Il était intéressant de les entendre, mais Marina fut frappée par un détail : d'une certaine façon, toutes les personnes interviewées refusaient plus ou moins la reconnaissance éternelle à leurs parents adoptifs. C'est un poids qu'ils portaient tous. L'une des femmes conclut : « Est-ce que les enfants biologiques ressentent cette reconnaissance que leurs parents se soient occupé d'eux ? Est-ce qu'ils doivent les remercier toute leur vie durant, tous les jours de les avoir guidés dans le monde ? »

Marina sortit de la réunion avec une bibliographie suffisante pour toute l'année. Des livres écrits par des femmes du monde entier qui étaient passées par le processus d'adoption, leur expérience de mères adoptives. Des romans écrits par des adultes adoptés. Une BD autobiographique intitulée *Couleur de peau : miel*, de Jung, Sud-Coréen adopté par une famille belge dans les années 1970. Marina l'acheta et la lut du début à la fin en une nuit. C'était la première bande dessinée qu'elle achetait de sa vie, et elle n'aurait jamais pensé pouvoir être aussi émue par des dessins. Il était 5 heures du matin. Elle éteignit la lumière et se remémora les paroles de son amie Laura quand elle lui avait posé la main sur le ventre, des années plus tôt :

— Tu es capable d'aimer un enfant. N'en doute jamais.

*
* *

— Je commence une chimio dans quelques semaines, annonça Anna à Cuca d'une voix ferme.

— Comment ça ? répondit son amie, alarmée.

— J'ai un cancer du sein, expliqua Anna froidement.

Par réflexe, Cuca lui prit la main.

— Je ne viens pas chercher ta pitié mais ton aide.

— Évidemment, Anna. Je t'aiderai pour tout ce que tu voudras, répondit Cuca d'un ton pressant.

— J'ai besoin de vendre ma maison. De trouver un acheteur. Le plus offrant, et je suis certaine que ton mari sait s'y prendre.

— Mais… Anna, qu'en dit Armando ?

— Ce que peut dire Armando, là, tu vois, ça m'est totalement égal. Et je te demande, s'il te plaît, de ne pas lui rapporter un mot de notre conversation. C'est entre toi et moi. OK ?

— D'accord, Anna.

— Regarde-moi dans les yeux et dis-moi que ça restera entre toi et moi.

— Je te donne ma parole, répondit Cuca avec sincérité. Mais… Tu envisages d'habiter où, et… ?

— Avec l'argent de la vente, j'achèterai un petit appartement, quatre-vingts mètres carrés, je n'ai pas besoin de plus, au centre de Palma. Lumineux et avec vue sur la mer. Trois pièces. Le reste de l'argent, je le mettrai sur un compte au nom de ma fille, et seule ma sœur y aura accès avant sa majorité. Dis-moi de quoi Curro aura besoin.

Cuca, inquiète, assimilait les nouvelles énoncées par cette femme qu'elle connaissait depuis une quarantaine d'années et qui, à ce moment-là, lui parut la personne la plus intègre qu'elle ait jamais connue.

— Des photos de ta maison et l'évaluation du prix par la banque. Tu l'as ?

— Je t'envoie les photos aujourd'hui. Mais les papiers doivent être dans le coffre-fort d'Armando.

— Ne t'en fais pas. Curro doit avoir une copie de tout. Je cherche ça dans son bureau.

— Je ne commencerai la chimio que quand j'aurai vendu ma maison et que j'aurai un appartement pour ma fille et pour moi. Je ne sais pas si je peux te considérer comme une amie, Cuca. Mais depuis le temps qu'on se connaît, j'ai besoin que tu me donnes un coup de main.

— Anna, je t'aiderai pour tout ce dont tu auras besoin. Compte sur moi. Mais s'il te plaît calme-toi, le cancer du sein, ça se soigne.

Anna se leva du tabouret du bar où elles s'étaient retrouvées, laissa cinq euros pour payer leurs boissons et lui répondit :

— C'est ce que j'espère.

De : marinavega@gmail.com
Le 15 février 2011
À : mathiasschneider@gmail.com

Coucou Mathias,

Je ne sais pas si tu as reçu mon mail.
Laura m'a dit que la connexion avec
la Palestine était très compliquée,
et que vous alliez tous bien.
Écris-moi ou appelle-moi depuis
le Thuraya, s'il te plaît. J'ai
besoin d'avoir de tes nouvelles.
Je termine les cours fin mars.
J'aurai deux semaines avant les
entretiens individuels avec la psy.
J'irai en Éthiopie voir Naomi.

Amoureusement,

Marina

*

* *

Cuca se montra à la hauteur. Elle prit l'affaire comme un problème personnel et utilisa tous les contacts de Curro pour chercher le meilleur acheteur. Curro connaissait déjà plusieurs Allemands qui auraient été intéressés. Mais Cuca voulut viser haut et s'éloigna du marché allemand, qui avait appris à négocier, pour se centrer sur le russe. En deux semaines à peine, elle trouva un certain Dimitry Boulgakov, qui figurait au n° 82 de la liste Forbes, et qui en plus d'avoir acheté une équipe de football européenne amassait des millions grâce à un produit pharmaceutique douteux. L'épouse de Dimitry viendrait à Majorque pour visiter la maison et, si elle lui plaisait, elle verserait les arrhes sur-le-champ.

Cuca était une amie, à sa manière certes, mais elle l'était.

L'étape suivante consistait à en parler avec Armando. Ce jour-là, quand Anita sortit de la maison pour se rendre au collège, Anna l'embrassa et lui dit combien elle était fière d'elle. Sa fille la regarda avec perplexité, puis revêtit son casque, monta sur sa Vespino et démarra. Anna la regarda partir et, quand elle eut disparu, referma la porte de son bocal. Elle observa sa maison. Elle soupira. La conversation qui l'attendait n'allait pas être facile.

Elle vida le cendrier de ses mégots avec anxiété. Elle ouvrit les rideaux pour laisser entrer la lumière, regarda sa photo de mariage comme si elle exhibait des inconnus. Entendant Armando descendre l'escalier, elle se tourna vers lui.

— Salut, marmonna-t-il.

— Bonjour. Tu peux venir un instant, s'il te plaît ? Il faut qu'on parle.

— Je vais me faire un café.

Armando alla dans la cuisine et Anna s'assit sur le canapé en attendant son retour, anticipant avec angoisse ce qui allait se produire quelques secondes plus tard. Elle devait être rapide et y aller sans détour. Armando sortit en sirotant son café dans une tasse minuscule. Il vint s'asseoir à côté d'elle.

— Alors ? fit-il en allumant une Marlboro. Pourquoi t'as ouvert les rideaux ? Y a trop de soleil.

Anna inspira, puis souffla.

— Je demande le divorce.

— Pardon ?

— Je veux divorcer, Armando, répéta-t-elle en baissant la voix.

Armando sourit avec ironie. Il mit plusieurs secondes à répondre :

— C'est ça, vous êtes toutes pareilles. Le pouvoir. Tout se ramène à ça. Quand on n'a plus le pouvoir, on ne vaut plus rien.

— Qu'est-ce que tu racontes ? le coupa Anna.

— La vérité, tiens ! Tant qu'il y a les bons hôtels, les bons restaus, les balades en yacht et la carte de crédit, on parle pas de divorce. Maintenant que j'ai tout perdu et que j'ai plus un radis, tu me jettes. Maintenant. Vous êtes toutes pareilles, c'est clair, dit-il en se rappelant sa jeune maîtresse panaméenne qui, une fois qu'elle lui avait extorqué jusqu'au dernier euro, l'avait jeté sans hésiter. Toutes les mêmes.

Dans un murmure, il conclut :

— Bande de salopes.

— Armando, notre relation est terminée depuis des années.

— Eh bien, chérie, sache que je ne veux pas divorcer ! répondit-il avec rage.

— Tu ne peux pas t'y opposer.

— Oh, que si ! Si tu veux la guerre, tu l'auras. Ça va pas être si facile pour toi. On est dans le domicile conjugal. Il est autant à toi qu'à moi.

Il écrasa son mégot dans le cendrier et se leva, considérant le sujet clos.

Il s'éloigna vers l'escalier, laissant sa femme bouche bée. Depuis le canapé, elle le regarda avec fureur.

— Armando.

— Fous-moi la paix !

— Regarde-moi, s'il te plaît.

Armando se retourna vers elle et la toisa avec mépris. Elle détesta ce regard qu'elle connaissait si bien, qui cherchait à la rendre toute petite. Sans chercher une once de compassion, elle lui dit d'une voix grave :

— J'ai un cancer.

*
* *

— Quelle idiote ! asséna durement Imelda à sa fille en voyant son gros ventre à l'aéroport Ninoy Aquino de Manille.

Sa fille lui avait caché sa grossesse. Pas parce qu'il n'y avait pas de père. Au contraire, elle s'était mariée discrètement, une fois qu'elle s'était sue enceinte, avec le jeune homme qu'elle aimait. Un vendeur ambulant qui passait les après-midi à vélo pour distribuer des miches de *pandesal* dans les quartiers de Manille.

Mais ce n'était pas dans cet objectif que sa mère avait sacrifié quatorze ans de sa vie en Espagne. Non. Pas pour ça. Pas pour que sa fille reste là, dans ce cube sordide où elles étaient nées. Dans ce bidonville marginal de fibrociment et de plastique. Pour sa fille, Imelda avait de meilleurs plans. Elle avait imaginé une vie loin de ce quartier où était née toute sa famille. Imelda avait sacrifié sa maternité pour voir sa fille à l'université de Manille, devenir la femme qu'elle n'avait pas pu être.

Seulement, la vie, on le sait désormais, n'est pas comme on veut qu'elle soit, mais comme elle est, et ces plans n'étaient pas ceux de la fille d'Imelda qui, amoureuse de son brave vendeur de pain ambulant, se contentait de l'existence qui lui était échue. En revanche, il y avait une chose dont la fille d'Imelda était certaine, et qu'elle devait à sa mère : jamais elle n'abandonnerait l'enfant qu'elle portait comme l'avait fait Imelda avec elle, car c'est ainsi qu'elle l'avait vécu. Elle préférait le nourrir de *pandesal* et d'œufs crus toute sa vie plutôt que de le laisser à quatre ans aux bons soins de personne… même si ce personne était sa grand-mère.

Imelda était accroupie au bord du Pasig en train de laver les vêtements de sa future petite-fille, ceux même qu'avait utilisés sa fille bébé et qui avaient été gardés dans une boîte en plastique dans la baraque en brique et fibrociment où elles vivaient. Il n'avait pas été facile de s'adapter de nouveau à la vie aux Philippines. Pas seulement à cause du confort qu'elle avait laissé derrière elle en Occident. Chez les patrons, elle avait sa chambre à elle, sa salle de bains avec l'eau chaude, sa télé, son espace. À présent, elle partageait une chambre avec sa mère. Sa fille et son mari occupaient l'autre chambre de la maison. Bientôt, Imelda se rendit compte que sa fille n'avait absolument pas besoin d'elle. Elle l'avait quittée à quatre ans et revenait quatorze ans plus tard, à quoi s'attendait-elle ? Sa fille ne la consultait sur rien, se référait toujours à sa grand-mère, qui avait pris soin d'elle toute sa vie. Parfois même, Imelda avait senti qu'elle gênait.

Elle regarda la montre qu'elle avait achetée au Pakistanais du centre téléphonique de Palma et calcula les six heures de décalage avec l'Espagne. Six heures de moins. La patronne devait être seule à la maison. On ne lui avait toujours pas payé les trois mois qu'on lui devait. Elle avait téléphoné deux fois à M. Armando, qui promettait d'effectuer le virement, mais après bientôt un an il ne l'avait toujours pas fait. Elle souhaitait que ce soit Mme Anna qui décroche.

Elle essora le linge et l'étendit sur une corde accrochée à la baraque et se dirigea vers le Kawali Manila Bar, situé au centre du quartier, où tous les voisins recevaient lettres et appels téléphoniques.

— Madame !

— Imelda !

— Comment vous allez, madame ?

— Bien, Imelda, et vous ?

— Très bien, madame. Je ne peux pas parler longtemps, c'est très cher.

— Dites-moi, Imelda.

— Votre mari ne m'a toujours pas payée.

— Comment ça ? Il m'a dit qu'il l'avait fait !

Lors de son dernier voyage en Suisse, il avait planifié un virement postal de HSBC vers Manille.

— Je vais m'en charger personnellement, Imelda. Je suis désolée.

— Oui, s'il vous plaît, madame. Ma petite-fille va naître ce mois-ci. Et je voudrais qu'elle naisse à l'hôpital, pas à la maison. En plus, l'échographie coûte mille dollars, madame.

— Ne vous en faites pas. Je vous envoie l'argent aujourd'hui même.

— Merci, madame.

— De rien, Imelda. J'espère que vous allez très bien.

Anna sentit sa voix se briser. Elle avait envie de pleurer avec cette femme asiatique qui lui avait tenu compagnie tant d'années.

— Prenez bien soin de vous, Imelda, dit-elle d'une voix éraillée.

— Vous aussi, madame. Ah, madame ?

— Oui ?

Imelda elle-même ne sut pourquoi elle prononça ces mots. Mais c'était quelque chose qui lui trottait dans le subconscient depuis son retour dans sa ville natale.

— Si vous connaissez une amie qui aurait besoin d'une employée, appelez-moi. Ma fille est grande et on s'occupe bien d'elle ici.

*

* *

Anna alla chercher Antonio à S'Estaca. Elle n'avait pas décroché de toute la semaine et lui avait écrit par

SMS : *Je t'appelle dès que je peux.* Lorsqu'il ouvrit la porte, il la serra dans ses bras avec désespoir.

— Ne me fais plus ça, Anna. Ne me fais plus ça, dit-il sans la lâcher, les larmes aux yeux.

— Je suis désolée, répondit Anna. Mais ne pleure pas, gros bêta, ajouta-t-elle en lui essuyant les paupières. Moi qui croyais que tu ne savais pas pleurer…

Antonio rit en s'excusant, car lui-même ne savait d'où lui venait cette réaction à voir cette femme qu'il aimait à nouveau comme dans sa jeunesse.

— Et ne m'expédie pas encore dans la tombe, je peux guérir.

— Bien sûr que tu vas guérir. Mais ça fait sept jours que je n'ai aucune nouvelle. Ne me fais plus ça.

Anna l'embrassa. *Que c'est chouette quand un homme t'aime vraiment,* pensa-t-elle.

— Laisse-moi t'emmener faire un tour à moto. À l'endroit le plus joli qui existe. Où tu voudras.

Ils prirent l'engin et décidèrent de ne pas mettre de casque pour profiter du vent, du soleil, de la mer. Ils serpentèrent sur la côte sans se presser. Anna, collée à Antonio, avait les bras noués autour de sa taille.

Ils arrivèrent à la falaise de Sa Foradada, celle-là même où ils s'étaient assis plus de trente ans auparavant et où ils avaient parcouru le monde avec les doigts. Ils descendirent de moto et se prirent par la main. Ils marchèrent. Tous deux savaient où ils allaient s'asseoir. Ils arrivèrent à la pointe la plus avancée de la falaise. Seulement tous les deux. Ils s'assirent sur la roche, les pieds pendant vers la mer. Anna lui caressa la main et joua avec ses doigts. Il l'embrassa dans les cheveux et lui enlaça les épaules. Elle appuya la tête sur son épaule.

« Prends bien soin de toi »… Cette formule déplut à Marina.

Sans répondre, elle éteignit son ordinateur et monta dans sa chambre. Elle s'allongea sur le lit et prit sur la table de chevet la photo prise par Kaleb à l'orphelinat, quelques jours avant le départ. Du bout des doigts, elle effleura le verre sur le visage de Mathias. Ensuite, sur celui de Naomi.

*
* *

La génétique de l'enfant adopté, l'incertitude sur les maladies de ce code génétique inconnu, les conséquences psychiques de l'abandon, les problèmes de l'attachement des premiers temps, la résilience parentale, les mauvaises habitudes acquises, le TDAH, l'impulsivité, la mauvaise estime de soi, les difficultés d'intégration dans un environnement institutionnalisé, la confusion des parents adoptifs, leur sentiment d'être débordés, les conflits dans le couple, etc., etc. À la fin du mois de mars, quand se termina ce cours intensif en groupe pour futures familles, tous avaient la tête farcie.

Les quatre futurs adoptants prirent l'ascenseur ensemble. Le seul qui osa parler dans la cabine métallique où ils étaient enfermés fut l'unique homme présent :

— Je sais pas vous, mais moi, cette psy, elle me les brise.

Ce n'était pas le cas de Marina. La seule chose qu'elle souhaitait, c'était quitter ce beau bâtiment du gouvernement majorquin où ils se trouvaient et prendre un avion pour la chaotique Addis-Abeba.

*
* *

Kaleb l'amena directement à l'orphelinat. Elle avait un rendez-vous programmé avec le directeur. À peine était-elle entrée qu'elle aperçut Naomi dans le lit métallique, comme toujours, le regard orienté vers le même endroit, le soleil qui arrivait de la porte.

— Pardonne-moi, ma chérie, pardonne-moi, lui dit Marina en la prenant dans ses bras. Je ne te quitte plus de deux semaines.

Avec Naomi sur les genoux, elle s'assit dans le bureau du fonctionnaire éthiopien. Il parlait un anglais approximatif et, avec l'aide de Kaleb, ils purent communiquer. Il l'informa qu'elle devait lui faire parvenir l'agrément au ministère des Affaires féminines du gouvernement d'Addis-Abeba, et un autre exemplaire à lui. Ensuite, Marina devrait engager un avocat éthiopien pour le jugement qui se tiendrait des mois plus tard.

— Et on ne peut pas la donner à une autre famille ?

— Non. C'est moi qui signe les adoptions internationales. Tout passe par moi.

Marina lui signala qu'elle connaissait deux avocats éthiopiens qui s'occupaient de toutes les affaires de MSF, mais le directeur l'orienta vers d'autres, spécialisés en adoption internationale. Marina savait bien comment fonctionnaient les choses dans le pays, aussi n'hésita-t-elle pas à accepter l'avocat indiqué par le fonctionnaire.

Elle s'installa dans un deux-étoiles fonctionnel à proximité de l'orphelinat. Elle se levait à 7 heures tous les matins pour donner le premier biberon et passait la journée entière avec Naomi. Chaque jour qu'elle passait à son côté, elle trouvait moins de sens à cette interminable procédure d'adoption à laquelle elle était obligée de se soumettre.

*

* *

Les quatorze jours s'écoulèrent rapidement. Kaleb viendrait la chercher à l'orphelinat. Son avion décollait à 21 heures. Elle laisserait Naomi au lit et ils partiraient à l'aéroport. Elle l'embrassa sur la joue et eut le cœur brisé de la laisser endormie dans son lit… Naomi l'attendrait le lendemain, mais Marina mettrait des mois à revenir.

Elle monta en voiture, accablée par une profonde tristesse. Kaleb referma la portière de la Jeep mais le directeur tapa à la vitre. Kaleb la baissa. Le fonctionnaire redit au revoir à Marina en anglais et s'adressa au logisticien en amharique. Kaleb écouta attentivement, répondit. Marina ne comprenait pas un mot de leur échange, mais au ton de la conversation elle comprit qu'il y avait un conflit : Kaleb posait des questions avec colère et le directeur répondait durement, avec fermeté. Ils se saluèrent. Kaleb mit le contact sans prononcer un mot, plus sérieux qu'à son habitude, et appuya sur l'accélérateur.

— Il y a un problème ?

Honteux, sans la regarder dans les yeux, Kaleb répondit :

— Il veut dix mille euros.

*
* *

La Russe adora la décoration rococo de la demeure ; elle comptait ajouter un tapis léopard assorti à la chaise longue et plusieurs sculptures excentriques de grandes dimensions qu'elle se ferait rapporter par camion depuis Moscou.

Anna ne voulut emporter qu'un seul objet : le coffre de son père. Ce n'était pas pour elle mais pour sa sœur. Elle savait que Marina avait une affection particulière pour ce meuble ancien plein de souvenirs. Et que cela lui ferait plaisir de le garder avec elle à Valldemossa. Elle profita d'un voyage en Suisse d'Armando pour appeler Antonio, qui emprunta aussitôt la fourgonnette d'un ami et se présenta dans la maison ostentatoire d'Anna. À eux deux, ils chargèrent le coffre et débarquèrent par surprise à la boulangerie.

Marina était en train d'envelopper le cake au citron. Une part pour la veuve et une autre pour le curé, car depuis sa fête d'anniversaire ils arrivaient ensemble tous les matins pour leurs achats.

— Anna !

— Bonjour, Marina.

Le curé et la veuve sortirent en s'accordant sur la trop grande quantité de citron dans la pâte.

— Tu te souviens d'Antonio ? poursuivit Anna. De S'Estaca.

Marina mit un instant à le reconnaître.

— Ah, mais bien sûr ! Comment vas-tu ? Ça doit faire trente ans qu'on ne s'est pas vus. C'était un premier de l'An, non ?

— Tu n'as pas changé, la salua Antonio en l'embrassant sur les deux joues.

— Viens, dit Anna en entraînant sa sœur au-dehors.

Antonio ouvrit l'arrière de la fourgonnette.

— On te le met où ?

Il est étrange qu'un objet puisse retourner l'âme rien qu'à le voir. Sans l'ouvrir, Marina visualisa les coquillages transformés en bracelets, l'étoile de mer de la *cala* Ratjada, la boîte en métal contenant les photos floues de son enfance… Joie et nostalgie se mêlèrent en revoyant le vieux coffre marin de son père chéri.

— Dans ma chambre, ça rendra très bien, au pied du lit.

Elle entoura les épaules de sa sœur et lui murmura un merci.

Il était très lourd et trop large pour passer par la cage d'escalier. Antonio dut appeler son ami motard, le policier local, pour qu'il les aide. Celui-ci passa prendre un monte-charge au bar de Tomeu et ils parvinrent à le faire entrer par la fenêtre.

Une fois le déménagement accompli, Anna demanda à Antonio de la laisser seule avec sa sœur. Il partit donc boire des bières au bar avec le policier et Tomeu.

— Alors, ça y est, tu l'as vendue ? demanda Marina.

Anna acquiesça et baissa les yeux.

— C'est une tumeur maligne de cinq centimètres. Il faut la réduire.

— Anna, depuis quand tu le sais ?

— Depuis un bon moment, mais je savais que tu voulais partir en Éthiopie, Marina, voir cette petite, et je ne voulais pas t'en empêcher.

— Anna, quand même ! Tu aurais dû me le dire tout de suite !

— Tu crois que je vais guérir ?

— Évidemment, lui assura Marina en la prenant dans ses bras.

Le cœur serré, elle pensait à leur mère qui était morte de la même maladie.

*
* *

Sortant de la boulangerie, Anna alla récupérer Antonio au bar de Tomeu. Elle avait envie de marcher, et ils reprirent la fourgonnette pour se rendre à la plage d'Es Trenc. Ils ôtèrent leurs chaussures et se promenèrent pieds nus sur le sable, jouèrent avec l'eau cristalline de ce lieu paradisiaque du sud de l'île. Antonio parlait calmement. Il était résolu à être à ses côtés tout le temps. Les week-ends qu'Anita passerait avec son père, il s'installerait avec elle dans le nouvel appartement. Anna écoutait sans contredire aucun de ses plans. Elle hochait la tête sans répondre, perdue dans la peur de tout ce qui lui tombait dessus.

Ce soir-là, Anna alla dans la chambre de sa fille. Elle lui expliqua avec délicatesse et sans faire de drame qu'on lui avait trouvé une grosseur dans le sein et qu'on devait la lui retirer. Elle évita le mot cancer, mais Anita sut lire entre les lignes. Elle parla aussi à sa fille du divorce et de la liberté qui revenait à Anita de choisir avec qui elle voulait vivre. Pour le moment,

Armando partait vivre chez sa mère. Elle avait trouvé un acheteur et partirait vivre dans le centre de Palma. Anita l'étreignit sincèrement, de toutes ses forces : bien sûr qu'elle viendrait vivre avec sa mère.

Cette semaine-là, la jeune fille sécha tous les cours de religion, en première heure de la journée, et elles allèrent ensemble visiter plusieurs appartements. Huit, jusqu'à pénétrer dans un loft avec vue sur la mer, dans le quartier de la Llotja. Des poutres en bois couraient sur le plafond, la lumière se réfléchissait sur des murs blancs fraîchement peints. Elles se regardèrent et, tacitement, se décidèrent. À la fin de cette même semaine, elles allèrent chez Ikea chercher des meubles. Anita, qui n'arrêtait pas de regarder des séries depuis son retour d'Allemagne, lui demanda un bon téléviseur plasma et un nouveau lecteur de DVD. En trois jours, elles avaient meublé leur nouveau foyer. Anita s'était obstinée à monter les meubles seule, car elle avait aidé Mathias l'autre fois. Une fois le canapé recouvert d'un tissu blanc et poussé contre le mur, elle s'assit dessus, épuisée. Sa mère l'imita.

Elles restèrent en silence dans leur nouvel appartement. C'était un grand changement. Chacune était plongée dans ses pensées. Anna avait refermé son bocal. La maison de toute sa vie avait cessé de lui appartenir. Elle soupira. Elle ne ressentait pas de douleur physique. Parfois, elle oubliait qu'elle avait un cancer. Le diagnostic avait à peine un mois. Anna prit la main de sa fille.

— Anita. Je veux dire Ana, rectifia-t-elle aussitôt. Je dois faire encore quelque chose, et j'ai besoin de toi.

Anita se tourna vers sa mère.

— Viens, dit Anna en se levant sans lui lâcher la main.

Elles entrèrent dans la salle de bains. Anna sortit une boîte en carton d'un sac plastique. Sa fille ne comprenait pas ce qu'elle lui demandait et la regarda desceller d'un coup d'ongle la fermeture du carton.

— Qu'est-ce que c'est, maman ?

Anna ouvrit la partie supérieure du carton, mit la main dans la boîte et en tira une tondeuse pour hommes. Elle releva des yeux apeurés sur sa fille. Comprenant ce qu'elle voulait, Anita remarqua qu'elle pâlissait en la lui tendant. Anita savait combien sa mère pouvait être coquette et comprit quelle douleur, quelle humiliation cela pouvait supposer de se tondre les cheveux.

Anna mit en marche l'appareil. Le bourdonnement du moteur résonna comme une perceuse dans leurs têtes. Anna se regarda dans le miroir et sentit la panique monter. Anita lui prit la machine et serra sa mère contre elle.

— Quelle saloperie, ma puce, murmura Anna dans ses bras.

— On va s'en sortir, maman. Je vais t'aider.

Anita regarda sa mère et sécha les larmes qui coulaient sur ses joues.

— Fais-le moi, s'il te plaît, demanda Anna en soupirant.

Anna s'assit sur un tabouret devant le miroir de la salle de bains. Elle baissa les yeux et soupira à nouveau. La tondeuse se remit en route. Elle ne voulut pas regarder en face. Elle ferma les yeux et se remit à respirer, tentant de retenir ses larmes.

Anita regarda sa mère, mince comme elle était, plus fragile que jamais, tentant de ne pas pleurer. Elle regarda le mouvement des lames de l'appareil et en écouta le son creux.

— Allez, ma fille, l'encouragea Anna en essayant de sourire.

— On y va, répondit Anita en observant son reflet.

Elle appuya la machine sur son propre front et se la passa jusqu'à la nuque.

— Anita ! Qu'est-ce que tu fais ? s'exclama Anna, suffoquée, en voyant les cheveux de sa fille tomber au sol.

Anita sourit au miroir et repassa la tondeuse. Après tout, elle avait toujours voulu avoir la boule à zéro.

— Demain, les filles qui se la pètent de San Cayetano vont halluciner, déclara-t-elle en lançant un clin d'œil à sa mère, qui ne parvenait pas à croire à cet acte barbare. Et tu vas voir, l'an prochain Miley Cyrus va se raser le crâne et ça va être la mode.

*

* *

Anna sentit les muscles de son estomac se contracter. La bile monta dans sa trachée et elle vomit le néant qu'elle avait avalé. Elle aurait dû écouter l'oncologue et venir accompagnée. Mais elle n'avait pas voulu. Cinquante ans à dépendre des autres, c'était suffisant. Elle s'assit sur le muret de béton qui entourait le parking de l'hôpital. Elle sortit son portable et chercha le numéro d'Antonio dans le répertoire. Il mit tout juste deux secondes à décrocher.

— Anna, ma chérie. Ça s'est bien passé ? Je vais quitter le boulot en avance, et dans deux heures max je suis chez toi.

— Antonio… Je ne veux pas que tu viennes.

— Pardon ?

— Je ne veux pas que tu me voies comme ça. Je suis…

— Je m'en fiche de comment tu es.

— S'il te plaît, Antonio, je t'en supplie.

— Je serai à tes côtés, Anna, tant pis pour ce que tu diras ! s'écria-t-il.

— J'ai honte, Antonio, lui répondit-elle tandis qu'une larme roulait sur sa joue. Je suis… chauve. Laisse-moi faire ça à ma manière, s'il te plaît, mon amour. Vraiment. Je t'aime. Antonio, je t'aime et je veux commencer une vie avec toi, pour toujours. Mais pas de cette façon. Laisse-moi me soigner seule. Six mois. Attends-moi six mois. Je t'en prie. Je t'appellerai quand je pourrai. Je t'aime plus que ma vie.

*
* *

Imelda aperçut la patronne, un foulard vert autour de la tête, le visage tiré et le corps plus mince que jamais. Peinée, elle l'embrassa comme elle ne l'avait jamais fait auparavant.

— Ne vous en faites pas, madame, je saurai m'occuper de vous.

Elle alla à la cuisine préparer un thé.

Anna s'assit sur le canapé et appela sa sœur. Marina lui reprocha encore de ne pas lui avoir permis de l'accompagner. Elle insista de nouveau. Elle voulait venir la voir tous les après-midi après avoir fermé la boutique. Mais Anna refusa. Elle ne voulait pas lui faire passer ce mauvais moment et la transformer en son infirmière pendant six mois. Elle ne voulait être à la charge de personne. Ni de son mari, ni d'Antonio, ni de sa fille, ni de ses amies, ni de sa sœur. Elle allait assumer seule ce passage horrible. Sans dépendre de quelqu'un d'autre qu'Imelda, qu'elle payait pour ses soins.

— Viens manger dimanche, proposa Anna à Marina. Il y aura Anita, et Imelda a sa journée. On pourra être toutes les trois tranquilles dans mon nouvel appartement. Je ne veux pas que tu me soignes, Marina, juste qu'on redevienne des sœurs.

Dimanche, mère et fille préparèrent un rôti de veau qu'elles accompagnèrent d'une salade de pommes de terre comme Pippa avait appris à en faire à Anita. Au premier « Comment tu te sens ? », Anna répondit « Bien », lasse de tourner toujours autour du même sujet.

— Raconte-nous, toi. Cette petite Africaine, qui va être ta fille.

— Et si c'est ta fille, ça sera ma cousine, sourit Anita.

— Oui, bien sûr, vous allez être de la même famille.

Marina fut franche avec elles. Elle leur dit qu'elle en avait assez d'attendre. Assez de continuer de voir Marta, cette psy qui ne connaissait rien à rien, mais devant qui elle devait faire bonne figure. C'était cette femme, au bout du compte, qui devait approuver ou non l'agrément. Cette femme même qui avait réussi à la faire douter de sa capacité à être mère. Elle en était venue à se demander s'il n'y avait pas quelque part une meilleure mère pour cette petite orpheline.

— Marina, tu vas être une super maman. N'en doute pas une seconde.

Après le repas, elles s'assirent sur le canapé avec un thé philippin qu'Imelda avait laissé avant de partir. Anna enleva son foulard. Au bout de deux heures à le porter, il commençait à la démanger. Marina la regarda, sans pouvoir éviter un instant de souffrance. Dans son sac, elle attrapa un petit sachet en plastique contenant des feuilles séchées de couleur verte. Elle l'ouvrit. Sa nièce l'observait.

— Mais, tatie, c'est…

— Du cannabis, confirma Marina en prélevant une feuille dans le sachet.

Anna regarda sa sœur sans bien comprendre ses intentions.

— D'où tu sors ça ? lui demanda sa nièce, incrédule.

— Un ami routier de Valldemossa, qui la trouve à Amsterdam. Il m'a aussi apporté une pipe à haschich.

— Mais, tatie, tu fumes de l'herbe ?

— Ça t'évitera les nausées et les vomissements de la chimio, Anna, expliqua Marina.

Anna ne répondit pas.

— Fais-moi confiance.

— Et moi, je peux fumer aussi ? demanda Anita d'un ton dégagé.

— Non, pas toi, répondirent mère et tante à l'unisson.

*
* *

Mars, avril, mai et juin furent des mois difficiles pour les deux sœurs. Pour Anna, bien entendu, à cause du processus de dégradation physique auquel elle se soumettait. Le cannabis évita effectivement les vomissements, mais elle se retrouva sans cils ni sourcils ; ses ongles noircirent et aux pieds plusieurs se détachèrent. Elle était atteinte de candidose généralisée. Elle tomba à quarante-neuf kilos. Antonio insistait et insistait, l'appelait et la rappelait, ils avaient de longues conversations téléphoniques, mais Anna ne consentit jamais à le voir. Pas dans cet état.

Marina poursuivit pendant ces mois les cours de formation pour adoptants. La psychologue faisait son travail et insistait sur combien il pouvait être merveilleux d'adopter, tout en signalant les cas les plus extrêmes d'adoptions ratées. Marina avait l'impression qu'à chaque entretien on l'amenait à la limite, pour qu'elle soit sûre de sa décision. Le groupe de psys de l'Imas veillait seulement au bien-être de l'enfant, répétait-on à chaque séance. Cette phrase commençait à résonner dans sa tête comme une litanie trop entendue. Marina expliqua, lors d'une des séances individuelles, le lien qui l'unissait à Naomi, qu'elle avait amenée au monde.

Et, pendant que tout cela se produisait dans la vie de Marina, Naomi continuait de l'attendre dans le lit en métal, et Mathias était trop occupé à aider les centaines de Palestiniens qui passaient entre ses mains. Ils se parlèrent deux fois via le Thuraya, mais les conversations étaient coupées au bout d'une minute, et ils décidèrent de s'écrire plutôt des e-mails. Marina lui parlait des voisins du village, de l'opération de sa sœur, et il répondait avec les injustices qui accablaient le peuple palestinien. Chacun dans son monde.

*
* *

Marina et Anna se voyaient tous les dimanches. Anita revenait elle aussi à la première heure du dimanche, même si elle devait passer un week-end sur deux chez sa grand-mère, où son père s'était établi depuis la signature du divorce.

— Ma chérie, arrête de traiter ta grand-mère de vieille pie, s'il te plaît, exigea Anna avec sérieux car sa fille optait pour ce surnom chaque fois qu'elle évoquait la mère de son père.

— Bah, c'est toi qui l'as inventé, Anna ! lui rappela Marina en souriant.

— Non, c'est toi, la contredit aussitôt sa sœur.

— Oh, tu ne te rappelles pas ? Tu avais Anita toute bébé dans les bras, et tu la regardais par la fenêtre de la chambre de grand-mère Nerea. Elle marchait à côté de la piscine avec son espèce de grande blouse noirâtre qu'elle porte toujours, elle regardait par terre, et tu as dit…

— Oui, bon. Peu importe qui c'était, la coupa Anna afin d'éviter de reconnaître qu'elle était à l'origine du sobriquet. Ana, s'il te plaît, c'est ta grand-mère, et tu lui dois le respect. Je te le demande. Arrête de l'appeler comme ça.

— D'accord, répondit sa fille avec le plus grand sérieux, elle aussi. La semaine prochaine, je zappe d'aller chez la vieille corneille.

Marina fut prise de fou rire. Anna ne put se retenir non plus et Anita se joignit à cette hilarité imprégnée de la fumée qu'exhalait Anna à chaque bouffée.

Et ces dimanches, en dépit de tout, furent beaux. Les sœurs redevinrent des sœurs, toujours accompagnées de bons films, de bonne musique et d'une légère odeur de marijuana…

*

* *

— Vous avez déjà avorté ?

C'était la question n° 10 sur la liste de la psychologue qui, assise sur le canapé de la maison de Marina, prenait des notes dans un dossier posé sur ses genoux. À côté d'elle, une assistante sociale que Marina voyait pour la première fois.

— Oui, répondit-elle, sans laisser paraître sa gêne.

— Je peux savoir pourquoi ?

Eh bien non, tu n'as pas à savoir pourquoi. Ça fait partie de mon passé. Mais je vais te répondre, parce que je n'ai pas le choix.

— C'était il y a plus de dix ans, répondit-elle à voix haute. J'ai trouvé que ce n'était pas le moment, ni la personne avec qui je souhaitais avoir un enfant.

La psy nota quelque chose sur son papier. Tout était important lors de cet entretien, le moindre geste, la communication verbale comme non-verbale… pour donner à cette femme le droit à la maternité.

— Avez-vous fait des tentatives de fécondation in vitro ou d'insémination artificielle ces dernières années ?

— Non.

— Et vous n'avez jamais souhaité avoir d'enfant biologique ?

— Non.

— Pour quelle raison ?

— Comme vous le savez, j'ai été humanitaire pendant dix ans et je me suis consacrée à mon travail. Je n'ai pas éprouvé le désir d'être mère jusqu'à aujourd'hui.

— Et pourquoi maintenant ?

— Je vous ai déjà expliqué la relation que j'ai avec cette enfant.

— Vous vous sentez coupable de l'avoir fait naître ?

Marina attendit quelques secondes pour répondre.

— J'ai fait ce que n'importe quel médecin aurait fait dans ma situation.

Les deux femmes écrivirent sur leur papier.

— Et vous allez renoncer à votre poste d'humanitaire pour toujours ?

— De médecin en zone de conflit, oui. Quand ma fille arrivera… quand Naomi arrivera, rectifia-t-elle, je n'y retournerai plus. Plus tard, je pourrai peut-être exercer ma profession ici, à Majorque, ou dans une autre ONG qui aura des projets stables. Peu importe dans quel endroit du monde. Pour le moment, je suis bien en étant boulangère et je gagne suffisamment pour vivre.

Elle eut un sourire sincère en prononçant cette phrase.

— Et comment pensez-vous vous organiser à son arrivée ?

— La boulangerie est au rez-de-chaussée. Elle pourra être avec moi vingt-quatre heures sur vingt-quatre. Jusqu'au moment où elle ira à l'école.

— C'est difficile d'être mère célibataire. Vous aurez de l'aide de vos parents ?

— Ils sont décédés.

Tu veux tout savoir, Marta ? Alors allons-y, on joue.

— Mon père est mort quand j'avais dix-sept ans. Un accident de bateau. Je l'ai très mal vécu. J'étais lycéenne au États-Unis à ce moment-là, et je devais revenir pour commencer mes études de médecine ici… Mais quand il est mort j'ai décidé de faire ce qu'il voulait que je fasse : étudier dans la meilleure université des États-Unis, où j'avais obtenu une bourse. Et je suis restée là-bas. Ma mère est décédée d'un cancer cinq ans après.

— Quelle relation aviez-vous avec vos parents ?

— J'étais très proche de mon père. Avec ma mère, ma relation était un peu plus difficile.

L'assistante sociale prit des notes.

— Pourquoi, plus difficile ?

Commence à mentir, Marina. Ne lui donne pas ce qu'elle te demande. Elle a ton casier judiciaire vierge, ta déclaration de revenus, elle connaît tout ton patrimoine, la somme que tu as sur ton compte en banque, elle a déjà un bilan psychiatrique antérieur, elle connaît ton groupe sanguin et tous tes antécédents médicaux… Tu seras une maman géniale. Tu n'aimais pas ta mère et ta mère ne t'aimait pas… Mais c'est politiquement incorrect. Mens.

— Ma relation avec ma mère était plus compliquée qu'avec mon père, mais on s'aimait. On s'aimait beaucoup. Vous aussi, je suis sûre que vous aimez beaucoup votre mère, mais… les hormones féminines… c'est bien connu, affirma-t-elle avec un léger sourire.

Les deux juges sourirent franchement. C'était vrai, se chamailler avec sa mère était un classique.

— Alors, vous n'avez personne, poursuivit Marta.

— Si. J'ai ma sœur et ma nièce.

L'assistance sociale en prit note. Marina tut la maladie de sa sœur et dit que celle-ci serait toujours prête à l'aider.

— Marina, reprit la psychologue en évitant son regard. Est-ce que vous vous sentez vieillir ?

— Non, répondit-elle avec certitude à cette femme qu'elle commençait à détester.

— Vous n'avez pas l'impression de combler un vide avec l'arrivée de cette petite fille ? Vous êtes sûre que vous n'avez pas peur de vieillir seule ?

Marina dévisagea la psy avec hostilité. Pourquoi lui posait-elle toutes ces questions ? Marina avait découvert un nouvel espace dans son cœur pour donner de l'amour à une enfant qui avait besoin de l'amour d'une mère. Cette invasion de son intimité était-elle vraiment nécessaire ?

— Dites-moi, insista Marta. Vous avez peur de vieillir seule ?

— Non, Marta. Je n'ai pas du tout peur de vieillir seule. Je suis seule depuis mes quatorze ans. À cet âge-là, j'ai peut-être redouté de vivre si loin de l'île où j'étais née, mais à quarante-six ans je vous assure que la solitude ne m'effraie absolument pas.

Après une pause, elle reprit :

— Pour être honnête avec vous, je n'ai peur que d'une chose. Je sais qu'il y a une petite fille à sept mille kilomètres d'ici qui m'attend, et ma peur c'est que passent les jours, les mois, et que cette enfant se sente toujours plus triste, que la blessure de l'abandon soit toujours plus profonde. Voilà ma seule frayeur.

Les deux juges écrivirent sans presque plus regarder cette femme qui leur faisait face, qui leur parut la plus valable qu'elles aient jamais eue en entretien de toute leur carrière à l'Imas.

— Nous devons voir votre maison. Vous nous la montrez, s'il vous plaît ?

Marina commença par leur montrer la chambre de Naomi. La coiffeuse lui avait fait cadeau du lit à barreaux, car son dernier fils était passé au grand lit. Il y avait donc ce lit un peu trop mignon au goût de Marina, avec un pagne africain sur le matelas.

Elles montèrent dans la chambre de Marina, où elles jetèrent un coup d'œil rapide. Marta s'approcha de la table de nuit et regarda la photo prise par Kaleb.

— C'est Naomi ?

— Oui, répondit Marina, le sourire aux lèvres.

— Et celui qui la tient dans les bras ?

— C'est mon compagnon… mon fiancé. Il rentre d'ici un mois.

Marina les raccompagna dans la rue. Elle les regarda s'éloigner dans la rue de la Rosa et referma la porte derrière elle. Elle s'y appuya et souffla longuement, libérant la tension de ce dernier entretien. Dans un mois, elle recevrait l'agrément qui lui ouvrirait les portes de la maternité.

*

* *

Lorsque le volume tumoral fut réduit de moitié, Anna subit une mastectomie. Marina s'installa à l'hôpital, malgré les protestations de sa sœur, qui lui disait être bien entourée par les infirmières. Imelda venait tous les matins et s'occupait de son linge. Anita venait tous les après-midi après le lycée. Sans écouter sa sœur aînée, Marina remplit son sac à dos de quatre tee-shirts et quelques sous-vêtements, puis ne bougea plus de l'hôpital jusqu'à ce que sa sœur sorte. Anna refusa de voir Armando et de lui parler, alors qu'il avait appelé plusieurs fois. Elle ne souhaita pas non plus recevoir de visites de ses amies du Club Nautique.

La dernière nuit, lorsque le portable d'Anna sonna, Marina regarda l'écran.

— C'est Antonio, annonça-t-elle à sa sœur.

— Ne décroche pas.

— Pourquoi ? Il t'a appelée deux fois aujourd'hui, hier aussi.

— Parce que je ne veux pas. Je te l'ai déjà dit. Je ne veux pas qu'il me voie comme ça.

Marina appuya tout de même sur répondre.

— Allô, Antonio. L'opération s'est très bien déroulée. Je te la passe.

*

* *

Ce fut Marina qui prit la main de Mathias dans le taxi. Elle savait que c'était à elle d'entamer la conversation.

— On a deux mois pour nous deux. Seuls… Je t'aime, Mathias.

— Moi aussi, je t'aime, Marina, répondit-il en baissant les yeux. Mais j'ai besoin de toi. Je ne veux pas d'une relation à distance.

Marina posa la main de Mathias sur sa nuque. Elle entrelaça leurs doigts et blottit la tête contre son torse. Par la vitre du taxi qui les conduisait à Valldemossa, l'agitation de la haute saison, le calme, la brise, le soleil, les champs d'oliviers, d'amandiers, de blé et de coquelicots… Mathias caressa du bout du doigt la paume de son aimée.

Marina sortit le linge sale du sac à dos de Mathias et le mit dans la machine à laver neuve qu'elle avait achetée. Elle monta dans la chambre. Entendant l'eau de la douche, elle entra dans la salle de bains. Mathias, les yeux fermés, laissait l'eau lui couler sur le corps. Marina se déshabilla et le rejoignit dans la cabine. Elle se mit sur la pointe des pieds, approcha ses lèvres des siennes et…

*
* *

C'était le retour des touristes, des six cents pains quotidiens et des deux adolescentes qui se bécotaient en cachette. Laura et sa fille durent se rendre, bien malgré elles, auprès d'une grand-tante malade à Aldehuela del Rincón ; elles ne purent venir à Majorque. Siegfried était en mission d'urgence en République centrafricaine. Aritz et Ona apparurent sans prévenir un soir de la mi-juillet, en moto, et, bien sûr, Marina et Mathias préparèrent leur chambre pour que leurs amis séjournent une semaine. Mais le restant de l'été, ils furent seuls. Ils parlèrent de longues heures de leur relation, car aucun des deux n'imaginait sa vie sans l'autre. Ils envisagèrent toutes sortes d'hypothèses sur les modalités selon lesquelles ils pourraient continuer de travailler avec Naomi dans leur vie. Mathias estimait que ce serait une bonne idée de vivre à Berlin, où sa mère pourrait garder Naomi pendant qu'ils poursuivraient leur collaboration avec

MSF. C'était une bonne solution. En outre, son frère et le nouveau bébé de sa fiancée turque s'étaient installés à Prenzlauer Berg. Marina n'écarta pas cette éventualité. Dans tous les cas, Naomi mettrait deux à neuf ans à arriver…

Par une chaude journée d'août, Marina était seule dans la boulangerie, Catalina faisant manger sa mère. Ursula préparait un pique-nique avec Pippa et Anita pour aller passer le reste de la journée à la plage, et Mathias était sorti se promener dans la montagne avec Niebla. Marina façonnait du pain quand elle entendit tinter la clochette à la porte. Elle sortit du fournil. C'était le facteur sans personnalité de tous les matins.

— Je vous apporte un recommandé de l'institut majorquin des Affaires sociales. Signez ici, s'il vous plaît, lui dit-il en posant l'accusé de réception sur l'enveloppe.

Marina sourit, le cœur battant. Enfin. Elle s'approcha en essuyant la farine sur son tablier et signa avec anxiété. Le facteur repartit dans la rue de la Rosa. Marina monta les marches quatre à quatre jusqu'à sa chambre et déchira l'enveloppe. Elle contenait cinq feuilles dactylographiées. Marina parcourut rapidement les formules toutes faites et passa les pages, stressée et heureuse, pour découvrir enfin la dernière phrase, qui concluait que Marina Vega de Vilallonga ne remplissait pas les conditions nécessaires à l'adoption.

*
* *

La vie n'est pas juste pour grand monde. Marina le savait bien, elle qui avait passé dix ans à regarder le sort s'acharner sur les personnes les plus fragiles de la planète. Ce courrier, ce refus d'agrément, tenu dans ses mains tremblantes, était une injustice insignifiante comparée à ce qu'elle avait vu de ses propres yeux, et elle en était tout à fait consciente.

Pourtant, elle ressentit un mélange de rage, de douleur et de tristesse qu'elle avait rarement éprouvé auparavant. Les feuilles étaient remplies de mots analysant de manière exhaustive sa personnalité. Elle était définie comme une femme accomplie, intelligente et introvertie. La cause principale du refus s'appuyait sur le fait qu'à quarante-sept ans Marina souhaitait adopter en tant que célibataire tout en ayant une relation sentimentale avec un homme qui n'avait pas manifesté d'intérêt pour ladite adoption. En outre, elle faisait preuve d'une certaine confusion sur le plan professionnel, n'ayant pas choisi si elle allait continuer d'officier en tant que médecin sur le terrain, ce qui l'empêcherait de s'occuper d'un jeune enfant, ou si elle s'installerait en tant que boulangère à Majorque.

Marina regarda la photo sur sa table de nuit. Cette photo avait tout changé. Comme son cœur battait la chamade, elle inspira et souffla doucement. Son regard se perdit dans les montagnes. Elle ressentit de la haine pour cette psychologue fonctionnaire de l'État, maniaque des taches, qui lui avait fait perdre trop de temps dans sa vie et dans celle de Naomi, et, bien entendu, qui avait refusé le droit au bonheur à ces deux personnes.

Elle renouvela son exercice respiratoire, s'efforçant de recouvrer sa sérénité et de calmer les palpitations de son cœur, qui semblait vouloir jaillir de sa poitrine. Elle s'assit au pied du lit, à côté du coffre de marin.

Elle éprouva le besoin de voir son père, sa grand-mère… de trouver refuge auprès d'eux, comme si regarder les photos du coffre allait apaiser son chagrin. Elle ouvrit le meuble et en sortit la boîte métallique. Le premier cliché, pris par elle, montrait son père heureux, les mains ouvertes, monté sur son cher *llaüt*. Puis grand-mère Nerea à côté de son citronnier. Comme Marina se serait sentie bien si ces deux membres de sa famille avaient été avec elle. Ils l'auraient consolée et apaisée. Elle passa en revue les photos une par une. S'arrêtant sur chaque détail, évitant de penser à autre chose qu'aux êtres qui animaient son âme.

Tu n'es pas apte à être mère, lui chuchotait dans sa conscience une voix qu'elle essayait de ne pas écouter. Marina pouvait se réfugier quelques minutes, quelques heures dans ces vieilles photos. Mais elle savait quelle souffrance l'attendait : elle allait s'effondrer de douleur, les premiers mois seraient tellement horribles qu'elle resterait prostrée au lit. Puis, petit à petit, elle se remettrait de ce coup injuste donné par la vie, et les tiraillements seraient de moins en moins douloureux. Peut-être même pourrait-elle un jour oublier cette petite fille qu'elle avait voulu adopter. Ou pas. Peut-être garderait-elle cette petite Éthiopienne pour toujours dans un recoin de ses pensées. Toute sa vie.

Niebla entra dans la chambre et vint lui lécher la main. Mathias la suivit et s'assit à côté de Marina.

— Regarde à quoi j'ai pensé, déclara-t-il en ouvrant le tiroir de la table de chevet.

Il en sortit le carnet Moleskine et prit un crayon dans son sac à dos. Il fit une rapide esquisse du moulin que l'on pouvait, comme il le lui expliquait avec chaque trait, transformer en maison de village.

— Je veux tout vendre, répliqua Marina.

— Pardon ?

— Oui, répondit-elle sans le regarder. Je ne veux pas rester ici. Retournons à notre vie d'humanitaires.

Mathias mit quelques secondes à comprendre ce qui se passait.

— Tu as reçu le courrier d…

— Oui. Agrément refusé.

Mathias s'approcha et voulut la prendre dans ses bras.

— Laisse-moi, Mathias. J'ai besoin d'être seule.

Il essaya de nouveau de l'étreindre. Elle s'écarta de lui avec brusquerie.

— Va-t'en, s'il te plaît.

— Marina… On va parler…

— Va-t'en !

*

* *

Mathias s'assit sur le banc situé devant la façade de la boulangerie. Niebla s'affaissa à ses pieds. Ursula termina de servir une famille de Russes en surpoids et le rejoignit. Elle comprit que quelque chose arrivait à ce jeune couple. Sans chercher à être indiscrète, elle avait entendu Marina élever la voix et le jeter dehors.

— On va promener Niebla ? proposa-t-elle en allemand.

— Et la boulangerie ?

— C'est un village. Ils reviendront, décréta-t-elle en fermant la porte derrière elle.

Ils empruntèrent un chemin escarpé entre oliviers et chênes verts. Niebla, en tête, leur servait de guide.

Mathias n'eut pas envie de partager la nouvelle et, un peu à contre-cœur, il raconta à Ursula que sa mère était une grande admiratrice et qu'elle avait dévoré tous ses livres. Encore une fois, en dépit de ses quatre-vingt-un ans, Ursula eut droit à la question obligatoire :

— Tu ne vas pas écrire un nouveau roman ?

Et, encore une fois, elle répondit par un non définitif, accompagné d'un « Je n'ai plus rien à raconter ».

Ils parlèrent de tout et de rien, jusqu'au moment où Mathias éprouva le besoin de vider son sac. Ursula, évidemment, connaissait les détails de la procédure d'adoption qu'avait entamée son amie. Elle était au courant des sept mois à attendre le courrier, de cette invasion de son intimité si bien gardée pendant tant d'années, et à laquelle Marina avait été exposée tout ce temps. Ils parlèrent du sentiment de maternité… et de celui de paternité.

Ursula lui expliqua que, si ça n'avait tenu qu'à Günter, ils n'auraient sans doute pas eu d'enfants. Il n'avait jamais montré d'intérêt particulier pour cela, plongé comme il l'était dans ses partitions, cherchant à devenir le compositeur qu'il ne serait jamais. Ils avaient passé un pacte et cherché à avoir un enfant. Très vite, elle avait été enceinte de leur fille et, à la seconde où celle-ci avait quitté son ventre, Günter avait été gaga. Il l'adorait, l'aimait plus que sa vie. Mathias évoqua son frère, père pour la deuxième fois d'une façon non planifiée, ce qu'il ne vivait pas très bien.

Le désir de paternité existait-il ? Si un homme atteignait les quarante, cinquante ans sans enfant, en souffrait-il ? Les hommes ressentaient-ils le besoin d'avoir des enfants ?

— Voilà ce que m'a appris mon expérience jusqu'ici, Mathias. Et, bien sûr, je peux me tromper… Je crois que les hommes ne ressentent pas cette nécessité, et d'après ta façon de te comporter jusqu'à maintenant à l'égard de cette petite Éthiopienne, il me semble que toi non plus. Et je crois que tu ne comprendras jamais la douleur que Marina éprouve au plus profond de son cœur.

Ils marchèrent quelques instants en silence. Mathias réfléchissait aux propos de sa vieille compatriote. Ursula, de son côté, se préparait à donner le coup de grâce.

— Tu dois être content, non ?

Mathias ressentit cette phrase comme une insulte. Il regarda Ursula, qui poursuivit :

— Après tout, tu n'as jamais voulu adopter Naomi. Maintenant, il ne te reste plus qu'à te comporter comme un homme et à affronter l'orage.

*
* *

Il n'avait jamais vu Marina dans cet état auparavant.

Elle faisait les cent pas. D'une main, elle tenait la revue japonaise. De l'autre, une vieille photo. Le visage baigné de larmes, elle parlait toute seule à voix haute. Sur le plancher, en vrac, les photos de son enfance, le contrat de vente du *llaüt*, le refus d'agrément, la recette, le carnet Moleskine…

— Avant de quitter ce lieu, je veux savoir qui tu es, Maria Dolores Molí. Et je vais le savoir. Parce que toute cette souffrance n'aurait pas existé si tu ne m'avais pas légué ce moulin qui là, tout de suite, me paraît un enfer.

Mathias attendit sur le pas de la porte.

— Je t'ai dit que je voulais être seule, Mathias. Laisse-moi.

Il aurait pu descendre comme la première fois, mais il s'assit sans mot dire sur le lit, pendant qu'elle continuait de crier dans sa langue maternelle, il ne savait trop quoi.

— Tu vois cette photo, Mathias ? lui dit Marina en lui montrant un cliché en noir et blanc.

Mathias le regarda. On voyait Anna assise sur les genoux d'une jeune nounou en uniforme.

— Et maintenant, celle-ci, continua Marina en désignant Lola sur la revue japonaise. Qu'est-ce que tu vois ?

— C'est la même personne, répondit-il, mais avec au moins trente ans d'écart.

— Regarde-les bien, s'il te plaît.

Mathias observa les deux clichés.

— À qui ressemble cette femme ? lui demanda Marina sur un ton inquisiteur.

Mathias n'osa pas dire ce qui lui venait à l'esprit, car cette pensée lui paraissait invraisemblable.

— Depuis un an que je suis ici, j'ai seulement réussi à découvrir ça : la boulangère qui m'a légué cette propriété avait travaillé pour mes parents. Mais, même si ma grand-mère lui a prêté de l'argent, je ne crois pas que cette femme m'ait laissé son bien uniquement pour cette raison. Je ne le crois pas. Je veux connaître la vérité.

Elle sortit sans expliquer où elle allait. Mathias resta assis sur le lit. Il rassembla les photos et, en les rangeant dans la boîte à gâteaux, ramassa le courrier de l'Imas et tenta d'en comprendre le contenu.

Marina sortit de la boulangerie d'un pas vif, en séchant ses larmes. Elle croisa Gabriel, qu'elle ignora. Tomeu la salua également depuis le bar et elle ne lui accorda pas un regard. Elle arriva à la maison de Catalina et tapa au heurtoir. Sa collègue ouvrit.

— Je vais vendre la boulangerie, Catalina. Avant ça, je voudrais que tu m'expliques pour quelle raison Lola m'a légué toute sa vie, déclara Marina avec fermeté.

Catalina remarqua ses yeux rougis qui se retenaient de pleurer.

— J'ai fait une promesse à la seule véritable amie que j'aie eue et je ne la vais pas la rompre, Marina. Je suis désolée. Elle m'a fait jurer de ne jamais rien dire.

Comme elle l'avait fait avec Matias, Marina lui mit sous le nez les deux photos.

— À qui ressemble cette femme ?

Catalina baissa les yeux.

— Marina, continue de vivre ta vie. Tu vas accueillir ta petite Africaine et…

— Je ne vais pas l'accueillir, Catalina. Elle ne viendra pas.

Catalina ne comprit pas bien, mais Marina prononça cette réplique avec une telle douleur que la Majorquine ne put qu'essayer d'aider cette nouvelle amie sans trahir la première. Elle ne pouvait rien raconter, elle savait que personne dans le village ne le ferait, parce que personne ne connaissait la vérité avec certitude. Les cancans étaient allés bon train au bar de Tomeu depuis le jour où Marina était arrivée à Valldemossa.

Mais Catalina savait qu'une personne ici lui dirait la vérité.

— Va parler avec le curé. Il pourra peut-être t'aider, lui.

Marina lui tourna le dos sans répondre. Elle entra dans l'église, où le curé nettoyait le bénitier. Elle se dirigea droit vers lui et il se retourna en l'entendant.

— *Bon dia*, Marina, dit-il, surpris.

C'était la première fois que Marina mettait les pieds dans l'église.

— *Bon dia, pare*.

Le curé s'approcha et, comme Catalina, remarqua tout de suite qu'elle avait pleuré.

— Je peux t'aider ?

Marina s'assit en face de l'autel et il la suivit.

— Ça fait presque un an et demi que je suis dans ce village perdu de Majorque. Et tout ce temps, je n'ai pas réussi à savoir qui était María Dolores Molí, cette dame que vous appelez Lola avec tant d'affection. Catalina reste muette, Valldemossa reste muet. Je ne comprends pas. À vous, je ne vous ai jamais posé la question… parce que je ne croyais pas que vous sauriez.

— Qu'est-ce que tu as dans la main, ma fille ?

— Ce sont deux photos d'elle.

Le curé prit le cliché d'Anna sur les genoux d'une jeune Lola. Ils étaient allés ensemble à l'école de Valldemossa. Il avait trois ans de plus qu'elle. Il regarda l'image avec tendresse. Comme le reste du village, il avait deviné qui était Marina dès qu'il était entré dans la boulangerie.

— Regarde-la bien, Marina.

Elle reprit la photo et l'approcha de son visage.

— Regarde bien le sourire de Lola. Comment dit-on… En catalan, ce sont les *clotets* ? Ses fossettes… La forme de ses yeux, qui est-ce que ça te rappelle ?

Le curé attendit un instant, insista.

— Qui, Marina ? Tu le sais mieux que personne.

À voix basse, les larmes coulant sur ses joues, Marina répondit :

— Moi.

*

* *

Catalina courait sur l'avenue Blanquerna en regardant le ciel et en parlant en majorquin à son amie morte. Gabriel la suivit du regard. Tomeu l'observa avec stupeur.

— *A les dones, qui les entengui que les compri*[1].

Catalina passa par la rue du presbytère.

— *Mira, Lola, me sap molt de greu i saps que jo d'amiga ho som molt. No t'he traït mai mira que els pardals de Valldemossa m'ho han demanat. Però no li puc fer això a la teva filla. T'he vist plorar, dia sí dia també, abocant les teves llàgrimes al maleït pa amb llavors de rosella… Massa llàgrimes vas abocar tu… I ara no és just que les aboqui la teva filla. Na Marina no té cap culpa de res… I saps què, Lola…, que estic fins els orgues de ses mentides, secrets i la mare que vos va a parir a tots. Per cert, mai millor dit*[2].

---

1. « Les femmes, que celui qui les comprend les achète. »

2. « Écoute, Lola, je me sens très mal. Je suis une bonne amie. Je ne t'ai jamais trahie, et pourtant les lourdauds de Valldemossa

*
* *

— Et pourquoi ai-je vécu ce mensonge pendant quarante-six ans ? Pourquoi personne ne m'a-t-il rien dit ? Dans quel but me tromper ?

Marina pensa à son père, à sa grand-mère Nerea, à la relation tumultueuse avec cette femme cruelle qu'elle avait prise pour sa mère. Comment avaient-ils pu lui mentir si longtemps ? Pourquoi ?

— Je ne peux pas te donner de réponse, c'est quelque chose que tu dois trouver seule. Le mensonge n'est jamais bon. Les secrets… C'est sûr qu'ici tout le monde avait deviné que tu étais la fille de Lola, mais personne n'était entièrement sûr. Seulement Catalina, et je peux te certifier qu'ils lui ont posé la question mille fois et qu'elle n'a jamais rien révélé. C'est ce qui fait une bonne amie. Ne lui en veux pas, n'en veux pas au village, tu sais que les gens t'adorent tous ici, et tu as été une des nôtres dès le premier jour. Et sûrement parce qu'au fond tout le monde savait que tu étais la fille de Lola, ils t'ont accueillie comme si tu étais d'ici depuis toujours. C'est un village fermé, je t'assure. Il n'est pas facile de s'y intégrer. Alors que tu fais déjà partie de cette grande famille de l'intérieur de l'île.

m'ont demandé. Mais je ne peux pas faire ça à ta fille. Je t'ai vue pleurer, jour après jour, verser tes larmes dans le fameux cake au citron et aux graines de coquelicot… Tu as trop versé de larmes. Maintenant, ce n'est pas juste que ça soit ta fille qui les verse. Et Marina n'est coupable de rien. Et tu sais quoi, Lola ? J'en ai assez des mensonges, des secrets, et de la mère qui les a tous enfantés, évidemment. C'est le cas de le dire. »

Le curé marqua une pause.

— Personne ne peut prendre la mesure de ce secret que tout le village a su garder. Mais toi, tu ne sais pas que le routier arrondit son salaire en vendant du cannabis ? Tu ne sais pas que je suis amoureux d'une paroissienne veuve, motif pour lequel je pourrais peut-être être expulsé de l'Église si cela se savait ? Toi, moi et tous… si nous gardons le silence, en un sens, c'est pour nous protéger les uns les autres. C'est sans malveillance. Tu sais, ma fille, je ne peux pas m'exprimer pour le monde entier, car je suis né sur cette île et je n'en suis jamais sorti, mais au confessionnal j'entends tout et je peux t'assurer que, dans les villages de Majorque, les mensonges et le secret sont… notre pain quotidien.

*
* *

Le 9 janvier 1964, María Dolores Molí fêtait ses dix-sept ans. Elle jouait avec le bébé des patrons qu'elle avait sur les genoux. Il y avait deux ans que la famille Vega de Vilallonga l'avait engagée comme aide à domicile, puis bientôt gouvernante de cette petite blondinette fragile que ses parents avaient baptisée Anna.

Elle accompagnait la mère de Monsieur, qui vivait avec eux, balayait et passait la serpillière tous les jours dans les cinq cents mètres carrés de cette demeure de Son Vida, elle nettoyait les baies vitrées, lavait et repassait le linge, faisait les lits et s'occupait également du bébé.

Elle travaillait du lundi au samedi. Le dimanche était son jour de congé. Elle prenait alors l'autobus pour Valldemossa, afin d'aider ses parents à la boulangerie de Can Molí.

Néstor était rentré chez lui ce 9 janvier 1964 avec sa mallette de médecin. La maison où vivaient sa mère, son épouse, sa fille et cette jeune nounou brune et gaie dont il était tombé amoureux sans le vouloir. Une fille de village qui savait à peine lire et écrire, mais dont la douceur l'avait subjugué dès le premier jour.

María Dolores avait vu le patron entrer par le jardin, aussi élégant qu'à l'accoutumée. Il était tellement beau… Rien à voir avec l'homme couvert de farine de la tête aux pieds qu'elle avait pour référence, son père, boulanger bien en chair et sans prétention, dont la tenue quotidienne était une vieille chemise sous un tablier blanc.

María Dolores avait souri timidement au patron. Ce n'était pas bien de tomber amoureuse du patron, mais lui aussi était amoureux d'elle, ou en tout cas c'est ce qu'il lui avait dit la nuit précédente, quand enfin il avait succombé.

Néstor les rejoignit. Il s'assit et embrassa sa fille sur la joue.

— Bon anniversaire, María Dolores.

— Merci, mais je vous ai déjà dit, je n'aime pas du tout mon prénom. Appelez-moi « Lola », monsieur.

— Si vous arrêtez de m'appeler « monsieur » et que vous passez à « Néstor », je vous promets de vous appeler « Lola ».

Elle avait souri et, comme chaque fois, ses fossettes étaient ressorties sur ses joues. Néstor en avait caressé une. Lola avait baissé les yeux, gênée.

— Si je pouvais, je vous embrasserais, avait-il chuchoté en prenant la main de sa jeune amante.

— J'ai votre fille sur les genoux, monsieur. Elle risquerait de comprendre.

Néstor avait jeté un coup d'œil vers sa maison et, s'assurant que sa femme ne regardait pas par une fenêtre, sortit un appareil photo de sa mallette.

— Il faut faire quelque chose pour immortaliser cette journée… Ce n'est pas tous les jours qu'on fête ses dix-sept ans… Lola.

María Dolores avait apprécié d'entendre « Lola » dans sa bouche.

Néstor s'était éloigné d'un mètre de sa fille Anna et de sa jeune maîtresse. De ces deux femmes qui faisaient tourner son monde.

Ana de Vilallonga avait écarté le rideau de la fenêtre de sa chambre.

« Regarder, écouter et se taire. » Les paroles de sa mère, comme un grand coup sec, avaient pénétré dans son esprit.

C'était une femme intelligente, et elle avait compris que son mari ressentait quelque chose pour cette jeune villageoise qui s'occupait de sa fille tous les après-midi. Mais ce que ne pouvaient s'imaginer ni Ana de Vilallonga, ni Néstor, ni Lola, c'était qu'à ce moment même, dans le ventre de la nounou, une vie était en train de germer. Une vie qui les séparerait pour toujours.

Lola était une jeune fille simple et elle n'avait pas su associer l'absence de règles à une grossesse avant que sa meilleure amie, Catalina, ne lui ouvre les yeux.

— *Mon pare me matarà,* dit Lola, paniquée, à la seule amie qu'elle avait sur l'île. *M'has de prometre que guardaràs el secret per sempre.*

— *Així ho faré, Lola.*

— *Mira'm als ulls, Catalina.*

— *Some amigues. Confia amb mi.*

— *Jura'm-ho.*

— *No diré mai res. Mai a la vida. Passi el que passi. T'ho juro*[1], promit Catalina en lui prenant la main.

*
* *

Catalina entra dans l'église. Le curé et Marina étaient toujours assis face à l'autel. Elle s'approcha.

— Je vous laisse seules, annonça le curé en se levant.

Catalina s'assit à côté de Marina.

— Et Néstor ? Néstor était bien mon père ? lui demanda Marina, presque inquiète, sans relever les yeux de l'autel.

— Oui. C'est bien lui.

— Et ma sœur, Anna ? C'est aussi la fille de Lola ?

— Non. Ta sœur est la fille de Néstor et d'Ana de Vilallonga. Je n'ai pas bien compris pourquoi Lola

1. « Mon père va me tuer. Tu dois me promettre de garder le secret pour toujours. – C'est ce que je ferai, Lola. – Regarde-moi dans les yeux, Catalina. – Nous sommes amies. Fais-moi confiance. – Jure-le-moi. – Je ne dirai jamais rien. Jamais de la vie. Quoi qu'il arrive. Je te le jure. »

avait voulu vous laisser le moulin et la boulangerie à toutes les deux. Elle savait par ta grand-mère Nerea qu'Anna, du moment où tu es arrivée bébé à la maison, ne voulait plus se séparer de toi. Elle se mettait dans ton petit lit tous les soirs pour rester avec toi. Ta sœur t'adorait. Pense que Lola, ta mère, s'est occupée d'elle quand elle était bébé, et quand Lola rentrait à Valldemossa le dimanche, Anna n'arrêtait pas de parler d'elle. Lola l'avait eue dans les bras à quelques heures de vie.

Catalina se tut.

— Continue, s'il te plaît, lui demanda Marina, qui pleurait plus qu'elle n'avait jamais pleuré de sa vie.

— Lola a beaucoup aimé ta sœur, et ses parents n'ont jamais eu d'autres enfants. Je suppose qu'elle s'est dit que si elle vous laissait l'héritage à toutes les deux, vous ne vous sépareriez jamais.

Catalina marqua une pause. Elle regarda l'autel elle aussi.

— Lola était une femme très solitaire… et elle ne voulait pas la même chose pour toi.

— Mais… qu'est-ce qui s'est vraiment passé ? Qu'a fait mon père ?

— C'est une question que tu ne pourras pas résoudre. Je peux seulement te dire ce que m'a raconté ta mère. L'histoire d'amour entre elle et ton père, ils étaient les seuls à la connaître. Ta mère avait dix-sept ans quand elle est tombée enceinte de toi, engrossée par le patron de la maison. Un homme marié et de bonne famille… Imagine le scandale que ça pouvait causer. À son quatrième mois de grossesse, Lola est partie dans un foyer pour mères célibataires tenu par des religieuses et…

Catalina s'arrêta un instant. Fallait-il vraiment lui révéler toute la vérité ?

— Continue, et sois honnête, Catalina. Plus de mensonges.

— Une fille-mère, à cette époque, Marina… dans ce village… Son père était un monstre. S'il l'avait su, il l'aurait rouée de coups. Lola a envisagé de te faire adopter. Les sœurs avaient déjà trouvé une famille puissante de Majorque qui ne pouvait pas concevoir et qui voulait t'adopter… Mais tu es sortie de son ventre et elle m'a raconté que tu n'as pas pleuré du tout. Elle t'a prise et tu as eu un sourire réflexe. Elle a vu ses fossettes dans tes joues, les mêmes, et elle a été incapable de te remettre aux religieuses… Je ne sais pas bien ce qui s'est passé, mais c'est ta grand-mère Nerea qui a décidé que tu resterais à la maison de Son Vida. La femme de Néstor, que tu considérais comme ta mère, a été folle de rage, mais elle a dû accepter. Elle a fait jurer à ton père que si tu restais sous son toit tu ne reverrais jamais Lola. Et c'est comme ça que ça s'est passé.

— Et Lola ne m'a jamais revue ?

— Si, si, elle t'a revue, avoua Catalina avec tristesse. Tous les 15 août.

— Le jour de mon anniversaire ? articula Marina en un murmure.

— Oui. Elle se faisait belle, elle se maquillait les yeux et elle s'asseyait sous l'abribus de Valldemossa pour pouvoir te voir. Elle restait une seconde ou deux, pas plus. Elle savait que Néstor vous amenait au port prendre le *llaüt*… Je sais que Lola est allée dans le *llaüt* de ton père une fois ou deux… avant de tomber enceinte, évidemment. Eh bien, elle restait là. Assise, jusqu'à ce que vous passiez. Tous les trois. Ta sœur, toi et lui.

Catalina répéta :

— Deux ou trois secondes, pas plus. Et elle rentrait chez elle, le cœur brisé…

Marina ne pouvait rien assimiler. C'est comme si son esprit était paralysé et avalait des informations qu'il ne parvenait pas à relier.

— Il y a une chose que je me rappelle bien. Quand tu étais dans son ventre, je suis allée la voir au foyer. On a passé toute la matinée à parler du prénom que tu porterais, même si elle savait que c'était ta famille adoptive qui en déciderait. Elle s'était dit que si elle pouvait te donner un nom, elle t'en donnerait un joyeux. Pas comme le sien, je t'ai déjà dit qu'il ne lui plaisait pas du tout. Mais elle voulait que tu aies un peu du sien. Alors en pensant à celui de ton père, elle a ajouté le *N* de Néstor au milieu de María, et ça t'a donné un très beau prénom : Marina, la femme née de la mer.

— Comment était Lola ?

Catalina préféra réfléchir un moment avant de répondre. Elle tenta de trouver les bons mots. Le premier adjectif qui la définirait, et qu'entendrait pour la première fois sa fille. La meilleure expression pour adoucir la douleur que Marina ressentait face à cette cruelle vérité. Elle ne trouvait pas le mot exact. Aucun ne lui paraissait adéquat.

— Comment était ma mère, Cati ? insista Marina.

— Ta mère était…

Elle lui prit la main. Pour la première fois, Marina regarda son amie dans les yeux. La seule chose qui vint à Catalina fut :

— Ta mère était bonne comme le bon pain.

*

* *

Mathias affronta l'orage comme l'homme qu'il était. Marina se vida de toutes ses larmes dans ses bras. Il la serra avec force et non sans culpabilité. Ursula lui avait traduit les raisons du refus d'agrément, en insistant sur l'hypothétique bonheur qu'il devait éprouver de la décision des évaluatrices de l'Imas. Sans cesser de l'étreindre, Mathias lui proposa d'aller parler avec ceux qui signaient les papiers. Il devait bien y avoir un moyen d'arranger ça. Une manière de communiquer avec les fonctionnaires de l'État. Marina lui demanda de se taire. Elle essayait de comprendre ce qui s'était passé dans sa vie.

Comme s'il s'agissait d'une farce du destin, à quelques kilomètres de là, dans un garage aux odeurs de gaz d'échappement, Anna pleurait toutes les larmes de son corps dans les bras d'Antonio : métastases dans les poumons ; trois, quatre, cinq mois, lui avait dit l'oncologue lors du dernier examen.

Mathias voulait rester à Valldemossa en septembre, mais Marina lui demanda de retourner en Palestine. C'était le passage le plus difficile de sa vie, et elle avait besoin d'être seule. Naomi s'effacerait peu à peu de ses pensées. Elle trouverait la place de Lola dans sa vie. Mais, pour l'instant, la seule chose qui lui importait était d'accompagner sa sœur vers la mort.

— Tu m'aimes, Marina ? lui demanda Mathias à l'aéroport, à quelques mètres du contrôle des passeports.

— Oui. Dès que je peux, je te rejoins, répondit-elle avec tristesse en l'embrassant.

Une fois sortie, elle prit un taxi pour l'appartement de sa sœur. Elle trouva Anna et Anita dans ce bel appartement avec vue sur la mer où elles avaient prévu de passer leur vie.

— Viens, assieds-toi avec nous, lui proposa Anna avec un sourire.

Marina s'assit à côté de sa nièce, qui avait un ordinateur portable sur les genoux. Ne sachant pas si elle connaissait le diagnostic, Marina se contenta de s'asseoir avec les deux femmes de sa famille, qu'elle sentait plus proches que jamais. Elle ne leur avait parlé ni de Naomi ni de Lola. La tragédie d'Anna reléguait tout au second plan.

Anita traduisait la page web de l'université des Arts de Berlin, spécialisée dans les beaux-arts et l'audiovisuel.

— Pour moi, maman, ça serait le rêve.

Anna la regarda avec tendresse.

— Les rêves peuvent se réaliser si on veut, ma chérie. Fonce. Il te reste encore du temps avant de faire tes études, et tu devras progresser en allemand.

— Je demanderai à Ursula de me donner des cours.

— Et, en plus, cette université est à Berlin, ajouta Marina. C'est là qu'habitent les parents de Mathias.

Elles continuèrent à naviguer sur le web. Elles regardèrent des vidéos sur YouTube, où des étudiants allemands travaillaient dans des salles de mixage pour devenir de futurs ingénieurs du son dans des théâtres, des salles de concert, des cinémas, pour des défilés, dans des discothèques… Elles restèrent jusqu'à une heure tardive assises sur le canapé à regarder l'écran du portable.

— Maman ! s'écria tout à coup Anita. Tu ne m'as pas raconté ton rendez-vous, qu'a dit le médecin ?

— Ils doivent encore me faire des examens, répondit sa mère en lui caressant la joue.

Marina sentit son âme se briser encore une fois…

*
* *

Marina regarda Antonio ôter son casque et s'avancer vers elles. Elle le trouva anéanti et perdu. Aussi perdu que le jour où elle l'avait appelé pour lui annoncer la mort de sa sœur.

Elles étaient parties ensemble en *llaüt* et Anna avait expiré dans ses bras, à bord de cette vieille coquille de noix, face au coucher du soleil.

— Attends, ma puce, dit Marina à sa nièce, qui caressait les cendres de sa mère, le regard perdu dans la mer.

Elle se releva et se dirigea vers lui. Il la serra dans ses bras et pleura sans honte. Marina lui prit la main et, ensemble, ils allèrent vers Anita et s'assirent à côté d'elle.

— Ana, voici Antonio. Un bon ami de ta mère.

Antonio séchait négligemment ses larmes, qui coulaient sans arrêt.

— Si ta maman vous voyait, je sais qu'elle voudrait que vous la laissiez partir ensemble.

Anita ne posa pas de questions, prit la main de cet inconnu et la plaça sur l'urne. Ils attendirent quelques minutes, sans rien se dire. La tramontane soufflait doucement, la mer était toujours aussi étale. Ce fut Anita qui, avec lenteur, sans lâcher la main d'Antonio, envoya les cendres de sa mère dans l'eau.

*

* *

Marina tourna la tête et l'appuya contre la vitre du bus. Elle en sentit la fraîcheur sur son front. Elle essaya de se détendre en se concentrant seulement sur ce que voyaient ses yeux. Impossible. Elle prit son sac à dos sur le siège, le posa sur ses genoux et en sortit la chemise grenat défraîchie, aux élastiques étirés. Celle dont lui avait parlé Catalina, que Lola avait dans sa table de nuit.

Elle l'ouvrit et regarda de nouveau les photos de sa mère biologique. Sur certaines, elle était seule. Sur d'autres, avec ses parents, ou entourée de ses voisins de Valldemossa. Marina les avait regardées, encore et encore, toute la semaine, et plus elle le faisait plus elle était frappée par la ressemblance physique entre elle et sa mère inconnue. De plus, parmi les photos, un papier de la maison de naissance de Palma certifiait que María Dolores Molí Carmona avait donné naissance à une fille de 3,456 kilogrammes le 15 août

1964. De père inconnu, avec pour prénom provisoire Marina.

La lettre qu'Anna lui avait envoyée quelques jours avant de mourir était plus présente que jamais dans son esprit.

Cuca a trouvé ce dossier dans le bureau de Curro, parmi les papiers d'Armando.

Marina, les photos qu'il y a dedans vont bouleverser ta vie. Je le sais.

Mes yeux y voient quelque chose que je n'ose même pas écrire.

Hier, je me suis dit que le mieux était de les déchirer et de les oublier.

Parce qu'il est possible qu'elles ne te causent que de la douleur.

Mais tu m'as dit une fois qu'un mensonge n'est jamais bon.

Tu sais quoi ? Pendant que je regardais les photos, je me suis rappelé que papa m'avait dit avoir vécu une histoire d'amour impossible avec une Majorquine beaucoup plus jeune que lui. Ce n'était pas clair, il n'a pas voulu en raconter plus, mais je me souviens de son regard profondément triste avant de m'embrasser.

De mon côté, je sais déjà tout ce que j'ai besoin de savoir sur cette femme que papa a aimée : elle t'a amenée dans ma vie, et de cela je lui serai éternellement reconnaissante.

La lettre se poursuivait, lui demandant, voire la suppliant, pour le bien de sa fille, d'essayer d'entretenir des relations cordiales avec Armando. Même si elle savait que c'était un imbécile, il serait toujours le père d'Anita. *Prends soin de ma fille. Accompagne-la. Paradoxe poignant,* pensa Marina. Quelques mois plus tôt, on lui avait refusé le droit d'être mère, et maintenant sa sœur lui demandait de remplir ce rôle. Elle le ferait. Sans hésiter. Si Armando le lui permettait.

*
* *

En réalité, Anita sut s'occuper d'elle-même. C'était une jeune fille forte, et malgré son adolescence étrange elle savait très bien ce qu'elle voulait dans la vie. Elle termina le lycée et fut admise à l'université des Arts de Berlin. Pippa et elle rompirent, et elle passa plusieurs années avant de trouver l'amour d'une autre femme, mais cela finit par arriver. Vingt ans après la mort d'Anna, Marina assistait au mariage d'Anita à San Francisco. Quand Anita affirma avec un doux et beau sourire : « Oui, je le veux », Marina leva les yeux et pensa qu'Anna, allez savoir, depuis là où nous allons tous à la fin de notre vie, avait pu voir se réaliser la seule chose qui lui importait vraiment avant de mourir : voir enfin sa fille heureuse.

*
* *

Marina descendit du bus. La nuit tombait. Elle regarda l'Abribus un instant et s'assit à cet endroit même où sa mère venait la voir passer chaque 15 août. Elle fut envahie par la tristesse en comptant jusqu'à trois, les trois secondes qui permettaient à María

Dolores de voir les occupants de la voiture qu'elle cherchait parmi les autres.

Elle marcha lentement dans le village jusqu'à Can Molí. Elle sortit la clé de son sac et l'introduisit dans la serrure de la boulangerie. Niebla s'approcha d'elle et lui lécha la main. Elle la caressa et, suivie par l'animal, monta l'escalier. Dans la cuisine, elle attrapa un verre et se servit de l'eau. Elle s'appuya contre le plan de travail et regarda Niebla. Tout ce qui lui restait dans ce village, c'était cette vieille chienne aux yeux tristes et fatigués. Et le fantôme de cette femme qui l'avait portée dans son ventre. Elle inspira et souffla lentement. Elle marcha jusqu'à l'ordinateur et consulta sa boîte e-mail sans s'asseoir. Vide. Elle monta dans la chambre, se dévêtit et se mit au lit. Une longue nuit l'attendait. Une nuit de douleur pour sa sœur morte. Une nuit pleine de questions sans réponses. Que faire de sa nièce ? De la boulangerie ? De son travail ? De sa vie… ? Mais ce fut encore Lola qui se présenta dans son esprit. Et, cette fois, elle s'imagina dans l'utérus de cette femme qu'elle n'avait pas connue. Elle visualisa le moment où elle passait par le pelvis, émergeait de son corps, les premières secondes sur sa poitrine…

Elle s'endormit aux alentours de 4 heures du matin. Le téléphone sonna. Elle ouvrit les yeux, désorientée, regarda l'heure : 7 heures. Elle descendit en courant au salon. Un coup de fil aussi tôt, ça ne pouvait être que Mathias.

— Oui ?

— Salut… C'est moi, dit-il d'une voix éteinte. Comment ça s'est passé hier ?

— C'étaient de belles funérailles. Comme elle voulait. Et toi, comment vas-tu ?

— Marina, je ne me sens pas bien. C'est la première fois que tu as vraiment besoin de moi et que je ne suis pas là.

— C'est moi qui t'ai dit de ne pas revenir.

— Même. J'aurais dû venir, sans te poser la question. Je sais que tu l'aurais fait pour moi. Je suis désolé.

— Ce n'est rien.

— Marina, aujourd'hui, c'est moi qui ai passé deux nuits blanches. Je n'arrête pas de penser à notre relation. Et…

Mathias marqua un temps de silence. Ce temps d'attente qui fit tambouriner le cœur de Marina. Elle savait que Mathias était las de l'attendre. Elle éprouva une peur qu'elle n'avait jamais ressentie à aucun moment au cours des six ans qu'elle avait passés avec lui. Rompre avec cet homme signifiait briser sa vie. Finir de la détruire.

— Marina, je te l'ai déjà dit…

Il se tut à nouveau. Il semblait avoir du mal à prononcer chaque mot. Avoir peur de parler.

— Qu'est-ce qui se passe, Mathias ? demanda Marina avec angoisse. Je viens. Demain, j'appelle MSF pour m'engager.

— Je n'ai jamais ressenti le besoin d'être père. Je ne sais pas pourquoi. Sûrement parce que je suis un égoïste.

— Mathias, on en a déjà discuté, l'interrompit Marina.

— Laisse-moi poursuivre, s'il te plaît. Écoute, si tu veux…

Il s'arrêta de nouveau, puis reprit :

— Si tu veux, on peut adopter Naomi ensemble.

Le cœur de Marina battit avec force et une larme silencieuse roula sur sa joue. S'ils avaient pu se voir, ils auraient souri, parce que Mathias avait lui aussi une larme sur la sienne.

— Je veux continuer de travailler sur le terrain. Je ne me vois pas dans un hôpital de Berlin, à aller tous les jours au même endroit. Je ne serai pas heureux comme ça. Mais si tu veux on peut rester à Majorque, dans ta maison, et si tu veux bien je la transformerai en notre maison. Pour toujours. Je rentrerai tous les trois mois pour être à vos côtés…

Ils pleurèrent tous les deux, s'aimant comme ils s'aimaient.

Fin novembre, dix colis arrivèrent de Berlin, contenant la vie de Mathias. Des vêtements, de nombreux livres de médecine, des BD que sa mère n'en pouvait plus de garder, une combinaison de plongée, bien trop de chaussures gigantesques, une boîte à outils, perceuse incluse… Quand Marina vit les deux transporteurs monter les dix cartons, elle resta bouche bée. Dans cet appartement de soixante-dix mètres carrés à peine, il n'y avait pas la place pour tant de choses.

Un mois plus tard, Mathias prit l'avion pour Majorque. Il arriva dans la maison, et fut ému de voir les BD qu'il ne relirait jamais à côté de ses livres de médecine sur les étagères du salon.

Une semaine plus tard, ils commencèrent ensemble la formation pour parents adoptants. Marina fut presque heureuse que Mathias ne comprenne pas la moitié de ce que disait la psy. C'était vraiment à donner envie de fuir. Voyant que ce couple insolite qui s'aimait à distance était dix fois plus solide que le sien, Marta mit deux mois à leur concéder l'agrément.

Au cours de ces quelques mois, Mathias rencontra un architecte allemand, retraité et ami d'Ursula, avec qui il imagina d'hypothétiques plans de rénovation du moulin. Ils devinrent bons amis. Un soir, Ursula les invita à dîner et, pendant que les deux femmes cuisinaient, Mathias démonta entièrement la machine à écrire, rouleau, bande, chariot et, têtu comme il l'était, la répara avec ses outils.

*
* *

Les jugements d'Addis-Abeba pour déterminer si Naomi était adoptable commencèrent, ainsi que les paiements aux avocats éthiopiens et l'inexorable attente côté africain. Une fois qu'ils eurent longuement attendu et déboursé davantage qu'ils ne l'auraient dû, la vie trouva son cours et, enfin, le 1er mai 2014, Naomi arriva à Majorque.

Ils entrèrent dans la boulangerie. La petite fille voulut descendre des bras de Marina pour courir dans le fournil. Mathias et Marina l'observèrent, un peu inquiets. C'était son premier jour dans la maison où elle allait passer sa vie… Naomi trouva les sacs de farine de *xeixa* et y plongea les mains. Elle joua avec la farine et regarda le blanc qui contrastait avec sa peau noire.

— *Injera ?* demanda-t-elle en regardant ses petites mains.

— Oui, c'est pour faire de l'*injera*, répondit Marina. Ici, avec la farine, on fait cuire du pain.

— Pain, répéta Naomi en remettant les mains dans le sac de farine.

— Pain, oui, pain, dit Marina, toute fière d'entendre le premier mot que sa fille prononçait dans sa langue.

Naomi prit une poignée de farine et courut dehors. Elle ouvrit les mains et laissa la tramontane l'emporter. Le vent d'automne avait dispersé des centaines de graines de coquelicots dans les champs de l'île et, comme tous les ans, ils poussaient, sauvages.

Naomi les désigna.

— Tu veux aller là-bas ?

La petite fille fit signe que oui. Marina embrassa Mathias qui, légèrement anxieux, attendait les consignes.

— Tu nous prépares quelque chose à manger ?

— Oui, j'y vais, dit-il en faisant demi-tour.

— Mathias…

Il se retourna vers elle. Elle lui sourit, le regarda dans les yeux et, enfin, dans sa langue maternelle, prononça les mots qu'elle ne lui avait jamais dits à haute voix :

— Je t'aime.

Naomi prit la main de Marina et l'entraîna vers les champs de coquelicots. Elle la lâcha et courut seule dans ce paysage magnifique. Le paysage du reste de sa vie. Elle courait, sautait, et se jetait dans les bras de sa mère.

Mathias regarda par la fenêtre de la cuisine ces deux êtres qui avaient croisé sa route. Il partait deux semaines plus tard pour être chef de l'équipe médicale en République centrafricaine, où on combattait une nouvelle épidémie d'Ebola. Début décembre, il serait de nouveau avec elles. Il ouvrit et regarda cette petite fille noire qui jouait parmi les fleurs rouges, à côté de sa femme, et elles commencèrent déjà à lui manquer.

Ces deux semaines filèrent. Naomi ne passa aucune nuit dans sa chambre. Ils essayèrent deux fois, mais elle se mettait dans un tel état que ce fut impossible. Elle dormit donc chaque nuit entre ses parents.

Le jour du départ de Mathias, ils se promenèrent tous les trois dans les ruelles de Valldemossa. Mathias tenait Naomi appuyée sur sa hanche, le bras sur les épaules de sa femme qui regardait, avec sa famille, le petit bout de Méditerranée qui lui appartenait. Heureuse.

8

LE PAIN ET MA MACHINE À ÉCRIRE

C'est cet ingrédient que jamais elles ne trouvèrent qui l'incita à recommencer à écrire. Ursula avança la table en pin jusqu'à la baie vitrée du salon. Ses vieilles mains frêles lui autorisèrent l'effort supplémentaire que cela exigeait.

Elle caressa le tourne-disque de son mari, qui dormait, léthargique, à côté de sa vieille machine à écrire, qu'elle plaça sur la table. Elle poussa le fauteuil ergonomique acheté avec Gabriel dans une boutique de Palma et s'y assit. Elle soupira. Oui. C'était un bon endroit pour passer l'année à venir. Si elle aiguisait son regard, au-delà des champs de blé, des oliviers et des amandiers, elle pouvait apercevoir, au loin, un petit bout de mer.

La semaine précédente, elle était à peine sortie de chez elle. Il faisait trop froid pour une vieille dame percluse d'arthrose. Afin de se divertir, elle avait cherché refuge dans des romans déjà lus et abandonnés dans la bibliothèque, estimant qu'elle ne trouverait pas meilleure compagnie. Elle avait fait courir ses doigts sur les centaines de livres, jusqu'à arriver aux romans de sa jeunesse, aux éditions anciennes de ses maîtres latins, lus durant son exil.

À son âge, elle avait encore un projet en cours. Dans toute sa carrière littéraire, il y avait un domaine qu'elle n'avait jamais osé aborder : elle ne s'était jamais aventurée dans le réalisme magique dont elle avait tant appris. Elle avait essayé, mais sa culture allemande, qui recherchait tant la perfection, l'avait toujours freinée. Si elle s'appuyait dessus avec humilité, elle n'avait plus rien à craindre à son âge…

Tout en relisant lentement, elle soulignait et prenait des notes dans un carnet, forgeait son roman. L'histoire se déroulerait dans une boulangerie située dans une île inconnue baignée par les eaux de la Méditerranée. On y confectionnerait un gâteau contenant un ingrédient magique qui remplirait d'un profond plaisir les habitants de l'île. Les premières lignes du roman seraient dédiées à la protagoniste féminine, une jeune femme au teint hâlé, robuste et belle, à la poitrine généreuse, aux cheveux noirs et raides qu'elle porterait toujours tressés. Tous les matins, cette jeune boulangère mélangerait sans hâte la farine, le sucre, le lait, le citron et les graines de coquelicot. Et, alors… pendant que son corps s'emplirait de son passé, elle fermerait les yeux et se souviendrait de ces minutes lors desquelles elle avait tenu son bébé dans ses bras, son bébé que, quelques heures plus tard, consciente que cela lui pèserait toute sa vie, elle avait abandonné. À ces pensées, les larmes couleraient sur ses joues et tomberaient dans la pâte, qui les recueillerait, avant que le gâteau soit distribué à tous les habitants de sa petite île qui, à la première bouchée, sentiraient l'amour qu'il contenait.

Ursula avait un an devant elle pour imaginer ses personnages, histoires d'amour impossibles et rebondissements inattendus. Le tout sans perdre de vue la fin, qu'elle avait parfaitement en tête. Une fin qui refermerait l'histoire, laissant cette petite boulangerie aux mains d'une jolie petite fille aux cheveux en bataille et à la peau chocolat.

Ursula poussa un soupir. Elle regarda la machine à écrire avec rancœur. Quinze ans, sans trêve, l'engin était resté puni. Peut-être serait-ce la machine qui, maintenant, refuserait de collaborer ? Ursula s'efforça de fuir les peurs et les doutes qui l'assaillaient toujours dans les premiers jours. Mais c'était impossible. Serait-elle capable de remplir trois cents pages ? Et ces pages, en définitive de l'encre sur du papier, intéresseraient-elles quelqu'un ?

Elle contempla ses mains et exécuta, comme chaque matin, les maudits exercices pour les dégonfler.

Le titre en premier, comme toujours. Et elle se disputerait avec ses éditrices pour le garder. Elle posa les doigts avec délicatesse sur le clavier, et, à quatre-vingt-cinq ans, commença ce qui, cette fois, serait réellement son dernier roman : *Le Parfum des citronniers*.

REMERCIEMENTS

Il ne m'aurait pas été possible de rédiger ce roman sans avoir une tribu d'amies avec qui je partage ma vie et qui sont souvent une source d'inspiration. Je souhaite donc laisser par écrit ma plus profonde reconnaissance à Marian Coromina, Chiara Arroyo, Ana Manresa, Maria Alejandre, Ana León, Monica Puge et Tere Enrich. Aux nouvelles, Mar Saez et Manuela Moreno… et spécialement à Clara Tarrero, car sans toi, Clara, je n'aurais pas pu écrire le personnage de Marina.

Je voudrais également remercier l'équipe de femmes des éditions Planeta, qui m'ont accompagnée et conseillée tout ce temps. Merci, Nuria Valls, de me les avoir présentées. Merci, Raquel M. Barrio, pour tes apports avisés.

Je souhaiterais exprimer ma gratitude aux personnes qui ont tout de suite accepté de m'aider et dont les mots, même si nous n'avons pas parlé longtemps, ont toujours été d'un grand secours pour faire avancer l'histoire. Au premier, Miguel Angel, propriétaire de Ca'n Molínas, la boulangerie de Valldemossa, moteur de cette histoire. À Lisi Lluch pour un petit morceau de León et à l'amie que tu m'as présentée, qui je l'espère, aura bientôt son fils dans ses bras. À Rosa Esteve pour les corrections du majorquin. À Pere Puig pour le *Lord Black*. À Avi Llorenç de m'avoir offert ses connaissances en gynécologie.

À mes amis d'enfance qui le sont toujours, Marc Mormeneo et David Bazán, de m'accompagner jusqu'à aujourd'hui. À Javi Olideen d'être toujours là. À Pali Amilibia d'être l'ami de tous. Et à Quique Camin pour sa générosité sans limites. Roman Loeverdos, j'ai perdu ta trace, il y a quinze ans, tu as prouvé que tu étais un ami et je ne l'ai pas oublié. Merci, Thomas Schneider, je n'aurais pas pu écrire sur l'Allemagne si je ne t'avais pas connu.

Mon plus grand remerciement va à mes parents, qui s'occupent si bien de mes enfants chaque fois que j'en ai besoin.

Et enfin, à toi, Jaume, merci pour tout.

Ouvrage composé par
PCA 44400 Rezé

Imprimé en France par CPI
en janvier 2021
N° d'impression : 3041581

Pocket – 92 avenue de France, 75013 PARIS

S31382/01